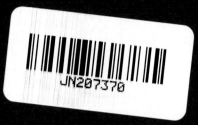

新版・俳句歳時記【第六版】

新年

桂　信子
金子兜太
草間時彦
廣瀬直人
古沢太穂
監修

雄山閣

序

季語には日本の風土に根ざした豊かな知恵、美意識、季節感が凝縮しています。その季語の集大成である「歳時記」は俳人や俳句を愛する方ばかりでなく、広く日本人に愛されてきました。

季語も俳句も時代とともに進化、発展しています。新しい世紀を迎えて、新しい時代に対応した歳時記が求められる所以です。

このたび雄山閣は、このような時代の要請に応え、携帯に便利な文庫版の歳時記を企画したところ、桂信子、金子兜太、草間時彦、廣瀬直人、古沢太穂の諸先生方が監修を引き受けてくださり、また多数の有力結社、有力俳人（巻末記載）のご協力を得ることができました。この「歳時記」は、企画より足掛け三年を経て完成しましたが、この間に故人となられた先生もおられます。ここでは企画発足当時のお名前を記し謝意といたしました。

この「新版・俳句歳時記」は、歳時記としては初めての試みとして、例句の一部を公募によって募集することにしました。この企画は当初賛否両論ありましたが、結果的に応募句約一万句（入選収録句約一千句）という大きな共感を得ることができました。

また、現代にふさわしい新季語の採用に努めました。その一部をあげれば、「リラ冷え」「花粉症」「ひとで」「冷し中華」「森林浴」「沖縄慰霊の日」「ラベンダー」「はまごう」「絹雲」「阪神淡路大震災忌」「クリオネ」などです。

さらに俳句の伝統を考慮しつつも、時代に即して季語の季節区分を改めました。それは「花火」（秋から夏）「蜻蛉」（秋から夏）「朝顔」（秋から夏）「西瓜」（秋から夏）「シクラメン」（春から冬）

などです。

この歳時記は、文庫版という制約から、いたずらに見出し季語の数を増やすよりも季語解説のやさしさと例句の充実に努め、俳句の実作の助けになることを目指しました。

さらに同じく歳時記として例句の理解を助けるため初めて「近現代俳人系統図」をつけました。

時代を反映する歳時記は、留まることなく進化することが求められます。この「新版・俳句歳時記」は、その名のとおり絶えず「新版」であることを目指し、数年ごとに改訂し、より正確で、より優れた例句の充実を行うものです。

俳人、俳句を愛する方、これから俳句を作り始めたいと思っている方の座右の書としてご愛用を切にお願いします。

二〇〇一年七月

雄山閣「新版・俳句歳時記」編纂委員会

「第六版刊行に際して」

『新版俳句歳時記』はおかげさまで、版を重ね二〇一六年に第五版を刊行することが出来ました。その後の季語の変遷、特に祝日法の改正による「山の日」などの新設を踏まえ、必要最小限の改定を加え、また若干の誤字・誤植などの訂正などを行い、ここに第六版を刊行することとしました。これまでの版と大きく異なる点は、携帯利用の便も考慮して、合本でなく春・夏・秋・冬・新年の五分冊としたことです。引き続きご愛顧くださるようお願いします。

二〇二三年八月

雄山閣『新版俳句歳時記』編纂委員会

編集長　松田ひろむ

凡例

1　季節区分は、春は立春から立夏の前日までとし、以下、夏は立夏から立秋の前日まで、秋は立秋から立冬の前日まで、冬は立冬から立春の前日までとした。新年は正月に関係のある季語を収めた。例外的に一連の行事となる「端午の節句」（夏）や「原爆忌」（夏）などは季節がまたがっても一つの季とした。

2　季語の配列は、時候・天文・地理・生活・行事・動物・植物の順とし、同一系統のものをまとめるように努めた。

3　季語は俳句の伝統を考慮しつつも時代に応じて季節区分などの見直しを行い、また新季語の採用に努めた。季語解説の末尾に↓で関連のある季語を示した。

4　見出し季語は原則として、現代仮名づかいとしたが、現代仮名づかいでは意味が不明瞭な場合は、旧仮名づかいとした。

5　見出し季語の漢字表記部分にはふり仮名を付した。右側に現代仮名づかいを付し、旧仮名づかいが現代仮名づかいと異なる場合は、左側に旧仮名づかいを付した。

6　見出し季語に関連のある傍題・異名・別名は見出し季語の下に示した。

7　季語の解説は、平易で簡潔な記述とした。解説は、現代仮名づかいとしたが、引用部分は原則的には原文のままとした。

8　誤読のおそれのある漢字、難読と思われる漢字には、原文・原句のふり仮名の有無にこだわらず、現代仮名づかいでふり仮名を付した。

9　例句は広く秀句の収録を期するとともに、公募による入選句を収めた。近世の例句は一部表記を改めた場合もある。明治以降の例句は原文どおりとした。

10　季語・解説・例句の漢字は、原文・原句などの字体にかかわらず、新字体を用いることを原則とした。ただし、旧字体の方が適当と思われる部分は例外的に旧字体を使用した。引用部分や、作者名など固有名詞の旧字体部分は、原則として旧字体のままとした。ただし、元が旧字体であっても、新字体が広く一般的に使用されている固有名詞などは、例外的に新字体を使用した。なお新字体漢字の中で、「略字」と指摘される場合があるものでも、すでに広く一般の印刷物で使用されているものについては、そのままその字体を使用した。

11　例句の配列は、作者の時代順となるように努めた。近世の俳人は号のみ、明治以降の俳人は姓号で示した。

12　索引は、見出し季語のほか、傍題・異名を現代仮名づかいで五十音順に収めた。見出し季語はゴシック体で示した。

13　新年巻には付録として、行事一覧、忌日一覧、二十四節気七十二候表を掲載するとともに、別に近現代俳人系統図をつけた。また巻末には、春から新年までの総索引を付した。

目次

序……i
凡例……一

新年

時候

新年　八
初春　九
正月　九
睦月　九
今年　一〇
去年今年　一〇
去年　一一
元日　一一
元朝　一一
三が日　一二
二日　一二
三日　一三
四日　一三
五日　一四
六日　一四
七日　一四
人日　一五
七日正月　一五
松の内　一五
松過　一六
小正月　一六
女正月　一六
二十日正月　一七

天文

初空　一八
初日　一八
初明り　一九
初東雲　一九
初茜　一九
初晴　二〇
初東風　二〇
初風　二〇
初凪　二一
御降り　二一
初霞　二二
淑気　二二

地理

初景色　二三
初富士　二三
初筑波　二四
初比叡　二四
初浅間　二四
若菜野　二五

生活

若水　二六
歯固　二六
馬騎初　二七
弓始　二七
鞠始　二八
門松　二八
藁盒子　二九
幸木　二九

飾　三〇
注連飾　三〇
蓬莱　三〇
鏡餅　三一
飾海老　三一
飾臼　三二
飾米　三二
橙飾る　三二
野老飾る　三三
穂俵飾る　三三
福藁　三三
年男　三四
年賀　三四
御慶　三四
礼者　三五
年玉　三五
賀状　三六
礼受　三六
書初　三六
初硯　三七
読初　三七

仕事始　三八
初旅　三八
乗初　三九
御用始　三九
初市　三九
初商　四〇
初荷　四〇
買初　四一
新年会　四一
初句会　四一
ひめ始　四二
七種　四二
薺打つ　四三
若菜摘　四三
七種粥　四四
七草爪　四四
十五日粥　四五
粥杖　四五
綱引　四六
福達磨　四六
帳綴　四六

鏡開　四七
蔵開　四七
年木　四七
鬼打木　四八
ぽっぺん　四八
万歳　四八
獅子舞　四九
猿廻し　四九
春駒　五〇
鳥追　五〇
傀儡師　五一
着衣始　五一
春着　五一
屠蘇　五二
年酒　五二
大服　五三
福沸　五三
雑煮　五四
太箸　五四
喰積　五五
草石蚕　五五

数の子　五五
田作　五六
切山椒　五六
俎始　五七
初手水　五七
掃初　五八
初暦　五八
初湯　五九
初刷　五九
初写真　六〇
初便り　六〇
初電話　六〇
笑初　六一
泣初　六一
初鏡　六二
初髪　六二
初日記　六二
縫初　六三
初染　六三
初竈　六三
初釜　六四

機始　六四
鍬始　六四
山始め　六五
初漁　六五
歌留多　六六
双六　六七
十六むさし　六七
投扇興　六七
福笑い　六八
羽子板　六八
羽子つき　六九
手毬　六九
独楽　七〇
正月の凧　七〇
福引　七一
稽古始　七一
吹初　七一
弾初　七二
能始　七二
舞初　七二
初鼓　七三
謡初　七三
初芝居　七三
初場所　七四
初音売　七四
初夢　七五
宝船　七六
寝正月　七六
寝積む　七六

行事

朝賀　七七
四方拝　七七
国栖奏　七七
歌会始　七八
講書始　七八
成人の日　七九
小松引　七九
出初　七九
松納　八〇
飾納　八〇
鳥総松　八一
宝恵籠　八一
餅花　八一
小豆粥　八二
成木責　八三
ちゃっきらこ　八三
なまはげ　八四
土竜打　八四
注連貰　八五
左義長　八五
上元の日　八六
ぼんでん　八七
藪入　八七
かまくら　八八
えんぶり　八八
田遊び　八九
初詣　八九
歳徳神　九〇
恵方詣　九〇
白朮詣　九一
破魔弓　九二
七福神詣　九二
初神楽　九三
繞道祭　九三
初伊勢　九三
玉せせり　九四
鷽替　九四
十日戎　九五
初金毘羅　九六
初卯　九六
新野の雪祭　九六
初天神　九七
初勤行　九七
初寅　九八
初弁天　九八
初薬師　九九
会陽　九九
初閻魔　一〇〇
初観音　一〇〇
初大師　一〇一
初不動　一〇一
初弥撒　一〇二

動物

嫁が君 一〇三
初鶏 一〇四
初声 一〇四
初鶯 一〇五
初雀 一〇五
初鳩 一〇六
初鴉 一〇六
伊勢海老 一〇七

植物

楪 一〇八
歯朶 一〇八
福寿草 一〇九
若菜 一一〇
根白草 一一〇
薺 一一〇
御行 一一一
仏の座 一一一
菘 一一二
蘿蔔 一一二
子日草 一一二

行事一覧……一一三
忌日一覧……一二三
二十四節気七十二候表……一三八
索引（新年版）……一四二
総索引……一五三

新年

時候

新年

年新《としあら》た　新玉《あらたま》　年始《ねんし》　年立つ　年明く　年改まる　年来《としきた》る　年迎う

新しい年。年の始めを言う。「あらたまの」は年・月・日などにかかる枕詞。「新玉」は掘り出したばかりで、まだ磨かれていない玉のこと。「改まる年」にかかるので、そのように言われるという説もあり、後には「あらたま」だけでも、新年の意に用いられるようになった。→初春《はつはる》・正月

春立つや新年古き米五升　芭蕉
三面鏡ひらきて素顔年迎ふ　橋本美代子
路地の子が礼して駈けて年新た　菖蒲あや
竹の奥つやつやと年来つつあり　手塚美佐
息かけてこのあらたまの眼鏡かな　福島勲
あらたまの鋼《はがね》の水を掬《むす》びけり　小野恵美子
新年の氷の濡れてをりにけり　鈴木五鈴
わが辿る白道無限年新た　桜木俊晃
新年の富士にもありぬ裏表　飯田以余子
年あらた四千の季語胎動す　遠藤信子
あけはなれ年かはりたる山を見る　井上喬風
年始まるこの児も向かい風が好き　由利雪二
ひば垣の角くつきりと年迎かふ　神谷孝子
木の家に住み木綿着て年迎ふ　筒井源枝
年迎ふ人の賜ひしものを着て　森重昭
陸の富士海の富士見て年新た　太田嗟
年新た三百年の炉が焚かれ　山本一糸
年来つつありタンカーの真正面　石﨑多寿子
年改まる吊橋の揺るるなか　高橋妙子
あらたまの虹かかりゐる関ケ原　鈴木恵美子

初《はつ》春《はる》　新春《しんしゅん》　明《あけ》の春　今朝《けさ》の春　千代《ちよ》の春

春のはじめ旧暦正月の春のはじめであるから、初春と言ったのである。その言い習わしが、現在にも残っている。→初春《しょしゅん》（春）・新年

目出度さもちう位なりおらが春　一　茶
はつはるの紋十郎にをんなの香　飯田蛇笏
未だ会はぬ何十億人千代の春　桑原三郎
初春の削りて咲かす花かつを　藤井寿江子
初春やドナウの水の蒼からず　兼間靖子
初春や秤の上の赤ん坊　清水文栄

正月《しょうがつ》《しやうがつ》　お正月　祝月《いわいづき》　元月《がんげつ》

一年のはじまりの月。正月は一月の別称で、年頭の慶祝の心がこもっている。一月という語感とは異なる、めでたい気分を伝えているように思う。→旧正月（春）・新年

正月の雪真清水の中に落つ　廣瀬直人
喪正月水の音のみ耳につき　宇咲冬男
正月の地べたを使ふ遊びかな　茨木和生
正月を噛んで含めて寝てゐたり　蔦　悦子
喪正月申し訳なく肥りけり　飯田　直
正月や小学校の水溜り　梶原敏子

睦《む》月《つき》　むつみ月《つき》　むつび月《つき》

旧暦一月の異称。正月は人々が相集い、相睦ぶ月ともいわれているが、その他にも諸説がある。→一月（冬）

筑紫野ははこべ花咲く睦月かな　杉田久女
山深く睦月の仏送りけり　西島麦南

今《こ》年《とし》　今年《こんねん》　当年《とうねん》　若き年

「新年」とか「新春」と同じに考えられるが、去年から新年へ、昨日から今日へ、と移り変ったときの感慨をこめたものとしてうけとれる。

又今年娑《しゃ》婆《ば》塞ぎぞよ草の家　一　茶
流れつつ今年の水となりにけり　藤稿みのる

去年《こぞ》今年《ことし》

過ぎ去った年を振り返り、年を惜しむとともに、新しい年を寿ぎ、この年への期待をこめた思いを言うものである。「去年今年貫く棒の如きもの」という虚子の、無造作な表現の奥の感慨は、この言葉のありようをよく示している。去年と今年という並列ではない。

去年今年貫く棒の如きもの　高浜虚子
齢のみ虚子に並べり去年今年　青木重行
去年今年墓に凭《もた》れる花の束　廣瀬直人
去年今年水の響きをわがものに　新谷ひろし
暗きより火種をはこぶ去年今年　柿本多映
紙屑の中に我在り去年今年　戸石あや子
佛吹く空也の深息去年今年　加藤房子
碇泊の汽笛が分つ去年今年　伊藤省三
ピッケルに火影拭き込む去年今年　手島靖一
折鶴に息吹き入れて去年今年　上野一孝
去年今年相あふ針の時計塔　大東晶子
去年今年腑に落ちぬ世にならされて　大島ひろ子
読経あり別のこゑあり去年今年　福井啓子
水槽の太らぬ魚や去年今年　中島ふき
木曽川や筏のうへの去年今年　吉田冬葉
ととのへる息のあとさき去年今年　中井恭子

去《こ》年《ぞ》　去年《きょねん》　古年《ふるとし》　旧年《きゅうねん》　初昔《はつむかし》　宵の年

過ぎ去ったばかりの前年を言う言葉。振り返りみる心がこもっている。

編み残す去年の毛糸のけぶりをり　中嶋秀子

ひかり食む牛の反芻《はんすう》初昔　飯田綾子

旧年という水槽のごときもの　矢島　恵

北限に墨引くごとし去年の貨車　大郷石秋

元《がん》《ぐわん》日《じつ》《じつ》　お元日　日の始め　鶏日

一月一日。新しい気分で迎える、年の始めの日である。厳粛な思いと慶祝の空気が籠っている。

まんばうはまぶたまばたくお元日　岡井省二

輪ゴム落ちてをり元日の弥撒《ミサ》のあと　須並一衛

元日というもきのうの白衣着る　向山文子

元日や野の石として妙義山　水上孤城

元日や神に逆らふ独り言　土橋たかを

元日のポストの口が閉まらない　松田秀一

素足にて出る元日のポストまで　梅本初子

元日の富士を連れ出す車窓かな　加茂達彌

元日の夕日金閣かがやかす　倉光迫子

庭石に鳥の尾が跳ねお元日　河野友人

元日の顔しっかりと洗いけり　室田みちこ

元日の勉強机ひとりぼち　一條友子

茜富士テラスに得たるお元日　北代　汀

元日なり午前零時のしゃがみ隊　荒井まり子

元《がん》《ぐわん》朝《ちょう》《てう》　元旦《がんたん》　大旦《おおあした》　鶏旦《けいたん》　歳旦《さいたん》

元日の朝を言う。すがすがしい朝の気分がこめられている。普通は元旦と言い、新年のよろこびやめでたさの滲む言葉である。

元旦の一字も置かぬ原稿紙　神蔵　器
撫でて在る目のたま久し大旦　三橋敏雄
元朝や人々の足地に接し　清水昇子
元旦の槙をめぐりて何の鳥　中村祐子
元朝の天声地音まだ聞かず　細木芒角星
ひたすらに風が吹くなり大旦　中川宋淵
波寄せて詩歌の国や大旦　大谷弘至

元朝や山に離れて山を見る　斎藤梅子
竜神の海千山千大旦　実籾　繁
神の火の煤が降りけり大旦　藤井　瞳
民法を繙《ひもと》いてゐる大旦　森井美知代
百鶏に水ゆきわたる大旦　中島畦雨
北斉の涛たちあがる大旦　服部佐多江
元旦の顔を小さく洗ひけり　本宮哲郎

三《さん》が日《にち》

一月一日、二日、三日の総称。通常の業務を休み、年始を祝う。一般にこの間は、屠蘇《とそ》、雑煮を祝い、正月の気分の漲っている時である。

喪隠りの塵も払はず三ヶ日　清水基吉
幼子の靴を増やして三が日　篠原ノリ子

御神楽を舞ひふるさとの三ヶ日　星野秀則
稿起すべし三ヶ日惰に過ぎし　成田黄二

二日《ふつか》　狗日《くじつ》

一月二日のこと。仕事始めの日として、「初荷」「初湯」「書初め」等が行われる。今は「二日」という日にこだわっていないが、元日のひっそりとした町が、急に活気づく感じのあるのは興味深い。

くれかかる二日の壁があるばかり　桂　信子

竹の幹二日の夕日射しにけり　加藤三七子

河口まで海を見にゆく二日かな　水田光雄
二日早や米寿の母のご高説　斉藤　仁
風はたとやめば二日の壇の浦　白倉久子
文引くときも二日の波の岩を越ゆ　田島魚十
腹の上に猫のせてゐる二日かな　行方克巳
噴いてきし飯の匂ひの二日かな　大南テイ子
二日はや魚干す入江軒深し　北村典子
赤ん坊に指先噛ます二日かな　加藤かな
すぐそばの母なつかしき二日かな　前田典子
よき客によき酔ひ狗日の日記書く　原田孵子

三日《みっか》　猪日《ちょじつ》

普通「三が日」という最後の日に当る。ここまでが慶祝の日とされた。会社・官庁はこの日までを休業とするところが多い。「三が日」の終る日として、やや哀惜の心がないわけではない。

三日はやもの書きといふ修羅あそび　鍵和田秞子
神官の妻の眉濃き三日かな　寺井谷子
三日はや鶏の蹴散らす晒し藁　平子公一
塗椀に卵と三日とろろかな　吉田木魂
日展の流れ三日の銀座かな　小野口正江
くもり空そのままくるる三日かな　猪俣登紀子
鱵の子泳ぐ三日の船だまり　山内美津男
歯朶《しだ》反りし神へ三日の灯を捧ぐ　須田蘇風
遠州の風出遅れし三日かな　本多千恵子
三日はやカレーの匂ふ白き家　西村倭文子

四日《よっか》　羊日《ようじつ》

「三が日」がすんで、この日から日常の仕事に帰るので、「仕事始め」とするところが多い。

ペン先の渇きていたる四日かな　宇咲冬男
柊に夕日零《こぼ》るる四日かな　福島　勲

五日《いつか》　牛日《ぎゅうじつ》

一月五日のこと。各地でその土地土地の固有の行事があるが、一般には、まだ「松の内」の一日として過すことが多い。

水仙にかかる埃も五日かな　松本たかし

入浴の許可畏《かしこ》みて五日かな　八木林之助

六日《むいか》　馬日《ばじつ》

正月六日のこと。節日である七日正月の前日で、この日を六日年越という。麦飯をたき赤鰯を食べる風習や、信州では魔除けとして戸口に沢蟹を炙って差す風習もある。

かけかへて鶴の相舞ふ六日かな　松根東洋城

右のもの左に寄せて六日かな　安原南海子

凭らざりし机の塵も六日かな　安住　敦

露天風呂灯す六日のふくらはぎ　牧野桂一

辻々の銀座日和も六日かな　村山古郷

二階から二男のギター六日かな　川崎果連

女衆の六日年越まだ明けぬ　松田ひろむ

包丁の切れ味ためす馬日かな　石口　榮

七日《なぬか》　七日《なのか》

一月七日のこと。七日正月とも言う。正月六日の夜から七日の朝にかけて、さまざまな行事を行う土地が多い。七種粥をたいて祝う習慣があり、また松の内の終りの日でもある。↓人日・七日正月

不機嫌に樫の突つ立つ七日かな　熊谷愛子

日の中に福藁散るも七日かな　小宮山政子

人日《じんじつ》　人《ひと》の日《ひ》　霊辰《れいしん》　人勝節《じんしょうせつ》　元七《がんしち》

陰暦正月七日を言う。中国前漢の『占書』に、「一日を鶏と為し、二日を狗と為し、三日を豕と為し、四日を羊と為し、五日を牛と為し、六日を馬と為し、七日を人となし、八日を穀と為す」とあり、それに由来して七日を人の日と呼称している。↓七日・七種

人の日の鰈《かれい》は空に透きにけり　加藤三七子
人日や聞き違へたり死と詩のこと　西村葉子
人日や灰汁のしぶとき豆を煮て　永野ヤヨイ
人日の過ぎゆくさまを二階より　天野蘇鉄
人日の夕日のなかを雨が降る　内田美紗
人日やいと不味《まず》げなる池の鯉　山本紫黄
人日や髪を染むるに鍵かけて　吉田つよし
人日の声を聞きたく把《と》る電話　斎藤道子
人日のあかるすぎたる汀かな　西村純吉
人日の谷より上がるうすけむり　中道昭子

七日正月《なぬかしょうがつ》《なぬかしやうぐわつ》

古くは七日正月の前夜を六日年越と言って、地方によりさまざまな行事が行われている。「松の内」の最後の日として、七種粥を用意して、一つの区切りとしているのである。

七日正月噴湯の虹を窓辺より　臼田亞浪
七日正月稚子見せに来る若夫婦　下村かよ子

松《まつ》の内《うち》　松七日《まつなぬか》　注連《しめ》の内《うち》

正月の門松をたてておく期間を言う。地方によってその期間が異る。一般には（関東地方を主として）七日まで、関西では十五日までが習慣となっている。この期間こそが正月、という気分にな

るのである。↓松過ぎ・門松

マドンナの虫歯をのぞく松の内　星野石雀

さりげなく老も紅刷く注連の内　村上桂月

松過《まつすぎ》　松明《まつあけ》　注連明《しめあけ》

関東では七日過ぎ、関西では十五日を過ぎた時期を言う。門松や注連飾りをとったあとのしばらくの間のことで、正月の諸行事が終り、普段の生活が帰ってきて、ややほっとした思いがある。
↓松の内

松過ぎの風ごうごうと父母の顔　藤岡筑邨

松過ぎて狐の皮の干されけり　白岩てい子

小正月《こしょうがつ》《こしょうぐわつ》　十五日正月　花正月　望正月

一月一日を大正月と言うのに対して、一月十五日を言う。旧暦の用いられている農村の生活では、この日雑煮または小豆粥を炊いて祝う習慣がある。

小正月路傍の石も祀らるる　鍵和田秞子

小正月いまおしろいコつけでらおン　黒瀧昭一

女正月《おんなしょうがつ》《をんなしやうぐわつ》　女正月《めしょうがつ》

正月十五日のこと。松の内は女性の身辺が忙しいので、女正月の日は、女の休養の日でもあった。地方によって日を異にすることがある。

女正月眉間に鳥の影落つる　飯島晴子

女正月日のおだやかな雑木山　藤本安騎生

女正月伊豆の紺青《こんじょう》欲しいまま　横山左知子

カステラの端より乾き女正月　長島たま

女正月青きひかりの魚買ひて　杉山加代
悪口もおのろけのうち女正月　深沢暁子

二十日正月《はつかしょうがつ》　団子《だんご》正月　二十日団子《はつかだんご》　骨正月　頭《かしら》正月

一月二十日を言う。この日をもって正月の納めの日としている地方が多い。この日団子をつくって食べる風習や、正月の魚の頭や骨を用いて料理し、それで御馳走をつくって食する習慣がある。この日でほぼ正月の行事も終ったことになる。

いままゐりはじめは二十日団子かな　季吟
二十日正月闇美しく迫りくる　向笠和子
ものがたき骨正月の老母かな　高浜虚子
母の世の骨正月のうすあかり　宇多喜代子

天文

初《はつ》空《ぞら》　初《はつ》御《み》空《そら》

元日の空である。すがすがしい空の色を思わせる言葉である。初御空は、天をあがめて言うもの。

初空やはや漂泊の雲浮かべ　宇咲冬男
駅通りまっすぐに来よ初御空　松田ひろむ
霊峰の明け放たれし初御空　藤田つとむ
はるばると腸《はらわた》はあり初み空　田村みどり
渡り来る鶴の空あり初御空　坂口幸江
ファックスにすぐくる返事初御空　田中美沙
初空や微光をはなつ八ヶ岳　渡辺立男
初御空岬に長き馬の影　石山民谷

初《はつ》日《ひ》　初《はつ》陽《ひ》　初《はつ》旭《あさひ》　初日の出　初日影

元日の日の出を言う。初日を拝むという慣習が全国的にあり、年改まって、気持も新たに、本年最初の日の光を拝むため、各地の高地・海岸へ出かける。

かぎろひの長谷《はせ》の初日を拝がめる　山田みづえ
白波のほかはふれざる初日うく　神蔵　器
一塊のパン荒々し初日影　原　和子
初日よりゆっくり登る女坂　石井美江
低翔の鵜にしぶき立つ初日かな　益田ただし
初日さす波に四駆《よんく》を乗り入れぬ　染谷佳之子
東京湾上に道あり初日さす　益田　清
海坂の千里を一気初日射す　小川玉泉
先づ師碑に届きし日矢の初日影　関野八千代
初日の出見えずネクタイ緩めけり　吉田水乱

初日さすいま金色の盲導犬　佐藤瑛子
初日影万象己が彩放つ　高山洋子
初日の出待つ岩壁に火を焚けり　吉澤利枝
にんげんは黒ずくめにて初日の出　正木志司子
ふと思ふ臍の緒のこと大初日　峰尾保治
初日さす裾くまなく真新し　荒武　蕾

初明《はつあか》り　初夜明《はつよあけ》

元日の朝の、日の出前の東の空のほのぼのとした曙光を言う。なんとなく荘厳の気が瀬る。

母と我の座がかはりをり初明り　中嶋秀子
黒豆は黒汁びたり初明り　山本紫黄
クレソンの水にはじまる初明り　河合凱夫
竜吐水の音のたかまり初明り　田中みち代
太古より壷は壺形初明り　岩淵喜代子
初明りまとひつつありぬわが峠　新谷ひろし
たらちねの母を立たする初明り　染谷多賀子
摩天楼揺れてくるなり初明り　秋本敦子
国引きの風土記の浜の初明り　岡崎憲正
地球儀をくるりと廻す初明り　永田呂邨

初東雲《はつしののめ》　初曙《はつあけぼの》

元日の明け方、白みはじめた空を言う。初空という状態になる、その前の段階を言う。

初東雲あめつち富士となりて立つ　岡田貞峰
鵜の礁《いくり》初東雲に見えわたり　富安風生
裏山に初東雲の蒼からむ　松田ひろむ
一生のあかときいくつ初曙　新谷ひろし

初《はつ》茜《あかね》

初日の出の前に、東の空がほのぼのと明るくなり、茜色に染まってゆく様子を言う。

初茜羊の流れとどまらず　白澤良子
初茜海底火山かも知れず　落合水尾
初茜海鳥の声空を駆く　杉戸道子
初茜入江入江の動きそむ　帰山綾子

初《はつ》晴《ばれ》

元日の晴天を言う。元日が晴れると、気分よく年を迎えられたような心持となる。そして農村では五穀豊穣の兆しとして喜ばれる。

初晴にはやきく凧のうなりかな　吉田冬葉
初晴や安房の山々みな低き　畠山譲二
初晴れや戦は遠き過去とせむ　城谷登美
初晴やお菓子二つを父の墓　小高沙羅

初東風《はつごち》　節東風《せちこち》

新年になって初めて吹く東風。東風は春の到来を示すように思われていて、新年早々の東風は、なにか明るい幸せを運んでくるような感じをいだかせる。→東風（春）

初東風に豊川詣でかくは果たす　中村汀女
初東風や編まれて青き生簀籠　小澤克己
初東風や鐘一打ずつ音違い　福田千栄子
初東風や一樹にのびる長梯子　草深昌子

初《はつ》風《かぜ》　初松籟《はつしょうらい》

元日に吹く風のことである。身の引き締るような寒気の風もあるが、ときには、ほのかに柔らかい風のときもある。肌を刺す寒気も、新年には耐えられないことはなく、やや暖かみのある風であると、めでたく幸せに感じるものである。

のんとりと吹く初風や松の音　竹　遊
初松籟武蔵野の友数ふべし　石田波郷

初《はつ》凪《なぎ》

元日の海が凪ぎ渡り、おだやかな様子を言う。いまは広く、海のことだけではなくて、風のとまった穏やかな日和をも言う。↓夕凪（夏）

初凪の島は置けるが如くなり　高浜虚子
初凪や小さなドイツ料理店　本井　英
龍馬像より初凪の海展け　田村一翠
初凪やいよいよ濁る河の水　大林信爾
古戦場より初凪の沖の船　片山一江
初凪といふ美しき海の皺　吉田美佐子
初凪やワイングラスにある夕日　小髙沙羅
初凪や廃校いまも図画を貼り　山田紀代

御《お》降《さが》り　富正月《とみしょうがつ》

元日に降る雨を言うが、雪の場合でも同様に言う。また三が日の間に降った場合も言う。新春は穏やかな晴を願うのだが、雨や雪が降っても、それはそれでめでたいとするのである。その年の豊穣を約束する、縁起のよいものとして喜ぶ風があり、それを「富正月」という。

お降りにして只の雨海に降る　加藤楸邨
御降や雀の骸《むくろ》すずめいろ　宮坂静生
お降りのつくづく深き土の色　宇咲冬男
お降りや磐座《いわくら》の石しめるほど　河合和子
喪の家に適ふおさがりかと思ふ　国府由子
かみがみの宴たけなは御降りす　清水里美
御降りの四条大橋渡りけり　羽成　翔
御降りの大樟に降るひびきかな　坂部尚子

初《はつ》霞《がすみ》　新霞《にいがすみ》

正月の野山にたなびく霞を言う。まだ寒い時候であり、滅多に霞が生じることはないが、これが生じるような好天で暖かい日は、めでたく感じられる。↓霞（春）

地に遊ぶ鳥は鳥なり初霞　千代女
空席の猿のこしかけ初霞　嶋野國夫
初霞して鵙《もず》の胸野をてらす　飯田龍太
祝婚の坂東太郎初霞　宮　沢子

淑《しゅく》気《き》

新春のめでたく荘厳の気のただようような感じを言う。感覚的で、気配全体が瑞祥《ずいしょう》の気に満ちている状態を言うのである。

雪に雪うつとりとして淑気かな　斎藤　玄
方丈の軒にもありし淑気かな　押川亜紀
淑気満つとは神官の黒木沓　加古宗也
金色堂飛雪にひらく淑気かな　佐藤国夫
淑気とは誰も来ぬ日の藍の華　斎藤梅子
新しき下駄の柾目の淑気かな　西田飄石
迸《ほとばし》る山の水より淑気かな　春林育子
和服着て臍下丹田淑気満つ　安田英巣
殊更《ことさら》に淑気句気生む二千年　磯野充伯
ひと刷けの土牛の富士の淑気かな　岩渕晃三
かしこみて神鶏あゆむ淑気かな　曽野　綾
淑気かな盃ほどの池望み　柳田芽衣

地理

初景色《はつげしき》　初山河《はつさんが》

元旦のいかにも瑞祥に満ち満ちている風景を言う。いつも見慣れた景色ながら、年改まった感じから、新鮮に見えるのである。

赤らめる桃の楉《しもと》を初景色　宮坂静生
妻といてときめくことも初景色　松田ひろむ
なにごとのあるてあらねど初山河　横澤放川
鶺鴒のための一石初景色　稲荷島人
初景色藁塚《にお》にもつとも惹かれけり　鈴木貞雄
初景色一目百町俯瞰《ふかん》して　登　七曜子
ひとすぢの滝のありけり初景色　谷口摩耶
高速の雲のパノラマ初景色　水野佐暉代
初山河身の閂を差し直す　内田やす子
初山河とぼしきものに鶏の声　青木重行
カーテンを端まで引いて初景色　羽部佐代子
吾が家は藪に溺るる初景色　井出寒子

初富士《はつふじ》

元日に見える富士山を言う。東京から遠望する富士山は、普段は余り目立たないが、三が日の晴天には、遙かに仰ぐことができ、それを見て味わう瑞祥を言う。

高速路初富士滑り来たりけり　岡田貞峰
初富士にたちまちこころきまりけり　井桁汀風子
初富士の今し天地をつなぎけり　藤田つとむ
初富士の大きく見ゆるところまで　石川英利

初筑波《はつつくば》

東京から眺められる山は、富士山を除くと筑波山であり、関東平野の果てに聳える気高さが、新春の眺めとして、吉祥のように清々しい。

女峰より男峰へ颪初筑波　嶋田麻紀
ひたち野のどこからも見え初筑波　小室善弘
ひろびろと両翼を延べ初筑波　野末たく二
鏡中に初筑波嶺をかかげけり　佐藤万里子

初比叡《はつひえい》

元日に眺める比叡山を言う。新春に相応しい瑞祥を味うことができるのである。特に、延暦寺をもつ霊山としての思いからか、山容全体に滲むようなめでたさにほっとするのである。

石に反る厠《かわや》草履や初比叡　波多野爽波
東男の婿にて候初比叡　菊池志乃
初比叡鎮護の尖りひとしほに　豊田都峰
バス停のゴスペルソング初比叡　宮　沢子

初浅間《はつあさま》

富士山・筑波山と並ぶ、浅間山の元日の眺めであり、美しく、不思議な山容に、荘厳とやさしさを味わうのである。

胸高にかすみの帯や初浅間　矢島渚男
初浅間ベルツ通りはしなやかで　宮　沢子
青春の十年の張り初浅間　松田ひろむ
初浅間図画の宿題間に合はず　北田はれ子

若菜野《わかなの》

春の七種を摘む野を言う。一月六日に、七日のために七種を摘みにゆくのが新春の行事であった頃の野を言ったが、今は新春の野を一般的に言うこともある。若菜は七種の総称として理解したい。

↓若菜・七種

わか菜野に三輪の酒うり出そめけり　暁　台

若菜野や八つ谷原の長命寺　石田波郷

風上に若菜野ありし行かざりし　伊藤通明

若菜野に銀冠の樹々ひとそよぎ　火村卓造

生活

若《わか》《わか》水《みず》《みづ》

初水《はつみず》　福水《ふくみず》　若井《わかい》　井華水《せいかすい》　若潮　若潮迎え

元日の朝、あるいは夜明前に、まず汲む水をいう。「初水」「福水」も同じ。かつては井戸へ行き、恵方に向って拝み、唱えごとをして水を汲み上げた。「若井」「井華水」である。この水は神聖な力を持つとされ、これで歳神への供え物や家族一同の食物を炊き、茶をたてる。東日本では若水汲みは年男の役目とされるが、西日本では女性の役目とするところもある。九州地方では、海に行って海水を汲み、神に供える。これを「若潮」「若潮迎え」という。

沢沿ひにゆくは若水汲む灯かも　白岩てい子

若水を遺影の妻と分ち合ふ　野原春醪

若水を汲む杓音の闇深し　峰山清

若水にはじける空気吸ひにけり　新谷ひろし

若潮を汲む羽衣の松風に　芋川幸子

太古よりの山毛欅《ぶな》の若水汲みにけり　阿部風々子

歯《は》固《がため》

正月三が日に固いものを食べて、歯の根を固める行事。「歯」は「年齢」に通じることから、歯固には健康を増進し、長寿を祈る意味が籠められる。歯固に用いる食品は、平安時代の朝廷では、鏡餅・大根・瓜、鮎を塩押しにした押鮎、鹿や猪の肉などであった。後に民間では、地方によってさまざまな食品となった。餅をはじめ、大根・蕪・押鮎・橙・勝栗・串柿・干柿など、喰積台に飾る食品と共通するものが多い。

歯がために二人の翁食ひにけり　鬼　貫
歯固めの出てくる源氏物語　石井　保

馬騎初《うまのりぞめ》

騎馬始《きばはじめ》　馬場始《ばばはじめ》　初騎《はつのり》

新年に、はじめて馬に乗ること。「騎馬始」「馬場始」「初騎」も同じ。武家の正月行事の一つとして行われてきた。室町幕府では正月二日がこの儀式の日とされていた。江戸幕府では正月五日とされているが、厳密に日は決められていなかった。正月初旬に将軍が馬場に臨み、恵方に向って引かれて来る馬に乗ったという。現在は日を限定せず、新年初の乗馬として詠まれている。

乗初の足も乱れず雪のあと　正岡子規
緊りをる汀の砂や騎馬始　上原富子

弓《ゆみ》　始《はじめ》

初弓《はつゆみ》　射初《いぞめ》　的始《まとはじめ》　弓矢始

新年に、はじめて弓を射ること。「初弓」「的始」「弓矢始」「射初」も同じ。もとは朝廷の正月行事であったものが、鎌倉幕府に取り入れられ、正月三日に行われた。室町時代には正月十七日に行われた。戦国時代以来途絶えていたこの行事を、江戸時代に、八代将軍徳川吉宗が再興した。吉宗はこれを正月十一日の行事とし、以降は将軍の上覧があって、盛大に行われた。現在は各地の神社で、正月の神事として行うところもある。

雪掻きて小弓はじめや村すずめ　素　丸
音一つふたたび一つ弓始　増成栗人
矢渡しを鞢《ゆがけ》に享《う》くる弓始　内山泉子
山里の学童八人弓始　奥村梅村

初弓や千年杉の雫して　大竹淑子

弓始まづ長老の綾だすき　甲斐すず江

粥捧げ山鳥捧げ弓始　前山久子

鳴く鳶の高みにありて弓始　田中岡衛

鞠《まり》始《はじめ》　蹴鞠《けまり》始

新年に行われる蹴鞠の行事。「蹴鞠始」も同じ。鹿の革で作った鞠を靴で蹴り上げ、靴で受けて、地に落さないようにする遊技。中国から伝わった行事で、平安時代末から鎌倉時代にはすでに行われていた。江戸時代には、正月の申の日に蹴鞠始の式が行われるようになった。明治時代に入り、一時途絶していたものが、蹴鞠保存会によって復興された。現在は京都市下鴨神社で、正月四日に行われている。

水干の少女に弾み初蹴鞠　川勝　春

初鞠や烏帽子《えぼし》のかけ緒締め直し　西村博子

鞠始ありゃおうと継ぎ庭燎《にわび》かな　松田曼莉

「とう」と蹴り烏帽子のあやふき鞠始　桝井順子

門《かど》松《まつ》　松飾　飾松　竹飾　飾竹《かざりだけ》

正月の神を祀る場として、家々の門口の両側に立てる松。「松飾」「飾松」も同じ。この松を依代として、歳神が来臨すると考えられた。門松の風習は平安末期から鎌倉時代にかけて普及した。地方によって種々の形態があり、松以外に、楢《なら》・朴・栗・榊などの木も用いられる。今日最も一般的なのは、三本の竹の上端を斜めにそいで立て、松を飾り、根本を割木で囲んだもの。また、山梨県などでは竹を主として立てる。竹を用いるものを「竹飾」「飾竹」という。大阪では、以前は門松を立てる風習はなく、戸口に注連縄を張った。宮中や公家にも門松の風習はなかった。↓門松立つ

（冬）・松納

門松のやや傾くを直しけり　小堀弘恵　　諏訪大社たおやかに注連飾りけり　宮本永子

門松の竹の切り口海光る　佐々木千代恵　　門松を水に打ちたて貴船《きふね》川　荻野杏子

藁盒子《わらごうし》《わらがふし》　幸籠《さいわいかご》　ヤス

藁で編んだ小さい籠。「盒子」は「椀」の意味である。これを正月の門松に結びつけ、日々雑煮などの供物を入れて供える。歳神、門神に供物を捧げ、ともに正月を祝うためのもの。「幸籠」も同じ。「ヤス」はこれをいう、長野県下伊那郡、愛知県北設楽郡、飛騨地方の方言である。

紅白のなますのけぞる藁盒子　岡田文子　　人日《じんじつ》の朝《あさ》食《げ》の湯気を藁盒子　尾亀清四郎

幸木《さいわいぎ》《さいはいぎ》　幸木《さいぎ》

「幸木」には二種類ある。第一に、家の中庭に横木をわたして、これに祝い日の食物である、干魚・塩魚、昆布・若布、大根・人参・牛蒡《ごぼう》などを懸けつらねておく。正月二十日頃まで、順にこれを食べる。四国・九州地方の風習である。「幸木」も同じ。第二に、中国・四国地方で、門松の根本に三から五本、ないし十数本の松の割木を立てておく。この「年木」を「幸木」と呼ぶ。

↓年木

いざ祝え鶴をかけたる幸木かな　松瀬青々　　幸木ほの紫のかけ蕪《かぶら》　呼子無花果

飾《かざり》　お飾　輪《わ》飾

広義には、新年の祝に飾りつける、鏡餅・松飾・注連飾などの総称。狭義では、このうち、藁を編んで正月の歳神を迎える依代とする、注連飾の類をいう。「お飾」も同じ。「輪飾」は編んだ藁を輪状にしたもので、最も一般的な形である。門口をはじめとして、農具、機械、臼、竈、井戸、自動車などにも飾られる。↓注連飾

一管の笛にもむすぶかざりかな　飯田蛇笏

釘といふこの強きもの輪飾りす　殿村菟絲子

注連《しめ》飾《かざり》　注連《しめ》縄《なわ》　七五三《しめ》縄《なわ》　年縄《としなわ》　牛蒡《ごぼう》注連《しめ》

正月に注連縄を門口に飾り、歳神を迎える依代とし、また、魔除けとするもの。「注連縄」「七五三縄」「年縄」も同じ。注連縄は元来、神の占有する区域を示すための縄張りの意味を持つ。縄を左綯りに綯い、藁の尻を切らずに垂らし、白幣を刺す、「前垂注連」が普通のもの。藁の尻を垂らさず、太く短く作ったものが「大根注連」、その細いものが「牛蒡注連」である。この注連縄に、伊勢海老、橙、歯朶などを添える場合も多い。↓飾

人心よやゆる〳〵としめかざり　貞徳

注連縄に藁の香嗅ぎし今年かな　新谷ひろし

尾に力ある注連縄を選びけり　鈴木節子

帆柱の飾りの揺るる舟溜り　石野章男

蓬《ほう》萊《らい》　掛《かけ》蓬萊　蓬萊飾《かざり》

正月の祝飾のひとつ。「蓬萊飾」も同じ。蓬萊山は中国の伝説上の三神山の一つで、渤海の東の海

にあり、仙人が住む不老不死の島であると言い伝えられて来た。その縁起にあやかったものである。三宝《さんぽう》の上に白紙・昆布・歯朶・楪《ゆずりは》を敷き、白米を盛り、さらにその上に、熨斗鮑《のしあわび》・搗栗・穂俵・串柿・橙・柚子・蜜柑・野老《ところ》・伊勢海老など、めでたいもの尽しを盛り重ねる。床の間飾と、取肴の台の役割を兼ねている。「掛蓬萊」は、床の間の壁などに吊り下げる式のもの。

蓬萊や青き畳は伊勢の海　伊藤松宇
相模嶺はわが蓬萊ぞ凧に立つ　鈴木康久
蓬萊やはるか馬蹄のひびきたる　加藤三七子
蓬萊や嶺々の高さのおのがじし　神尾季羊
蓬萊に積む搗栗《かちぐり》の一とにぎり　光信喜美子
蓬萊や一口香に潮の味　織田恭子

鏡《かがみ》餅《もち》　御《お》鏡《かがみ》　飾餅　具足《ぐそく》餅　鎧《よろい》餅

正月の祝飾のひとつ。大きさのやや異なる丸餅を二つ重ねて三宝に載せ、神棚に供えたり、床の間に飾ったりするもの。「御鏡」「飾餅」も同じ。餅の上に橙を乗せるほか、裏白・串柿・昆布などを添えて飾る地方もある。幸木や蓬萊飾と同様である。武家では、床の間に甲冑を飾り、その前に紅白の鏡餅を置いた。これを「具足餅」「鎧餅」という。

鏡餅わけても西の遥かかな　飯田龍太
生きてゐしかばしろたへの鏡餅　田中鬼骨
掛軸に静の一文字鏡餅　中村嘉風
二タ灘の音重なれり鏡餅　栗栖恵通子

飾《かざり》海《え》老《び》　海老飾る

正月の祝飾のひとつ。伊勢海老を茹であげ、鏡餅・蓬萊台・注連飾などに添えて飾ったもの。「海老飾る」も同じ。海老は、腰が二つ折りに屈した姿が長寿の老人に似ることから、長寿にあやかる

ことを祈って飾るものである。↓伊勢海老

暫《しばらく》の顔にも似たりかざり海老　永井荷風　　橙を抱く肱張りて飾海老　富安風生

飾《かざり》臼《うす》　臼飾る

正月の祝飾の儀式のひとつ。農家で、新しい筵の上に臼を据え、注連縄を張り、杵や箕を添え、臼の上、または近くに鏡餅を供えて飾ったもの。「臼飾る」も同じ。食料加工のための最も重要な用具であった臼に、神聖な正月を迎えさせるための風習である。

鶏鳴の刻ふさはしき飾臼　中戸川朝人　　潮の香にまじる馬の香飾臼　藤木倶子

飾《かざり》米《ごめ》　米飾る

正月の祝飾のひとつ。蓬萊台に白米を敷きつめて飾ることをいう。「米飾る」も同じ。また、丸盆に白米を盛って、玄関、または床の間に飾る場合もある。主食である米の豊作と、家の繁栄を祈るための風習である。↓蓬萊

白妙の雪にまがふや飾米　吉田冬葉　　石塊を立てて一仏飾米　古舘曹人

橙《だいだい》飾《かざ》る

正月の祝飾のひとつ。鏡餅や蓬萊台、注連飾などに橙を飾ること。橙は柑橘類の一種で冬に黄熟するが、そのまま採らずにおくと翌年の夏に再び青い色に帰ることから、「回青橙」の異称があり、正月の祝いものとされた。また「橙」の名を「代々」に掛け、子孫繁栄を祈るものとする。↓橙

（秋）

橙のただひと色を飾りけり　原　石鼎

飾りある橙の葉に見えにけり　後藤夜半

野老《ところ》飾《かざ》る

正月の祝飾のひとつ。蓬萊台に野老を飾ること。野老はヤマノイモ科の多年生蔓草で、山野に多く、食用とされる。長い髭根を生じること、また、イモそのものが長く伸びることから、これを老人の長寿になぞらえて祝う。→蓬萊

山の日に乾きし野老飾りけり　鈴木薊子

白鬚を飾り野老を飾りけり　上羽津由子

穂俵飾《ほだわらかざ》《ほだはらかざ》る　ほんだわら飾る

正月の祝飾のひとつ。穂俵を乾燥させて藁で束ね、俵の形にして、蓬萊台に飾る。穂俵は褐藻類の一種で、浮袋が米俵の形に似ていることからこの名がつけられた。「穂」も「俵」もめでたい字なので、正月飾とされる。→蓬萊

ほんだわら黒髪のごと飾り終る　山口青邨

穂俵に乾ける塩のめでたさよ　後藤比奈夫

福《ふく》藁《わら》　福藁敷く　ふくさ藁

新年に、家の門口や庭先に新しい藁を敷く風習。「福藁敷く」「ふくさ藁」も同じ。歳神を迎えるにあたって不浄を除き、正月の祭場を浄める気持が籠められている。また、年賀客を迎えるにあたって、足を汚さぬためのものとする。→新藁（秋）

福藁や雀が踊る鳶がまふ　一茶

福藁のはつかなる青産見舞　中村清子

年《とし》《とし》男《おとこ》《をとこ》　若男《わかおとこ》　節男《せちおとこ》

一家を代表して、正月の行事いっさいを取りしきる男をいう。「若男」「節男」も同じ。一家の主人、または長男があたることが多い。年末には煤払を取りしきり、門松を立て、注連飾を張り、蓬莱台を作るほか、種々の仕事にあたる。新年になると、若水汲みをはじめとし、雑煮を炊くなどの炊事にあたる。正月三が日は年男が炊事にあたり、女性には炊事をさせない地方もあった。

年男胡《こ》坐《ざ》して謡一番す　大野洒竹

酒飲めず来て年男たり得るや　杉山岳陽

年賀《ねんが》　年始《ねんし》　年礼《ねんれい》　廻礼《かいれい》　年始廻り　賀詞《がし》

正月三が日に、親戚・知友・近隣の間で正式の訪問を行い、新年の祝辞を述べ交わすこと。「年始」「年礼」も同じ。「廻礼」「年始廻り」は、年賀を述べて家々を廻ること。「賀詞」は、年賀の際に交わされる祝辞のことをいう。

子ら残し来て日暮れたる年賀かな　杉田久女

会長の役まだ残る年賀かな　松尾みち子

曙や年祝《ほ》ぎのこゑ鷗より　森　澄雄

年礼や律儀に頭さげてをり　清水静子

御慶《ぎょけい》

正月三が日に、親戚・知友・近隣の間で正式の訪問を行い、新年の祝辞を述べ交わすこと。その際の祝賀の言葉を、御慶を交すという。「年賀」「年始」の「賀詞」と同意であるが、どちらかというと、それよりは古風な言い方と捉えられ、改まった感じがある。

長松が親の名で来る御慶かな　野　坡
どつと来てどつと立ち去る御慶かな　山田みづえ
ベランダに御慶の雀来てをりぬ　鈴木久仁江
懐の犬の吠えだす御慶かな　佐田　栲

礼《れい》者《じゃ》　門礼《かどれい》　門礼者《じゃ》　賀《が》客《きゃく》　年賀客　女礼者《おんなれいじゃ》

正月三が日に、親戚・知友・近隣へ正式の訪問に出掛け、新年の祝辞を述べ交わす客のこと。「門礼」は、門口で祝辞を述べて帰ること。「門礼者」はその客。「賀客」「年賀客」は「礼者」と同じ。「女礼者」は女性の客を指す。→二月礼者（春）

雪掻けば直ちに見ゆる礼者かな　前田普羅
よき衣の女礼者をねたみけり　下村梅子
声かけて猫も賀客に加えけり　佐藤佳郷
御陵いま豊旗雲の礼者かな　猪股洋子
時しめし合せて女礼者来る　高木石子
オリーブの島より女礼者来し　小路智壽子

年《とし》玉《だま》　お年玉

正月に、人に対して行う贈物をいう。「お年玉」も同じ。現在では一般に、子供に金品を与えることをいう。本来は、歳神への捧げもの、また、歳神からの授りものの意である。室町時代以来、扇・絹織物・酒・魚などを贈る風習があった。江戸時代には扇を用いることが多かった。現在でも年始の礼に、餅などをあてる地方がある。現在、大人同士、会社間の年始廻りなどでは、「年賀」の熨斗をつけて贈られる。

年玉を天窓《あたま》におくやちひさい子　一　茶
不惑なほ母から貰ふお年玉　鎌田真弘
一重瞼二重瞼へお年玉　大澤ひろし
黒く大きな祖父のポケットお年玉　鈴木やす江

賀《が》《が》状《じょう》《じやう》　年賀状　年始状

新年の祝辞を述べて交わす、書状。「年賀状」「年始状」も同じ。現在は、郵政省からお年玉付き年賀はがきが売り出されており、年末に特別取扱いが行われ、一括して元日に届く。このはがきを用いるのが主流となっている。

ねこに来る賀状や猫のくすしより　久保より江
無駄多く生きて賀状の嵩高し　宇咲冬男
龍跳ねて金粉散らす賀状かな　中嶋秀子
被災地より転送されて賀状来る　池田美智子
硯海《けんかい》の三滴賀状三枚分　宮田和子
すぐそこに住む人よりの賀状かな　塩田章子
愛犬の名もいっぱしや年賀状　鈴木栄子
子の賀状宣言癖のいまもあり　江川虹村
蓬莱の国の真紅の賀状かな　小宮山政子
病み上りと分る賀状はそつと置く　尾関乱舌

礼《れい》受《うけ》　礼者受《れいじゃうけ》　名刺受

正月三が日に、年賀客の祝辞を玄関先で受けること。また、その人。「礼者受」も同じ。「名刺受」は、玄関先に名刺を置くのみで帰る年賀客のために、名刺を入れるように用意された器。めでたい柄の塗盆や、三宝風の盆などに、袱紗を敷いたものが用いられる。

礼帳やたてまはしたる金屏風　高浜虚子
松活けて弓道場の名刺受　風間淑

書《かき》初《ぞめ》　筆始《ふではじめ》　試筆《しひつ》　吉書《きっしょ》

新年に、はじめて書や絵をかくこと。多くは二日に行う。「筆始」も同じ。書いたものを「吉書」

という。主としてめでたい詩句が選ばれ、また、新年の抱負などを書く場合もある。江戸時代には、若水で墨を磨り、菅公の画像を掲げ、恵方に向って座して書いた。自作の詩歌を書く場合には、「試筆」と記すのが例である。

大津絵の筆のはじめは何仏　芭　蕉
筆始ほろ酔ひの字もめでたけれ　柏木志浪
書初や衰へならで枯れしと言ふ　瀧　春一
蒼天の夢を淋《りん》漓《り》と筆始め　すずき波浪
一の字に己の見えて筆始　田淵宏子
筆初め土牛の富士を仰ぎけり　大久保たけし

初《はつ》硯《すずり》

新年に、はじめて硯を使うこと。多くは二日に行い、この初硯を用いて、書初が行われる。江戸時代には、若水で墨を磨り、筆・硯を整えて、気持を新たにした。また、書初に限らず、賀状をしたためる際などにはじめて硯を用いることも指す。

初硯磨りつつぞ声緊りゆく　加藤楸邨
初硯墨むらさきに匂ひけり　田中美智子
初硯雪になる夜の墨匂ふ　銀林晴生
大雁塔《だいがんとう》まなうらにあり初硯　丸山比呂

読《よみ》初《ぞめ》　読書始

新年に、はじめて読書をすること。鎌倉時代に、将軍源実朝が「孝経」を読初とした。以後、儒家では「孝経」の士章を読み、または唐時代の杜審言の「終南山の詩」を読むのを嘉例とした。また「草子の読初」といって、女子は、書初の次に、御伽草子の「文正《ぶんしょう》の草子」を読初とした。現在は各人が好きな書物を読む。

読初や活字の魔性詩の魔性　宇咲冬男
読み初《そ》めの江戸下町に迷ひこむ　石川美佐子
読初めの蓮如上人御文章　蒲原ひろし
読初の胸中熱し昭和篇　西田妙子
読初やナイチンゲール看護論　井出富子
読初やむかしサルトルいま一茶　戸丸泰二郎

仕事始《しごとはじめ》　事務始　初仕事

新年に、はじめて各人が職業にたずさわること。「初仕事」も同じ。「事務始」は各官公庁や民間企業で、新年はじめて事務を執ること。かつては正月三が日を終えて、四日に行われることが多かったが、現在では日にちは多様化している。→御用始

起重機は仕事始めの霜降らす　加藤知世子
よく燃ゆる仕事始めの鞴《ふいご》かな　信谷冬木
初鑿《のみ》をがんと入れたる大仏師　林　日圓
皺のなき黒カーボン紙事務始　河原芦月
印影の朱を鮮やかに事務始　宮本径考
筆入れにイニシャルを入れ事務始め　永島敬子
まろやかに出来て豆腐の初仕事　梅本初子
青年医師面《おも》輪《わ》きりりと医務始　筒井源枝
棒グラフ張り替へ仕事始めかな　山本昌英
天界に仕事始めの縄なふや　曽根原幾子

初《はつ》旅《たび》　旅始　旅行始

新年に、はじめて旅行に出ること。「旅始」「旅行始」も同じ。改まった気分で、遠方の寺社へ、初詣に出向く場合もあろう。また、故郷の親元へ帰省する場合もある。最近では年末年始休を利用して、海外旅行などに出掛ける人も多い。

初旅にして大いなる富士を見し　小林牧羊
初旅や死出のごとくに片付けて　徳淵富枝

初旅の富士の白無垢たぐひなし　西田浩洋　　老猫の足にまつわる初旅行　吉田茂子

乗《のり》　初《ぞめ》　初乗《はつのり》　初電車　初車《はつぐるま》　船乗初《ふなのりぞめ》　初飛行

新年に、はじめて乗物に乗ること。「初乗」も同じ。この乗初をして、初旅に出掛けることとなる。新年の心弾みが伝わる。「初電車」は電車に、「初車」は自動車に、「船乗初」は船に、「初飛行」は飛行機に、それぞれ乗ることを指す。

初電車子の恋人と乗りあはす　安住　敦　　世田谷を行く初バスのよく曲がる　名井ひろし
やはらかく揉まれて降りぬ初電車　宮武章之　　初電車沈みし夕日また現れて　柳澤和子

御《ご》用《よう》始《はじめ》

各官公庁で、新年に、はじめて仕事に就くこと。登庁して年頭のあいさつを交わし、実務をはじめる。普通、一月四日がこの日にあたる。広義には、民間企業の仕事始・事務始を「御用始」と呼ぶこともある。↓御用納（冬）・仕事始

うつうつと御用始めを退けにけり　細川加賀　　神妙に御用始めをなにもせず　関根牧草

初《はつ》　市《いち》　市始《いちはじめ》　初市場《はついちば》　初立会《はつたちあい》　初相場《はつそうば》　初糶《はつせり》

新年に、はじめて開く市・市場。「市始」「初市場」も同じ。そこで、新年はじめて行われる糶《せり》が「初糶」である。初市の商品取引の値段を「初相場」という。証券取引所の初市を「初立会」といい、正月四日に行われる。

初市や海鼠《なまこ》一籠隅にあり　青木月斗
一本六百万円の大まぐろなり糶《せり》始　尾村馬人
いくたびも山襞めぐり初市へ　巌寺堅隆
ぱんぱんに脹らめる河豚《ふぐ》初市に　柳澤和子

初《はつ》《はつ》商《あきない》《あきなひ》

商始《あきないはじめ》　売初《うりぞめ》

新年に、はじめて店を開いて行われる商い。「商始」「売初」も同じ。商店街では、元日に休んで正月二日に売初が行われ、あるいはデパートなどでは、正月四日に行われることが多かった。現在は、二十四時間年中無休コンビニエンスストアの発達や、大型店舗の自由化などで、様変りしている。

初売の加賀の起上小法師《こぼし》かな　飴山實
初売りやはやもはじまる五割引　木村俊介

初《はつ》荷《に》

初荷舟《ぶね》　初荷馬《うま》　飾馬《かざりうま》

正月の初商用に、荷を美しく飾って、「初荷」の旗を立て、問屋や商店から商品を売先に届ける習慣があり、その荷を初荷という。江戸時代後期以来、正月二日の未明に、賑やかに行われることが多かった。舟を用いるものを「初荷舟」、馬を用いるものを「初荷馬」といい、そのために飾った馬を「飾馬」という。現在はトラックで行うのが主であり、日にちも一定しない。

マネキンの初荷一体づつ嵩む　菅　裸馬
国道を雁字搦《がんじがら》めの初荷ゆく　井出和幸
先頭を保ち続けて初荷行く　奥谷郁代
青森熊笹八万枚の初荷かな　折井眞琴

買《かい》初《ぞめ》　初買《はつかい》

新年に、はじめて行う買物。「初買」も同じ。江戸時代以来、かつては正月二日に行われることが多かった。デパートなどでは、四日と決めていた時期もある。福袋を売り出したり、安売りをしたりして、人目を引く。現在は商習慣の変化により、元日に行われることもあり、日にちは一定しない。

買初の小魚すこし猫のため　松本たかし

初買いの飾りボタンは夢の色　中村喜美子

新年会《しんねんかい》《しんねんくわい》　新年宴会

新年を祝って、親戚・町内会・近隣・勤務先・同業者・各種団体・同好の士・同窓生・学生同士などが集まって行う、祝賀の会。酒宴を催すことが多い。「新年宴会」は酒宴である。新年の祝辞を交わし、新しい年の交誼のはじめとする。↓忘年会（冬）

酔蟹や新年会の残り酒　正岡子規

新年会降る雪を見て高階に　川畑火川

初句会《はつくかい》《はつくくわい》　新年句会

新年に、はじめて行われる俳句会。「新年句会」も同じ。かつては「初運座《はつうんざ》」「運座始」と称した。また、この時用いる懐紙を「初懐紙」といった。初句会の披講は「初披講」となる。また、新年にはじめて行われる吟行は「初吟行」である。

ゆらゆらと人妻の香や初句会　鈴木鷹夫

辰年の辰の日なりし初句会　脇本良太郎

まむかひに海と山ある初句会　峰尾みち子
大川を窓下に見つつ初句会　長屋せい子
初句会手の切れさうな空を詠む　杉野諒一
老眼の眼鏡清めて初句会　星　陽子

ひめ始《はじめ》　姫《ひ》始《め》　密《ひ》事《め》始

江戸時代以来、諸説のある季語。今日風に水を加えて柔らかく米を炊く「ひめ飯」を新年はじめて食することという説。「ひめ」は「飛馬」で、乗馬はじめとする説。「ひめ」は「火水」で、炊事・洗濯のはじめという説などがある。最も一般的な解釈としては「姫始」「密《ひ》事《め》始」の字をあて、新年の男女交合のはじめとする。

ワインロゼほのかに残り姫始　斉藤すず子
若さと言ふないものねだりひめ始め　宮本美津江
ひめ始八重垣つくる深雪かな　増田龍雨
姫始水平線は空にあり　高木　智

七《なな》種《くさ》　七草《ななくさ》

七種菜、すなわち七種類の菜の略。「せりなずな　ごぎょうはこべら　ほとけのざ　すずなすずしろ　春の七草」と唱えると覚えやすい。せりは田芹、なずなはぺんぺん草、ごぎょうは母子草、はこべらは小鳥の餌にするはこべ、ほとけのざはたびらこ、すずなはかぶら、すずしろは大根の別称。秋の七草もあるが、単に七種と言えば春つまり新年の季語である。↓薺打つ・七種粥

あをあをと春七草の売れのこり　高野素十
人恋し春の七種数ふれば　加倉井秋を
七種の庖丁鳴りし伊那盆地　中澤康人
七草の笊躍らせてすすぎけり　重松里人

薺打《なずなう》つ　七種《ななくさ》打つ　七種はやす

正月七日、七種菜を入れた粥を食べて万病を除く風習がある。正式には七種の若菜を入れるのだが、寒い地方など七種が揃わない場合は、手に入れ易いなずなを七種の代表とした。粥に入れる若菜は切り刻むのではなく、俎《まないた》に乗せ包丁で叩いて刻む。大きな音を立て拍子をとるように「ななくさなずな　唐土の鳥が日本の土地に渡らぬさきに」と囃す。これを七草はやすという。↓七種・七草爪

あの藪に人の住めばぞ薺打つ　一茶
俎板《まないた》の染むまで薺打ちはやす　長谷川かな女
はづかしき朝寝の薺はやしけり　高橋淡路女
八方の岳しづまりて薺打　飯田蛇笏

若菜摘《わかなつみ》　若菜摘む・若菜狩・若菜籠

一年の邪気を祓うために七種粥の若菜を摘むこと。古くは新年最初の子《ね》の日の行事だったが、後に六日になった。↓若菜・七種・七種粥

幼児も富士見おぼえる若菜摘み　岩淵喜代子
若菜摘む茂吉の越えし王子径　須川峡生
山彦は神の身じろぎ若菜摘む　松田ひろむ
若菜摘む太宰生家を借景に　石口りんご
百歳のかかと落としや若菜摘む　磯部薫子
若菜摘む人を加へて義民塚　牧野桂一
俳人となりたる娘若菜摘　川崎果連
若菜摘む爪に関東ローム層　萩谷タカ彦

七種粥《ななくさがゆ》　七日粥《なぬかがゆ》　薺粥《なずながゆ》

正月七日に、早くも青々とした七種の若菜を入れた粥や雑炊を食べ、万病を防ぐ風習。七種が揃わない場合は薺だけでも入れ、善粥という。↓七種

とけそめし七草粥の薺かな　星野立子
ゆきばらのけさもやめるや薺粥　久保田万太郎
赤松は躍れる木なり七日粥　宮坂静生
薺粥もしやの二人ごころして　諸角せつ子
薺粥痴呆の母の口へさざなみ　安西　篤
薺粥さらりと出来てめでたけれ　大橋杣男
せりなずな以下省略の粥を吹く　池田政子
七日粥虫食ひの菜もきざみたる　中村泰子
里心つましホテルの薺粥　今関幸代
アメリカの大屋根の下薺粥　秋本敦子
蓋とれば野の明るさの薺粥　谷口稠子
薺粥家持ち上げる風の出て　上原富子

七草爪《ななくさづめ》　薺爪　七日爪《なぬか》

正月七日、その年はじめて爪を切ること。七種粥に使う菜を浸した水で爪を湿らせて切ると、悪い風邪にかからないという俗信がある。七種粥のおも湯につけて切ったり、爪切り湯といって湯に入ってから切ったりもする。↓薺打つ

爪垢や薺の前もはづかしき　一　茶
湯上りの七草爪をとりて昼　下田実花
みどりごも七草爪といふことを　西村和子
すぐそこに母の世があり薺爪　中村祐子
色恋は嘘がつきもの七日爪　平谷破葉
なづな爪川一禽も寄せつけず　国見敏子

十五日粥《じゅうごにちがゆ》　小豆粥・望の粥・粥柱

小正月の朝に炊かれる小豆粥のこと。十五日が「望の日」であることにちなんで餅が入れられることもある。これを粥柱という。

吾子が頬にしたたかつけぬ小豆粥　尾崎紅葉
明日死ぬる命めでたし小豆粥　高浜虚子
十五日粥のかなたや凪の色　宇多喜代子
十五日粥の餅腹奥信濃　松田ひろむ
次男坊来ていきなりの小豆粥　信岡さすけ
馬鹿塗の夫婦茶椀や小豆粥　石口　榮
小豆粥どんどん母が近くなる　石口りんご
立て直す子規の胸息小豆粥　磯部薫子
いつまでの一家のあるじ粥柱　川崎果連
粥柱あの世この世とつながつて　中村ふみ

粥杖《かゆづえ》《かゆづゑ》　粥の木　祝棒《いわいぼう》

正月十五日、小豆粥を煮る時にかき廻す棒をいう。正月の神祭のために年末に山から切り出した木を削り掛にしたもので、粥の木ともいう。小豆粥作りに使ったこの棒は特別の呪力があるものとされ、これで女子の尻を打つと男の子を産むとか、子沢山になるという俗信があった。『枕草子』にもその様子がユーモラスに描かれている。これは春の木で、生産力を秘めていると信じられていたからである。粥杖はその棒に付着する米粒の多少でその年の豊凶を占う粥占にも使われた。→小豆粥・成木責

粥杖に逃ぐるふりしてうたれけり　三　敲
粥杖に冠落ちたる不覚かな　内藤鳴雪

綱《つな》引《ひき》　綱曳《つなひき》

年占行事の一つで、一本の綱の両端を引き合って勝敗を争う。村落対抗で行ない、勝った方がこの年の豊作に恵まれるとした。現代では運動競技の一つであるが、正月十五日、小正月に神意を占う方法であった。

綱引や双峰の神みそなはす　石井露月

綱引やかの沖縄の粗き酒　赤尾兜子

福達磨《ふくだるま》　達磨市

新年に神棚に祀り、開運・厄除を願う達磨のこと。これを売るのが「達磨市」で、歳末から新年、旧正月頃まで立つ。群馬県少林山達磨寺では、正月六日から七日に達磨市が立つ。ここの達磨は腹に金字で「福」と書いてあるので、特に福達磨と称されている。達磨は購入時に願をかけて片目を墨書し、願の叶った時にもう一方を墨書する。

売りごゑにつかまつてゐる達磨市　成瀬靖子

だるま市泥棒橋のところより　野崎ゆり香

帳《ちょう》《ちやう》綴《とじ》《とじ》　帳書《ちょうがき》　帳始《ちょうはじめ》　帳祝

商家で、その年に用いる帳簿を新しく綴《つづ》ること。江戸時代には、正月四日・十日・十一日などに行われた。「帳祝」といって小宴を張り、これを祝う。「帳始」は帳簿をつけはじめること。また、この帳簿の表紙を上書きすることを「帳書」という。

帳とじや錐目《まとめ》満ちたる店机　高田蝶衣

七ツ倉持つ身上や御帳綴　杉山飛雨

鏡《かがみ》開《びらき》　鏡割

正月十一日に、神棚や床の間などから鏡餅を下ろして、食する行事。「鏡割」も同じ。四日・六日・二十日などに行うところもある。鏡餅は、刃物で切ることを忌み、手や槌を用いて割り欠き、これを「開く」「割る」と称する。かつては、雑煮やすまし汁を作った。現在は汁粉にしてふるまうことが多い。

門弟を持たざる鏡開きかな　秋山卓三

社員食堂鏡開きの汁粉出す　飯尾婦美代

蔵《くら》開《びらき》　御《お》蔵開

正月十一日に、新年はじめて蔵を開いて祝うこと。家運の加護を祈る行事である。「御蔵開」も同じ。十日までは世事に携わらず、十一日にはじめて俗務を開始するという風習によるもの。酒肴をととのえて蔵を開き、同時に鏡開をして、雑煮や汁粉を食べる。商家でなくとも祝う例が多い。

式台に樽酒据わる蔵開　坂本山秀朗

蔵開き質屋の女房あずき煮て　三浦薫子

年《とし》木《ぎ》　若木　節《せち》木《ぎ》　祝《いわい》木《ぎ》

新年に用いるための、燃料の薪。地方により、「若木」「節木」「祝木」などの呼称がある。年末の十三日に「年木樵」をし、割木を束ねて家の戸口や門松の根元に置き、歳神に供えて、新年を迎える準備とする。除夜あるいは元旦から、これを炉に燃やし、正月中はその火を絶やさない。→年木樵（冬）

年木割かけ声すればあやまたず　飯田蛇笏

さるをがせつけてかなしき年木かな　富安風生

鬼打木《おにうちぎ》　鬼木《おにぎ》

小正月を中心とした風習。胡桃・合歓・樫の木などで薪を作り、片側を削って消炭で十二本の線を引いたり、「十二月」という文字を書いたりする。それを正月十四日の晩に、門口に立て、あるいは神仏の前に供える。これが鬼を払う魔除となり、小正月の神が迎えられる。やって来た鬼は、「まだ十二月か」と思って立ち去るという。「鬼木」も同じ。

鬼打木倒して童子逃れたり　安藤橡面坊
ハンドルに朱色のカバー鬼打木　真山　尹

ぽっぺん　ぽぺん　ぽこんぽこん

ガラス製の玩具。フラスコ型の細長い管から息を出し入れすると、薄いガラスの壜の底がポコペンと鳴る。江戸時代から女の子がよく吹き鳴らして遊んだ。そのおもしろい音から「ぽぴん」「ぽぺん」「ぽこんぽこん」「ぽんぴん」などとも言われる。喜多川歌麿の絵「ビードロを吹く女」が吹いているのが、ぽっぺん（ビードロ）である。

ぽつぺんを吹けば誰彼すぎゆきぬ　山田みづえ
ぽつぺんのこはれさうなる音吹いて　塩崎敦子
ぽつぺんの鳴るも鳴らぬも笑ひけり　藤本朝海
ぽっぺんを吹き絵にならぬ女かな　須賀一恵
ぽっぺんを吹く良寛の貌《かお》をして　増成栗人
ぽつぺんを吹いて思ひは音の中　吉川康子

万《まん》歳《ざい》　三河《みかわ》万歳　大和《やまと》万歳

正月の松の内に家々を訪れて、祝言を述べる、門付け芸の一種。室町時代から行われている。江戸時代に盛んだったのが、三河・大和地方を出身とする「三河万歳」「大和万歳」である。主役の万歳大夫と、脇役の才蔵の二人一組で回る。万歳大夫は風折烏帽子《かざおりえぼし》をかぶって舞を舞い、才蔵は大黒頭巾をかぶって鼓を打つ。訪れた家に対して、千年も万年も栄えませと、予祝する。

やまざとはまんざい遅し梅花《うめのはな》　芭蕉

万歳の太夫の鼓ひとつの荷　結城美津女

獅子舞《ししまい》《ししまひ》

太神楽《だいかぐら》　竈祓《かまどはら》い　獅子頭《ししがしら》

正月に、家々を訪れて祝福する芸能のひとつ。神楽の一種である。赤い顔の獅子頭をかぶり、唐草模様の緑の布の中に二人が入って舞う場合が多い。一人舞や、三人以上が中に入る場合もある。もともとは、伊勢神宮に参詣できぬ人のために、民間の神職が御神体とあがめる獅子頭を持って各地を巡り、悪疫を払う祈祷の舞を舞ったもの。これを「太神楽」と呼ぶ。「竈祓い」は、山伏の女房などが巫女姿で各戸を廻り、家内安全や、竈の火伏の祈祷を行ったもの。

影ばかり背梁山脈の獅子舞　金子兜太

獅子舞や海の彼方の安房《あわ》上総《かずさ》　五所平之助

獅子頭どさりと置きて男老ゆ　小池龍渓子

獅子舞の獅子抱き帰る山手線　松本三千夫

獅子舞の獅子は四肢から酔ひはじむ　山田空石

獅子舞来るカチカチカチと子供食う　澤柳たか子

猿廻し《さるまわし》《さるまはし》

猿曳《さるひき》　猿使い

正月に、猿と共に家々を訪れ、太鼓を打ちつつ猿を舞わせて厄を払う、門付け芸の一種である。「猿曳」も同じ。猿を使う男を「猿使い」と称する。厄災を「去る」という縁起かつぎから、訪れた家の繁栄を予祝して廻る。さらに、猿が馬の守り神とされたことから、武家や農家の厩舎にも廻って舞った。

裏門司の霞に帰る猿まはし　竹下流彩　奈良町の生字引なり猿回し　藤　彩子

春《はる》駒《こま》　春駒舞《まい》　春駒万歳《まんざい》

正月に、家々を訪れて新春の言祝ぎを述べる、門付け芸の一種。「春駒舞」「春駒万歳」ともいう。馬の首型を手に持ち、あるいはまたがる格好をして手綱を取り、三味線や太鼓の囃に合わせて、祝言を述べながら、舞い歩く。江戸時代には、万歳と並んで特に盛んであった。また、馬が蚕の守り神とされたことから、春駒は養蚕業の予祝の意味を持つようになった。

春駒やふり分け髪の振りくらべ　素丸　春駒や通し土間より日本海　赤塚五行

春駒や男顔なる女の子　太祇　春駒やぽこんぽこんと山並び　中村清子

鳥《とり》《とり》追《おい》《おひ》

正月に家々を訪れて、予祝を述べる、門付け芸の一種。鳥追の行事は、各地の農村で小正月に行われており、当年の豊穣を祈願し、鳥獣を追い払うしぐさをしたもの。これが芸能化し、さらに門付け芸となった。女性が編笠をかぶり、白布で顔を隠し、紅染の手甲を着け、手を叩きながら祝言を述べて廻る。この手の動きが、鳥追行事のしぐさに似ている。また、三味線を弾きながら、鳥追歌を歌う。

鳥追やゆきゝの道の泪橋《なみだばし》　皆川盤水　鳥追のもうひと囃し幼子に　塩原　傳

傀儡師《かいらいし》《くわいらいし》　傀儡《くぐつ》　夷廻《えびすまわ》し　木偶《でく》廻し

正月に家々を訪れて、祝言を述べる、門付け芸の一種。首から人形箱を掛け、えびす、大黒、稲荷、お福などの人形を出し、えびすが鯛を釣るなど、めでたい種々の舞を舞わせる。多くは二人づれで、一人が人形を使い、一人が太鼓を打つなどして囃す。物語は、説教節や義太夫に合わせて語る。「夷廻し」「木偶廻し」も同じ。使う人形を「傀儡《かいらい》」「傀儡《くぐつ》」という。

傀儡師阿波の鳴門を小歌かな　其角

勝鬨橋《かちどきばし》開いて船の傀儡師　鈴木有紗

この村の旧家に泊る傀儡師　井上綾子

傀儡師仏出さうか鬼出そか　平川翠扇

着《き》衣《そ》始《はじめ》

新年に、新しい冠を着け、新しい装束・衣装を着ること。江戸時代には、新年を祝う行事の一つとして、正月三が日の中の吉日を選んで行われた。衣服を改めることによって、一年の生活の無事を祈る気持が籠められている。

きそ始吉野初瀬をみやこかな　友水

身ぬちより溢るくれなゐ着衣始　飯田綾子

春《はる》着《ぎ》　正月《しょうがつ》小袖《こそで》　春襲《はるがさね》

新年に着る、新しい晴着のこと。「正月小袖」「春襲」も同じ。「春着縫う」は、前年の暮に行われ、冬の季語である。「春着」は、主に女性や子供の晴着に用いられる言葉である。春着を着て、日本髪を結った女性が初詣に出掛ける光景は、正月らしさを感じさせる。

春著の子乗せ河童舟棹させり　加藤三七子
春著着るしぐさもつとも華やげる　三須虹秋
お百度を踏みて春著に目もくれず　浜渦美好
地獄絵の赤を春着の裾に見し　大山安太郎

春着の娘フランスパンを抱いて来る　柚口　満
春着の子座れば蕊《しべ》のごときかな　柴田多鶴子
片足をあげ鶴の真似春着の子　穂苅きみ
春著着て荒磯の道にバス待てる　上崎暮潮

屠《と》蘇《そ》　屠蘇祝う　屠蘇酒《しゅ》　屠蘇袋《ぶくろ》

新年を祝って用いる薬酒。「屠蘇酒」も同じ。中国から伝わったもので、我が国では平安時代からすでに行われていた。元旦に呑めば一年の邪気を払うといわれ、これを用いることが「屠蘇祝う」である。また、三が日に年賀客に供する。山椒・細辛《さいしん》・防風・桔梗・白朮・肉桂などを調合して作られる。調合した原料を入れてある紅《もみ》の帛《きぬ》が「屠蘇袋」である。これを銚子に入れ、味醂を注いで浸しておいて呑む。

屠蘇の座のその子この子に日がさし来　加藤知世子
屠蘇うけてゐてもそゞろに旅を恋ふ　宇田零雨
曽孫にも屠蘇舐めさすと騒ぎをる　武井三重

屠蘇の子や一重まぶたを引継げり　高岡　慧
屠蘇の酔ひ醒ます土竜の土を踏み　奥谷亞津子
父の座は床の間のまえ屠蘇祝う　森松　清

年酒《ねんしゅ》《としざけ》　年酒《としざけ》　年始酒《ねんしざけ》

新年に、年始客に振舞う酒のこと。最初の一杯は屠蘇祝とする慣わしである。「年酒」「年始酒」も同じ。日本酒が一般的であったが、現在は洋酒・ワインなど、種々の酒を好みで用いる。肴は田作り・数の子など、めでたいものを供する。

としざけに坐りこんだる桜島　松澤　昭
生涯のいまが花道年酒酌む　伊東宏晃
年の酒母が少女のごとくをり　福田啓一
年酒酌む親子に作法なかりけり　太田蘆青

大服《おおぶく》《おほぶく》

大福《おおぶく》　福茶《ふくちゃ》　大福茶《おおぶくちゃ》

元旦、その年最初に汲んだ若水をわかし、たっぷりお茶に注いだものに、梅干し、山椒、結び昆布などを入れていただくこと。雑煮を食べる前に、家族揃って飲むのがいいとされる。村上天皇の御代（九四六～九六七）に疫病が大流行したとき、京の六波羅蜜寺《ろくはらみつじ》の空也上人が、同寺の本尊である観世音菩薩のお告げにより、供えてあったお茶を天皇に献じ、万民に施したところたちまちに平癒《へいゆ》したという伝説による。禅寺などでおこなわれる梅湯茶礼が一般にひろまったものだという説もある。家族の健康と長寿を祈って飲むもので、元旦にいただく福茶はじつにすっきりとした気分にさせてくれるものだ。

外からは梅がとび込む福茶かな　一　茶
大服をたゞたぶ〳〵と召されしか　高浜虚子

福沸《ふくわかし》

福鍋《ふくなべ》

元旦のまた夜が明けきらない前に汲んだ若水を沸かすことで、新年最初の煮たきを祝って「福沸」といったもの。沸かした鍋をやはり祝意を込めて「福鍋」という。正月四日に三ヶ日のあいだ神に供えてあったものをおろして鍋で煮て家中で食べること、七日、十五日もいうとする説もある。七日の場合は七日粥、十五日の場合は小豆粥を祝う家が多い。

福鍋に耳かたむくる心かな　飯田蛇笏
福鍋に選ぶ手慣れの片手鍋　つじ加代子

雑煮《ぞうに》《ざふに》

雑煮祝う　雑煮餅　雑煮椀《わん》

正月三日間を飯を炊かずに、餅を煮て食べる風習がある。それが雑煮だが、その食べ方は地方によって異なり、大きく分けて、関東ではのし餅を小さく切って焼いてから、すまし汁で煮る。関西では丸餅を白味噌で煮るところが多い。日本海側の各地では小豆汁で煮たり、餅の上に小豆をのせたものをいただくところもある。東京では鶏肉、海老、蒲鉾、小松菜などを入れる。地方によっては大根や蕪、人参、里芋、こんにゃくなどを入れるところもあり、そんなことから雑煮と呼ばれるようになったらしい。雑煮は六日間食べ、七日に七草粥、以後は雑煮は食べない、という地方もある。年神に供えたおさがりを煮て食べた名残りともいわれている。

脇差を横にまはして雑煮かな　許六

やはらかに生き熱く生き雑煮餅　林　翔

金輪際雑煮の青は三つ葉のみ　中野陽路

雑煮食ぶ倖は一握りほどがよし　田村やゑ

雑煮食ぶわが父母はいのちなが　岡本多可志

朝風呂へ雑煮の餅の数をきく　中村遠路

太《ふと》箸《ばし》

祝箸《いわいばし》　柳箸《やなぎばし》　箸紙《はしがみ》　雑煮箸《ぞうにばし》

正月、雑煮などを食べるのに、柳の白い太箸を使う。これは箸が折れることを不吉とするもので、足利七代将軍義勝が落馬して死んだのは、その年の正月の儀式の際、箸が折れたことが原因だったという言い伝えによるとされている。中ほどを太くするのも、素材として柳を用いるのも折れにくいための工夫だ。太箸を入れる袋に、それぞれ使う人の名前を記し、一年の無病息災を祈願する。

太箸の素《しろ》きが母に長かりき　野澤節子
太箸や家族たしかめ合ふ正座　今木幸子

太箸や戦後を生きて五十年　多賀谷榮一
太箸のこの滑らかなふくらみよ　西田　孝
太箸やふところふかき父のこと　佐々木菁子
箸紙の数に変はりのなかりけり　井上三須女

喰積《くいつみ》《くひつみ》　重詰《じゅうづめ》　重詰料理　組重《くみじゅう》　お節《せち》料理

こぶ巻き・数の子・黒豆・だて巻きなど、正月の節料理を重箱に詰めたもの。一の重から四の重まで、それぞれに美しく盛り合せて饗膳用の正月料理とされる。江戸時代には、三方の上に、熨斗《のし》鮑《あわび》、昆布、干柿、蜜柑、葩煎《はぜ》などを盛る蓬萊台と同じもので、賀客はその中の葩煎だけを取って食べたり、食べる真似をしたりしていた。そこで、別途に重詰を用意して饗応していたが、やがて重詰の方が中心になった。食積は食い継ぎのなまったものだともいわれる。

喰積の日がいつぱいや母の前　山田みづえ
喰積と花札と旅役者かな　藤原美峰

草石蚕《ちょろぎ》　ちょうろぎ　ちょうろく

正月の重詰の黒豆の中に、梅酢で赤く染めた草石蚕の塊茎をいろどりとして添える。江戸時代中国から朝鮮半島を経て日本に入ってきた。長さ三センチほどの巻貝のような形をした白い塊茎で、こりこりとして歯応えも楽しい。

ねぢれたるちよろぎを噛める前歯かな　草間時彦
草石蚕濃しぢぢが食べばばが食べ　石川辛夷

数《かず》の子《こ》　かどのこ

鰊の卵巣を塩蔵したり、乾燥したりして保存し、米のとぎ汁や水でもどして、正月の節料理の一つとして出される。鰊のことをアイヌ語で「かどのこ」ということから訛って「かずのこ」と呼ばれるようになったという説と、子孫繁栄の願いをこめて数の子という説がある。酒、醤油、味醂につけ、花鰹などを振りかけて食べるとうまい。ぷりぷりとした歯応えも格別で、現在は不漁続きということもあって高価なものになっており、海のダイヤともいわれている。

数の子にいとけなき歯を鳴らしけり　田村木国

数の子やどの子もわが血享《う》けたる眸　神野青鬼灯

散骨もいいか数の子嚙みながら　伏見安江

数の子を嚙む音たのし修行僧　中島畦雨

田《た》作《づくり》　ごまめ　小殿原《ことのばら》

鯷《ひしこ》（かたくちいわしの幼魚）を天日で干したものを醤油や飴で煮てつくる。正月料理の必須の一品だといってもいい。「ごまめ」ともいうが「五万米」の字を当てる。昔は田の肥料にしたり、田植祝いの膳に供したことから「田作」とも呼ぶ。いずれも縁起のいい名前であることから豊作祈願の料理とされている。焙烙《ほうらく》で焦げつかぬ程度に手早く煎って飴煮にしたものは格別にうまい。

日本の家が寒くてごまめ曲る　辻田克巳

いちどきの箸に糸引くごまめかな　藤井恒子

ごまめ嚙んで齢一つを重ねけり　持田琇子

献体にまだある迷ひごまめ妙る　塩路隆子

切山椒《きりざんしょう》《きりざんせう》

正月の生菓子。糝粉《しんこ》に砂糖と粉山椒あるいは山椒汁や山椒の実を煎って入れ、よくまぜては蒸し、蒸しては臼で搗く。それを繰り返したあと算木型に切って、食紅などを使って紅白にしたり、五色に染めたりする。山椒の香りと美しい彩りによって正月のお茶受けの菓子としていまも人気がある。

戦《いくさ》なき切山椒の香なりけり　石川桂郎
姑方は係累多し切山椒　星野麥丘人
敵あらばおそらく五人切山椒　小澤克己
弟を子どもあつかひ切山椒　久保山敦子
切山椒仏の父母に味を問ふ　久保東海司
切山椒学びに終の言あらず　四条ひろし

俎《まないた》始《はじめ》　包丁始

正月三が日は大方の家庭では炊事をせずにお節料理ですませる心づもりでいるのだが、それでも、簡単な汁を作ったり、香のものを刻んだりするために厨に立つことがある。新年の最初に厨に立つことを俎始というが、新しい包丁や俎を使うことが多い。春着の上から割烹着などをはおって立つ姿はまた新年らしい情調をかもし出す。

白玉の蕪を包丁始めかな　山下喜代子
総身の気迫庖丁始めの儀　阿部朝子
まほろばの幸を俎始とす　前川菁道
沖荒れて雪の俎始かな　久保厚夫

初手水《はつちょうず》《はつてうづ》

元旦に汲んだ最初の水である若水で、手や顔、口などを洗い濯ぐことをいう。その後、東天を拝み、神や仏に掌を合せる。井戸というものが極めて少なくなった今日では水道の水を使うことが多くなったが、それでも初手水という思いで使うと心がひきしまるものだ。「初手水」はかつては「若水」の傍題の中に入れている歳時記が多かった。

歯ブラシを吾子にも与へ初手水　高田風人子
山腹の家並の照りや初手水　長崎玲子

掃《はき》初《ぞめ》　初箒《はつぼうき》　初掃除

正月二日に、その年最初の掃除をすることになっている。つまり、元日に掃除をすると福を掃き出してしまうという縁起による。また、大晦日に煤払いをするからとか、元日は初詣など神事が多いから、とか種々の理由があげられるが、元日くらい主婦を少しでも家事から解放しようというやさしい配慮が風習化したようにも思われる。

掃初や銀元結《もとゆい》の屑すこし　岡本松浜
草庵の短き縁を拭始　富安風生

初《はつ》暦《ごよみ》　新暦《しんごよみ》

年が明けてその年の新しい暦を使い始めることをいう。具体的には、新暦を壁に掛けたりカレンダーなら表紙の部分をめくって一月のところに月をやったとき、初暦の実感がわく。昔は巻暦といって巻物になっており、右から巻いて使った。昭和の初めごろには「日めくり」がほとんどで、やがて七曜表による月毎のカレンダーが多くなり、五十年ごろからはいよいよ日めくりは珍しいものになってきた。カレンダーには写真や絵が刷り込まれたものが多く、室内の装飾品の役割も担っている。古くは京の大経師《だいきょうじ》暦、伊勢神宮の伊勢暦、伊豆三島の三島暦などがあり、大経師暦は宮中に献上された。↓古暦（冬）

子に来るもの我にもう来ず初暦　加藤楸邨
丸みぐせ伸ぱす富嶽のカレンダー　秋元大吉郎
光淋に始まる月日初暦　河合澄子
病室の四人四様の初暦　高橋千美
背広着し庭師が配る新暦　西宮正雄
新暦黄泉《よみ》に入りたる人の句が　長田久子
初暦わが遂の日のありやなし　細見しゅこう
初暦をはりの絵まで捲つて見　上原富子

初《はつ》湯《ゆ》　初風呂　湯殿始《ゆどのはじめ》

新年にはじめて入る風呂のこと。銭湯は大晦日に遅くまで営業するところが多いことから、たいてい元旦はお休みになる。したがって二日が初湯になる。初湯は若湯ともいうが、初湯に入ると若返るともいわれる。沐浴し、一年の無病息災と幸せを祈る。

初湯殿卒寿のふぐり伸ばしけり　阿波野青畝
わらんべの溺るるばかり初湯かな　飯田蛇笏
にぎやかな妻子の初湯覗きけり　小島　健
朝の日を溶かしてをりし初湯かな　弓木和子
煩悩と脂肪落とせず初湯かな　福永直子
初風呂に我が行く末を思ひつゝ　酒井澄子
初風呂を少し熱しと思ひつつ　菅井たみよ
雪嶺に礼し初湯に入りにけり　柳澤和子

初《はつ》刷《ずり》　刷初《すりぞめ》　初新聞

新年最初の新聞や雑誌の刊行をいう。またその刊行物をいう。ことに元日のそれは格別の気分があるものだ。屠蘇を酌む前に、あるいは福茶をいただく前に見る刊行物には、新年を祝う記事とともに、各著名人の抱負などが多数掲載され、読者もおのずと気持ちがひきしまってくるものだ。インクの匂いも何となく初刷りといった感じを思わせるのも楽しい。

初刷のめでたき重さありにけり　鈴木栄子
初刷の一書しづかに日の机　山田弘子
初刷や富士を二つに折りたたみ　石原　透
初刷やとどろと廻る輪転機　桜木俊晃
初刷を少年担ぐ腰入れて　広瀬一朗
初刷の紙の湿りや籬風《まがきかぜ》　国見敏子

初写真《はつしゃしん》　初写し

新年になって初めて撮る写真のことで、一家元気に正月を迎えたことを、家族揃って祝うという意味もおのずと生まれてくる。また、あらたまった気分で撮る写真はいいもので、新年という区切りを自然に意識させてくれる効果もある。遠方にいる親戚や友人に送ることで映像として息災を確認し合うこともできる。

太鼓橋われらが占拠初写真　山口青邨
前列は女流ばかりや初写真　荻原芳堂
座布団の滑りやすくて初写真　工藤弘子
初写真いつも横向く誰かゐて　辻　あき子

初便り《はつだより》　初郵便

新年になって初めて届く手紙や葉書のことをいう。年賀状を初便りに含む説と含まないとする説があるが、今日では含むとする説の方が自然に思われる。「初便り」という言葉は、年賀状というものがなかった江戸時代の名残りというふうに見るのが自然だろう。肉親は無論のこと、親戚や友人から届く初便りというのは嬉しいもので、明るい気分にさせてくれる。また、返事を書くにも心がはずむ。

初便り一子を語るつまびろか　中村汀女

鳰《にお》も居りわが初だより淡海《おうみ》より　森　澄雄

てにをはを使い立てたる初便り　中里麦外

恋をせよ煙草を吸ふな初便　野上寛子

初電話《はつでんわ》　初メール

新年はじめての電話のことで、たいてい遠く離れ住む肉親や親戚との電話が多い。年賀状の返事として、あるいは年賀状のかわりに電話をして、新年を無事に迎えられたことをお互いに祝福しあう。新年早々と最もなごみ華やぐ時間でもある。

無事に年越せしと告ぐる初電話　吉田きみ

初電話梨のつぶての息子より　田中丸とし子

大声で齢問はれたり初電話　渡辺園江

異国より子の声大き初電話　加納花子

笑初《わらいぞめ》《わらひぞめ》　初笑《はつわらい》

年が明けて最初に笑うことをいう。昔から「笑う門には福来たる」といわれ、笑うことはめでたいことの前兆とされている。元日をにこにこと笑って過ごすことによって一年間幸せに暮らせるともされる。

百日の孫が主役の初笑ひ　竹吉章太
突風へ雀の仕草笑初　後見九朗

泣初《なきぞめ》　初泣《はつなき》　米《よね》こぼす

新年になってはじめて泣くことをいう。笑い、とちがって泣くほうはやや暗くなる。そこで、子供が泣くと「正月に泣くと一年中泣いていなくてはならなくなるよ」などといってたしなめたりする。大人にとってみてもやはり新年早々泣くのは縁起でもないという思いがあり、囃すことで暗さを吹き飛ばしてしまおうという発想から生まれてきた季語だ。映画や芝居に出かけて泣いてくるというのも、初泣きを家の中でするのは縁起がよくないという思いから出ている。

静かなる日や泣初もすみたれば　加藤楸邨
初泣の訳を聞かれてまた泣けり　根津り絵
泣初の両手握つてやりにけり　山西雅子
泣初やおまはりさんの腹話術　木倉フミヱ

初《はつ》鏡《かがみ》　初化粧

新年になってはじめて鏡にむかって化粧をすることで、その鏡もいう。女性にとってはその年の最初の身だしなみでもあり、緊張の中にも華やいだ気分になるひとときといえよう。

割烹着やうやく脱いで初鏡　吉屋信子
背比べの孫に越されし初鏡　中村寒波
初鏡娘のあとに妻坐る　日野草城
玉手箱開けては駄目よ初鏡　橋本敏子
初鏡泣き足りし顔といふべかり　殿村菟絲子
初鏡ふとした仕種母に似し　永川絢子
初鏡いくさの傷のまた縮み　増田三果樹
初鏡右手衰えし左利き　山中蛍火
険失せてをり退職の初鏡　平野無石
初鏡齢は確と数へまじ　梅田美智

初《はつ》髪《がみ》　初結《はつゆい》　結初《ゆいぞめ》　梳初《すきぞめ》

新年になってはじめて女性が美しく結いあげた日本髪・洋髪をいう。もっとも年末に結った髪でも正月のために結ったもので、正月に街頭で見かけたときは初髪といってもよい。初髪を結い晴着を着た若い女性はひときわ華やいで見える。

初島田結ひて汚き割烹着　高浜虚子
初髪の高さにグラス華甲《かこう》の寿　児玉素朋
結初の萌黄《もえぎ》色なる飾紐　宮武章之
初髪を結ひておほかた厨事　坪川紀子

初日記《はつにっき》　日記始　新日記

新年になってはじめて日記をつけることをいう。真っさらな日記帳を開くときも、最初の白いページにつけ始めるときも心地よい緊張感がある。「一年の計は元旦にあり」という言葉のあるように、

年頭の決意を書き記する人も多い。→日記買う（冬）

初日記一齟齬《そご》すでにありにけり　安住　敦
晴天と書きしばかりや初日記　中村苑子
初日記白き真は自由なり　加藤三七子
初日記はや誤字ありて正しけり　野原春醪
似顔絵の皺ひとつなき初日記　大槻和木
初日記願いを二つしたためし　木次昌子

縫初《ぬいぞめ》《ぬひぞめ》　縫始《ぬいはじめ》　初針《はつばり》　針起《はりおこ》し

新年はじめて縫いものをすることで、針をもって手縫いをするのも、ミシンで縫うのも縫初という。縫初は主婦などの家庭の子女だけではなく、洋服の仕立屋、和服の裁縫師などの初仕事も当然に含まれる。古くは二日を縫初の日として、袋物などを縫ったというが、いまは婦人の最も大切な仕事の一つとして、縫初に婦人の初仕事というニュアンスが込められているようだ。

縫始今暖めて来し手かな　中村汀女
ちりめんの小袋二つ縫始　三宅良子

初染《はつぞめ》　染始《そめはじめ》

新年になってはじめて布や糸を染めることで、もともとは紺屋の初仕事のことだった。新年早々の寒い時期でもあり、色も美しく染まった。仕事始めを祝うという気持が込められている。

初染や亀甲《きっこう》白き藍絞り　和田祥子
盛り上る藍の瑠璃光染始　由木みのる

初竈《はつかまど》　焚初《たきぞめ》

元日にはじめてかまどを焚くこと。かまどには輪飾がかざられ、年木・豆がら・黍がら・柴などを焚く。京都八坂神社の白朮詣《おけらまいり》の火をもらってきて、それを火種にして雑煮などを煮るものを初竈という。かまども年木などで焚かれることによって正月らしい気分になる。

豆殻を焚き初竈ゆれにけり　萩原麦草　　初竈母の世に在る限りかも　宇咲冬男

初釜《はつがま》　初茶湯《はつちゃのゆ》　初点前《はつてまえ》

新年はじめての茶会のことをいう。茶道の家元や宗匠は正月松の内の適当な一日を選び来賓を招き、社中揃って新年の祝いの茶会を開く。床には蓬萊や長尉斗、餅などを飾り、掛柳といって丈余のものを青竹に活けたりする。濃茶を一同で順服したあと廻り点てなどをし、正午には懐石膳を出すというふうに儀式的な要素が強いが、なごやかな半日となる。

初茶の湯名器の箱の紐を解く　滝　峻石　　初釜の一《いち》と言ふ軸めでたけれ　五十嵐みつ子

機始《はたはじめ》　織初《おりぞめ》　初機《はつはた》

新年はじめて機織りをすることで、二日にやることが多い。仕事始めの一つ。昔は紬《つむぎ》・縮《ちぢみ》・絣《かすり》など機織は女性の大切な職能の一つだったが、紡績も織布も化織の進出とともに、かならずしも女性の職場とはいえなくなるような、大きな技術革新が行われた。そのために機始もいまは儀式的に行われる程度になっている。

縦糸の色のさざ波機始　中村房子　　考案の柄に自負あり織始　山田節子

鍬始《くわはじめ》《くははじめ》　鋤始《すきはじめ》　一鍬《ひとくわ》　鍬入れ　初田打《はつたうち》

新年になってはじめて田畑に出て仕事をすることで、豊作祈願の意味あいを持った儀式的な行事だ。二日、四日、十一日と地方によって異なる。もともとは十一日の行事とされていたようだが、関東地方では四日に行うところが多い。田の吉方の土を三鍬ほど起し、そこに松を立てて、白米や餅、塩、魚などを供える。神酒を供える地方もある。

二坪の菜園なれど鍬始　秋山英子鍬初め野蒜の匂ひ立ちにけり　小原弘幹書に倦みて已にかへる鍬始　高田自然雪に挿す榊のみどり鍬始め　古市枯声嫁を得し跡取りの鍬始めかな　植木緑愁これよりの余生いくばく鍬初　三好仙里

山始め《やまはじめ》

初山《はつやま》　初山入《い》り　山入り　斧始《おのはじめ》　手斧始《ちょうなはじめ》　若山踏み　木《き》伐初《こりぞめ》

正月はじめて山に入るに当たって、山の神に祈りをささげる儀式をいう。地方によってその呼び方もさまざまなら、日取りもさまざまで、二日、四日、五日、六日、八日、十一日などがある。山の松に注連縄を掛けたり、山の神に餅や米を供える。また、烏は山の神の使いとするという信仰から、烏を集めて餅を食べさせて、その食べ方によって一年の吉凶を占うという風習をのこしている地方もある。いずれも山仕事の安寧《あんねい》を祈る儀式である。

山始五日遊べば脚弱り　檜尾時夫　棟梁の一喝手斧始めかな　兼安昭子
狼の眼の狛犬や山始　鳥居雨路子　陽光へ斬り込み手斧始めかな　阿部朝子
竹取の翁の瞳して山始　峰尾保治　背山より海へひびかふ斧始　甲斐すず
江神酒吹きて斧のくもれる山始め　藤原たかを　天彦呼びに山彦駈くる斧始　大野せいあ

初漁《はつりょう》《はつれふ》

漁始《りょうはじめ》　初網《はつあみ》

新年になってはじめて漁に出ることをいう。初漁で獲れた魚のことを初魚といって、恵比寿などの船霊に供える。それによって一年の豊漁を祈る。また、船に乗って付近の漁にちなんだ夷や金比羅、竜宮などを回って、漁の真似だけをして戻ってくるという風習もある。この場合は二日に行われることが多い。漁師の仕事始めの儀式。↓乗初

くにうみの島の浦凪ぎ漁始　村上唯志
初漁の魚を高く鴎に投ぐ　旭　昭平

歌留多《かるた》　骨牌《かるた》　歌がるた　花がるた　いろは歌留多《がるた》　歌留多会《かい》

「かるた」は正月の遊びの一つで、ポルトガル語、イスパニア語の「カルタ」のことだという。日本で一番古いものといわれる「天正かるた」は当時、ポルトガルで流行していたトランプとほぼ同型のもの。その後、藤原定家の選んだ「百人一首」をもとに「歌がるた」が考案された。これは、読み札と取り札を各百枚つくり、それぞれ五十枚ずつを膝元に並べて、和歌の朗詠が始まると同時に競ってその歌の札を取り合うもので、いまも全国各地で競技会が行われている。いろは順にことわざなどを詠み込んだ「いろはがるた」や、ウンスンかるた・トランプなどがある。かるた会は明るく健康的な正月の遊びで、男女が楽しく交流できることから、かるた会からロマンスが生まれたという話はよく聞くところである。

恋歌はその声をして歌留多読む　森田公司
歌留多取りみかども恋も跳ねとばす　柏原眠雨
傘寿の師音吐朗々歌留多読む　富樫八千枝
百人一首恋札ばかりとりゐたり　永川絢子
歌留多とる哀れみぢかき女帝の世　駒木逸歩
夫には夫の恋の札あり歌かるた　市川紫苑
花かるた松もて鶴をぴしと打つ　百瀬ひろし
歌留多会散らばる仮名と戦へり　小西宏子

双六《すごろく》　盤《ばん》双六　絵《え》双六

正月の遊びの一つで、もともとは盤双六といわれる盤状のものを使っていたが、江戸時代には紙双六にとってかわったといわれる。紙双六はたいてい美しい絵を入れた絵双六で、東海道五十三次を刷り込んだ道中双六や出世双六、廻り双六などさまざまなものがある。いずれも骰子《さいころ》を振って、出発点である振り出しから、骰子の目の数だけ進んでゆき、最終点である上がりに早く到達した者が勝ちになる。双六は遣唐使によって日本に伝えられたといわれている。

絵双六人生戻ることできず　宇咲冬男　　双六の上り大臣関白に　下田喜代

写楽の目ぎりぎり寄って絵双六　紅露ゆき子　　双六の絵にも越ゆべき幾山河　江川虹村

十六《じゅうろく》《じふろく》むさし

双六や歌留多などとともに正月、室内で行う遊びの一つで、縦横五本と斜めの線によって区切られた枠の中央に親（力士）を置き、周りに十六の子（士卒）を置くところからこの名が生まれた。親子の攻めあいを楽しむ遊びで、子が親を追いつめて牛部屋（雪隠）に押し込むと「雪隠づめ」といって子の勝ちになる。

幼きと遊ぶ十六むさしかな　高浜虚子　　碁に弱く十六むさし強きかな　池内たけし

投扇興《とうせんきょう》　投扇《とうせん》

正月の酒席の遊びの一つ。台や塗枕などの上に蝶と呼ばれる銀杏形の的を置き、一定の距離から開いた扇を投げてこれを落す。その際、扇と的の落ち方から、源氏五十四帖になぞらえた図式あるいは小倉百人一首にちなんだ名称によって採点するなどして優劣を競う遊び。

投扇興妬み心のしばしあり　徳永山冬子

投扇興まつすぐといふはかなごと　赤澤新子

ばらばらに花散る里や投扇興　大下秀子

坊さまのふはりと当てて投扇興　岡田久慧

福笑《ふくわらい》《ふくわらひ》

正月の室内での遊びの一つで、お多福の顔の輪郭だけを描いた紙の上に、別に紙を切り抜いて作った目、鼻、口、眉などを置いてゆく遊び。この遊びはあらかじめ目隠しをしておくために、妙な顔ができあがり、それを囲んで見守っている者たちを大いに笑わせる。

福笑大いなる手に抑へられ　阿波野青畝

福笑山茶花散らすごとくなり　中島月笠

羽子板《はごいた》　胡鬼板《こきいた》　はご

女子の正月遊びの中で最も人気のあるものの一つが羽子つきで、羽子をつく板のことをいう。高級なものは古くは人気役者の錦絵が押し絵にされたりしたが、この頃は人気タレントやスポーツマンなども登場する。版画を貼ったものや直接板に印刷したものもある。高級な押し絵羽子板は初正月を迎える女子を祝う縁起物にもなり、床飾りにもなる。羽子板市（冬）

羽子板の重きが嬉し突かで立つ　長谷川かな女

羽子板の押絵の顔の変らざる　土田桂子

一天の玉虫光り羽子日和　清崎敏郎

羽子板の裏絵てふこの淡きもの　金久美智子

羽《は》子《ね》つき

羽《は》子《ね》　追《おい》羽《ば》子《ね》　揚《あげ》羽子　遣《やり》羽子

黒く堅いムクロジの実に羽をつけたものを羽子といい、その羽子を板で打ちあって遊ぶことを「羽子つき」とか「はねつき」という。羽子の羽は多く鴨・鷺・雉子などが使われる。一人で数あげえ歌などをうたいながら打つことを「揚《あげ》羽《ば》子《ね》」、二人以上で打ち合うのが「追《おい》羽《ば》子《ね》」「遣《や》り羽《ば》子《ね》」で勝ち負けを競うものをいう。

大空に羽子の白妙《しろたえ》とゞまれり　高浜虚子
羽子つくや母といふこと忘れをり　池上不二子
追羽根の母に負くるもめでたけれ　藤谷令子
天心に抛《ほう》りて羽子を休めたる　国見敏子

手《て》毬《まり》

手《て》鞠《まり》　手毬つく　手毬唄　手毬子《ご》

女の子の正月遊びの一つで、芯に綿・芋がら・こんにゃく玉・鉋屑を入れ、糸を固く巻きつける。さらにその上を五色の絹糸で美しくかがったもの。歌をうたいながら毬をつき相手に渡してゆく遊びで、明治時代にゴム毬が入ってきてからは、飾り物として郷土玩具化している。

手毬唄かなしきことをうつくしく　高浜虚子
手毬唄とをを数へて又一へ　原　裕
良寛の手毬は芯に恋の反古《ほご》　宮坂静生
手毬つく皃《かお》のない子がひとりゐて　八田木枯
病むひとのうたひはじめし手毬唄　廣瀬町子
手毬唄うたへば母の声なりし　西川織子
雨の日は雨の明るさ手毬唄　河内静魚
足元にとぎれし唄の手毬来ぬ　白岩三郎
手毬唄とぎれて手毬それたるや　大木さつき
手毬つく今は無き橋唄ひつぎ　池田琴線女
軍港と呼びし世のあり手鞠唄　立石せつこ
母逝くや手毬ひとつがベットの上　五十嵐直子

独楽《こま》

独楽廻し　独楽遊び　独楽打つ

正月の男の子のあそぶ玩具の一つで、海螺《べい》独楽、唐独楽、半鏡独楽、ごんごん独楽、博多独楽、銭独楽、曲独楽などがある。独楽は紐を巻きつけて、投げながら紐を引っぱることで回す。独楽は、一人遊びもできるが数人で長く回すことを競うこともある。桶や箱の中に回しながら投げ入れ、他の独楽をはじき飛ばしたり、倒したりする遊び方もある。木でできたもの、金属でできたものとさまざまあるが、木製ものは最近はインテリアとしても人気がある。独楽回し、凧あげは男の子の代表的な正月遊びだった。→海嬴廻し（秋）

そのころの独楽の抽斗《ひきだし》ありにけり　宮坂静生
独楽売りの独楽を廻して老いしかな　樺島八重子
独楽の緒を好みに染めし反抗期　辻　牛歩
子の独楽を撥ねてゆるがぬ父の独楽　渡部重子
独楽抱いて帰る白壁が痛い　村上雅子
全身で回れる独楽のしづかかな　林　たかし
生も死もひとり舞台や独楽の芯　西川織子
独楽の紐蛇の如くに伸び縮む　真山　尹
総身に傷持つ独楽の舞ひ澄める　井関しげる
父と子とおとがひ同じ独楽まはし　秋山　蔦

正月《しょうがつ》《しやうぐわつ》の凧《たこ》《たこ》

凧揚《たこあげ》　紙鳶《しえん》《たこ》

関東地方では「たこ」、関西では「いかのぼり」という。凧揚げは一般には春季とされているが、正月の遊びとして古くから親しまれている。干支を書いたもの、奴凧、百足虫凧などさまざまなものがある。この頃は、ビニール製のものなど、洋凧が正月にも盛んに揚げられるようになった。また、複数の凧をつないで揚げる連凧など大人にも愛好者が増えてきている。→凧（春）

正月の凧の一つの睥睨《へいげい》す　鷲谷七菜子
正月のカイト荒川吹き曝し　松田ひろむ

福《ふく》引《びき》　宝引《ほうびき》

福引ということばは鎌倉時代からあった。年初に二人で餅を引き合い、ちぎれた餅の量によって吉凶禍福を占った。その後、縄（細）の先に銭や賞品を結びつけておいて、襖や障子をへだててその縄を引いてそれらを引き当てた者がもらえるという、宝引という籤引が流行った。現在も商店街が年末年始の売上げ増進をねらって福引を行っているところが多い。

福引の紙紐の端ちよと赤く　川端龍子
福引や石山の月膳《ぜ》所《ぜ》の城　小沢碧童

稽《けい》古《こ》始《はじめ》　初《はつ》稽古《げいこ》

新年始めて行う稽古のことで、柔道・剣道などの武道のほか、茶の湯や生け花、謡曲、仕舞、舞踊、ピアノ、バレエなどあらゆる稽古ごとに使われる。道場開き、舞い初め、初さらいなどといういい方もある。新年を寿ぐなごやかな雰囲気がおのずと生まれてくる。

道場に女下駄あり初稽古　高橋淡路女

てんでんばらばらに四股《しこ》踏み初稽古　鷹羽狩行

大太鼓ひびく道場初稽古　吉田直茂

初稽古拈《ねん》華《げ》微《み》笑《しょう》の母の前　村松堅

飛び込みに水の悲鳴や初稽古　長塚京子

初稽古面ン一本で終りけり　佐藤火星

吹《ふき》初《ぞめ》　籟初《ふきぞめ》　吹始

新年始めて管楽器を吹くことで、笛・尺八・笙などの和楽器のほか、トランペットやフルート、クラリネットなどの洋楽器にも使ってよい。新年を祝うとともに楽器演奏の上達を祈りながら吹く。

吹初はいづこの家や賀茂の橋　渡辺水巴

体内に螺鈿《らでん》のうねり笙《しょう》吹きぞめ　熊谷愛子

弾初《ひきはじめ》　初弾《はつびき》　琴始

新年になって初めて琴、三味線、琵琶、胡弓などの弦楽器を弾くこと。バイオリン、ギター、チェロなどの洋楽器などの場合も使ってよい。新年を祝うと同時に上達を祈りながら弾く。

弾初や障子の隙に隅田川　竹内南蛮寺

弾初のおのづと眉目《びもく》緊りけり　勝又水仙

能始《のうはじめ》　初能

新年初めて能舞台で能を演じることをいう。能楽界の恒例として、「翁」（式三番）とか「高砂」などめでたい演目を舞う場合が多い。年初にあたって、国土安穏、五穀豊穣を祈念するわけである。つまり、新年を迎えたことを祝う意味と一年の予祝の意味とをもって演じられる。

火の静止雪の動きや能はじめ　加藤知世子

初能やしめ緒はらりと鼓置く　西堀貞子

息ながき男のこゑや能始　伊藤通明

能始観世屋敷に大鼓　長山順子

舞《まい》《まひ》初《ぞめ》《ぞめ》　仕舞始《しまいはじめ》

もともとは宮中の舞楽を司る家で、新年初めて行われる舞初の式をいったが、それが能や狂言の師匠の家で行われるものまでいうようになり、さらに現在では一般の舞踊まで含めていう。宮内庁雅楽部は一月五日に宮中で舞楽を奏舞する。その他は師匠の家の舞台に神棚を設けて舞初を祝うところが多い。

梅の精狂ふ舞初うつくしく　山口青邨　　舞初めの女大名太郎冠者《かじゃ》　後藤夜半

初《はつ》鼓《つづみ》　鼓始

新年になって初めて、鼓、大鼓、太鼓などを師匠の家に集まって打つことをいう。それは当然のことながら、稽古始めと重なることになる。洋楽の打楽器の場合も「打初」といっていいが、「初鼓」とちがって、儀式的な意味は稀薄だといえよう。

旧山河こだまをかへし初鼓　飯田蛇笏　　袖ぐちのあやなる鼓初かな　日野草城

謡《うたい》《うたひ》初《ぞめ》《ぞめ》　初謡《はつうたい》

新年にはじめて謡曲をうたうことで、松の内にうたうことが多いことから「松謡」ということもある。古く正月三日に徳川将軍の前で観世太夫が「四海波」を謡い、将軍と御三家のいやさかを祝う集いなどがあり、それを松囃子などといったが、現在は師匠の家に集い行うことをいう。謡初のあと酒肴なども出され、一門の新年の祝いとされる。

謡初へ青空うつる白障子　田川飛旅子　　謡初傘寿をすぎし三姉妹　松田千代子

初芝居《はつしばい》《はつしばゐ》　初春狂言《はつはるきょうげん》　春芝居《はるしばい》　初曽我《はつそが》　二《に》の替《かわり》

正月早々から始まる芝居興行のことで、歌舞伎がその代表格。江戸では初春興行、京大阪では二の替といった。古くは曽我狂言を入れるのが通例だったことから初曽我などともいう。一座全員が舞台にあがって挨拶し、座頭が、名題、役割などを読みあげ、一同の手打ちなども行われる。劇場のはでな飾りつけともあいまって、正月らしいはなやかな雰囲気がおのずと劇場いっぱいに満ちあふれる。

柝《き》の入りてひきしまる灯や初芝居　水原秋桜子
初曽我や灯にひるがへる蝶千鳥　吉田冬葉
初曽我や柔と剛とを守り継ぎ　阿部朝子
初芝居工藤祐経好きになり　谷川邦廣
行燈《あんどん》に油を注ぐ春芝居　猪股洋子
初芝居鼓に合はすなづな打ち　大谷純子
亡き母のひいきをひいき二の替　中　火臣
暮方の空が大好き初芝居　中村和子

初場所《はつばしょ》　一月場所　正月場所

大相撲の興業は、昭和三十三年から一月（東京）、三月（大阪）、五月（東京）、七月（名古屋）、九月（東京）、十一月（福岡）の一年六場所制となった。相撲協会では季節の名をつけないが、世間一般では一月場所を初場所と呼んでいる。一年の出発点なので、力士も競い立ち、観客も華やかである。

初場所やかの伊之助の白き髯　久保田万太郎
初場所や譲団扇の立行司　渡辺立男

初音売《はつねうり》　初音笛《はつねぶえ》

正月に鶯笛を吹きながら売り歩く人を初音売という。鶯笛は竹でできており、これを吹くと鶯の鳴き声にそっくりな音が出る。春になって鶯が最初に鳴くことを初音ということから、正月の「初」という縁起とひっかけて初音売と呼ばれるようになったものであろう。↓鶯（春）

初音売逡巡のなく遠ざかる　小林貴子
初音売来てより山の音すなり　中村菊一郎

初《はつ》夢《ゆめ》　獏枕《ばくまくら》　初《はつ》寝《ね》覚《ざめ》

元日の夜から二日の目覚めまでに見る夢のこと。二日の夜あるいは節分の夜とするところもある。「一富士二鷹三茄子」などといって、これを見ると吉夢として、一年いいことがあるとされる。宝船の絵を枕の下に入れて寝るのも吉夢を呼ぶといわれる。獏枕《ばくまくら》といって、獏の絵を枕の下に入れて寝ると凶夢（悪夢）を見ないともいわれる。中国の古い俗説に獏は夢を食って生きている猛獣という説があることによる。↓宝船

はつゆめの半ばを過ぎて出雲かな　原　裕
初夢のなかをわが身の遍路行　飯田龍太
初夢の杜甫と歩いてゐたりけり　吉田鴻司
初夢の死者なかなかに語りけり　綾部仁喜
初夢に硝子の靴をはいてみし　朝倉和江
初夢のひとりでたどる熊野道　黒田杏子
初夢の腰かけごろに柏の木　増山美島
初夢の崖縁をただ歩くかな　橋爪鶴麿
初夢につかみて声のやうなもの　佐怒賀正美
初夢やちちの破顔をありありと　高岡すみ子
初夢やおのれの首に頭陀袋　藤田あけ烏
初夢や連歌鎖のごとつなぐ　佐々木久代
初夢の土鈴に波の音すなり　水野恒彦
初夢の中に一句を忘れきし　岡田みす子
初夢に馬駈る蒙古大草原　樹生まさゆき
初夢の右手右足良く動く　窪田桃花
初夢や夫の一喝もらひける　小西久子
初夢の一句を得たるところまで　稲荷島人
夢なれば若き日を見ん夢始　松山和子
初夢の夫は軟体動物ぞ　栗原利代子
初夢の中の密会には触れず　村田緑星子
初夢に夢でよかりしものを見し　有賀芳江

宝《たから》船《ぶね》　宝船敷く

初夢で幸運な夢を見るとその年は幸運にめぐまれるといわれることから、枕の下に宝船を描いた絵を敷いて寝る風習が古くからある。宝船には七福神が乗ったものが多い。室町時代に始まり、江戸時代に急速に普及したといわれるが、明治時代には「おたから」といって子供たちが宝船の絵を売って歩いたという。正月に宝船の軸物を床に掛けたり、置物を飾ったりもする。現在はかなりすたれたが、地方の氏神様では初詣客に宝船の絵を配ったりするところもある。→初夢

須磨明石みぬ寝心やたから船　嵐　雪
千条の日矢の海恋ふ宝船　河本沙美子
いちにんの舸子《かこ》の余地なき宝船　丸山海道
三途の川渡りそこねし獏枕　鈴木智子

寝正月《ねしょうがつ》《ねしやうぐわつ》

正月三が日、あるいは松の内を朝寝、早寝を楽しみ、遠出もせずごろごろと過すことをいう。正月休みを家族だけでのんびりと一年の英気を養うために過すことを酒落ていったもの。

けもの鍋ことく〳〵煮えて寝正月　石橋秀野
寝正月西方浄土へ足向けて　小出秋光

寝積《いねつ》む　稲積《いねつ》む　寝挙《いねあぐ》る

元日あるいは三が日を寝ていることをいう。正月早々から「寝る」という言葉を使うことをきらって、古語としての「寝」と「稲」が訓読みが「いね」であることから「稲」という字をあてたとされる。「積む」には楽しいことを積み重ねるという思いが込められている。「寝挙る」は起きあがること。→寝正月

寝積や大風の鳴る枕上ミ　村上鬼城
寝積や布団の上の紋どころ　阿波野青畝

行事

朝賀《ちょうが》《てうが》　参賀《さんが》　拝賀《はいが》　朝拝《ちょうはい》

戦前は正月一日二日、天皇が文武百官の年賀の礼を受けられる儀式であった。戦後は国民参加が行われるようになり、二日に国民が皇居に参内、新宮殿のお立ち台に立たれる天皇ご一家に万歳を叫んで、年頭の賀詞を申し上げ、参賀簿に記名する。

朝拝や春は曙一の人　内藤鳴雪

またほほゑみて拝賀の列の中にあり　成瀬正俊

四方拝《しほうはい》《しはうはい》

元日の早暁に行われる皇室の行事。宮中賢所《かしこどころ》で天皇が四方の祖霊、神霊、山陵を遙拝《ようはい》され、五穀豊穣と天下泰平を祈られる。宇多天皇の頃に始まり、『徒然草』にも記述が見られる。一般でも元朝に四方に向かって柏手を打つ人がある。

四方拝禁裡の垣ぞ拝まるる　松瀬青々

四方拝太古のままの空昏き　鈴木鶉衣

国栖奏《くずそう》　国栖舞《まい》　国栖笛《ぶえ》　国栖歌《うた》　国栖人《ひと》　国栖翁《くずのおきな》

明治維新まで、朝廷で元日に朝賀のあと行われていた節会《せちえ》の儀式。応神天皇の吉野御幸の折、吉野川上流の国栖人たちが歌舞を奏上したと記紀に見える。この故事にならって、古くは国栖人が元日に宮中に参じたが、平安時代以降は朝廷の楽人によって行われた。現在では、奈良県吉野町南国栖の浄見原《きよみはら》神社の例祭（旧正月十四日）に、国栖の住民達によって奉納される。神前に山菓（栗）・酷酒《こざけ》（一夜酒）・腹赤《はらか》の魚（石斑魚）・土毛《くにつもの》（根芹）・毛瀰《もみ》（赤蛙）を供え、左手に榊、右手に鈴を持った古代装束の舞方が、天皇淵の崖の上でみやびに舞う。

国栖奏へ行く荒縄のすべり止め　右城暮石　　国栖人の裳裾触れたる菫はも　西村和子
岩襖もて世をへだて国栖の奏　石倉啓補　　国栖奏の男ばかりが仕《つかまつ》る　井上皆子
国栖奏の喉《のんど》ひらかず唄ひけり　大石悦子　　国栖の舞佳境に入りて木々静か　正川佳代子

歌会始《うたかいはじめ》《うたくわいはじめ》　歌御会始《うたぎょかいはじめ》

一月十日前後の吉日に行われる皇居での新年最初の歌会。天皇・皇后の御歌をはじめ、皇族方の詠草を儀式にのっとって奉誦する。また前年一月に賜った勅題による国民の詠進歌からの入選歌も披講される。古くは御会《ごかい》始とも言い、一般からの参加が許されたのは明治七年からである。

歌会始南栄の雪しづりけり　山県瓜青　　御歌会始や松につもる雪　下田歌舟女

講書始《こうしょはじめ》《かうしよはじめ》

宮中における新年行事の一つ。古く平安時代には大学寮で書物を講説することを講書といった。新年の行事になったのは明治天皇の時からで、天皇皇后両陛下のみが御進講を受けていた。その後は皇太子ご夫妻、皇族、首相ら高官も呼ばれ、人文科学、社会科学、自然科学の内から三科目を選んで、各分野の学者の講義を聞かれる。

皇子の座の明るく講書始かな　成瀬正俊　　飼猿も座に侍す講書始かな　安藤橡面坊

成人《せいじん》の日《ひ》　成人式

戦後の一月十五日を国民の祝日として制定したが、二〇〇〇年（平成十二年）からは一月第二月曜日となった。満二十歳になった男女を祝福する日。二〇二二年四月より十八歳を成人とすることとなった。地方自治体や職場などでは趣向をこらして祝賀の会を催す。これを成人式といい、成年男女はこの日にふさわしい晴れ着で式に臨む。

爪研いで成人の日の乙女はも　石塚友二

よそほひて成人の日の眉にほふ　猿山木魂

成人の日の総身に釦かけ　大澤ひろし

滾《たぎ》り出す鍋成人の日なりけり　高尾方子祝辞読む新成人に見つめられ　小野たけし

成人祭幼きものは雀らよ　西岡正保

征く旗を知らぬ集ひや成人祭　國安半久

成人の日や川上へ波ぐんぐん　上村敦子

小松引《こまつひき》　初子《はつね》の日　子《ね》の日の遊び

正月最初の子の日に、殿上人が野に出て小松をとり千代を祝って歌宴を張った行事。松は霜雪に耐えて千年を経る木で、これにあやかり長寿を祈ることから行われたもの。雑煮に小松菜を入れる風習もここから来たものだろう。

子の日しに都へ行ん友もがな　芭蕉　　わが齢わが寿ぎて小松引　富安風生

出《で》初《ぞめ》　出初式　消防出初式

新年に各地の消防団員が初めて勢揃いして消防演習をする儀式。人命救助や綱渡り、油火災の消火、一斉放水などの模擬訓練を行なう。東京では江戸時代に整った町火消の伝統をつぐ梯子乗りや、木遣りなどを見ることもできる。

こゝに又出初くづれのゐたりけり　高浜虚子
湖の氷をよごす出初かな　前田普羅
この煙草どこで消そうか出初式　橋本昭一
梯子乗蒼天ひびきはじめけり　小野恵美子
出初式海女の部隊はしんがりに　出口一点

城の天大きく使ひ出初式　池田琴線女
出初式警察犬も加はりて　田中延幸
街道をせばめて峡の出初式　砥上白峰
青空へ水吹きかけて出初式　遠藤保資
海山に伸びる梯子や出初式　中川文子

松《まつ》納《おさめ》《をさめ》　松取る　門松取る

正月の門松を取り払うことで、東京では六日の夕、関西では十四日の夕といい、いつまでを松の内とするかによって地方ごとに日はまちまちである。取り払った門松は十五日の左義長、どんどの火で焼く。↓門松立つ（冬）・門松

此町や後れ先だつ松納　高浜虚子
日の暮のとろりと伸びし松納　福田甲子雄

浪音の部屋にとどけり松納　洞　久子
爪切って何をせむとや松納め　樋口津ぐ

飾《かざり》納《おさめ》《をさめ》　飾取る　注連《しめ》取る

注連飾りその他年木や年棚など、すべての正月の飾物を取り去ること。松納同様、土地によって六日にしたり、十四日にしたりする。正月の飾りは火をかけて燃やすのが通例である。↓飾売（冬）・飾

納めたる注連も雪被て道祖神　大野林火

老人がとる田植機の注連飾　岡部弾丸

鳥総松《とぶさまつ》

鳥総は木こりが木を切った時、その梢を切株に立てて山神をまつったもの。門松を取り去った後の穴に、その松の梢を挿しておくことを鳥総松という。これが根づくと縁起がいいとされる。

轍《わだち》あと絶えざる門や鳥総松　高浜虚子
一筋の寒き町なり鳥総松　清原拐童
吾が影のとまりしところ鳥総松　上野章子
上階の子会社灯る鳥総松　小林幹彦
猫が猫誘ひに来たり鳥総松　松本　旭
鳥籠を日向に移す鳥総松　鈴木さち

宝恵籠《ほえかご》《ほゑかご》

宝恵駕《ほえかご》　戎籠《えびすかご》

正月十日、大阪今宮戎神社の祭礼十日戎に南新地の芸妓たちが、屋根に吉兆、紅白の布を巻いた駕籠に乗って参拝すること。二百年以上前からの奉納行事である。現在は芸者衆の他、福娘、芸能人などが加わり、「ホエカゴ、ホエカゴ」の掛け声と、鉦太鼓、三味線の離子を流しながら宮に詣る。参詣後は受けた福笹をひいき先に配る。

宝恵籠の髷がつくりと下り立ちぬ　後藤夜半
宝恵籠の妓のひざにゐる幼かな　森川暁水

餅《もち》花《ばな》

繭玉《まゆだま》　稲穂《いなほ》　団子花《だんごばな》

正月十四日、柳や榎などの枝に細かく切った餅や丸い団子をさして、小正月の飾りとする。作物の稔りの様子を型どったもので豊作祈願がこめられている。餅花の形が稲を表わしているので、稲穂という地方もある。枝につける団子をまゆの形にしたものは繭玉と呼ばれ、木や藁のまぶしにまゆのついた様子を表わし、養蚕の無事を祈る意味がある。最近はデパートや劇場でも正月の飾り物として珍重され、これがかかると花が咲いたように華やかとなる。

繭玉や夕はやけれど灯しけり　高野素十
繭玉に寝がての腕あげにけり　芝　不器男
餅花や不幸に慣るること勿れ　中村草田男
十一面さまや餅花手ちぎりに　古沢太穂
仲見世の空の明るき団子花　黒米満男
繭玉や井戸に厨に神のゐて　池田ちや子
まゆ玉やかたみに孫を抱き上ぐる　五十嵐八重子
繭玉や赤子見てまた山畑へ　岸野曜二
餅花の念仏《ねぶつ》やからだ軽くなる　内田秀子
役者絵の少し寄り目や餅の花　伴場とく子
繭玉や少女の頃は火なく寝し　柳澤和子
餅花の街銭湯の残りをり　中村佐一
惑星のごとく餅花ゆれあへり　和田幸久
餅花やひとり遊びの嬰がゐて　小原英湖

小豆粥《あずきがゆ》《あづきがゆ》　十五日粥《じゅうごにちがゆ》　望《もち》の粥《がゆ》

正月十五日（望《もち》の日）に小豆粥を食べる風習がある。小豆を入れて煮た粥は、一年の邪気を除くといわれ、望の日にちなんで餅を入れて食べた。この粥に入れた餅を粥柱という。昔、黄帝と戦った蚩尤《しゅう》という悪人が敗れ、正月十五日に処刑されたので、その霊を慰めるために黄帝が小豆粥を作って年中の邪気を払った、という中国の故事が起源だといわれている。神社では小豆粥を作る時、細い青竹を入れて炊き、その管の中に入った米粒や小豆の数によってその年の五穀の豊凶を占う神事が行われる。これを粥占《うら》の神事、筒粥の神事という。↓粥杖

小豆粥祝ひ納めて箸白し　渡辺水巴
小豆粥すこし寝坊をしたりけり　草間時彦
ほのぼのと山辺なりけり小豆粥　綾部仁喜
何はさて妻に供ふる小豆粥　佐藤岳灯

成木責《なりきぜめ》　木責《きぜめ》　果樹責《かじゅぜめ》　木を囃《はや》す

柿・栗・桃などの果樹を責めて、その年の多収を祈るまじないで、正月十五日に行なう。例えば石川県能美郡では、子供が斧や鎌で果樹の幹に軽く切目をつけて「なるかならぬか、ならにゃ鎌もってぶち切るぞ」と言う。すると木に登った他の一人が「なります、なります。千とっぴゃくなります」と樹霊に代って言い、切り目に小豆粥を塗る。粥杖で木を叩いて傷をつけ、小豆粥を塗る地方もある。果樹を威嚇して豊年を約束させるまじないは、古くは全国的に見られた。

↓粥杖

眠る木を責め苛みて何かせむ　相生垣瓜人
朝酒の酔ほんのりと成木責　中島静江
桃栗は三年なるかならぬかや　名和三幹竹
伐る話などしたるのみ成木責め　山本きよ子

ちゃっきらこ　左義長後祭《さぎちょうあとまつり》

神奈川県三浦市三崎町の海南神社で正月十五日に行なわれる歌舞をいう。三崎では十四日に海岸でおんべ焼（どんど焼）があり、次の日にあるので左義長後祭ともいう。七才から十五才の少女が白地の水干、金色の烏帽子装束で、十人から二十人の集団となって踊る。両端に色紙の四手がついた短い竹をちゃっきらこと呼び、これを打ち鳴らして踊る。

前髪に目出度花挿しちやつきらこ　上村占魚
漁火の真昼に照るやちやつきらこ　長谷部千代子
ちやつきらこ青き汀《みぎわ》も遠唄ひ　野澤節子
ちやつきらこ間違はぬやう泣かぬやう　笹尾照子

なまはげ　なもみ剥《は》ぎ　あまみはぎ

旧暦正月十五日夜（近年は多く大晦日）、秋田県男鹿半島で行なわれる奇習。鬼の姿に仮装した村の青年が、二、三人一組となって家々を訪れる。鬼は仮装した神で、竹ざるに紙を貼って彩色した面をつける。頭髪やひげには馬の尾を用い、蓑をつけ大きな藁ぐつをはく。手には木に銀紙を貼った出刃包丁、手桶を持って、ウオーウオーと奇声をあげつつ「エダーガー（居るか）泣く子エダネーガー」と子供をおどす。「ナマミコはげたかはげたかよ、包丁磨げたか磨げたかよ、小豆コ煮えたか煮えたかよ」とも言う。ナマミは、火に当ってばかりいる怠け者の皮膚にできる火斑、火だこの意で、アマミともいう。それを包丁で剥ぎ、小豆をつけて食べてしまうぞ、と威嚇するのである。それに対して勤勉を約束し、無病息災を願い、酒食をふるまい祝儀の餅を持たせる。

なまはげにしやつくり止みし童かな　古川芋蔓
なまはげの鬼の口より酒の息　本谷久邇彦
なまはげの解せぬ口上秋田弁　杉山青風
なまはげにむんずと肩を掴まれし　安達実生子
なまはげの面の中より優男　鍋谷福枝
海鳴りの闇へなまはげ吠えにけり　佐藤清香
東京からなまはげになる子が帰る　三浦てる
なまはげの脱ぎし草履を揃へをり　伊藤絹子

土竜打《もぐらうち》　土竜追　海鼠曳《なまこひき》

田の畦を破壊して農作物に被害を与えるもぐらを追い払って、豊作を期する行事。正月十四日夜か翌朝、子供たちが固く束ねたわらづとで家々の土間を打ち、銭や餅をもらって歩く。唱え言を叫び、ブリキ缶や金だらいを打って、土中のもぐらを威嚇する。餅つきの杵や槌などを引き廻る所もあれば、もぐらがおそれるという海鼠を引きずり回る所もある。小正月には村の平穏をおびやかすものどもを、遠くへ追い払おうとする一連の行事があった。鳥追い、犬（狼）追い、獅子追いなどで、土竜打もその種のまじないのひとつとして、全国的に行われて来た。

みちのくは根雪の上の土竜打　長谷川浪々子
その中の一つ音よき土竜打　原　不沙
納屋裏に来て雪のあり土竜打　松瀬天浪
村中が小豆飯炊く土竜打ち　福島　勲

注連貰《しめもらい》《しめもらひ》

小正月の左義長、どんど焼の燃料とするため、撤去する門松や注連を子供達がもらい集めること。書初や古い護符、榊など、水田地帯では藁や木なども共にもらい集めて焼く。地方によっては焼かずに川や海へ流す所もある。↓左義長

注連貰の中に我が子を見出せし　高浜虚子
注連貰湖北の虹をはやしけり　河北斜陽
色里や朝寝の門の注連貰ひ　岡本松浜
注連貰ひ翼もたねば畦づたひ　加藤有水

左義長《さぎちょう》《さぎちやう》

三毬杖《さんぎちょう》　どんど　とんど　どんど焚く　飾焚く　注連《しめ》焚く　吉書揚《きっしょあげ》

正月十五日に行なわれる火祭行事。左義長の名の由来については中国行事の輸入とする説もあるが不詳。三毬杖は三本の毬杖（馬上から毬打をする棒）という説もあるが、祝い棒の一種で三脚を作り、松飾りや扇を積んで焼き上げた。火を囲んで「ドンドヤドンド」と大声で囃すことから、とんど、どんど、どんど焼きとも呼ばれる。正月二日にした書初をこの火で焼き、その灰が高く上るほど手が上るといって喜ぶ。左義長の火を若火といい、団子や餅を焼いて食べる。身体をあぶると若

返るとか、無病息災に過せるとの信仰もある。→注連貫

どんど焼きどんどと雪の降りにけり　一　茶
谷水を撒きてしづむるどんどかな　芝　不器男
左義長や播磨の山はみなまろく　加藤三七子
川上に闇つまりたるどんどの秀　宮坂静生
神仏の顔など知らずどんど焚く　大竹多可志
左義長やざんばら髪の風の神　児玉南草
どんどの火もう拾へない文一束　木内満子
石仏の首のぐらつくどんどの火　相川玖美子
どんどの火面体焦す男かな　奥田杏牛
どんど火に雪吸はれゆく勢ひかな　山部栄子
どんどの火猛れば一歩退きぬ　福川ふみ子
振舞酒ありてどんどのよく燃ゆる　山下年和
なべて火といふもの哀しどんど火も　酒井土子

里の子の増えしがうれしどんど焼　太田光子
谷底に散らばる十戸どんど焼き　池田ちや子
どんど焼火の神天へ発ち給ふ　小田チヅヱ
吉書揚げ鳥居を遥か越えにけり　小川玉泉
ひねりたる吉書揚がらず吉書揚げ　上島清子
どんど火の海に崩れて果てにけり　平野芳子
左義長の芯まで燃えて倒れけり　荒川優子
どんど焼我に魔性のありにけり　須田奈津子
弾けたる火の粉は星にどんど果つ　佐藤栄一
どんどの火納まりつつも竹爆ぜる　佐藤脩一
青竹の魂を引き抜くどんどの火　及川希子
火の色のひとすじ青きどんどかな　林　宏
香ぐはしき青竹の酒飾焚く　山根ヒロ子

上元《じょうげん》《じやうげん》の日《ひ》《ひ》　上元　上元会《え》　上元祭《まつり》　元宵節《げんしょうせつ》

旧暦正月十五日を上元という。七月十五日を中元、十月十五日を下元といい、合わせて三元という。中国では元宵節、元夕《げんせき》といい、この日を中心に六日間花灯籠を灯して夜祭を行なった。唐代以降に盛んになった風俗で、この期間だけは宮中でも夜行を許し、上流の婦人も町に出て夜景を楽し

んだという。もとは粥を食べ楊柳の枝を戸に挟み悪鬼を払い、養蚕の敵であるネズミの害を除くまじないをする日であった。長崎の唐寺福清寺では中国人の門徒によって現在も行なわれている。上元会ともいう。堂内には供物が飾られ、紅色の唐ろうそくが多く灯される。昔は各自持参の和ろうそくを、この唐ろうそくに取替えて病人の枕元に灯すと病気が平癒するとの言い伝えがあり、これをろうそく替といった。

請ひ得てし竈神護符や上元会　田中田士英

上元や膚てらてらと胡座羅漢　下村ひろし

関帝《かんてい》の朱蝋火照りに上元会　小林美智子

上元やまぶしき数の朱蝋燭　中村やす子

ぼんでん　梵天《ぼんてん》

正月十七日に秋田県の市町村で行なわれる風神、悪魔、虫追いの行事。梵天とは御幣のこと。五メートルばかりの杉丸太を五色の布や紙四手で飾り、裸の若者たちがこれを神社に奉納する。各町の梵天が揉みあい押しあって神殿に寄せる。最初に梵天を奉納した者にはその年の福が授かり、この日参詣した者には一年間の無病息災が保証されるという。

雪嶺に押され梵天近づき来　利部酔咲子
梵天衆しかと山門叩き過ぐ　宮城白路

藪《やぶ》入《いり》　里下《さとお》り　宿下《やどさが》り

一月十六日、一日仕事を休んで使用人を父母のもとに帰らせ、または自由に外出させること。盆の十六日に帰ることもいうが、これは「後の藪入」という。正月、七月の満月の頃は、もともと家の大事な祭の日であったから、家を離れている者が帰り、親に会い、家の祭に参加することが本来の意味で、単なる慰労の日ではなかった。昔は使用人は公休日がこの日しかなかったから、最も楽しい日であった。結婚して他家にあるものも、親のもとに帰った。

藪入や覚えの膳に塩肴　松瀬青々

藪入の母の焚く炉の煙たさよ　高野素十

かまくら

正月十五日（現在は二月十五・十六日）に行なわれる秋田県横手市付近の子供の行事。道ばたや井戸の近くに雪洞を作り、正面奥の祭壇にオスズさまという水神をまつる。中に茣蓙《ござ》や毛布を敷き火を囲み、餅を焼いて食べたり甘酒を飲んだりして夜遅くまで楽しむ。十五日の朝、雪洞の前で火を焚いて鳥追の歌をうたう。かまくらの名はこの鳥追歌の文句から出たもの。もとは左義長の火祭と鳥追行事が一緒になったものと考えられる。

藁沓にかまくらの銭落しけり　出牛青朗

かまくらの童女こけしの眉をもつ　中島花楠

かまくらに詰まりてをりぬ里言葉　山内誠子

かまくらのまろきひかりの絵らふそく　田代　靖

かまくらの心臓として燭をともす　岡部いさむ

かまくらやひいふうみいよ灯のともる　鈴木十歩

えんぶり

えぶり　ながえんぶり　御前《ごぜん》えんぶり

小正月の日に東北地方でその年の豊作を祈った予祝の田踊りをいう。現在は青森県八戸《はちのへ》市周辺で二月十七日から数日行なわれる。一組二、三十人が笛、太鼓、鉦で囃しながら市中を練り歩く。田の代掻き、田植、刈り上げをまねて踊る。農耕の順調に進む様子を演じて豊作を祈るのである。当番に当った者は御前えんぶりといって南部家で収穫までを演ずる。古式の型をながえんぶりという。

えんぶりの名は農具のえぶり（土をかきならす道具）から出たものとも、眠っている田の精霊を呼びさます意味の「えぶる」（ゆすること）から来たものともいう。↓田遊び

えんぶりの笛いきいきと雪降らす　村上しゆら
えぶり鉦囃せば海のふぶきだす　宮岡計次
えんぶりの擂り抜けて行く風の街　村田近子
えんぶりや雪の鍛冶町大工町　藤木倶子

田遊《たあそ》び

正月に今年の豊作を予め祝う神事芸能をいう。苗代づくりから稲刈までを歌としぐさで演ずるのが基本的な形。人々の願望を動作で表現しておくと、それと同じ現象が現実にも現われると、昔の人々は信じたのである。また男女の交合をあらわす演目が多いのは、生殖と稲の生産とを結びつける信仰が各地にあったためである。土地によっては田楽や神楽と結びついたり、一部だけを伝承していたりしていて、現存の形は一様ではない。春鍬、田楽祭など、呼び方も様々である。↓えんぶり

田遊の安女《やすめ》よろよろ出て擁かる　岸田稚魚
田遊びのあめのうずめのひろびたひ　松澤　昭
田遊びのよねぼうがもう笑いだす　松田ひろむ
しろじろと安女太郎《たろう》次《じ》相擁《いだ》く　毛利　令

初詣《はつもうで》《はつまうで》　初参《はつまいり》　初社《はつやしろ》

新年はじめて氏神やその年の恵方に当る社寺に参詣すること。最近はご利益《りやく》によって社寺を選ぶ人も多くなった。受験生は学問の神の天神様、商売繁昌にはお稲荷さん、といった具合である。大晦日に参詣し、境内で除夜の鐘を聞いて初参りをする人々もある。↓恵方詣

口開いて矢大臣よし初詣　阿波野青畝
鎌倉は春の如しや初詣　池内たけし
老杉の直ぐなるに立つ初詣　原　和子
水神に鯉を供へて初詣　登　七曜子
起承転我還暦や初詣　岩田沙悟浄
初詣なづなの畦を踏みゆけり　谷口ゆり女
篝《かがり》火《び》の金銀舞へり初詣　矢納満江
拝むこと孫に教へる初詣　久保田重之
つまづかぬ程の灯ともり初詣　曽我玉枝
初詣幾千人の私語の中　正木海彦
初詣夫の蹤ききて女坂　水野龍子
水掛けて消ゆる罪あり初詣　江川由紀子
生涯を一陶工や初詣　吉村陶季
初みくじ凶と出こころ引締る　簗谷暁郎
初詣鳩の和毛《にこげ》を賜はりぬ　小栗正好
鳴り龍の鳴り上々や初詣　佐々木敏則
初詣賽銭箱の大きさよ　千才治子
本厄の娘を誘ひだす初詣　我妻順子

歳徳神《としとくじん》　年神《としがみ》　若年様《わかとしさま》　正月様

その歳の福徳をつかさどる神を陰陽道では歳徳神といい、年の始めにまつる。年神ともいい、恵方を支配する神である。新年にはその年の豊かな実りをもたらす神が来臨されるという信仰があり、その年の吉なる方角、すなわち恵方から来られる。

年神に樽の口ぬく小槌かな　其角
歳神に荒神すゝけ在しけり　籾山梓月

恵方詣《えほうまいり》《ゑはうまゐり》　恵方　吉方《えほう》　明《あ》きの方《かた》　恵方道《みち》

歳徳神は年によって来臨の道が異なっており、その方角を恵方・吉方・明きの方という。恵方にあたる社寺に参詣して、一年の福徳を祈るのが恵方詣で、その道が恵方道。この方角はその年の干支

にもとづいて定める。↓初詣

足の向く村が我らの恵方かな　一　茶
恵方道故里人と話しつれ　富安風生
山辺の道を恵方ときめて来し　星野麥丘人
駅からの一本道が恵方道　塩川雄三
恵方にてことりことりと母白寿　齊藤美規
百代の過客黄泉への恵方道　小出秋光
暁闇の迷ふことなき恵方道　成宮紫水
閂を闇にさしこみ恵方へと　今関幸代
ますほ貝探す渚も恵方かな　北　きりの
ふりむけば鹿もふりむく恵方かな　稲荷島人
恵方へと向けて仮免練習車　松倉ゆずる
流れたる星の行く方を恵方とす　岡村光代
恵方詣帰りは昼の月連れて　深見ゆき子
大粒の火の粉飛びゆく恵方かな　矢田邦子

白朮詣《おけらまいり》《をけらまゐり》

白朮祭《まつり》　白朮火《び》　白朮縄《なわ》　火縄売《ひなわうり》　祇園削掛《ぎおんけずりかけ》の神事《しんじ》

元旦、京都祇園の八坂神社で行なわれる神事を白朮祭、祇園削掛の神事といい、これに詣でることを白朮詣という。元朝五時、桧を擦り合わせて得た火を削掛の木に移し、薬草の白朮を加えて燃やす。これを白朮火という。この火を火縄（吉兆縄・白朮縄）にもらい、消えないようにぐるぐる振り廻して持ち帰り、元旦の神仏の灯明や雑煮を作る火種とする。火縄は青竹を紙ほどの薄さにそぎ、小指くらいの太さの縄になったもの。現在は便宜上、大晦日の夜半から白朮火をもらい受けることができる。

白朮火を傘に守りゆく時雨かな　大谷句仏
婢をつれてをけら詣でや宵の口　田畑三千女
白朮火のひとつを二人してかばふ　西村和子
おけら火をもらふ振袖たくしあげ　沢村越石
白朮火の闇美しく妻とゐる　羽成　翔
白朮火を受けて真顔になりにけり　村上喜代子

破魔弓《はまゆみ》　破魔矢《はまや》

昔、正月に子供が遊んだ小弓をいう。縄や藺で円座のように作った的を「はま」といい、矢をはま矢といった。後になって、弓矢や押絵のいくさ人形を飾った玩具として、男の子の初正月に贈った。それを室内に飾り、子供の息災を祈る風習があったが、今は廃れた。鎌倉の鶴ヶ岡八幡宮や京都の石清水八幡宮をはじめ、各地の神社で年頭の参詣者に授けられ、子供の厄除けのお守りとして室内に飾る。

たてかけてあたりものなき破魔矢かな　高浜虚子
破魔矢一矢貧しき書架に挿されたり　石田波郷
破魔弓や山びこつくる子のたむろ　飯田蛇笏
孫のやうな巫女に礼して破魔矢受く　和田春雷
ぞろぞろとふるさと動く破魔矢かな　甲斐多津雄
教へ子の巫女より享くる破魔矢かな　松本三千夫

七福神詣《しちふくじんまいり》《しちふくじんまゐり》　七福詣《まいり》　福神詣《まいり》　福神巡り　福詣《まいり》

正月一日から七日の間に、一年の福と開運を祈るために七福神を祀る社寺を巡拝すること。正月七日までの間に参詣すると、七癖がなくなり、七種の福が得られるという。江戸時代は竹林の七賢に模したという三囲《みめぐり》神社の戎、大黒などに詣でた。最近は山の手七福神、武蔵野七福神のバス巡りもある。京都では松ヶ崎の大黒天、盧山寺の毘沙門・福禄寿などを巡る人が多い。

受けて来し七福神や置き並べ　松本たかし
七福の一福神は鶴を飼ふ　山口青邨
拾ふ神ありや七福神詣　清水基吉
三囲も一福とかや詣づべし　大橋越央子

初神楽《はつかぐら》　神楽始

新年、各神社ではじめて神楽を奏すること。奈良の春日大社では正月三日に行なうが、初神楽といわず、神楽始という。↓神楽（冬）

初神楽吹かねば氷る笛を吹く　加藤かけい
庭燎にちらつく雪や初神楽　上野巨水
初神楽火桶に笙《しょう》を焙《あぶ》りては　河野石嶺
人形の撓《たわ》まぬ手足初神楽　中村天詩

繞道祭《にょうどうさい》《ねうだうさい》

奈良県桜井市の大神《おおみわ》神社の元旦の祭。午前零時に神官が忌火をきり出し、拝殿の金灯籠に移して祭祀を行なう。その後この神火を五メートル以上の大松明に移し、摂社末社十九社を巡り夜明前四時頃に還御する。五十余人の白丁が大松明を担いで山麓をめぐるので繞道祭という。参詣人はその火を火縄にもらい、くるくると振り廻しつつ家に戻り、雑煮を作る火種とする。

国原を繞道の火のはしりをる　阿波野青畝
昂ぶりて繞道の火を頒《わか》ちあふ　大橋敦子

初伊勢《はついせ》　初参宮《はつさんぐう》

正月元日、伊勢神宮に初詣することを特に初伊勢という。三重県伊勢市にある伊勢神宮は、天照大御神を祀る皇大神宮（内宮）と、豊受大神を祀る豊受大神宮（外宮）を中心として、百二十余の別宮、諸社から構成されている。伊勢神宮に対する民間信仰の形態を伊勢信仰といい、江戸時代から盛んであった。また、夫婦岩のある二見ヶ浦の初日の出はことに有名で、元旦にあわせて詣る人が

多い。↓伊勢参（春）

初伊勢や真珠のいろに神饌の海　伊藤敬子

初伊勢や魚かたまつて藻のやうに　織田敦子

玉《たま》せせり　玉せり　玉取祭《たまとりまつり》　玉競祭《たませりまつり》

一月三日、福岡市箱崎の筥崎宮で行なわれる裸祭。直径約三〇センチほどの木製の玉を、褌ひとつの若者達がせり合いながら奪い合う。最後に玉を取って神前に捧げた者は、その年の幸福を得るといわれる。それが浜方の出身者なら豊漁、岡方の者なら豊作とする。この神事は古来博多湾周辺の各地で類似の祭が行なわれており、海底から出現する恵比須をかたどった行事であるという。

玉せりの力の水を浴びにけり　石川静江

益荒男《ますらお》のいのち耀く玉せせり　白水風子

鷽《うそ》《うそ》替《かえ》《かへ》　鬼燻《おにくすべ》　鬼すべ

太宰府・大阪・東京亀戸などの天満宮で、参詣人が木製の鷽を互いに交換し合う神事。昨年の凶事がうそとなって、今年の吉事と取り換えるという意味をこめている。太宰府では一月七日、大阪・亀戸では正月二十五日に行なわれる。大阪天満宮では初天神の日、鷽を印刷した紙を封筒に入れ、参詣人にお守りとして渡す。午後一時、境内で「替えましょ替えましょ」と唱えながら交換し合う。まじっている神主が、その中に金・銀の鷽の入った封筒を途中から紛れこませる。あとで封筒を開いて、その金・銀の鷽を手に入れた人には木製の彩色した鷽が渡される。鷽は防火のまじないとして神棚にまつる。太宰府では、この日ひき続いて追灘行事としての「鬼燻べ」「鬼すべ」の神事が行なわれる。

鷽替へて巾着うせぬ戻り道　松瀬青々
かへ〳〵て遂によき鷽得ざりけり　安藤橡面坊
鷽替の人波勢ひつき来たる　浅井陽子
鷽替や手ごろのうそを懐に　山口たま子
鷽替や少女の白き手に触れて　永沢達明
鷽替の嘘を誠に替えにけり　芝田教子
鷽替の数だけ福の笑み貰う　中川三千草
鷽替や節くれの指華奢な指　橋本　博
鷽替へてもう嘘ついてをりにけり　藤岡筑郎
嘘を実に替ふ神親し鷽を替ふ　駒木逸歩
音たてぬ夫いることも鷽替える　古川塔子
鷽替や鷽売り切れの旗あがる　高木良多

十日戎《とおかえびす》《とをかえびす》

初戎　初恵比須　宵戎《よいえびす》　戎祭《えびすまつり》　戎笹《えびすざさ》　福笹《ふくざさ》　残り福

正月十日の初恵比須をいう。兵庫県の西宮戎（戎社の総本社）、大阪の今宮戎、京都の京都ゑびす神社などが全国的に知られている。戎神は福の神として商人の信仰があつい。戎様は耳が遠いので、社殿の裏の羽目板を叩いて、「お参りしましたでえ」と、大声をあげて念を押す俗習がある。大阪の今宮戎では、毎年福娘を募集し、戎笹に縁起物をつける役目をする。小笹に小判、末広、米俵、鯛など、山・野・海の幸を象徴した宝物をつけたもので、福笹とも吉兆ともいう。九日が宵戎、十一日が残り戎、残り福である。西宮戎、今宮戎の人出は、三日間で約百万人という。

↓宝恵籠

堀川の水の暗さや宵戎　青木月斗
灯りたるしまひの福に詣りけり　奈良鹿郎
大阪の寒さこれより初戎　西村和子
福笹を置けば恵比寿も鯛も寝る　上野章子
ぬかるみも賑ひのなか初戎　高木石子
初戎拡声器より笑ひ声　熊口三兄子
福笹を売る側に立ちいきいきす　有馬いさお
飯茶碗温めて盛りぬ初戎　宮本永子

初金毘羅《はつこんぴら》　初金刀比羅《はつことひら》　初十日《はつとおか》

金毘羅様の縁日は毎月十日であるが、一月十日は初金毘羅・初十日という。讃岐の象頭山《ぞうずさん》金刀比羅宮、東京芝虎の門の琴平神宮など各地の金比羅様へ詣る。金毘羅は霊鷲山の鬼神で、魚神で蛇形、尾に宝玉を蔵するという。航海安全の守り神である。殊に江戸時代後期には物見遊山をかねた参詣として、伊勢参りと共に非常に信仰を集めた。縁日には必ず雨が降るという。

ながし樽初金毘羅にとゞきけり　森　婆羅

初金毘羅みな舞台より海を見る　斎部薫風

初《はつ》卯《う》　初卯詣《もうで》　卯の札《ふだ》　卯杖《うづえ》　卯槌《うづち》

正月最初の卯の日に神社へ詣ること。東京亀戸の御嶽神社、大阪の住吉神社、京都の賀茂神社などが代表的。卯の札という厄除、開運出世の神符を受け、魔除けの卯杖、卯槌を受ける。卯は東の方角をいい、もともとの信仰は東の方角に出かけて途中の社に参詣したことをいう。

髫や卯の札はさむ竹の串　松瀬青々

火燵熱き初卯詣の疲れかな　佐久間法師

船障子雪に明けさせ初卯かな　小泉迂外

二筋道の作者いまなき初卯かな　花柳章太郎

新野《にいの》の雪祭《ゆきまつり》　雪祭　田楽祭《でんがくまつり》

長野県南部の阿南町新野の伊豆神社で行なわれる豊作予祝の神事。県の無形文化財に指定されている。正月十三日前後に夜を通して田楽を行なう。祭事の中に雪を掴んで投げる儀礼があったり、舞人が「大雪でござります、大雪でござります」と連呼する作法があることなど、雪が重視されていたことから、雪祭の名が定着したとされる。この名はこの祭の採取者、折口信夫の命名という。近年恒例となった札幌の雪祭とは別の、新春の予祝である。↓札幌雪祭（冬）

わがゐしは外套の中雪まつり　矢島渚男
雪の田のしんと一夜の神あそび　野澤節子

初天神《はつてんじん》

宵《よい》天神　残り天神　天神花《ばな》　天神旗《ばた》

正月の二十五日、新年はじめての天神様の祭日。菅原道真を祭神とする天神様は、学問、詩文の神として信仰を集め、現在では入試合格祈願の神として有名。本来は雷神信仰と結びつきがあり、農耕神であった。京都北野、大阪天満、九州太宰府、東京亀戸が有名。この日社務所では雷除けの札が出る。また天神花・天神旗という紅白の梅の造花をつけた枝に小判などを吊した縁起物を売る。京都北野では、古物商が店を出し、掘り出し物を探す人々で賑わう。大阪では北新地の芸妓や宝恵籠が出、鷽替神事もある。二十四日を宵天神、二十六日を残り天神という。

↓宝恵籠・鷽替

雪風や宵天神の橋長く　青木月斗
受験の子あれば心に初天神　轡田　進
紅すこし初天神といひて濃く　上村占魚
初天神太鼓橋より通りやんせ　百瀬ひろし
強風に打ち合ふ絵馬や初天神　沖山政子
初天神石の牛にもコイン置く　渡辺満千子
初天神絹の匂ひの女かな　柴崎七重
束ねたるまま古書を買ふ初天神　久松久子

初勤行《はつごんぎょう》《はつごんぎやう》

初鐘《かね》　初読経《どきょう》　初灯明《とうみょう》　初灯《ともし》

新年に各寺院ではじめて行なう仏前のおつとめ。勤行とは仏前で時を定めて読経・礼拝すること。

各宗派、各寺院で儀式はまちまちだが、元旦には暁闇のうちから行なわれ、おごそかな気分が漂う。傍題としては更に初開扉、初法座、初御堂、初太鼓、初提唱、年始会などがある。

常柱初勤行の灯に光る　北　洲　　初声明おりおり蒼む夜の空　山田みづえ
荒神の昏き方にも初灯　高田蝶衣　　煩悩の口を漱ぎて初諷経　廣瀬凡石

初《はつ》寅《とら》

正月最初の寅の日に毘沙門天（多聞天）に詣ること。毘沙門天は忿怒《ふんぬ》の顔の武神、北方世界を守護する神で、四天王の一つ。京都鞍馬寺の初寅大祭は有名である。この日守り札、百足《むかで》小判が授与され、福掻、お福蜈蚣《むかで》、燧石《ひうちいし》などが売られる。むかでは多聞天の使いであるとの信仰がある。燧石は鞍馬名産の石。東京では神楽坂の毘沙門、品川南馬場の毘沙門などに参詣者が多い。

初寅や施行焚火に長憩ひ　田中王城　　初寅の護符をかざして貴船へも　中田余瓶

初弁天《はつべんてん》　初巳《はつみ》

正月最初の巳の日を初巳といい、この日弁財天に参詣することをいう。弁財天は古代インド神話の三大女神の一尊で、財福、智恵、弁才、音楽、名誉などのご利益がある。江の島、上野不忍池の弁財天では巳成金《みなるかね》というお守をいただいて開運を願う。弁天の使の巳（ヘビ）にかけたもの。またこの日米銭を紙に包んで封じておくと金持ちになると言い伝えている。安芸の宮島、大和天川、近江竹生島、陸前金華山、相模江の島を五弁天と称する。

めをとまんぢゆう湯気をはげしく初弁天　山口青邨　　初弁天むらさき霞む竹生島　和田祥子

初薬師《はつやくし》

正月八日、この年最初の薬師如来の縁日に薬師堂に参詣すること。薬師如来は東方浄瑠璃界の教主で、万病を治癒し、寿徳円満ならしめ、特に眼病平癒の利益がある。京都神護寺、高山寺、奈良薬師寺、神奈川宝城坊などが有名。正月に参詣すると三千日分のご利益があるという。薬師本尊と左の脇侍日光菩薩、右の脇侍月光菩薩とを総称して薬師三尊という。

初薬師ねんねこがけで詣でけり　河原白朝　ハイヒール提げて火渡る初薬師　永井武子

会陽《えよう》《ゑやう》　西大寺参《さいだいじまいり》　神木《しんぎ》　裸押《はだかお》し　修正会《しゅしょうえ》

旧暦一月十四日（現在は二月第三土曜日）の夜、岡山市西大寺の西大寺観音院で行なわれる裸押し行事。元日から十四日間、国家安穏、五穀豊穣の祈祷、修正会が行なわれ、満願の十四日に吉井川で水垢離をとった信者たちが、褌一つで本堂に押しかける。午前零時、本堂のあかりを消して裸の群衆の中に修正会で加持された神木《しんぎ》が投ぜられる。神木は香でたきしめられた一尺ほどの香木である。その香気を頼りに闇の中で裸の集団が激突する。神木を手にした者は町内の祝主の家に飛び込み、米を盛った枡の中に神木を突き立てる。翌日、観音院で取り主、祝主らによって神木納めの式が行なわれる。福男となった取り主には昔は米などが贈られた。

白魚売会陽参にまじりけり　服部一木　会陽の裸身白布をもて締むる　清水武子

初閻魔《はつえんま》　閻魔詣《まいり》

正月十六日、閻魔の初縁日。閻魔は古代インドの神ヤマに発する冥界の十王のひとりで人間の生前の善悪を審判して懲罰を加える地獄の大王。人は死ぬと三十五日目にこの王の前に退き出されて裁きを受ける。正月十六日と七月十六日を閻魔の斎日といい、昔から地獄の釜の蓋があき、亡者たちが責め苦から逃れる日といわれている。諸寺では地獄変相図や十王図などをかかげて拝観させる。かつては奉公人の藪入の日であった。↓藪入

こんにゃくに更けし灯影や初閻魔　河野静雲

こんにゃくの落ちて弾めり初閻魔　江口千樹

初観音《はつかんのん》《はつくわんおん》

正月十八日、観世音菩薩のその年最初の縁日に参詣すること。観音のご利益は広大で、一心にその名を念ずれば、大火・水難・夜叉《やしゃ》・羅刹鬼《らせつき》・刀剣・盗賊などの難からのがれられ、婬欲・瞋《しん》・恚《い》・愚痴などの煩悩《ぼんのう》を離れることができるとされる。東京では浅草寺、京都では清水観音が特に有名。観音は密教系の信仰が顕著で、観音の様々な救済をその形に現わした多面多臂《ひ》の様々な変化観音が生み出された。十一面、千手、如意輪、馬頭などの諸観音がそれである。こうした変化観音に対して本来の観音は聖（正）観音と呼ばれる。観音は女性的な像容が多いが本来は男性であった。しかし、女性には女性に変身して説法するとも説かれている。

初観音梅のかげさす茶店かな　織田烏不関

仲見世や初観音の雪の傘　増田龍雨

初大師《はつだいし》　初弘法

正月の二十一日は弘法大師の初の縁日で、この日各地の大師堂に参詣すること。弘法大師（空海）は、真言宗の開祖で高野山を開いたことでも知られる。承和二年（八三五）三月二十一日、六十二才で示寂、忌日にちなんで毎月の二十一日を大師の縁日とする。関東の川崎大師は特にその年厄年にあたる男女が厄除け参りをすることで有名。京都では東寺の縁日を初弘法といい、お詣りした後、境内を埋めた古道具商や露店を見巡る人々で賑わう。

穴守へのろ〳〵舟や初大師　長谷川かな女

初大師なほ後厄をねがひけり　籾山梓月

初不動《はつふどう》

正月二十八日、不動尊（不動明王）のその日初めての縁日。不動尊は大日如来が諸魔降伏のため忿怒の姿をとって現れたとされ、右手に降魔の剣、左手に縛めの縄を持ち、背に火炎を負う。治病、除難、諸魔降伏の功徳があるとされる。不動信仰は関東に盛んで、千葉成田不動、日野の高幡不動、東京の目黒不動、深川不動などが有名。大阪の水かけ不動は織田作之助の小説「夫婦善哉」で知られる法善寺横丁の中ほどにある。当初は水をお供えするだけだったが、周囲の飲食店が水商売の繁昌を願って像に水をかけるようになり、今では厚い苔におおわれ、大阪の名物のひとつとなっている。

参詣の早くも群衆初不動　高浜虚子

長男も我も酉年初不動　増田平才奈

初《はつ》弥《み》撒《さ》　初ミサ

本来カトリックでは聖職者が司祭となって初めて挙げるミサを初ミサというが、一般的には元旦のミサ始をいう。天主を礼拝し、贖罪、祈願をし、神の恩恵を感謝する。初詣と同じように信者たちは家族連れだって教会へ赴き祈りを捧げる。

初ミサや妻子率て行く道たのし　景山荀吉
初弥撒や荒野へかへるみそさざい　加藤楸邨
初ミサへ黒き裳あげて舟に乗る　下村ひろし
初弥撒の海上にゐて十字切る　中戸川朝人

動物

嫁が君

鼠に対する正月三が日のいみ言葉。文字を厳密に使い分ければ、「鼠」は不吉・不浄な意味に通じるとして使用を憚る『忌言葉《いみことば》』、「嫁が君」は忌み避ける言葉の代わりに言い替えて使う『斎言葉《いみことば》』であろう。言い替えの由来は、神霊と関係あるものと考えられるが明らかでない。元来「寝《ね》」が忌まれていたので音の通ずる「鼠《ね》」も忌まれるに至ったとも、一年の収穫を食い荒らす鼠害が「忌み」に繋がるからともいう。またその機嫌をとるため「よめ」と呼ぶのだとも。ネズミは優しい小動物として親しまれ、「よめ」はその正月言葉として各地にひろく行われている。干支の筆頭の「子（鼠）」に対する尊敬とか、白鼠を大黒様の使いとして正月にもてなすなど古くからの習俗もある。鼠は、関西で「よめが君」、上野で「おふく・むすめ」、福島で「上の姉様」、沖縄で「うえんちゅ（上の人）」などと呼ばれている。

嫁が君天守閣より下り来しか　福田甲子雄
美しき障子明りや嫁が君　加古宗也
大梁にのぞきて飛騨の嫁が君　橋本榮治
電線を伝ひてくるよ嫁が君　江崎成則
捕はれし嫁が君てふ目と合ひし　成嶋いはほ
嫁ヶ君閨《ねや》のまばたき伝へけり　新谷ひろし

初《はつ》鶏《どり》

元日の早暁に鳴く鶏。そこから元旦を鶏旦、元日を鶏日ともいう。一番鶏は丑の刻（午前二時）、二番鶏は寅の刻（午前四時）に鳴くといわれ、時を刻むこと正確な正告《しょうこく》、さらにその血を引く長尾鶏などが古くから珍重された。また高知県の東天紅、新潟県の蜀鶏《とうまる》、秋田県の声良《こえよし》などは、鳴声の長く大きいことで名高い。春を告げる鳥は古来鶯であったが、それとは違った感覚で、元日の早暁に清々しく新春に夜明けの鬨《とき》を作る鶏は、その威勢のよさも込めて新年の季に値するものと評価された。季題としては、『続後拾遺集』からの和歌の伝統を承けたこの「初鶏」は、「初鴉」「初雀」より重いものであったが、現代では俳趣において軽重の差なく用いられる。

初鶏にこたふる鶏も遠からぬ　阿部みどり女
初鶏や怒りほとほと酔に似る　加藤楸邨
初鶏の姿正して鳴きにけり　吉川よしえ
初鶏に応ふ鶏ゐる小学校　松岡博水
初鶏の一声夢の向こうから　柳田芽衣
人波へ初鶏とほく声張れり　石川かづ子

初《はつ》《はつ》声《こえ》《こゑ》

元日の朝早く、最初に聞くもろもろの鳥の声。最近は鶏鳴を聞くことは少なく殆ど雀か鵯《ひよどり》の類であるが、まだ所謂「囀り」の季節には遠く、声はつたない。しかし元朝の淑気の中で聞けば、またその未熟さに清新の趣があるといえる。虫、獣の声についてはいわない。

初声の雀の中の四十《しじゅう》雀《から》　青柳志解樹
帆柱に来て初声を高めけり　茨木和生
手をひろげ初声という男の子　松田ひろむ
初声の雀に如くはなかりけり　藤勢津子

初《はつ》《はつ》鶯《うぐいす》《うぐひす》

新年に初めて聞く鶯。江戸中期以後庶民の生活が豊かになるにつれ、鶯を飼育して鳴声を競わせる等のことも行われた。前年十一月ころから夜飼いを始めて、最初午後五時から十五分程明かりを点し、だんだん長くして午後八時から九時ころまで明るくしてやると、新年に正しくホーホケキョと鳴かせることができるといい、これが初鶯。野生の鶯は二月末から三月にはじめて鳴くが、これは「初音」と呼び季は春である。その他飼育のノウハウは精緻をきわめた。例えば底のとりはずせる摺餌籠に一羽ずつ入れ、止まり木はニワトコがよい。寒暑に対し抵抗力が弱いので、冬は籠桶に入れて寒さを凌ぎ、夏は日陰の涼しい所に置き隔日で水浴させる。または籠桶は、鳴声を害する堅木を避けて薄板製とし、口に腰障子をたてる。餌は擂餌で……と際限もない。しかし近年は野鳥保護の立場から、飼育が厳しく規制されている。→鶯（春）

まだ甘し初鶯の舌のネヂ　沢木欣一
朝風に初鶯の声稚し　渡辺七三郎

初《はつ》雀《すずめ》

元日の雀。日の出前二、三十分ころ、新年に聞く小鳥の囀りの中では早からず遅からずという時間に鳴き出す。人家付近で最も普通に見る小鳥で、留鳥。多くは人家の屋根、壁の隙間や石垣などに、枯草や樹皮などを集めて、不規則な巣をつくる。軒端に囀る声、冬場の羽毛で着膨れた姿も、身近かに感じられる。しかし元日に聴けば、これもまた改めてめでたく、その声に年の動きはじめるのを感じるのである。新年の季語の中では近年最も作句例が多い。→寒雀（冬）

初すずめ一合の酒冷ますまじ　古沢太穂
坪庭のかわらぬよしみ初雀　根岸たけを
をさな児の口まねでいふ初雀　川崎展宏
初雀われらは耳をあかくして　知久芳子
初雀つひに翔たせてしまひけり　宮田春童
晴れやかに酒色をおびし初雀　高木みつ子
リハビリの呂律《ろれつ》やや良し初雀　京谷圭仙
つくばいに走る青竹初雀　高橋より子
初雀こぼれ七曜廻りだす　館　さくら
いつ来ても嵯峨野は青し初雀　黒瀬としゑ

初《はつ》鳩《はと》

元日、主として初詣の神社仏閣で、境内に放され群れをなして舞う土鳩を愛でていう。キリストは「鳩の如く柔和なれ」と遺訓し、漢の高祖は項羽《こうう》に追い詰められた時鳩を放って井中に生を得、源頼朝は石橋山の戦で大樹の洞穴に身をひそめ中から飛び立つ鳩のおかげで難を免れるなど、鳩は洋の東西を問わず有史以前から人類と関わりがあり、平和の象徴とされた。それだけにいっそうめでたい。

初鳩の群れの大きな影走る　廣瀬直人
英霊よ白装束の初鳩よ　築城百々平
初鳩に希望を言へり翔んでをり　松浦敬親
初鳩を開き撒きたる巨き掌よ　柳田芽衣

初《はつ》鴉《がらす》

元日、ことに早朝しののめの空に鳴く鴉とその声についていう。「暁鴉」「明け烏」などの言葉もあるようにその鳴声は早暁から聞くことができる。この鳥は、その姿や声が禍福両様に取られるが、「初鴉」はもちろん瑞兆である。神武天皇の道案内をした八咫《やた》鴉の故事や、正月の鍬始めに餅を投げそれを鴉が啄ばむのを吉兆とする習俗、広島の厳島神社や名古屋の熱田神宮の祭礼で「鳥食《とりばみ》」と称して、供え物を鴉に食べさせる神事、また各地の神社で鴉を神の使いとして尊宗する習わしなどにそのめでたさが象徴される。↓寒鴉（冬）

門の木のあはう鳥も初音かな　一茶
大樟の風にあふられ初鴉　小島健
石人の三頭身や初鴉　黒米満男
初鴉ばさりばさりと飛び立てり　金子恵美
帰りにもクルスの塔に初鴉　中野道子
初鴉高きを縺れあひながら　鈴木恵美子
一夜にて呆けし街や初鴉　中里結
高き樹の高きにありて初鴉　北羚羊

伊勢海老《いせえび》　鎌倉海老《かまくらえび》

正月の鏡餅・蓬莱台などに、湯蒸して真っ赤になったものを飾る。目に美しくめでたい。ひげが長く、腰を曲げて進む形を老人になぞらえて「海老」と書く。長寿を祈り延命を願う気持ちを込め、わが国では古来正月だけでなく多くの賀儀吉事に用いられてきた。色彩・容姿・味のどれをとっても海老類を代表するもので、太平洋側、特に伊勢湾で多く捕れるため伊勢海老と呼ばれる。甲は堅く棘と褐色の毛が生えていて、第一触手はむち状・第二触手は体よりも長く前方でかぎのように曲り、基部は堅固で多くの棘がある。所謂ひげである。産卵期である夏の一定期間は捕獲禁止。漁は主に旬の冬季、目の粗い刺網《さしあみ》を一晩沈めて翌朝とる。鎌倉海老は多く鎌倉でとれるのでその名がある。

生きて着く伊勢海老に灯をともすべし　清水径子
伊勢海老の跳ねて木屑を飛ばしたる　伊藤通明
伊勢海老の髭を雲ゆく遠嶺晴　小澤克己
糶符の浮いて伊勢海老片寄れり　石關洋子

植物

楪《ゆずりは》《ゆづりは》　弓《ゆ》弦《づる》葉《は》　親《おや》子《こ》草《ぐさ》

わが国中部以西の山地に生ずる常緑高木で、庭木としても移植される。高さは一〇メートル位になる。新しい葉が生え育ってはじめて、古い葉が垂れ下がり代を譲る形になるため、この葉の代り方を父子相続・子孫繁栄の瑞相とみて、「譲り葉」または「親子草」と呼び、正月の飾りに用いられるようになった。茎に紅味があり、葉は枝先に互生し長楕円形で、長さ一五センチほど。表面は革質・濃緑色、裏面は白緑色である。

楪や仏弟子なれど寺継がず　宇咲冬男
弓弦葉や親より越せぬ子の齢《よわい》　清治法子
十津川の巨き楪大壺に　山岸澄子
楪のちぎれちぎれて核家族　小川一路
二上山の楪採りに出会ひけり　小野淳子
楪やいまだ娶らぬ子が二人　石渡　旬
ゆずり葉や鳩が来てゐる棉祖神　石川清流
楪や西の空さす鳥の影　岩田育左右

歯《し》朶《だ》　裏白　山草《やまくさ》

学問的に、シダといえばワラビ・ゼンマイなどを含む隠花植物の一群をいうが、わが国で昔から歯朶といい習わされてきたのは、その内の裏白である。わが国の暖地に群生する多年草で、この葉は大きく羽状に分裂し、葉裏に粒状の胞子嚢をつける。常緑でその葉裏が白いため、夫婦共白髪になぞらえ、また二葉が相対するところから「諸向《もろむき》」と称して夫婦和合の象徴ともした。また常緑のまま繁栄を続ける性質や、歯は「よはひ」と訓み、朶は「えだ」と訓むことから長寿の意とされることから、縁起のよい植物として注連縄その他広く新年の飾りに用いる習慣にもなった。

名こそかはれ江戸の裏白京の歯朶　正岡子規
裏白のひと荷の婆や浄瑠璃寺　宮坂静生
うら白のおもてを妻ときめてをり　西田　孝
裏白や鉄階段の子の住居　辻　男行
仏龕の闇より羊歯の生ひいでぬ　関塚康夫
裏白の葉裏ぶつぶつ母が消えた　相川玖美子

福寿草《ふくじゅそう》《ふくじゆさう》　元日草《がんじつそう》

キンポウゲ科の多年草。まだ雪の残る季節に茎を出し、一輪だけ黄色の単弁花をつけ、次第に茎や葉を伸ばしていく。葉は人参の葉に似ている。花の少ない時期、新年を祝う盆栽として栽培され、梅や南天と寄せ植えにし、床飾りとして観賞される。栽培の歴史は古く、江戸時代初期とされている。正月を祝う花として、元日草ともいう。

朝日さす弓師が店や福寿草　蕪村
一湾の真帆見てをりぬ福寿草　小澤克己
針山も日にふくらみて福寿草　八染藍子
水音のする雪中の福寿草　菊地弘子
寄せ植ゑて一つが傾ぐ福寿草　菅野一狼
福寿草雪の予報に眠りつぐ　小野口　繁
ふるさとのかたまりなりし福寿草　福原貴子
福寿草母にこにこと在しけり　森　重昭
海山の風をつなぎし福寿草　関　千恵子
水溜りぴょんと福寿草一家　小平　湖

若菜《わかな》　若菜摘《つみ》　粥草《かゆくさ》　七草菜

若菜は春の到来をつげる象徴であり、若菜を摘むことは、古くからの早春の行事だった。のちに、正月七日の七草粥に入れる菜のことを春の七草と呼ぶようになった。芹《せり》・薺《なずな》・御行《ごぎょう》・蘩蔞《はこべ》・仏《ほとけ》の座《ざ》・菘《すずな》・清白《すずしろ》の七つとされる。御行は母子草《ははこぐさ》・仏の座は田平子《たびらこ》・薺は蕪《かぶ》・清白は大根のことをいう。↓芹（春）・蘩蔞（春）・七種・薺・御行・仏の座

幼児も富士見おぼえる若菜摘み　岩淵喜代子
一語まだ洗ひ足らざり若菜光　樅山　尋
若菜手に兎当番登校す　佳藤木まさ女
急くことはなし道の端の若菜摘む　堀越すず子
若菜摘む茂吉の越えし王子径　須川峡生
若菜野に雨降りやまず昭和逝く　垣迫俊子

根白草《ねじろぐさ》

芹のこと。根茎が白いことからこの名がある。春の七草として春の芹と区別して根白草と呼ぶ。↓芹（春）

三代の俎板にほふ根白草　新田祐久
父いたら小舟漕ぎだす根白草　小平　湖
師も父母も在さぬこの世根白草　池田澄子
ご近所とざっくり暮らす根白草　杉浦一枝
根白草雲場の池もやや濁り　松田ひろむ
流れゆく水は還らず根白草　石口　榮
母だけの秘密基地です根白草　宮　沢子
根白草真水に濁る不登校　牧野桂一

薺《なずな》《なづな》　薺摘《なずなつみ》

春の七草の代表的なもの。アブラナ科の二年草。三角形の平たい実が三味線のばちに似ているの

で、ぺんぺん草ともいう。花は四弁の十字の自の小花で、まばらな総状花序をつくるが、まだ花の咲く前の若苗を摘み七草粥に入れる。

まな板に旭さすなり芹薺　鏡花
包丁の真新しさが薺打つ　小阪喜美子
みかど崩御いまも胸打つ薺の日　富田潮児
離陸機の音の広がりなずな摘む　中村貞子

御《ご》行《ぎょう》　御《お》形《ぎょう》　五《ご》形《ぎょう》

春の七草のひとつ。キク科の多年草で母子草のこと。畑や野原、道端など至る所に生える。茎は根元で枝分かれし、葉は綿毛が表裏にびっしり生え、白っぽい。春に淡黄色の花が咲くので、母子草というと晩春の季語になる。七草粥に花のないこの草を摘んで用いる。

ふみ外す畦なつかしき御行かな　勝又一透
古都に住む身には平野の御行かな　名和三幹竹

仏《ほとけ》の座《ざ》　田《た》平《びら》子《こ》

春の七草のひとつ。タビラコ、またはコオニタビラコという。キク科の二年草。早春の田圃などの湿ったところに自生する。円く平たく地に張り付いたような姿で生え、蓮華の円座に似た形から仏の座の名がある。

たびらこは西の禿《かむろ》に習ひけり　其角
雑草と言う草あらず仏の座　宇咲冬男
遠来のもののごとくに仏の座　鷹羽狩行
山裾の日に燦とあり仏の座　工藤弘子
もう一つ満開の花仏の座　上島清子
秀つ峰の赤みさしきし仏の座　川端庸子

菘《すずな》

蕪のこと。春の七草として冬の蕪と区別して菘と呼ぶ。古くは鈴菜と書いた。→蕪（冬）

山口につくる生駒の鈴菜かな　言　水
朱鷺色の甘酢と似合うすずなかな　信岡さすけ
早池峰の日のゆきわたる菘かな　菅原多つを
絵手紙をはみ出す菘日和かな　小平　湖
赤蕪の今日すずなる白さにて　松田ひろむ
すずな煮る程よき辛み嫁姑　牧野桂一

蘿《すず》蔔《しろ》

大根のこと。春の七草として蘿蔔《すずしろ》と呼んで新年とする。→大根（冬）

すずしろと呼べば大根すらりとす　加藤楸邨
蘿蔔《すずしろ》と読めないけれど朝がくる　松田ひろむ
蘿蔔に髭あることもお母さん　小平　湖
百選の水にすずしろ浸しけり　磯部薫子
手話の子のすずしろ三度聞きなおす　牧野桂一
蘿蔔のひと草粥やそれもまた　高矢実來

子日草《ねのひぐさ》　姫小松　茶筅松《ちゃせんまつ》　子の日の松

正月初の子の日に宮廷では、野に出て小松を引き抜き、宴を催す習わしがあった。丘に登って四方を望めば陰陽の精気を得て、憂いを除くという中国の古俗にならった。その小松を子日草・子の日の松といった。小松の芽は食べ、小松は箒を作った。祝い語である。

根づかせて見せばやけふの子の日草　暁　台
子の土の奉書にこぼれ子日草　大谷句仏
絵巻物ひろげし如く姫小松　成瀬正俊
浮世絵の女と遊ぶ子の日草　松田ひろむ

行事一覧

一　月

一日　四方拝　東京都皇居
繞道祭《にょうどうさい》　奈良県櫻井市大神《おおみわ》神社
初伊勢　三重県伊勢神宮
蛙狩御占神事　長野県諏訪大社
一〜七日　御璽頂き　神奈川県鎌倉市鶴岡八幡宮
二日　追儺《ついな》祭　神奈川県寒川神社
筆始祭　京都市北野天満宮
三日　神楽始　奈良県春日大社
玉せせり　福岡県筥崎宮
矢立の神事　岡山県吉備津神社
三日　寺野のひよんどり　静岡県浜松市
四日　踏歌節会　大阪市住吉大社
四・五日　天龍村の霜月神楽（冬祭）　長野県天龍村
諏訪神社
五日　稲荷大山祭　京都市伏見稲荷大社
六日　六日祭　岐阜県白鳥町白山長滝神社
賓頭盧《びんずる》廻《まわ》し　長野市善光寺

六・七日　達磨市　群馬県高崎市少林山達磨寺
七日　鷽替《うそがえ》と鬼すべ　福岡県太宰府市太宰府天満宮
弓始神事　新潟県弥彦村弥彦神社
鬼夜　福岡県久留米市玉垂宮
九〜十一日　十日戎　大阪市今宮戎神社
九〜十六日　報恩講　京都市西本願寺
十日　初金比羅《はつこんぴら》　香川県琴平町金刀比羅宮
十一日　粥占《かゆうら》神事　東大阪市枚岡《ひらおか》神社
踏歌神事　名古屋市熱田神宮
十三日　住吉の御弓　大阪市住吉大社
十四日　修正会結願法要（どやどや）　大阪市
四天王寺
十四・十五日　左義長（どんど）　各地
新野《にいの》の雪祭　長野県阿南町
新野伊豆神社
十五日　ちゃっきらこ　神奈川県三浦市三崎町
海南神社

奈良の山焼き　奈良市若草山
恵比寿大黒の綱引　福井県敦賀市
十七日　梵天祭　秋田県三吉神社
十八日　亡者送り　東京都浅草寺
二十日　摩多羅神祭　岩手県平泉町毛越寺《もうつうじ》
二十四日　初愛宕　京都市愛宕神社
二十四・二十五日　うそ替　東京都亀戸天神・大阪市大阪天満宮

（旧暦）
一月　初御願　沖縄県

二　月

一・二日　黒川能　山形県櫛引町春日神社
蔵王樹氷まつり　山形市
三日　節分・豆撒き　各地
万灯籠　奈良市春日大社
五日　二十六聖人祭　長崎市西坂殉教地
五〜十一日　札幌雪祭　札幌市
六日　お燈《とう》祭　新宮市神倉《かみくら》神社
八日　針供養　主に関東地方
十日　竹割祭　石川県加賀市菅生石部《すごういそべ》神社
十一日　田遊び　東京都徳丸北野神社
橿原《かしはら》祭　橿原市橿原神宮
十三日　田遊び　東京都板橋区赤塚諏訪神社
十四日　長谷寺のだだ押し　奈良県桜井市長谷寺
十五・十七日　黒森歌舞伎　山形県酒田市黒森日吉神社
十七〜二十日　えんぶり　青森県八戸市新羅神社
二十五日　北野梅花祭　京都市北野天満宮
第三土曜　会陽　岡山市西大寺観音院
初午の日　初午　京都市伏見稲荷大社ほか

（旧暦）
四日　御田植え祭　鹿児島県霧島神宮

三　月

一日　粥占《かゆうらな》い　福岡市飯盛神社
一〜十四日　二月堂修二会《しゅにえ》　奈良市東大寺二月堂
（お水取は十三日）
二日　お水送り　福井県小浜市神宮寺
三日　深大寺だるま市　東京都調布市深大寺
毘沙門堂裸押合大祭　新潟県南魚沼市毘沙門堂

九日　鹿島祭頭祭　茨城県鹿島市鹿島神宮
十日　帆手《ほて》祭　宮城県塩竈市鹽竈神社
十二日　二月堂お水取り　奈良市東大寺
十三日　春日祭　奈良市春日大社
十五日　嵯峨の柱炬《はしらたいまつ》　京都市清涼寺
十七日　御奉射《おびしゃ》祭　長野県安曇野市穂高神社
十八～二十三日　平国祭　石川県羽咋市気多神社
二十日　奈良遷都祭　奈良市奈良県庁前
二十二～二十四日　聖霊会《しょうりょうえ》　奈良県法隆寺
三十～四月五日　薬師寺花会式　奈良市薬師寺
第二日曜　火渡り祭　八王子市高尾山薬王院
中旬（土・日曜）左義長祭　滋賀県近江八幡市
　日牟礼八幡宮
下旬～四月　長崎の凧揚《はたあげ》　長崎市
（旧暦）
二十一日　正御影供《しょうみえく》　和歌山県高野山金剛峯寺《こんごうぶじ》

四月

一日　大和《おおやまと》神幸祭　奈良県天理市大和神社
一～七日　義士祭　東京都泉岳寺
一～三十日　都踊　京都市

二日　強飯式《ごうはんしき》　日光市輪王寺三仏堂
三日　真清田桃花祭《ますみだとうかさい》　愛知県一宮市真清田神社
七日　青柴垣《あおふしがき》神事　島根県松江市美保神社
十日ごろ（日曜）天津司舞《てんづしのまい》　甲府市天津司神社・
　鈴宮諏訪神社
十一・十二日　吉野の花会式　奈良県吉野町金峯《きんぷ》
　山寺《せんじ》蔵王堂
十一～五月五日　夢殿本尊開扉　奈良県法隆寺
十二日前後の土・日　信玄公まつり　甲府市
十三日　十三詣　京都市虚空蔵法輪寺
十三～十五日　鬼太鼓　新潟県佐渡市管明寺
十四・十五日　春の高山祭　岐阜県高山市日枝神社
十八～二十四日　鞍馬の花供養　京都市鞍馬寺
十九～二十五日　御忌《ぎょき》　京都市知恩院ほか
二十一日　御影供《みえく》　京都市東寺
二十一日～二十三日　靖国祭　東京都靖国神社
二十一日～二十九日　壬生《みぶ》念仏　京都市壬生寺
二十二日　聖霊会　大阪市四天王寺
二十三～二十六日　蓮如忌　石川県金沢市光誓寺
二十七日　鐘供養　和歌山県日高川町道成寺
二十七～二十九日　みなと祭　長崎市

第二土・日曜　嵯峨大念仏　京都市清凉寺
　大茶盛り　奈良県西大寺
第二日曜　やすらい祭　京都市今宮神社
第三土・日曜　桃太郎まつり　岡山市
第三日曜　船霊《ふなだま》祭　観音寺市琴弾《ことひき》八幡宮
第四日曜　釈奠《せきてん》（孔子）東京都湯島聖堂
上旬から十日間　花換祭　敦賀市金崎宮
上旬〜五月上旬（寅年と申年の七年ごと）
　御柱祭《おんばしらまつり》　長野県諏訪大社

五　月

一日　高岡御車山《みくるまやま》祭　富山県高岡市関野神社
　啄木祭　岩手県玉山村
一〜三日　閻魔堂大念仏　京都市引接《いんじょう》寺
一〜五日　藤原まつり　岩手県平泉町中尊寺・毛越寺《もうつうじ》
一〜十八日　上御霊祭　京都市上御霊神社
一〜二十四日　鴨川踊　京都市先斗町
二日　聖武天皇祭　奈良市東大寺大仏殿
三日　鍋冠祭（筑摩祭《つくままつり》）滋賀県米原市筑摩神社
　国際仮装行列　横浜市
三・四日　博多どんたく　福岡市

　先帝祭　下関市赤間神宮
三〜五日　凧揚まつり　静岡県浜松市
五日　鐘供養　東京都品川寺
　競馬《くらべうま》　京都市上賀茂神社
　五十崎大凧《いかざきおおだこ》合戦　愛媛県内子町
五・六日　府中祭（暗闇祭）東京都府中市大国魂《おおくにたま》神社
八日　藤切祭　山梨県甲州市大善寺
八〜十三日　花の撓《とう》　名古屋市熱田神宮
十一日　長良川鵜飼開き　岐阜市
十一・十二日　興福寺の薪能　奈良市興福寺
十一〜十月十五日　長良川の鵜飼　岐阜市
十四日　練供養　奈良県葛城市当麻寺
十四・十五日　大垣まつり　大垣市八幡神社
十四〜十六日　出雲祭　島根県出雲大社
十五日　葵祭　京都市上賀茂・下鴨神社
十六日　千団子祭　大津市三井寺
十七・十八日　黒船祭　静岡県下田市日光東照宮祭
　日光市東照宮
十九日　団扇撒《うちわま》き　奈良市唐招提寺
十九〜二十一日　三国祭　福井県坂井市三国神社
二十四〜二十六日　楠公祭　神戸市湊川神社

二十五日　化物祭　山形県鶴岡市鶴岡天満宮
三十一日〜六月一日　江戸浅間祭　東京都浅間神社（六月三十〜七月一日にも）
第三金曜〜日曜　三社祭　東京都浅草神社
第三土・日曜　北海道函館五稜郭祭　函館市
第三日曜　三船祭　京都市車折《くるまざき》神社
最終金曜〜日曜　札幌ライラック祭　札幌市
中旬　御田植　三重県伊勢神宮
中旬（十二年に一度）ホーランエンヤ　松江市
中旬（土・日曜）神田祭　東京都神田神社
（旧暦）
四日　ハーレー　沖縄県糸満市
五日　一人相撲　愛媛県今治市大三島町大山祇神社

六　月

一日　貴船祭　京都市貴船神社
一〜三十日　あやめ祭　茨城県潮来市
一〜十一月一日　湯殿詣　山形県鶴岡市湯殿山
二日　横浜開港記念日　横浜市
四日　伝教会《でんぎょうえ》　比叡山延暦寺浄土院
五日　熱田祭　名古屋市熱田神宮
　県祭《あがたまつり》　宇治市県神社
五〜七日　開山忌（鑑真像開扉）奈良唐招提寺
十日　漏刻祭　大津市近江神宮
十〜十六日　山王祭　東京都日枝神社
十〜三十日　さくらんぼ祭　山形県寒河江市
十二〜十四日　百万石祭　金沢市尾山神社
十四日　御田植神事　大阪市住吉大社
十四〜十六日　札幌祭　札幌市北海道神宮
十五日　チャグチャグ馬コ　盛岡市近郊
　青葉祭　和歌山県高野山金剛峯寺
十七日　三枝祭《さいくさのまつり》　奈良県率川《いきがわ》神社
二十日　竹伐り会式　京都市鞍馬寺
二十三・二十四日　千日参り　東京都愛宕神社
二十四日　御神田　三重県磯部町伊雑宮
三十〜七月二日　愛染祭　大阪市勝鬘院
第一日曜　ウエストン祭　長野県上高地
　壬生《みぶ》の花田植　広島県北広島町
第二日曜　鳥越祭　東京都鳥越神社
上旬（金曜〜日曜）江戸の里神楽（品川祭）
　東京都品川神社・荏原《えばら》神社
（旧暦）

十七日　厳島管絃祭　広島県厳島神社

七　月

一日　富士詣　富士山
一〜十五日　博多祇園山笠《やまかさ》　福岡市博多櫛田神社
一〜二十九日　祇園祭　京都市八坂神社
六〜八日　入谷鬼子母神朝顔市　東京都台東区真源寺
七日　蛙飛行事　奈良県吉野町金峯山寺
七日（五日間）七夕まつり　神奈川県平塚市
九・十日　鬼灯市　東京都浅草寺
十三〜十五日　佃島盆踊　東京都中央区
十四日　那智の火祭　和歌山県那智勝浦町那智大社
十四日ごろ　黒船祭　横須賀市久里浜
十五日　出羽三山祭　山形県鶴岡市羽黒神社
十五日ごろ（日曜）　岳《たけ》の幟《のぼり》行事　長野県上田市
　別所温泉
二十〜二十四日　恐山大祭　青森県むつ市
二十・二十七日　津和野の鷺舞《さぎまい》　島根県津和野町
　弥栄《やさか》神社
二十二〜二十四日　安居会　和歌山県高野山
二十三・二十四日　和霊大祭　愛媛県宇和島市

二十三〜二十五日　相馬野馬追　福島県相馬市
二十四・二十五日　天神祭　大阪市大阪天満宮
二十五日　お滝まつり　岡山市竜泉寺
　弥彦灯籠祭　新潟県弥彦村弥彦神社
二十七〜八月十七日　大山夏祭　伊勢原市大山
　阿夫利《あふり》神社
二十八日　御田祭《おんだまつり》　熊本県阿蘇市阿蘇神社
三十〜八月一日　住吉祭　大阪市住吉大社
三十一日　愛宕《あたご》の千日詣　京都市愛宕神社
三十一〜八月一日　御陣乗太鼓　石川県輪島市白山
　神社
三十一〜八月二日　夏越《なごし》大祭　大分県宇佐市宇佐神宮
第三土曜をはさむ三日間　小倉祇園太鼓　福岡県
　北九州市
第四土・日日曜　尾張津島天王祭の車楽舟行事
　愛知県津島市津島神社
最終土曜　オロチョンの火まつり　網走市モヨロ
　貝塚・桂ケ岡公園
最終土・日曜　粉河祭　和歌山県紀の川市粉河丹生
　神社
最終日曜　ペーロン　長崎県長崎港

中旬〜九月上旬　郡上おどり　岐阜県郡上市八幡町

（旧暦）

盆明け　海神祭《うんじゃみ》　沖縄本島北部周辺

二十六〜二十八日　蘭盆勝会《らんぼんしょうえ》　長崎市崇福寺

八　月

一〜七日　高岡七夕まつり　富山県高岡市

　ねぷた　弘前市

二〜七日　倭武多《ねぶた》　青森市

四日　北野祭　京都市北野天満宮

四〜七日　竿灯《かんとう》　秋田市

五日　みなと祭　宮城県塩竈市鹽竈神社・志波彦神社

五〜七日　湯沢七夕絵どうろうまつり　秋田県湯沢市

六日　原爆忌　広島市

　金津七夕　宮城県角田《かくだ》市

六日ごろ（日曜を含む三日間）　佃祭　東京都住吉神社

六・七日　七夕ちょうちんまつり　山口市

六〜八日　七夕まつり　仙台市

　内子《うちこ》笹まつり　愛媛県内子町

七日　けんか七夕まつり　岩手県陸前高田市

七〜十日　六道参り　京都市珍皇《ちんこう》寺

七〜十三日　数方庭《すほうてい》祭　山口県下関市忌宮神社

八日　茅《ち》の輪《わ》くぐり祭　広島県新市町素盞嗚《すさのお》神社

九日　原爆忌　長崎市

九〜十一日　よさこい祭　高知市

十日　千日詣　京都市清水寺

十二〜十五日　阿波踊　徳島市

十四〜十六日　白石踊　岡山県笠岡市

十五日　南部の火祭　山梨県南部町

　船玉祭　埼玉県長瀞町

　海の大文字　静岡県熱海市

　精霊《しょうろ》流《なが》し　長崎市

十五日ごろ（土・日曜）　深川祭　東京都富岡八幡宮

十五〜十七日　三島祭　静岡県三島市三島大社

十六日　大文字　京都市

　大文字焼　神奈川県箱根町

　六斎念仏　京都市西方寺

　鬼来迎　千葉県横芝光町広済寺

　大川原の火流し　黒石市

二十日　奉燈会　京都市大覚寺

二十二〜二十五日　地蔵盆　滋賀県長浜市木之本町浄信寺

二十三・二十四日　千燈供養　京都市化野《あだしの》念仏寺
二十六・二十七日　吉田火祭　山梨県富士吉田市
　富士浅間・諏訪神社
　大提灯まつり　愛知県西尾市一色町諏訪神社
二十六～二十八日　御射山祭《みさやままつり》　長野県諏訪大社
第一金～日曜　黄門祭　水戸市
第一土・日曜　桑名祭（石取祭）三重県桑名市
　春日神社
中旬　千日詣　京都市清水寺
中旬（日曜）玉取祭　広島県厳島神社
（旧暦）
十五日　秋思祭　大阪天満宮

九　月

一日　芋競べ祭り　滋賀県日野町熊野神社
一・二日　神幸祭　茨城県鹿嶋市鹿島神宮
二～十五日　気比《けひ》神宮例大祭　福井県敦賀市気比神宮
七～九日　角館祭りのやま行事　秋田県仙北市角館
　町神明社・薬師堂
十一～二十一日　芝神明祭　東京都芝大神宮
十二～十八日　放生会《ほうじょうえ》　福岡市筥崎宮

十四・十五日　遠野まつり　岩手県遠野市
十五日　石清水祭　京都府八幡市石清水八幡宮
　粟めし祭　静岡県浜松市三社神社
十五・十六日　鶴岡祭　神奈川県鎌倉市鶴岡八幡宮
十六日　謙信公祭　新潟県上越市春日神社
十九日頃（日曜）泣角力　栃木県鹿沼市生子《いきこ》神社
二十日　お熊甲《くまかぶと》祭　石川県七尾市中島町久麻加夫都《くまかぶと》
　阿良加志比古《あらかしひこ》神社
二十一・二十二日　根津権現祭　東京都文京区
　根津神社
二十一～二十五日　神幸式大祭　太宰府市太宰府
　天満宮
二十三日　御嶽神楽《おんたくかぐら》　大分県清川村
二十三日ごろ（三日間）福島灯籠人形　福岡県
　八女市福島八幡宮
二十九・三十日　坂本荒踊　宮崎県五ケ瀬町
第一日曜　八朔神事　京都府福知山市大江町元伊勢
　皇大神社・豊受大神社

十　月

一～三日　宗像《むなかた》大社みあれ祭　福岡県玄海町宗像大社

一～五日　瑞饋《ずいき》祭　京都市北野天満宮
三日　浅間温泉松明《たいまつ》祭　長野県松本市浅間温泉
四～六日　ちょうちん祭　福島県二本松市二本松神社
五～十四日　大本願　長野県善光寺
七～九日　長崎くんち　長崎市諏訪神社
八～十日　まりも祭　北海道釧路市阿寒町
九・十日　秋の高山祭　岐阜県高山市桜山八幡宮
　大津祭　大津市天孫神社
九～十一日　金刀比羅《ことひら》祭　香川県琴平町金刀比羅宮
　宇佐放生会　大分県宇佐市宇佐神宮
十日　笑い祭　和歌山県日高川町江川丹生神社
十～二十日の金・土・日曜　名古屋まつり　名古屋市
十一～十三日　御命講　東京都大田区本門寺
　御命講（御会式）山梨県身延町身延山
十五～二十五日　神嘗祭　三重県伊勢市伊勢神宮
十六～十八日　新居浜太鼓祭　愛媛県新居浜市
十九・二十日　べったら市　東京都日本橋宝田恵比寿
　神社
二十二日　鞍馬の火祭　京都市由岐《ゆき》神社
　時代祭　京都市平安神宮
二十二日～十一月三日　夢殿本尊（救世観音）
　開扉　奈良法隆寺
二十六・二十九日　宇和津彦神社秋祭　愛媛県宇和島市
第四日曜　唐子踊と太刀踊　岡山県瀬戸内市牛窓町疫神社
毎日曜と祭日　鹿の角伐　奈良市春日大社
（旧暦）
十日　神迎え神事　島根県出雲大社
十一～十七日　神在祭《かみありまつり》　島根県出雲市出雲大社
十七・二十六日　神等去出《からさで》の神事　島根県出雲市
　出雲大社
十月～十一月　正倉院曝涼　奈良市東大寺正倉院

十一月

一～三日　藤原まつり　岩手県平泉町中尊寺・毛越寺
二～四日　唐津くんち　佐賀県唐津市
三日　ベッチャー祭　広島県尾道市
　稲穂祭　山口県下松《くだまつ》市
　箱根大名行列　神奈川県箱根町
五日　大隅八幡社祭（弥五郎どん祭）鹿児島県大隅町
五日～十四日　大勧進　長野県長野市善光寺
七日　保呂羽山霜月神楽　秋田県横手市大森町波宇
　志別神社

八日　火焚祭　京都市伏見稲荷大社
九日　尻摘祭　静岡県伊東市音無神社
十四・十五日　塔婆十夜　埼玉県鴻巣市勝願寺
十八日　妙見祭　熊本県八代市八代神社
十八〜二十八日　別時念仏　藤沢市遊行寺
二十〜二十五日　神在祭　島根県松江市鹿島町佐太神社
二十一〜二十八日　報恩講　京都市東本願寺
二十三日　新嘗祭　島根県出雲市出雲大社
二十五日　神等去出の神事　島根県松江市鹿島町佐太神社
二十六日　神等去出の神事　島根県出雲市斐川町万九千《まんくせんの》社《やしろ》
第二土曜　参候祭　愛知県設楽町津島神社
第三土曜　牡丹焚火　須賀川市
中旬〜三月上旬　奥三河花祭　愛知県奥三河各地
下旬〜二月上旬　夜神楽　宮崎県高千穂町ほか

十二月

一〜八日　臘八大摂心《ろうはつだいせっしん》　福井県永平寺町永平寺
二・三日　秩父夜祭　埼玉県秩父市秩父神社
三日　諸手船神事　島根県松江市美保関町美保神社
五日　奥能登あえのこと　石川県珠洲市
八日　針供養　主に関西
八日〜一月四日　遠山の霜月祭　長野県飯田市上村・南信濃
九・十日　大根焚《だいこだき》　京都市了徳寺
十〜十二日　智積院論議　京都市智積院
十四日　赤穂義士祭　兵庫県赤穂市
義士会　東京都港区泉岳寺
十五・十六日　世田谷ぼろ市　東京都世田谷区
十六〜十八日　春日若宮おん祭　奈良市春日大社
十七〜十九日　羽子板市　東京都浅草寺
二十四日　伊勢太神楽　桑名市増田神社
三十〜一月一日　松例祭《しょうれい》　山形県鶴岡市羽黒町出羽三山神社
三十一日　なまはげ　秋田県男鹿市赤神神社
鎮火祭　広島県厳島神社
トシドン　鹿児島県薩摩川内市下甑

（旧暦）

三日　笹振り神楽　宮崎県高千穂町高千穂神社
晦日〜一月一日　和布刈《めかり》神事　北九州市和布刈神社

忌日一覧

近現代俳人（新暦）

一月

高屋　窓秋《そうしゅう》　1日　平成十一年
加藤知世子《ちよこ》　3日　昭和六一年
岩谷《いわや》山梔子《くちなし》　4日　昭和十九年
斎藤　空華《くうげ》　4日　昭和二五年
八幡城《やはたじょう》太郎《たろう》　4日　昭和六〇年　風斎忌
中村　苑子《そのこ》　5日　平成十三年
松村　蒼石　8日　昭和五七年　蒼石忌
松瀬　青々《せいせい》　9日　昭和十二年　青々忌
増田手古奈《てこな》　10日　平成　五年
野村　喜舟　12日　昭和五八年
上野　章子《あきこ》　15日　平成十一年
志田　義秀《ぎしゅう》　17日　昭和二一年
栗生《きりう》　純夫《すみお》　17日　昭和三六年
福田　蓼汀《りょうてい》　18日　昭和六三年　蓼汀忌
河野《こうの》　南畦《なんけい》　18日　平成　七年

相馬　遷子《せんし》　19日　昭和五一年
佐藤　鬼房《おにふさ》　19日　平成十四年
大須賀乙字《おつじ》　20日　大正　九年　乙字忌・寒雷忌・二十日忌
八十島《やそしま》　稔《みのる》　20日　昭和五八年
片山　桃史《とうし》　21日　昭和十九年
杉田　久女《ひさじょ》　21日　昭和二一年　久女忌
伊藤　凍魚《とうぎょ》　22日　昭和三八年
河野《こうの》　静雲《せいうん》　24日　昭和四九年
波止《はし》　影夫《かげお》　24日　昭和六〇年
藤沢　周平　26日　平成　九年
日野　草城《そうじょう》　29日　昭和三一年　草城忌・凍鶴忌・鶴唳忌・銀忌

二月

河東碧梧桐《かわひがしへきごとう》　1日　昭和十二年　碧梧桐忌・寒明忌
小野　蕪子《ぶし》　1日　昭和十八年
長谷川秋子《あきこ》　2日　昭和四八年

小林康治《こうじ》　3日　平成　四年　康治忌
阿部青鮭《せいあい》　5日　平成　元年
武原はん女　5日　平成　十年
大谷句仏《くぶつ》　6日　昭和十八年　句仏忌
相生垣《あいおいがき》爪人《かじん》　7日　昭和六〇年　爪人忌
山畑《やまはた》禄郎《ろくろう》　7日　昭和六二年
千原草之《そうし》　7日　平成　八年
石塚友二《ともじ》　8日　昭和六一年　友二忌
殿村《とのむら》菟綜子《としこ》　9日　平成十二年
三好潤子《じゅんこ》　10日　昭和六〇年
荒木忠男　11日　平成十二年
司馬遼太郎　12日　平成　八年　菜の花忌
野村泊月　13日　昭和三六年
池原魚眠洞《ぎょみんどう》　13日　昭和六二年
小熊《おぐま》一人《かずんど》　14日　昭和六三年
村上霽月《せいげつ》　15日　昭和二一年　霽月忌
萩原蘿月《らげつ》　17日　昭和三六年
岡本かの子　18日　昭和十四年　かの子忌
菅《すが》裸馬《らば》　18日　昭和四六年
内藤鳴雪　20日　大正十五年　鳴雪忌・老梅忌・二十日忌
小林多喜二　20日　昭和　八年　多喜二忌・虐殺忌
上野泰《やすし》　21日　昭和四八年
富安《とみやす》風生《ふうせい》　22日　昭和五四年　風生忌・艸魚忌
勝又一透《いっとう》　22日　平成十一年
芝不器男《ふきお》　24日　昭和　五年　不器男忌
中村路子《みちこ》　24日　平成十一年
藤崎久を　24日　平成十一年
齋藤茂吉　25日　昭和二八年　茂吉忌・童馬忌・赤光忌
飯田龍太《りゅうた》　25日　平成十九年
野見山朱鳥《あすか》　26日　昭和四五年　朱鳥忌
田中午次郎《うまじろう》　26日　昭和四八年
坪内逍遥　28日　昭和　十年　逍遥忌
中村若沙《じゃくさ》　28日　昭和五三年
久米正雄　29日　昭和二七年　三汀忌・海棠忌・微苦笑忌

三月

原田種茅《たねじ》　1日　昭和六一年
島津亮《りょう》　1日　平成十二年
古沢太穂《たいほ》　2日　平成十二年

星野立子《たつこ》　3日　昭和五九年　立子忌
山口草堂　3日　昭和六〇年
加藤かけい　4日　昭和五八年
中島斌雄《たけお》　4日　昭和六三年
富澤赤黄男《かきお》　7日　昭和三七年
神谷《かみや》瓦人《がじん》　7日　平成元年
木津《きづ》柳芽《りゅうが》　9日　昭和五三年
池内友次郎《いけのうちともじろう》　9日　平成三年
井上井月《せいげつ》　10日　明治二〇年
高《こう》篤三《とくぞう》　10日　昭和二〇年
鈴鹿野風呂《すずかのぶろ》　10日　昭和四六年　野風呂忌
小澤青柚子《おざわせいゆうし》　11日　昭和二〇年
中川宗淵《そうえん》　11日　昭和五九年
太田鴻村《こうそん》　12日　平成三年
高橋淡路女《あわじじょ》　13日　昭和三〇年　淡路女忌
鈴木真砂女《まさじょ》　14日　平成十五年
飴山實　16日　平成十二年
青木月斗《げっと》　17日　昭和二四年　月斗忌
吉岡禅寺洞《ぜんじどう》　17日　昭和三六年
赤尾兜子《とうし》　17日　昭和五六年
折笠《おりがさ》美秋《びしゅう》　17日　平成二年

進藤一考《いっこう》　17日　平成二年
目迫《めさく》秩父《ちちぶ》　18日　昭和三八年
角田《かくた》竹冷《ちくれい》　20日　大正八年　聴雨窓忌・竹冷忌
小島政二郎《まさじろう》　24日　平成六年
伊藤松宇《しょうう》　25日　昭和十八年　松宇忌
榎本冬一郎《えのもとふゆいちろう》　25日　昭和五七年
室生《むろう》犀星《さいせい》　26日　昭和三七年　犀星忌
山口誓子《せいし》　26日　平成六年　誓子忌
島木赤彦《あかひこ》　27日　大正十五年　赤彦忌
吉武月二郎《よしたけつきじろう》　28日　昭和十五年
西村白雲郷《はくうんきょう》　30日　昭和三三年
仁智《にち》栄坊《えいぼう》　31日　平成五年

四月

西東《さいとう》三鬼《さんき》　1日　昭和三七年　三鬼忌・西東忌
南部《なんぶ》憲吉《けんきち》　4日　平成二年
三好達治《たつじ》　5日　昭和三九年　達治忌・鷗忌
尾崎放哉《ほうさい》　7日　大正十五年　放哉忌
三橋《みつはし》鷹女《たかじょ》　7日　昭和四七年　鷹女忌
高浜虚子《きょし》　8日　昭和三四年　虚子忌・椿寿忌
田中冬二《ふゆじ》　9日　昭和五五年

野澤節子《せつこ》　9日　平成　七年　節子忌・桜忌
安東次男《つぐお》　9日　平成十四年
嶋田《しまだ》的浦《てきほ》　11日　昭和二五年
藤野古白《こはく》　12日　明治二八年
伊東月草《げっそう》　12日　昭和二一年　月草忌
松澤鍬江《しゅうこう》　12日　昭和五〇年
石川啄木《たくぼく》　13日　明治四五年　啄木忌
佐々木有風《ゆうふう》　13日　昭和三四年
名取思郷《しきょう》　13日　平成　六年
藤田湘子《しょうし》　15日　平成十七年
石島雉子郎《きじろう》　16日　昭和十六年
神生《かみお》彩史《さいし》　17日　昭和四一年
内田百閒《ひゃくけん》　20日　昭和四六年　百鬼園忌・木蓮忌
篠田悌二郎《ていじろう》　21日　昭和六一年　悌二郎忌・春蟬忌
下村ひろし　21日　昭和六一年　ひろし忌
堀葦男《あしお》　22日　平成　五年
山口聖二《せいじ》　23日　昭和六〇年
稲葉直《ちょく》　23日　平成十一年
宮本由太加《ゆたか》　25日　平成　八年
田川飛旅子《ひりょし》　25日　平成十一年
福田甲子男《きねお》　25日　平成十七年

籾山梓月《しげつ》　28日　昭和三三年
瀧春一《しゅんいち》　28日　平成　八年
永井荷風　30日　昭和三四年　荷風忌
丸山海道《かいどう》　30日　平成十一年

五月

五所平之助《ごしょへいのすけ》　1日　昭和五六年
川崎三郎　1日　昭和五九年
中《なか》勘助《かんすけ》　3日　昭和四〇年
寺山修司《しゅうじ》　4日　昭和五八年　修司忌・寺山忌
久保田万太郎　6日　昭和三八年　万太郎忌・傘雨忌
佐藤春夫　6日　昭和三九年　春夫忌・傭齋忌
山本健吉　7日　昭和六三年　健吉忌
楠目《くすめ》橙黄子《とうこうし》　8日　昭和十五年
斎藤玄《げん》　8日　昭和五五年
二葉亭四迷《しめい》　10日　明治四二年　四迷忌
萩原朔太郎《さくたろう》　11日　昭和十七年　朔太郎忌
松本たかし　11日　昭和三一年　たかし忌・牡丹忌
内藤吐天《とてん》　12日　昭和五一年
市川一男《かずお》　12日　昭和六〇年
清崎敏郎《としろう》　12日　平成十一年

堀井春一郎《しゅんいちろう》　15日　昭和五一年
佐藤惣之助《そうのすけ》　15日　昭和十七年
坂本四方太《しほうだ》　16日　大正　六年　四方太忌
中川四明《しめい》　16日　大正　六年　四明忌
清原《きよはら》　枴童《かいどう》　16日　昭和二三年
赤城《あかぎ》さかえ　16日　昭和四二年
荻原《おぎわら》井泉水《せいせんすい》　20日　昭和五一年
井上白文地《はくぶんじ》　24日　昭和二八年
能村登四郎《としろう》　24日　平成十三年
栗林一石路《いっせきろ》　25日　昭和三六年　一石路忌
奥山甲子男《きねお》　25日　平成　十年
草間　時彦《ときひこ》　26日　平成十五年
大谷碧雲居《へきうんきょ》　28日　昭和二七年
堀　辰雄《たつお》　28日　昭和二八年　辰雄忌
清水　昇子《しょうし》　28日　昭和五九年
与謝野晶子　29日　昭和十七年　晶子忌
橋本多佳子《たかこ》　29日　昭和三八年　多佳子忌
志摩芳次郎《よしじろう》　29日　平成　元年
嶋田　青峰《せいほう》　31日　昭和十九年　青峰忌

六月

加倉井《かくらい》秋を　2日　昭和六三年　秋を忌
佐藤　紅緑《こうろく》　3日　昭和二四年　紅緑忌
大橋越央子《えつおうじ》　4日　昭和四三年
菊池《きくち》　麻風《まふう》　4日　昭和五七年
梅田　桑弧《そうこ》　4日　平成　六年
岡田利兵衛《りへえ》　5日　昭和五七年
田村　木國《もっこく》　6日　昭和三九年
村上　杏史《きょうし》　6日　昭和六三年
相葉《あいば》　有流《うりゅう》　6日　平成　五年
飯島　晴子《はるこ》　6日　平成十二年
古家《ふるや》　榧夫《かやお》　7日　昭和五八年
芹田《せりた》　鳳車《ほうしゃ》　11日　昭和二九年
太宰《だざい》　治《おさむ》　13日　昭和二三年　桜桃忌
林田《はやしだ》紀音夫《きねお》　14日　平成　十年
森川　暁水《ぎょうすい》　15日　昭和五一年
神尾《かみお》　季羊《きよう》　16日　平成　九年
山口波津女《はつじょ》　17日　昭和六〇年　波津女忌
川端《かわばた》　麟太《りんた》　21日　昭和六二年
高橋鏡太郎《きょうたろう》　22日　昭和三七年
寺田　京子　22日　昭和五一年

宇田　零雨《れいう》　22日　平成　八年
柴田白葉女《はくようじょ》　25日　昭和五九年
香西《こうざい》　照雄《てるお》　25日　昭和六二年　照雄忌
原　コウ子　25日　昭和六三年
林　芙美子　28日　昭和二六年　芙美子忌
藤松　遊子《ゆうし》　28日　平成十一年
皆吉《みなよし》　爽雨《そうう》　29日　昭和五八年　爽雨忌
高木　石子《せきし》　29日　平成　五年

七　月

岸　風三楼《ふうさんろう》　2日　昭和五七年　風三楼忌
米澤吾亦紅《われもこう》　3日　昭和六一年
加藤　楸邨《しゅうそん》　3日　平成　五年　楸邨忌・達谷忌
多田　裕計《ゆうけい》　8日　昭和五五年
高柳《たかやなぎ》　重信《じゅうしん》　8日　昭和五八年　重信忌
安住《あずみ》　敦《あつし》　8日　昭和六三年　敦忌
森　鷗外《おうがい》　9日　大正十一年　鷗外忌
吉屋　信子　11日　昭和四八年
藤後《とうご》　左右《さゆう》　11日　平成　三年
土岐《どき》錬太郎《れんたろう》　14日　昭和五二年
佐野まもる　14日　昭和五九年

石原　八束《やつか》　16日　平成　十年
川端　茅舎《ぼうしゃ》　17日　昭和十六年　茅舎忌
水原秋櫻子《しゅうおうし》　17日　昭和五六年　秋櫻子忌・喜雨亭忌・紫陽花忌・群青忌
岩尾　美義《みよし》　19日　昭和六〇年
芥川龍之介《りゅうのすけ》　24日　昭和　二年　我鬼忌・龍之介忌・澄江堂忌・河童忌
秋元《あきもと》不死男《ふじお》　25日　昭和五二年　甘露忌・万座忌・不死男忌
長谷川零余子《れいよし》　27日　昭和　三年　零余子忌
八木《やぎ》林之助《りんのすけ》　28日　平成　五年
河合《かわい》　凱夫《がいふ》　29日　平成十一年
幸田　露伴《ろはん》　30日　昭和二二年　蝸牛忌・露伴忌

八　月

西垣《にしがき》　脩《しゅう》　1日　昭和五三年
村山　古郷《こきょう》　1日　昭和六一年　古郷忌
竹下しづの女　3日　昭和二六年　しづの女忌
瓜生《うりゅう》　敏一《としかず》　3日　平成　六年
高嶋　茂　3日　平成十一年
木下　夕爾《ゆうじ》　4日　昭和四〇年　夕爾忌

原田濱人《ひんじん》　4日　昭和四七年
中村草田男《くさたお》　5日　昭和五八年　草田男忌
前田普羅《ふら》　8日　昭和二九年　普羅忌・立秋忌
柳田《やなぎた》国男《くにお》　8日　昭和三七年　国男忌・柳叟忌
右城《うしろ》暮石《ぼせき》　9日　平成　七年　暮石忌
江國《えくに》滋《しげる》　10日　平成　九年
堀内薫《かおる》　11日　平成　八年
中上健次　12日　平成　四年　健次忌
深川正一郎《しょういちろう》　12日　昭和六二年
渡辺水巴《すいは》　13日　昭和二一年　水巴忌・白日忌
下村斐文《ひぶん》　13日　昭和六二年
見学《けんがく》玄《げん》　13日　平成　四年
岡本松濱《しょうひん》　8日　昭和十四年　松濱忌
寒川《さむかわ》鼠骨《そこつ》　18日　昭和二九年
栗山理一《りいち》　19日　平成　元年
石橋辰之助　21日　昭和二三年　辰之助忌
大野林火《りんか》　21日　昭和五七年　林火忌
柴田宵曲《しょうきょく》　23日　昭和四一年
津久井《つくい》理一《りいち》　25日　昭和六三年
永田耕衣《こうい》　25日　平成　九年
島村元《はじめ》　26日　大正十二年

後藤夜半《やはん》　29日　昭和五一年　夜半忌・底紅忌
上田都史《とし》　30日　平成　四年

九月

富田木歩《もっぽ》　1日　大正十二年　木歩忌
竹久《たけひさ》夢二《ゆめじ》　1日　昭和　九年　夢二忌
伊藤柏翠《はくすい》　1日　平成十一年
篠原温亭《おんてい》　2日　大正十五年
上田五千石《ごせんごく》　2日　平成　九年
折口《おりくち》信夫《しのぶ》　3日　昭和二八年　迢空忌・折口忌
久保田月鈴子《げつれいし》　3日　平成　四年
巌谷《いわや》小波《さざなみ》　5日　昭和　八年
五十崎《いかざき》古郷《こきょう》　5日　昭和　十年　古郷忌
石原沙人《さじん》　5日　昭和五四年
細見綾子　6日　平成　九年
泉《いずみ》鏡花《きょうか》　7日　昭和十四年　鏡花忌
金子麒麟草《きりんそう》　10日　昭和五二年
阿部みどり女　10日　昭和五五年　みどり忌
牛島滕六《とうろく》　11日　昭和二七年
平畑《ひらはた》静塔《せいとう》　11日　平成　九年
海老根鬼川《えびねきせん》　13日　平成　九年

西山　泊雲《はくうん》　15日　昭和十九年
赤松　柳史《りゅうじ》　15日　昭和四九年
篠原　鳳作　17日　昭和十一年　鳳作忌
村上　鬼城《きじょう》　17日　昭和十三年　鬼城忌
石井　露月《ろげつ》　18日　昭和　三年　露月忌・南瓜忌・
山人忌
神田　秀夫　18日　平成　五年
正岡　子規《しき》　19日　明治三五年　糸瓜《へちま》忌・獺祭《だっさい》忌・
子規忌
富田うしほ　19日　昭和五二年
石塚　真樹《まき》　19日　平成　九年
軽部《かるべ》烏頭子《うとうし》　20日　昭和三八年
中村　汀女《ていじょ》　20日　昭和六三年　汀女忌
宮沢　賢治　21日　昭和　八年　賢治忌
長谷川かな女　22日　昭和四四年　かな女忌
高田　蝶衣《ちょうい》　23日　昭和　五年
岡井　省二《しょうじ》　23日　平成十三年
藤田　初巳《はつみ》　24日　昭和五九年
野田別天楼《べってんろう》　26日　昭和十九年
石橋　秀野《ひでの》　26日　昭和二二年　秀野忌
金子伊昔紅《いせきこう》　30日　昭和五二年

十月

橋本　鶏二《けいじ》　2日　平成　二年　鶏二忌
原　裕《ゆたか》　2日　平成十一年
飯田　蛇笏《だこつ》　3日　昭和三七年　山盧《さんろ》忌・蛇笏忌
高野　素十《すじゅう》　4日　昭和五一年　素十忌・金風忌
田畑　比古《ひこ》　5日　平成　四年
畑　耕一《こういち》　6日　昭和三二年
松原地蔵尊《じぞうそん》　7日　昭和四八年
橋本　夢道《むどう》　9日　昭和四九年　夢道忌
長谷川素逝《そせい》　10日　昭和二一年　素逝忌
大場白水郎　10日　昭和三七年
井本　農一《のういち》　10日　平成　十年
種田《たねだ》山頭火《さんとうか》　11日　昭和十五年　山頭火忌
内田　慕情《ぼじょう》　11日　昭和二一年
西島　麦南《ばくなん》　11日　昭和五六年
磯辺　幹介《もとすけ》　12日　昭和十五年
細谷《ほそや》　源二　12日　昭和四五年
永井　龍男《たつお》　12日　平成　二年　東門居忌
石原　舟月《しゅうげつ》　13日　昭和五九年　舟月忌
攝津　幸彦《ゆきひこ》　13日　平成　八年
大久保橙青《とうせい》　14日　平成　八年

山田麗眺子《れいちょうし》	16日	平成　八年	
篠原　梵《ぼん》	17日	昭和五〇年	梵忌
波多野爽波《はたのそうは》	18日	平成　三年	爽波忌
佐藤　念腹《ねんぷく》	22日	昭和五四年	
百合山羽公《ゆりやまうこう》	22日	平成　三年	羽公忌
高岡　智照《ちしょう》	22日	平成　六年	
高木　晴子《はるこ》	22日	平成十二年	
細川　加賀《かが》	25日	平成　元年	
高浜　年尾《としお》	26日	昭和五四年	年尾忌
嶋田　洋一	26日	昭和五四年	
角川《かどかわ》　源義《げんよし》	27日	昭和五〇年	秋燕忌・源義忌
松根東洋城《とうようじょう》	28日	昭和三九年	城雲忌・東忌
尾崎　紅葉《こうよう》	30日	明治三六年	十千万堂《とちまんどう》忌
野村朱鱗洞《しゅりんどう》	31日	大正　七年	
大橋桜坡子《おうはし》	31日	昭和四六年	
北野　民夫《たみお》	31日	昭和六三年	民夫忌

十一月

北原　白秋《はくしゅう》	2日	昭和十七年	白秋忌
岩木　躑躅《つつじ》	4日	昭和四六年	
沢木　欣一《きんいち》	5日	平成十三年	
鈴木　花蓑《はなみの》	6日	昭和一七年	
石川　桂郎《けいろう》	6日	昭和五〇年	含羞忌・桂郎忌
京極　杜藻《とそう》	7日	昭和六〇年	
京極《きょうごく》　杞陽《きよう》	8日	昭和五六年	
長谷川双魚《そうぎょ》	8日	昭和六二年	双魚忌
臼田《うすだ》　亞浪《あろう》	11日	昭和二六年	亜浪忌
加藤　鎮司《ちんじ》	11日	昭和六三年	
原　月舟《げっしゅう》	14日	大正　九年	月舟忌
幡谷《はたや》　東吾《とうご》	14日	昭和六二年	
小沢　碧童《へきどう》	17日	昭和十六年	碧童忌
関口比良男《ひらお》	17日	平成　十年	
徳田　秋声《しゅうせい》	18日	昭和十八年	秋声忌
大竹　孤悠《こゆう》	18日	昭和五三年	
横山　白虹《はくこう》	18日	昭和五八年	
会津《あいづ》　八一《やいち》	21日	昭和三一年	八一忌・秋艸忌・渾斎忌
石田　波郷《はきょう》	21日	昭和四四年	忍冬忌・風鶴忌・惜命忌・波郷忌
瀧井　孝作《こうさく》	21日	昭和五九年	折柴忌・孝作忌
清水　蓼人《りょうじん》	21日	平成　六年	
松尾いはほ	22日	昭和三八年	

樋口　一葉　23日　明治二九年　一葉忌
下田　実花《じっか》　24日　昭和五九年
岸田　稚魚《ちぎょ》　24日　昭和六三年　稚魚忌
三島由紀夫　25日　昭和四五年　憂国忌
橋　閒石《かんせき》　26日　平成　四年　閒石忌
岩下ゆう二　26日　平成　十年
吉田　冬葉《とうよう》　28日　昭和十三年

十二月

三橋　敏雄　1日　平成十三年
室積《むろづみ》　徂春《そしゅん》　4日　昭和三一年
福永　耕二《こうじ》　4日　昭和五五年　耕二忌
佐久間東城《とうじょう》　5日　平成　七年
川本　臥風《がふう》　6日　昭和五七年
遠藤　梧逸《ごいつ》　7日　平成　元年　梧逸忌
徳永山冬子《さんとうし》　7日　平成　十年
轡田《くつわだ》　進　8日　平成　二年
夏目　漱石　9日　大正　五年　漱石忌
安斎桜磈子《あんざいおうかいし》　12日　昭和二八年
金尾梅の門《かなおうめのかど》　12日　昭和五五年
鈴木六林男《むりお》　12日　平成十六年
矢田　挿雲《そううん》　13日　昭和三六年
山口素人閑《そじんかん》　13日　昭和六一年
永野　孫柳《そんりゅう》　14日　平成　六年
岡本　圭岳《けいがく》　15日　昭和四五年
山口　青邨《せいそん》　15日　昭和六三年　青邨忌
桂　信子　16日　平成十六年
楠本　憲吉《けんきち》　17日　昭和六三年　憲吉忌
原　石鼎《せきてい》　20日　昭和二六年　石鼎忌
喜谷《きたに》　六花《りっか》　20日　昭和四三年
阿波野《あわの》青畝《せいほ》　22日　平成　四年　青畝忌・万両忌
三谷《みたに》　昭《あきら》　24日　昭和五三年
下村　槐太《かいた》　25日　昭和四一年　槐太忌
池内《いけのうち》たけし　25日　昭和四九年
井沢　唯夫《ただお》　29日　昭和六三年
穴井　太《ふとし》　29日　平成　九年
横光《よこみつ》　利一《りいち》　30日　昭和二二年　横光忌・利一忌
田中　裕明《ひろあき》　30日　平成十六年
寺田　寅彦《とらひこ》　31日　昭和　十年　寅日子忌・冬彦忌・寅彦忌
中塚一碧楼《なかつかいっぺきろう》　31日　昭和二一年　一碧楼忌

近世以前俳人（旧暦）

（下部に＊を付した部分は異説あり）

一　月

椎本才麿《さいまろ》　2日　元文三年（一七三八）　才麿忌
志太野坡《やば》　3日　元文五年（一七四〇）　野坡忌
槐本《えのもと》諷竹《ふうちく》＊　5日＊宝永五年（一七〇八）
良　寛　6日　天保二年（一八三一）　良寛忌
大淀三千風《みちかぜ》　8日　宝永四年（一七〇七）
高橋東皐《とうこう》　11日　文政二年（一八一九）
源　頼朝　13日　建久十年（一一九九）
高山宗砌《そうぜい》　16日　享徳四年（一四五五）
服部土芳《どぼう》　18日　享保十五年（一七三〇）　土芳忌
加藤暁台《きょうたい》　20日　寛政四年（一七九二）　暁台忌
源　義仲　20日　寿永三年（一一八四）　義仲忌
源　実朝　27日　建保七年（一二一九）　金槐忌
斎藤園女《そのじょ》　28日　慶応四年（一八六八）

二　月

本阿弥光悦　3日　寛永十四年（一六三七）　光悦忌
平　清盛　4日　養和元年（一一八一）

大石内蔵助良雄　4日　元禄十六年（一七〇三）　大石忌・良雄忌
安原貞室《ていしつ》　7日　寛文十三年（一六七三）
各務《かがみ》支考　7日　享保十六年（一七三一）
広瀬惟然《いぜん》　9日　正徳元年（一七一一）
鈴木荘丹《そうたん》　14日　文化十二年（一八一五）＊
吉田兼好　15日＊不　詳　兼好忌
西　行　16日　建久元年（一一九〇）　西行忌・円位忌・山家忌
内藤丈草《じょうそう》　24日　元禄十七年（一七〇四）　丈草忌
千　利休　28日　天正十九年（一五九一）　利休忌・宗易忌・与四郎忌
宝井其角《きかく》　30日＊宝永四年（一七〇七）　其角忌・晋子忌・晋翁忌

三　月

救済《きゅうぜい》法師　8日　永和四年（一三七八）
成田蒼虬《そうきゅう》　13日　天保十三年（一八四二）
建部涼袋　18日　安永三年（一七七四）
安井大江丸《おおえまる》　18日　文化二年（一八〇五）
柿本人麻呂　18日　不　詳　人麻呂忌・

人麿忌・人丸忌

法眼 専順《せんじゅん》 20日 文明八年（一四七六）

空 海 21日 承和二年（八三五）

法印 行助《ぎょうじょ》 24日 応仁三年（一四六九）

蓮 如 25日 明応八年（一四九九） 蓮如忌

西山 宗因《そういん》 28日 天和二年（一六八二） 宗因忌・
梅翁忌・西翁忌

勝見 二柳《じりゅう》 28日 享和三年（一八〇三）

四月

白井 鳥酔《ちょうすい》 4日 明和六年（一七六九）

松井 紹巴《じょうは》 12日 慶長七年（一六〇二）

三宅 嘯山《しょうざん》 14日 享和元年（一八〇一）

梅 若 丸 15日＊貞元元年（九七六） 梅若忌

権大僧都心敬《しんけい》 16日 文明七年（一四七五）

斯波《しば》 園女《そのめ》 20日 享保二年（一七二六）

稲津《いなづ》 祇空《ぎくう》 23日 享保十八年（一七三三）

岩田 涼菟《りょうと》 28日 享保二年（一七一七）

源 義経 30日 文治五年（一一八九）

徳川 家康 17日 元和二年（一六一六）

葛飾 北斎 18日 嘉永二年（一八四九）

五月

高桑 闌更《らんこう》 3日 寛政十年（一七九八）

鑑 真 6日 天平宝字七年（七六三） 鑑真忌

宮道 智薀《ちうん》 12日 文安五年（一四四八）

立花 ＊北枝《ほくし》 12日 享保三年（一七一八） 趙子《ちょうし》忌

井上 士朗《しろう》 16日 文化九年（一八一二） 枇杷園忌

河合 曽良 22日 宝永七年（一七一〇）

蟬 丸 24日 不 詳 蟬丸忌

在原 業平 28日 元慶四年（八八〇） 業平忌・
在五忌

佐久間柳居《りゅうきょ》 30日 延享五年（一七四八）

六月

織田 信長 2日 天正十年（一五八二）

明智 光秀 13日 天正十年（一五八二）

最 澄 4日 弘仁十三年（八二二） 最澄忌

法橋 兼載《けんざい》 6日 永正七年（一五一〇）

早野 巴人《はじん》 6日 寛保二年（一七四二）

二条 良基《よしもと》 13日 嘉慶二年（一五八八）

杉山 杉風《さんぷう》 13日 享保十七年（一七三二） 杉風忌・
鯉屋忌

北村 季吟《きぎん》 15日 宝永十一年（一七〇五） 拾穂軒忌・季吟忌
横井 也有《やゆう》 16日 天明三年（一七八三） 也有忌
松岡 青蘿《せいら》 17日 寛政三年（一七九一）
松江 重頼《しげより》 29日 延宝八年（一六八〇）
水間 沾徳《せんとく》 30日 享保一一年（一七二六）

七 月

川原＊一瓢《いっぴょう》 7日 天保一一年（一八四〇）
和田 希因《きんい》 11日 寛延三年（一七五〇）
冷泉《れいぜい》 為相《ためすけ》 17日 嘉暦三年（一三二八）
松村 月渓《げっけい》 17日 文化八年（一八一一）
江左《こうさ》 尚白《しょうはく》 19日 享保七年（一七二二）
立羽《たちば》 不角《ふかく》 21日 宝暦三年（一七五三）
谷川 護物《ごぶつ》 25日・弘化元年（一八四四）
飯尾 宗祇《そうぎ》 30日 文亀二年（一五〇二） 宗祇忌

八 月

田《でん》 捨女《すてじょ》 1日 元禄一一年（一六九八）
上島 鬼貫《おにつら》 2日 元文三年（一七八三） 鬼貫忌・槿花翁忌

水田 正秀《まさひで》 3日 享保八年（一七二三）
世 阿 弥 8日＊嘉吉三年（一四四三） 世阿弥忌
荒木田守武《もりたけ》 8日 天文十八年（一五四九） 守武忌
炭《たん》 太祇《たいぎ》 9日 明和八年（一七七一） 太祇・不夜庵忌
井原 西鶴《さいかく》 10日 元禄六年（一六九三） 西鶴忌
常世田《とよだ》長翠《ちょうすい》 12日 文化十年（一八一三）
山口 素堂《そどう》 15日 享保元年（一七一六） 素堂忌
豊臣 秀吉 18日 慶長三年（一五九八）
中川 乙由《おつゆう》 18日 天文四年（一七三九）
栗田 樗堂《ちょどう》 21日 文化一一年（一八一四）
田上 菊舎尼《きくしゃに》 22日 文政九年（一八二六）
沢 露川《ろせん》 23日 寛保三年（一七四三）
山本 荷兮《かけい》 25日 享保元年（一七一六）
森川 許六《きょりく》 26日 正徳五年（一七一五） 許六忌・五老井《ごろうせい》忌・風狂堂忌

九 月

内藤 風虎《ふうこ》 1日 貞享二年（一六八五）
三井 秋風《しゅうふう》 3日 享保二年（一七一七）
安藤 広重 6日 安政五年（一八五八）

鈴木 道彦《みちひこ》 6日 文政二年（一八一九）

大島 蓼太《りょうた》 7日 天明七年（一七八七） 蓼太忌

加賀千代女 8日 安永四年（一七七五） 素園忌

向井 去来《きょらい》 10日 宝永元年（一七〇四） 去来忌・落柿舎《らくししゃ》忌

加舎《かや》 白雄《しらお》 13日 寛政三年（一七九一） 白雄忌

江森 月居《げっきょ》 15日 文政七年（一八二四）

池西 言水《ごんすい》 24日 享保七年（一七二二） 言水忌

野々口立圃《りゅうほ》 30日 寛文九年（一六六九）

渡辺 吾仲《ごちゅう》 30日 享保十八年（一七三三）

十月

桜井 梅室《ばいしつ》 1日 嘉永五年（一八五二）

山崎 宗鑑 2日 天文二十二年（一五五三） 宗鑑忌

小西 来山《らいざん》 3日 享保元年（一七一六） 来山忌

川上 不白《ふはく》 4日＊文化四年（一八〇七）

達 磨 5日 不 詳 達磨忌・初祖忌・小林忌

松尾 芭蕉 12日 元禄七年（一六九四） 芭蕉忌・翁忌・桃青忌・時雨忌

日 蓮 13日 弘安五年（一二八二）

伊藤＊信徳 13日 元禄二年（一六九八）

服部 嵐雪 13日 宝永四年（一七〇七） 嵐雪忌・雪中庵忌

堀 麦水《ばくすい》 14日 天明三年（一七八三）

高井 几董《きとう》 23日 寛政元年（一七八九） 几董忌・晋明忌・春夜楼忌

岡西 惟中《いちゅう》 26日 正徳元年（一七一一）

吉川《きっかわ》 五明《ごめい》 26日 享和三年（一八〇三）

榎本星布尼《せいふに》 28日 文化二年（一八一四）

十一月

滝沢 馬琴 6日 嘉永元年（一八四八） 馬琴忌

吉分 大魯《たいろ》 13日 安永七年（一七七八）

空 也 13日 天禄三年（ 九七三） 空也忌

松永 貞徳《ていとく》 15日 承応二年（一六五三） 貞徳忌

三浦 樗良《ちょら》 16日 安永九年（一七八〇）

建部《たけべ》 巣兆《そうちょう》 17日 文化二年（一八一四）

小林 一茶 19日 文政十年（一八二七） 一茶忌

夏目 成美《せいび》 19日 文化十三年（一八一六）

近松門左衛門 22日 享保九年（一七二四） 近松忌・巣林忌・巣林子忌

親　鸞　28日　弘長二年（一二六二）

杉原賢盛《かたもり》　28日　文明十七年（一四八五）

田川鳳朗《ほうろう》　28日　弘化二年（一八四五）

酒井抱一《ほういつ》　29日　文政二年（一八二八）

十二月

黒柳召波《しょうは》　7日　明和八年（一七七一）

天野桃隣《とうりん》　9日　享保四年（一七一九）

吉良義央《よしなか》　15日　元禄十五年（一七〇二）

釈《しゃく》　蝶夢　24日　寛政七年（一七九五）

与謝蕪村《ぶそん》　25日　天明三年（一七八三）蕪村忌・春星忌・夜半亭忌

二十四節気七十二候表

四季	二十四節気名	気節	大略の日取り	七十二候（大略の日取り）	七十二候解説 中国	七十二候解説 日本
初春	立《りっ》春《しゅん》	正月節	二月 四日	初候（四～ 八日）	東風解凍《とうふうこおりをとく》	東風解凍《はるかぜこおりをとく》
				二候（九～十三日）	蟄虫始振《ちっちゅうはじめてうごく》	黄鶯睍睆《こうおうけんかんす》
				三候（十四～十八日）	魚上氷《うおこおりをのぼる》	魚上氷《うおこおりをいずる》
	雨《う》水《すい》	正月中	二月十九日	初候（十九～二三日）	獺祭魚《かわおそうおをまつる》	土潤脉起《つちのしょううるおいおこる》
				二候（二四～二八日）	鴻雁来《こうがんきたる》	霞始靆《かすみはじめてたなびく》
				三候（一～ 四日）	草木萌動《そうもくほうどうす》	草木萌動《そうもくめばえいずる》
仲春	啓《けい》蟄《ちつ》	二月節	三月 六日	初候（五～ 九日）	桃始華《ももはじめてひらく》	蟄虫啓戸《すごもりむしとをひらく》
				二候（十～十四日）	倉庚鳴《ひばりなく》	桃始笑《ももはじめてさく》
				三候（十五～十九日）	鷹化為鳩《たかかしてはととなる》	菜虫化蝶《なむしちょうとかす》
	春《しゅん》分《ぶん》	二月中	三月二一日	初候（二十～二四日）	玄鳥至《つばめいたる》	雀始巣《すずめはじめてすくう》
				二候（二五～二九日）	雷乃発声《かみなりすなわちこえをはっす》	桜始開《さくらはじめてひらく》
				三候（三十～ 四日）	始電《はじめていなびかりす》	雷乃発声《かみなりすなわちこえをはっす》
春	清《せい》明《めい》	三月節	四月 五日	初候（五～ 九日）	桐始華《きりはじめてひらく》	玄鳥至《つばめきたる》
				二候（十～十四日）	田鼠化為鴽《でんそかしてうずらとなる》	鴻雁北《こうがんかえる》
				三候（十五～十九日）	虹始見《にじはじめてあらわる》	虹始見《にじはじめてあらわる》

晩	初夏		仲夏		晩夏	
穀《こく》雨《う》	立《りっ》夏《か》	小《しょう》満《まん》	芒《ぼう》種《しゅ》	夏《げ》至《し》	小《しょう》暑《しょ》	大《たい》暑《しょ》
三月中	四月節	四月中	五月節	五月中	六月節	六月中
四月二十日	五月　六日	五月二一日	六月　六日	六月二一日	七月　七日	七月二三日
初候（二十～二四日） 二候（二五～二九日） 三候（三十～　四日）	初候（　五～　九日） 二候（　十～十四日） 三候（十五～二十日）	初候（二一～二五日） 二候（二六～三十日） 三候（三一～　五日）	初候（　六～　十日） 二候（十一～十五日） 三候（十六～二十日）	初候（二一～二五日） 二候（二六～三十日） 三候（　一～　六日）	初候（　七～十一日） 二候（十二～十六日） 三候（十七～二二日）	初候（二三～二七日） 二候（二八～　一日） 三候（　二～　六日）
萍始生《うきくさはじめてしょうず》 鳴鳩払其羽《よぶこどりそのはねをはらう》 戴勝降于桑《きくいただきくわにくだる》	螻蟈鳴《かえるなく》 蚯蚓出《みみずいず》 王瓜生《おうかしょうず》	苦菜秀《にがなはなさく》 靡草死《なずなかる》 麦秋至《ばくしゅういたる》	蟷螂生《かまきりしょうず》 鵙始鳴《もずはじめてなく》 反舌無声《うぐいすこえなし》	鹿角解《しかのつのおつ》 蜩始鳴《ひぐらしはじめてなく》 半夏生《はんげしょうず》	温風至《うんぷういたる》 蟋蟀居壁《こおろぎかべにおる》 鷹乃学習《たかすなわちわざをならう》	腐草為螢《ふそうほたるとなる》 土潤溽暑《つちうるおいてむしあつし》 大雨時行《たいうときにきたる》
葭始生《あしはじめてしょうず》 霜止出苗《しもやみてなえいずる》 牡丹華《ぼたんはなさく》	蛙始鳴《かわずはじめてなく》 蚯蚓出《みみずいずる》 竹笋生《たけのこしょうず》	蚕起食桑《かいこおきてくわをはむ》 紅花栄《べにはなさかう》 麦秋至《むぎのときいたる》	蟷螂生《かまきりしょうず》 腐草為螢《くされたるくさほたるとなる》 梅子黄《うめのみきばむ》	乃東枯《なつがれくさかるる》 菖蒲華《あやめはなさく》 半夏生《はんげしょうず》	温風至《あつかぜいたる》 蓮始華《はすはじめてひらく》 鷹乃学習《たかすなわちがくしゅうす》	桐始結花《きりはじめてはなをむすぶ》 土潤溽暑《つちうるおうてむしあつし》 大雨時行《たいうときどきふる》

初秋		仲秋		晩秋		冬
立秋《りっしゅう》	処暑《しょしょ》	白露《はくろ》	秋分《しゅうぶん》	寒露《かんろ》	霜降《そうこう》	立冬《りっとう》
七月節	七月中	八月節	八月中	九月節	九月中	十月節
八月　八日	八月二三日	九月　八日	九月二三日	十月　八日	十月二三日	十一月　七日
初候（七～十一日） 二候（十二～十六日） 三候（十七～二二日）	初候（二三～二七日） 二候（二八～　一日） 三候（二～　七日）	初候（八～十二日） 二候（十三～十七日） 三候（十八～二二日）	初候（二三～二七日） 二候（二八～　二日） 三候（三～　七日）	初候（八～十二日） 二候（十三～十七日） 三候（十八～二二日）	初候（二三～二七日） 二候（二八～　一日） 三候（二～　六日）	初候（七～十一日） 二候（十二～十六日） 三候（十七～二一日）
涼風至《りょうふういたる》 白露降《はくろくだる》 寒蟬鳴《かんぜんなく》	鷹乃祭鳥《たかすなわちとりをまつる》 天地始粛《てんちはじめてしゅくす》 禾乃登《いねすなわちみのる》	鴻雁来《こうがんきたる》 玄鳥帰《つばめかえる》 羣鳥養羞《ぐんちょうしゅうをやしなう》	雷乃収声《かみなりすなわちこえをおさむ》 蟄虫杯戸《ちっちゅうとをとざす》 水始涸《みずはじめてかる》	鴻雁来賓《こうがんらいひんす》 雀入大水為蛤《すずめうみにいりはまぐりとなる》 菊有黄華《きくにこうかあり》	豺乃祭獣《やまいぬすなわちけものをまつる》 草木黄落《そうもくこうらくす》 蟄虫咸俯《ちっちゅうみなふす》	水始氷《みずはじめてこおる》 地始凍・地始氷《ちはじめてこる》 雉入水為蜃《きじみずにいりはまぐりとなる》
涼風至《すずかぜいたる》 寒蟬鳴《ひぐらしなく》 蒙霧昇降《ふかききりまとう》	綿開柎《わたのはなしべひらく》 天地始粛《てんちはじめてさむし》 禾乃登《こくものすなわちみのる》	草露白《くさのつゆしろし》 鶺鴒鳴《せきれいなく》 玄鳥去《つばめさる》	雷乃収声《かみなりすなわちこえをおさむ》 蟄虫杯戸《むしかくれてとをふさぐ》 水始涸《みずはじめてかるる》	鴻雁来《こうがんきたる》 菊花開《きくのはなひらく》 蟋蟀在戸《きりぎりすとにあり》	霜始降《しもはじめてふる》 霎時施《こさめときどきふる》 楓蔦黄《もみじつたきばむ》	山茶始開《つばきはじめてひらく》 地始凍《ちはじめてこおる》 金盞香《きんせんかさく》

初	仲冬		晩冬	
小《しょう》雪《せつ》	大《たい》雪《せつ》	冬《とう》至《じ》	小《しょう》寒《かん》	大《たい》寒《かん》
十月中	十一月節	十一月中	十二月節	十二月中
十一月二二日	十二月　七日	十二月二二日	一月　五日	一月二十日
初候（二二～二六日） 二候（二七～　一日） 三候（　二～　六日）	初候（　七～十一日） 二候（十二～十六日） 三候（十七～二一日）	初候（二二～二六日） 二候（二七～三一日） 三候（　一～　四日）	初候（　五～　九日） 二候（　十～十四日） 三候（十五～十九日）	初候（二十～二四日） 二候（二五～二九日） 三候（三十～　三日）
虹蔵不見《にじかくれてみえず》 天気上騰地気下降《てんきじょうとうしちきかこうす》 閉塞而成冬《へいそくしてふゆをなす》	鶡鳥不鳴《やまどりなかず》 虎始交・武始交《とらはじめてつるむ》 茘挺出《れいていいずる》	蚯蚓結《みみずむすぶ》 麋角解《しかのつのおつ》 水泉動《すいせんうごく》	雁北郷《かりきたにむかう》 鵲始巣《かささぎはじめてすくう》 野雞始雊《きじはじめてなく》	雞始乳《にわとりはじめてにゅうす》 鷙鳥厲疾《しちょうれいしつす》 水沢腹堅《すいたくあつくかたし》
虹蔵不見《にじかくれてみえず》 朔風払葉《きたのかぜこのはをはらう》 橘始黄《たちばなはじめてきばむ》	閉塞成冬《そらさむくふゆとなる》 熊蟄穴《くまあなにこもる》 鱖魚群《さけのうおむらがる》	乃東生《なつがれくさしょうず》 麋角解《さわしかのつのおつる》 雪下出麦《ゆきわたりてむぎのびる》	芹乃栄《せりすなわちさかう》 水泉動《しみずあたたかをふくむ》 雉始雊《きじはじめてなく》	隷冬華《ふきのはなさく》 水沢腹堅《さわみずこおりつめる》 雞始乳《にわとりはじめてとやにつく》

二十四節気七十二候表は、中国古代の天文学で決められたものである。旧暦では一年を三六〇日とし、それを一五日ずつに区切ったのが二十四気、その区分点を節気という。一つの気をさらに五日ずつに分けたのが七十二候で、本表の大略の日取りは現行暦によった。

索引

（収録したすべての季語を五十音順に配列した。ゴシック体は「見出し季語」を示す）

あ

あきないはじめ（商始）　新　四〇
あきのかた（明きの方）　新　九〇
あけのはる（明の春）　新　九
あげばね（揚羽子）　新　六九
あずきがゆ（小豆粥）　新　四五
あずきがゆ（小豆粥）　新　八二
あまみはぎ　新　八四
あらたま（新玉）　新　八

い

いせえび（伊勢海老）　新　一〇七
いぞめ（射初）　新　二七
いちがつばしょ（一月場所）　新　七四
いちはじめ（市始）　新　三九
いつか（五日）　新　一四
いなほ（稲穂）　新　八一
いねあぐる（寝挙る）　新　七六
いねつむ（寝積む）　新　七六
いねつむ（稲積む）　新　七六
いろはがるた（いろは歌留多）　新　六六
いわいぎ（祝木）　新　四七
いわいづき（祝月）　新　九
いわいばし（祝箸）　新　五四
いわいぼう（祝棒）　新　四五

う

うすかざる（臼飾る）　新　三
うそかえ（鷽替）　新　九四
うたいぞめ（謡初）　新　七三
うたかいはじめ（歌会始）　新　七八
うたがるた（歌がるた）　新　六六
うたぎょかいはじめ（歌御会始）　新　七八
うづえ（卯杖）　新　九六
うづち（卯槌）　新　九六
うのふだ（卯の札）　新　九六
うまのりぞめ（馬騎初）　新　二七
うらじろ（裏白）　新　一〇八
うりぞめ（売初）　新　四〇

え

えすごろく（絵双六）　新　六七
えびかざる（海老飾る）　新　三一
えびすかご（戎籠）　新　八一
えびすざさ（戎笹）　新　九五
えびすまつり（戎祭）　新　九五
えびすまわし（夷廻し）　新　五一
えぶり　新　八八
えほう（吉方）　新　九〇
えほう（恵方）　新　九〇
えほうまいり（恵方詣）　新　九〇
えほうみち（恵方道）　新　九〇
えよう（会陽）　新　九九
えんぶり　新　八八
えんままいり（閻魔詣）　新　一〇〇

お

おいばね（追羽子）　新　六九
おおあした（大旦）　新　一一

おおぶく（大服）　新　五三
おおぶく（大福）　新　五三
おおぶくちゃ（大福茶）　新　五三
おかがみ（御鏡）　新　三一
おかざり（お飾）　新　三〇
おがんじつ（お元日）　新　一一
おぎょう（御形）　新　一一一
おくらびらき（御蔵開）　新　四七
おけらび（白朮火）　新　九一
おけらなわ（白朮縄）　新　九一
おけらまいり（白朮詣）　新　九一
おけらまつり（白朮祭）　新　九一
おさがり（御降り）　新　二一
おしょうがつ（お正月）　新　九
おせちりょうり（お節料理）　新　五五
おとしだま（お年玉）　新　三五
おにうちぎ（鬼打木）　新　四八
おにぎ（鬼木）　新　四八
おにくすべ（鬼燻）　新　九四
おにすべ（鬼すべ）　新　九四
おのはじめ（斧始）　新　六五
おやこぐさ（親子草）　新　一〇八
おりぞめ（織初）　新　六四
おんなしょうがつ（女正月）　新　一六
おんなれいじゃ（女礼者）　新　三五

か

かいぞめ（買初）　新　四一
かいらいし（傀儡師）　新　五一
かいれい（廻礼）　新　三四
かがみびらき（鏡開）　新　四七
かがみもち（鏡餅）　新　三一
かがみわり（鏡割）　新　四七
かきぞめ（書初）　新　三六
がきゃく（賀客）　新　三五
かぐらはじめ（神楽始）　新　九三
かけほうらい（掛蓬萊）　新　三〇
かざり（飾）　新　三〇
かざりうす（飾臼）　新　三二
かざりうま（飾馬）　新　四〇
かざりえび（飾海老）　新　三一
かざりおさめ（飾納）　新　八〇
かざりごめ（飾米）　新　三二
かざりたく（飾焚く）　新　八五
かざりだけ（飾竹）　新　二八
かざりとる（飾取る）　新　八〇
かざりまつ（飾松）　新　二八
かざりもち（飾餅）　新　三一
がし（賀詞）　新　三四
かじゅぜめ（果樹責）　新　八三
がじょう（賀状）　新　三六
かしらしょうがつ（頭正月）　新　一七
かずのこ（数の子）　新　五五
かどのこ　新　五五
かどまつ（門松）　新　二八
かどまつとる（門松取る）　新　八〇
かどれい（門礼）　新　三五
かどれいじゃ（門礼者）　新　三五
かまくら　新　八八
かまくらえび（鎌倉海老）　新　一〇七
かまどはらい（竈祓い）　新　四九
かゆくさ（粥草）　新　一一〇
かゆづえ（粥杖）　新　四五
かゆのき（粥の木）　新　四五
かゆはしら（粥柱）　新　四五
かるた（歌留多）　新　六六
かるた（骨牌）　新　六六
かるたかい（歌留多会）　新　六六
がんげつ（元月）　新　九
がんしち（元七）　新　一五
がんじつ（元日）　新　一一
がんじつそう（元日草）　新　一〇九

がんたん（元旦） 新 一一
がんちょう（元朝） 新 一一

き

ぎおんけずりかけのしんじ（祇園削掛の神事） 新 九一
きこりぞめ（木伐初） 新 六五
きぜめ（木責） 新 八三
きそはじめ（着衣始） 新 五一
きっしょ（吉書） 新 三六
きっしょあげ（吉書揚） 新 八五
きばはじめ（騎馬始） 新 二七
ぎゅうじつ（牛日） 新 一四
きゅうねん（旧年） 新 一一
ぎょけい（御慶） 新 三四
きょねん（去年） 新 一一
きりざんしょう（切山椒） 新 五六
きをはやす（木を囃す） 新 八三

く

くいつみ（喰積） 新 五五
くぐつ（傀儡） 新 五一
くじつ（狗日） 新 一三
くずうた（国栖歌） 新 七七
くずそう（国栖奏） 新 七七
くずのおきな（国栖翁） 新 七七
くずひと（国栖人） 新 七七
くずぶえ（国栖笛） 新 七七
くずまい（国栖舞） 新 七七
ぐそくもち（具足餅） 新 三一
くみじゅう（組重） 新 五五
くらびらき（蔵開） 新 四七
くわいれ（鍬入れ） 新 六四
くわはじめ（鍬始） 新 六四

け

けいこはじめ（稽古始） 新 七一
けいじつ（鶏日） 新 一一
けいたん（鶏旦） 新 一一
けさのはる（今朝の春） 新 九
けまりはじめ（蹴鞠始） 新 二八
げんしょうせつ（元宵節） 新 八六

こ

こうしょはじめ（講書始） 新 七八
こきいた（胡鬼板） 新 六八
ごぎょう（五形） 新 一一一
ごぎょう（御行） 新 一一一
こしょうがつ（小正月） 新 一六
ごぜんえんぶり（御前えんぶり） 新 八八
こぞ（去年） 新 一一
こぞことし（去年今年） 新 一〇
ことし（今年） 新 一〇
ことのばら（小殿原） 新 五六
ことはじめ（琴始） 新 七三
ごぼうしめ（牛蒡注連） 新 三〇
こま（独楽） 新 七〇
こまあそび（独楽遊び） 新 七〇
こまうつ（独楽打つ） 新 七〇
こまつひき（小松引） 新 七九
こままわし（独楽廻し） 新 七〇
ごまめ 新 五六
こめかざる（米飾る） 新 三三
ごようはじめ（御用始） 新 三九
こんねん（今年） 新 一〇

さ

さいぎ（幸木） 新 二九
さいだいじまいり（西大寺参） 新 九九
さいたん（歳旦） 新 一一
さいわいかご（幸籠） 新 二九
さいわいぎ（幸木） 新 二九
さぎちょう（左義長） 新 八五

さぎちょうあとまつり（左義長後祭） 新 八三
さとおり（里下り） 新 八七
さるつかい（猿使い） 新 四九
さるひき（猿曳） 新 四九
さるまわし（猿廻し） 新 四九
さんが（参賀） 新 七七
さんがにち（三が日） 新 一二
さんぎちょう（三毬杖） 新 八五

し

しえん（紙鳶） 新 七〇
しごとはじめ（仕事始） 新 三八
ししがしら（獅子頭） 新 四九
ししまい（獅子舞） 新 四九
しだ（歯朶） 新 一〇八
しちふくじんまいり（七福神詣） 新 九二
しちふくまいり（七福詣） 新 九二
しひつ（試筆） 新 三六
しほうはい（四方拝） 新 七七
しまいはじめ（仕舞始） 新 七三
じむはじめ（事務始） 新 三八
しめあけ（注連明） 新 一六
しめかざり（注連飾） 新 三〇
しめたく（注連焚く） 新 八五
しめとる（注連取る） 新 八〇
しめなわ（七五三縄） 新 三〇
しめなわ（注連縄） 新 三〇
しめのうち（注連の内） 新 一五
しめもらい（注連貰） 新 八五
じゅうごにちがゆ（十五日粥） 新 四五
じゅうごにちがゆ（十五日粥） 新 八二
じゅうごにちしょうがつ（十五日正月） 新 一六
じゅうづめ（重詰） 新 五五
じゅうづめりょうり（重詰料理） 新 五五
じゅうろくむさし（十六むさし） 新 六七
しゅくき（淑気） 新 一三
しゅしょうえ（修正会） 新 九九
しょうがつ（正月） 新 九
しょうがつこそで（正月小袖） 新 五一
しょうがつさま（正月様） 新 九〇
しょうがつのたこ（正月の凧） 新 七〇
しょうがつばしょ（正月場所） 新 七四
じょうげん（上元） 新 八六
じょうげんえ（上元会） 新 八六
じょうげんのひ（上元の日） 新 八六
じょうげんまつり（上元祭） 新 八六
しょうぼうでぞめしき（消防出初式） 新 七九
しんぎ（神木） 新 九九
しんごよみ（新暦） 新 五八
じんじつ（人日） 新 一五
しんしゅん（新春） 新 九
じんしょうせつ（人勝節） 新 一五
しんにっき（新日記） 新 六二
しんねん（新年） 新 八
しんねんえんかい（新年宴会） 新 四一
しんねんかい（新年会） 新 四一
しんねんくかい（新年句会） 新 四一

す

すきぞめ（梳初） 新 六二
すきはじめ（鋤始） 新 六四
すごろく（双六） 新 六七
すずしろ（蘿蔔） 新 一一三
すずな（菘） 新 一一三
すりぞめ（刷初） 新 五九

せ

せいかすい（井華水） 新 二六
せいじんしき（成人式） 新 七九
せいじんのひ（成人の日） 新 七九
せちおとこ（節男） 新 三四
せちぎ（節木） 新 四七

せちこち（節東風）　新　二〇

そ

ぞうに（雑煮）　新　五四
ぞうにいわう（雑煮祝う）　新　五四
ぞうにばし（雑煮箸）　新　五四
ぞうにもち（雑煮餅）　新　五四
ぞうにわん（雑煮椀）　新　五四
そめはじめ（染始）　新　六三

た

たあそび（田遊び）　新　八九
だいかぐら（太神楽）　新　四九
だいだいかざる（橙飾る）　新　三三
たからぶね（宝船）　新　七六
たからぶねしく（宝船敷く）　新　七六
たきぞめ（焚初）　新　六三
たけかざり（竹飾）　新　二八
たこあげ（凧揚）　新　七〇
たづくり（田作）　新　五六
たびはじめ（旅始）　新　三八
たびらこ（田平子）　新　一一一
たませせり（玉せせり）　新　九四
たませり（玉せり）　新　九四
たませりまつり（玉競祭）　新　九四
たまとりまつり（玉取祭）　新　九四
だるまいち（達磨市）　新　四六
だんごしょうがつ（団子正月）　新　一七
だんごばな（団子花）　新　八一

ち

ちゃせんまつ（茶筅松）　新　一一三
ちゃっきらこ　新　八三
ちょういわい（帳祝）　新　四六
ちょうが（朝賀）　新　七七
ちょうがき（帳書）　新　四六
ちょうとじ（帳綴）　新　四六
ちょうなはじめ（手斧始）　新　六五
ちょうはい（朝拝）　新　七七
ちょうはじめ（帳始）　新　四六
ちょうろぎ　新　五五
ちょうろく　新　五五
ちょじつ（猪日）　新　一三
ちよのはる（千代の春）　新　九
ちょろぎ（草石蚕）　新　五五

つ

つづみはじめ（鼓始）　新　七三
つなひき（綱引）　新　四六
つなひき（綱曳）　新　四六

て

でくまわし（木偶廻し）　新　五一
でぞめ（出初）　新　七九
でぞめしき（出初式）　新　七九
てまり（手毬）　新　六九
てまり（手鞠）　新　六九
てまりうた（手毬唄）　新　六九
てまりご（手毬子）　新　六九
てまりつく（手毬つく）　新　六九
でんがくまつり（田楽祭）　新　九六
てんじんばた（天神旗）　新　九七
てんじんばな（天神花）　新　九七

と

とうせん（投扇）　新　六七
とうせんきょう（投扇興）　新　六七
とうねん（当年）　新　一〇
とおかえびす（十日戎）　新　九五
どくしょはじめ（読書始）　新　三七
ところかざる（野老飾る）　新　三三
としあく（年明く）　新　八

としあらた（年新た） 新 八
としあらたまる（年改まる） 新 八
としおとこ（年男） 新 三四
としがみ（年神） 新 九〇
としぎ（年木） 新 四七
としきたる（年来る） 新 八
としざけ（年酒） 新 五二
としたつ（年立つ） 新 八
としだま（年玉） 新 三五
としとくじん（歳徳神） 新 九〇
としなわ（年縄） 新 三〇
としむかう（年迎ふ） 新 八
とそ（屠蘇） 新 五二
とそいわう（屠蘇祝う） 新 五二
とそしゅ（屠蘇酒） 新 五二
とそぶくろ（屠蘇袋） 新 五二
とぶさまつ（鳥総松） 新 八一
とみしょうがつ（富正月） 新 二一
とりおい（鳥追） 新 五〇
とんど 新 八五
どんど 新 八五
どんどたく（どんど焚く） 新 八五

な

ながえんぶり 新 八八
なきぞめ（泣初） 新 六一
なずな（薺） 新 一一〇
なずなうつ（薺打つ） 新 四三
なずながゆ（薺粥） 新 四四
なずなつみ（薺摘） 新 一一〇
なずなづめ（薺爪） 新 四四
ななくさ（七種） 新 四二
ななくさ（七草） 新 四二
ななくさうつ（七種打つ） 新 四三
ななくさがゆ（七種粥） 新 四四
ななくさづめ（七草爪） 新 四四
ななくさな（七草菜） 新 一一〇
ななくさはやす（七種はやす） 新 四三
なぬか（七日） 新 一四
なぬかがゆ（七日粥） 新 四四
なぬかしょうがつ（七日正月） 新 一五
なぬかづめ（七日爪） 新 四四
なのか（七日） 新 一四
なまこひき（海鼠曳） 新 八四
なまはげ 新 八四
なもみはぎ（なもみ剥ぎ） 新 八四
なりきぜめ（成木責） 新 八三

に

にいがすみ（新霞） 新 二三
にいののゆきまつり（新野の雪祭） 新 九六
にっきはじめ（日記始） 新 六二
にのかわり（二の替） 新 七三
にょうどうさい（繞道祭） 新 九三

ぬ

ぬいぞめ（縫初） 新 六三
ぬいはじめ（縫始） 新 六三

ね

ねしょうがつ（寝正月） 新 七六
ねじろぐさ（根白草） 新 一一〇
ねのひぐさ（子日草） 新 一一三
ねのひのあそび（子の日の遊び） 新 七九
ねのひのまつ（子の日の松） 新 一一三
ねんが（年賀） 新 三四
ねんがきゃく（年賀客） 新 三五
ねんがじょう（年賀状） 新 三六
ねんし（年始） 新 八
ねんし（年始） 新 三四

ねんしざけ（年始酒）　新　五三
ねんしじょう（年始状）　新　三六
ねんしまわり（年始廻り）　新　三四
ねんしゅ（年酒）　新　五三
ねんれい（年礼）　新　三四

の

のうはじめ（能始）　新　七三
のこりてんじん（残り天神）　新　九七
のこりふく（残り福）　新　九五
のりぞめ（乗初）　新　三九

は

はいが（拝賀）　新　七七
はがため（歯固）　新　二六
はきぞめ（掃初）　新　五八
ばくまくら（獏枕）　新　七五
はご　新　六八
はごいた（羽子板）　新　六八
はしがみ（箸紙）　新　五四
ばじつ（馬日）　新　一四
はだかおし（裸押し）　新　九九
はたはじめ（機始）　新　六四
はつあかね（初茜）　新　一九
はつあかり（初明り）　新　一九
はつあきない（初商）　新　四〇
はつあけぼの（初曙）　新　一九
はつあさひ（初旭）　新　一八
はつあさま（初浅間）　新　二四
はつあみ（初網）　新　六五
はついせ（初伊勢）　新　九三
はついち（初市）　新　三九
はついちば（初市場）　新　三九
はつう（初卯）　新　九六
はつうぐいす（初鶯）　新　一〇五
はつうたい（初謡）　新　七三
はつうつし（初写し）　新　六〇
はつうもうで（初卯詣）　新　九六
はつえびす（初恵比須）　新　九五
はつえびす（初戎）　新　九五
はつえんま（初閻魔）　新　一〇〇
はつかい（初買）　新　四一
はつかがみ（初鏡）　新　六二
はつかぐら（初神楽）　新　九三
はつかしょうがつ（二十日正月）　新　一七
はつがすみ（初霞）　新　二三
はつかぜ（初風）　新　二〇
はつかだんご（二十日団子）　新　一七
はつかね（初鐘）　新　九七
はつがま（初釜）　新　六四
はつかまど（初竈）　新　六三
はつがみ（初髪）　新　六二
はつがらす（初鴉）　新　一〇六
はつかんのん（初観音）　新　一〇〇
はつくかい（初句会）　新　四一
はつぐるま（初車）　新　三九
はつげいこ（初稽古）　新　七一
はつげしき（初景色）　新　二三
はつげしょう（初化粧）　新　六二
はつこうぼう（初弘法）　新　一〇一
はつこえ（初声）　新　一〇四
はつごち（初東風）　新　二〇
はつことひら（初金刀比羅）　新　九六
はつごよみ（初暦）　新　五八
はつごんぎょう（初勤行）　新　九七
はつこんぴら（初金毘羅）　新　九六
はつさんが（初山河）　新　二三
はつさんぐう（初参宮）　新　九三
はつしごと（初仕事）　新　三八
はつしののめ（初東雲）　新　一九
はつしばい（初芝居）　新　七三
はつしゃしん（初写真）　新　六〇

はつしょうらい（初松籟）　新　二〇
はつしんぶん（初新聞）　新　五九
はつすずめ（初雀）　新　一〇五
はつすずり（初硯）　新　三七
はつずり（初刷）　新　五九
はつせり（初糶）　新　三九
はつそうじ（初掃除）　新　五八
はつそうば（初相場）　新　三九
はつそが（初曽我）　新　七三
はつぞめ（初染）　新　六三
はつぞら（初空）　新　一八
はつだいし（初大師）　新　一〇一
はつたうち（初田打）　新　六四
はつたちあい（初立会）　新　三九
はつたび（初旅）　新　三八
はつだより（初便り）　新　六〇
はつちゃのゆ（初茶湯）　新　六四
はつちょうず（初手水）　新　五七
はつつくば（初筑波）　新　二四
はつつづみ（初鼓）　新　七三
はつてまえ（初点前）　新　六四
はつでんしゃ（初電車）　新　三九
はつてんじん（初天神）　新　九七
はつでんわ（初電話）　新　六〇
はつとうみょう（初灯明）　新　九七
はつとおか（初十日）　新　九六
はつどきょう（初読経）　新　九七
はつともし（初灯）　新　九七
はつとら（初寅）　新　九八
はつどり（初鶏）　新　一〇四
はつなき（初泣）　新　六一
はつなぎ（初凪）　新　二一
はつに（初荷）　新　四〇
はつにうま（初荷馬）　新　四〇
はつにっき（初日記）　新　六二
はつにぶね（初荷舟）　新　四〇
はつねうり（初音売）　新　七四
はつねざめ（初寝覚）　新　七五
はつねのひ（初子の日）　新　七九
はつねぶえ（初音笛）　新　七四
はつのう（初能）　新　七二
はつのり（初騎）　新　二七
はつのり（初乗）　新　三九
はつばしょ（初場所）　新　七四
はつはた（初機）　新　六四
はつはと（初鳩）　新　一〇六
はつばり（初針）　新　六三
はつはる（初春）　新　九
はつはるきょうげん（初春狂言）　新　七三
はつばれ（初晴）　新　二〇
はつひ（初日）　新　一八
はつひ（初陽）　新　一八
はつひえい（初比叡）　新　二四
はつひかげ（初日影）　新　一八
はつびき（初弾）　新　七二
はつひこう（初飛行）　新　三九
はつひので（初日の出）　新　一八
はつふじ（初富士）　新　二三
はつふどう（初不動）　新　一〇一
はつぶろ（初風呂）　新　五九
はつべんてん（初弁天）　新　九八
はつぼうき（初箒）　新　五八
はつまいり（初参）　新　八九
はつみ（初巳）　新　九八
はつミサ（初ミサ）　新　一〇二
はつみさ（初弥撒）　新　一〇二
はつみず（初水）　新　二六
はつみそら（初御空）　新　一八
はつむかし（初昔）　新　一一
はつめーる（初メール）　新　六〇
はつもうで（初詣）　新　八九
はつやくし（初薬師）　新　九九

はつやしろ（初社）　新　八九
はつやまい（初山）　新　六五
はつやまいり（初山入り）　新　六五
はつゆ（初湯）　新　五九
はつゆい（初結）　新　六二
はつゆうびん（初郵便）　新　六〇
はつゆみ（初弓）　新　二七
はつゆめ（初夢）　新　七五
はつよあけ（初夜明）　新　一九
はつりょう（初漁）　新　六五
はつわらい（初笑）　新　六一
はながるた（花がるた）　新　六六
はなしょうがつ（花正月）　新　一六
はね（羽子）　新　六九
はねつき（羽子つき）　新　六九
ばばはじめ（馬場始）　新　二七
はまや（破魔矢）　新　九二
はまゆみ（破魔弓）　新　九二
はりおこし（針起し）　新　六三
はるがさね（春襲）　新　五一
はるぎ（春着）　新　五一
はるこま（春駒）　新　五〇
はるこままい（春駒舞）　新　五〇
はるこままんざい（春駒万歳）　新　五〇
はるしばい（春芝居）　新　七三
ばんすごろく（盤双六）　新　六七

ひ

ひきはじめ（弾初）　新　七三
ひとくわ（一鍬）　新　六四
ひとのひ（人の日）　新　一五
ひなわうり（火縄売）　新　九一
ひのはじめ（日の始め）　新　一一
ひめこまつ（姫小松）　新　一二三
ひめ（姫始）　新　四二
ひめはじめ（ひめ始）　新　四二
ひめはじめ（密事始）　新　四二

ふ

ふきぞめ（吹初）　新　七一
ふきぞめ（籟初）　新　七一
ふきはじめ（吹始）　新　七一
ふくざさ（福笹）　新　九五
ふくさわら（ふくさ藁）　新　三三
ふくじゅそう（福寿草）　新　一〇九
ふくじんまいり（福神詣）　新　九二
ふくじんめぐり（福神巡り）　新　九二
ふくだるま（福達磨）　新　四六
ふくちゃ（福茶）　新　五三
ふくなべ（福鍋）　新　五三
ふくびき（福引）　新　七一
ふくまいり（福詣）　新　九二
ふくみず（福水）　新　二六
ふくわかし（福沸）　新　五三
ふくわら（福藁）　新　三三
ふくわらい（福笑）　新　六八
ふくわらしく（福藁敷く）　新　三三
ふつか（二日）　新　一三
ふではじめ（筆始）　新　三六
ふとばし（太箸）　新　五四
ふなのりぞめ（船乗初）　新　三九
ふるとし（古年）　新　一一

ほ

ほうちょうはじめ（包丁始）　新　五七
ほうびき（宝引）　新　七一
ほうらい（蓬萊）　新　三〇
ほうらいかざり（蓬萊飾）　新　三〇
ほえかご（宝恵駕）　新　八一
ほえかご（宝恵籠）　新　八一
ぽこんぽこん　新　四八
ほだわらかざる（穂俵飾る）　新　三三

ぽっぺん　新　四八
ほとけのざ（仏の座）　新　二一
ほねしょうがつ（骨正月）　新　一七
ねじろぐさ（根白草）　新　二〇
ぽぺん　新　四八
ほんだわらかざる（ほんだわら飾る）　新　三三
ぼんてん（梵天）　新　八七
ぼんでん　新　八七

ま

まいぞめ（舞初）　新　七三
まつあけ（松明）　新　一六
まつおさめ（松納）　新　八〇
まつかざり（松飾）　新　二八
まつすぎ（松過）　新　一六
まつとる（松取る）　新　八〇
まつなぬか（松七日）　新　一五
まつのうち（松の内）　新　一五
まとはじめ（的始）　新　二七
まないたはじめ（俎始）　新　五七
まゆだま（繭玉）　新　八一
まりはじめ（鞠始）　新　二八
まんざい（万歳）　新　四八

み

みかわまんざい（三河万歳）　新　四八
みっか（三日）　新　一三

む

むいか（六日）　新　一四
むつき（睦月）　新　九
むつびつき（むつび月）　新　九
むつみつき（むつみ月）　新　九

め

めいしうけ（名刺受）　新　三六
めしょうがつ（女正月）　新　一六

も

もぐらうち（土竜打）　新　八四
もぐらおい（土竜追）　新　八四
もちしょうがつ（望正月）　新　一六
もちのかゆ（望の粥）　新　四五
もちのかゆ（望の粥）　新　八二
もちばな（餅花）　新　八一

や

ヤス　新　二九
やどさがり（宿下り）　新　八七
やなぎばし（柳箸）　新　五四
やぶいり（藪入）　新　八七
やまいり（山入り）　新　六五
やまくさ（山草）　新　一〇八
やまとまんざい（大和万歳）　新　四八
やまはじめ（山始め）　新　六五
やりばね（遣羽子）　新　六九

ゆ

ゆいぞめ（結初）　新　六二
ゆきまつり（雪祭）　新　九六
ゆずりは（楪）　新　一〇八
ゆづるは（弓弦葉）　新　一〇八
ゆどのはじめ（湯殿始）　新　五九
ゆみはじめ（弓始）　新　二七
ゆみやはじめ（弓矢始）　新　二七

よ

よいえびす（宵戎）　新　九五
よいてんじん（宵天神）　新　九七

よいのとし（宵の年）　新　一一

ようじつ（羊日）　新　一三

よっか（四日）　新　一三

よねこぼす（米こぼす）　新　六一

よみぞめ（読初）　新　三七

よめがきみ（嫁が君）　新　一〇三

よろいもち（鎧餅）　新　三一

り

りょうはじめ（漁始）　新　六五

りょこうはじめ（旅行始）　新　三八

れ

れいうけ（礼受）　新　三六

れいじゃ（礼者）　新　三五

れいじゃうけ（礼者受）　新　三六

れいしん（霊辰）　新　一五

わ

わかい（若井）　新　二六

わかおとこ（若男）　新　三四

わかぎ（若木）　新　四七

わかきとし（若き年）　新　一〇

わかざり（輪飾）　新　三〇

わかしお（若潮）　新　二六

わかしおむかえ（若潮迎え）　新　二六

わかとしさま（若年様）　新　九〇

わかな（若菜）　新　一一〇

わかなかご（若菜籠）　新　四三

わかながり（若菜狩）　新　四三

わかなつみ（若菜摘）　新　四三

わかなつみ（若菜摘）　新　一一〇

わかなつむ（若菜摘む）　新　四三

わかなの（若菜野）　新　二五

わかみず（若水）　新　二六

わかやまふみ（若山踏み）　新　六五

わらいぞめ（笑初）　新　六一

わらごうし（藁盒子）　新　二九

総索引

（各巻に収録したすべての季語を五十音順に配列した。ゴシック体は「見出し季語」を示す）

あ

あいう（合生）　春　一九一
あいうう（藍植う）　春　一〇八
アイスキャンデー　夏　一〇五
アイスクリーム　夏　一〇五
アイスコーヒー　夏　一〇五
アイスティー　夏　一〇五
アイスホッケー　冬　一五八
アイゼン　冬　一四〇
あいちょうしゅうかん（愛鳥週間）　夏　一八〇
あいのかぜ（あいの風）　夏　三七
あいのはな（藍の花）　秋　二五一
あいのはね（愛の羽根）　秋　一一一
あいまく（藍蒔く）　春　一〇八
あいみじん（藍微塵）　春　二八一
あいゆかた（藍浴衣）　夏　八二
あおあし（青蘆）　夏　三六八
あおあし（青葦）　夏　三六八
あおあらし（青嵐）　夏　三九
あおい（葵）　夏　三三〇
あおいまつり（葵祭）　夏　一九二
あおうめ（青梅）　夏　二九六
あおかえで（青楓）　夏　三〇九
あおがえる（青蛙）　夏　二〇六
あおがき（青柿）　夏　二九六
あおがし（青樫）　夏　三〇九
あおかび（青黴）　夏　三九七
あおがらし（青芥）　春　二九四
あおぎた（青北風）　秋　五二
あおきのはな（青木の花）　春　二五一
あおきのみ（青木の実）　冬　二四六
あおきふむ（青き踏む）　春　一二一
あおぎり（梧桐）　夏　三一〇
あおくさ（青草）　夏　三六六
あおくす（青樟）　夏　三〇九
あおくびだいこん（青首大根）　冬　二六四
あおくるみ（青胡桃）　夏　二九七
あおげら（青げら）　秋　一五五
あおごち（青東風）　夏　三七
あおさ（石蓴）　春　三三五
あおさぎ（青鷺）　夏　二二四
あおさんしょう（青山椒）　夏　三六一
あおしい（青椎）　夏　三〇八
あおしお（青潮）　夏　六五
あおじそ（青紫蘇）　夏　三六〇
あおしば（青芝）　夏　三六七
あおすすき（青芒）　夏　三六八
あおすだれ（青簾）　夏　一一七
あおた（青田）　夏　六六
あおだいしょう（青大将）　夏　二一一
あおたかぜ（青田風）　夏　六六
あおたなみ（青田波）　夏　六六
あおたみち（青田道）　夏　六六
あおつた（青蔦）　夏　三六七
あおつゆ（青梅雨）　夏　四三
あおとうがらし（青唐辛子）　夏　三六二
あおとうがらし（青唐辛）　夏　三六二
あおとうがらし（青蕃椒）　夏　三六二
あおぬた（青饅）　春　八八
あおね（青嶺）　夏　五九
あおの（青野）　夏　六二
あおば（青葉）　夏　三〇三
あおばえ（青蠅）　夏　二六二
あおばかぜ（青葉風）　夏　三〇三
あおはぎ（青萩）　夏　三六九
あおばじお（青葉潮）　夏　六五
あおばずく（青葉木菟）　夏　二一七
あおばやま（青葉山）　夏　三〇三
あおばやみ（青葉闇）　夏　三〇七
あおふくべ（青瓠）　秋　二三三
あおぶどう（青葡萄）　夏　二九七

あおほおずき（青鬼灯） 夏 三四三
あおほおずき（青酸漿） 夏 三四三
あおまつかさ（青松毬） 秋 二〇二
おおまつよいぐさ（大待宵草） 夏 三七四
あおみかん（青蜜柑） 秋 一九一
あおみどろ（青みどろ） 夏 三九六
あおみどろ（青味泥） 夏 三九六
あおみなづき（青水無月） 夏 二三
あおむぎ（青麦） 春 二九八
あおやぎ（青柳） 春 二六八
あおりんご（青林檎） 夏 二九八
あかいはね（赤い羽根） 秋 一一一
あかえい（赤鱏） 夏 二三七
あかがえる（赤蛙） 春 一八五
あかかぶ（赤蕪） 冬 二六五
あかがり 冬 一六三
あかぎれ（皸） 冬 一六三
あかげら（赤げら） 秋 一五五
あかざ（藜） 夏 三七九
アカシアのはな（アカシアの花） 夏 三一六
あかじそ（赤紫蘇） 夏 三六〇
あかとんぼ（赤蜻蛉） 秋 一六九
あかなす（赤茄子） 夏 三五七
あかねほる（茜掘る） 秋 九五
あかのまま（赤のまま） 秋 二七三
あかのまんま（赤のまんま） 秋 二七三
あかはら（赤腹） 夏 二〇九
あかまむし（赤まむし） 夏 二一二
あからぎ 夏 三三〇
あかりしょうじ（明り障子） 冬 一二八
あき（秋） 秋 一四
あきあかね（秋茜） 秋 一六九
あきあじ（秋味） 秋 一六三
あきあつし（秋暑し） 秋 一七
あきあわせ（秋袷） 秋 七〇
あきあわれ（秋あわれ） 秋 一〇六
あきいりひ（秋没日） 秋 三五
あきうらら（秋麗） 秋 二七
あきおうぎ（秋扇） 秋 八〇
あきおしむ（秋惜しむ） 秋 三三
あきかぜ（秋風） 秋 四九
あきがや（秋蚊帳） 秋 八〇
あきかわ（秋川） 秋 六六
あききょうげん（秋狂言） 秋 一〇三
あきくさ（秋草） 秋 二五三
あきぐち（秋口） 秋 一五
あきぐみ（秋茱萸） 秋 二一七
あきぐも（秋雲） 秋 三八
あきくる（秋来る） 秋 一六
あきくる（秋暮る） 秋 三三
あきご（秋蚕） 秋 一八二
あきこうずい（秋洪水） 秋 六六
あきこき（晶子忌） 夏 二〇〇
あきざくら（秋桜） 秋 二二四
あきさば（秋鯖） 秋 一六二
あきさびし（秋さびし） 秋 一〇六
あきさぶ（秋さぶ） 秋 三一
あきさむ（秋寒） 秋 二九
あきさめ（秋雨） 秋 五四
あきさる（秋去る） 秋 三三
あきしぐれ（秋時雨） 秋 五四
あきじむ（秋じむ） 秋 一八
あきす（秋簾） 秋 八二
あきすぐ（秋過ぐ） 秋 三三
あきすずし（秋涼し） 秋 一八
あきすだれ（秋簾） 秋 八二
あきすむ（秋澄む） 秋 二六
あきそば（秋蕎麦） 秋 七八
あきぞら（秋空） 秋 三七
あきた（秋田） 秋 六二
あきたかし（秋高し） 秋 三七
あきたけなわ（秋闌） 秋 三一

あきたつ（秋立つ） 秋 一六
あきちかし（秋近し） 夏 三三
あきちょう（秋蝶） 秋 一六六
あきつ 秋 一六九
あきついり（秋黴雨） 秋 五四
あきつく（秋尽く） 秋 三四
あきづく（秋づく） 秋 一八
あきつばめ（秋燕） 秋 一五〇
あきでみず（秋出水） 秋 六六
あきどなり（秋隣） 夏 三三
あきともし（秋ともし） 秋 七九
あきないはじめ（商始） 新 四〇
あきなかば（秋半ば） 秋 二〇
あきなす（秋茄子） 秋 二三四
あきなすび（秋茄子） 秋 二三四
あきにいる（秋に入る） 秋 一六
あきにじ（秋虹） 秋 五六
あきの（秋野） 秋 六一
あきのあさ（秋の朝） 秋 三三
あきのあつさ（秋の暑さ） 秋 一七
あきのあめ（秋の雨） 秋 五四
あきのあゆ（秋の鮎） 秋 一五八
あきのあわせ（秋の袷） 秋 七〇
あきのいりひ（秋の入日） 秋 三五
あきのうちわ（秋の団扇） 秋 八〇
あきのうま（秋の馬） 秋 一四六
あきのうみ（秋の海） 秋 六六
あきのおと（秋の音） 秋 三六
あきのか（秋の蚊） 秋 一六五
あきのかぜ（秋の風） 秋 四九
あきのかた（明きの方） 新 九〇
あきのかや（秋の蚊帳） 秋 八〇
あきのかわ（秋の川） 秋 六六
あきのきりんそう（秋の麒麟草） 秋 二六〇
あきのくさ（秋の草） 秋 二五三
あきのくも（秋の雲） 秋 三八
あきのくれ（秋の暮） 秋 二四
あきのこえ（秋の声） 秋 三六
あきのこま（秋の駒） 秋 一四六
あきのしお（秋の潮） 秋 六七
あきのしぐれ（秋の時雨） 秋 五四
あきのしも（秋の霜） 秋 五九
あきのすえ（秋の末） 秋 三三
あきのせみ（秋の蟬） 秋 一六六
あきのそら（秋の空） 秋 三七
あきのた（秋の田） 秋 六二
あきのたか（秋の鷹） 秋 一四七
あきのちょう（秋の蝶） 秋 一六六
あきのでみず（秋の出水） 秋 六六
あきのてん（秋の天） 秋 三七
あきのなごり（秋の名残） 秋 三三
あきのなす（秋の茄子） 秋 二三四
あきのななくさ（秋の七草） 秋 二五六
あきのなみ（秋の波） 秋 六六
あきのにじ（秋の虹） 秋 五六
あきのの（秋の野） 秋 六一
あきのはえ（秋の蠅） 秋 一六五
あきのはち（秋の蜂） 秋 一六五
あきのはつかぜ（秋の初風） 秋 五一
あきのはま（秋の浜） 秋 六六
あきのはら（秋の原） 秋 六一
あきのはれ（秋の晴） 秋 三六
あきのひ（秋の日） 秋 三五
あきのひ（秋の灯） 秋 七九
あきのひる（秋の昼） 秋 二三
あきのへび（秋の蛇） 秋 一四七
あきのほし（秋の星） 秋 四七
あきのほたる（秋の螢） 秋 一六四
あきのみず（秋の水） 秋 六四
あきのみね（秋の峰） 秋 六〇
あきのむらさめ（秋の村雨） 秋 五四
あきのやな（秋の簗） 秋 一〇〇

あきのやなぎ（秋の柳） 秋 二〇三
あきのやま（秋の山） 秋 六〇
あきのゆうぐれ（秋の夕暮） 秋 二四
あきのゆうばえ（秋の夕映） 秋 五六
あきのゆうべ（秋の夕べ） 秋 二四
あきのゆうやけ（秋の夕焼） 秋 五六
あきのゆくえ（秋の行方） 秋 三三
あきのよ（秋の夜） 秋 二四
あきのよい（秋の宵） 秋 二四
あきのよる（秋の夜） 秋 二四
あきのわかれ（秋の別れ） 秋 三三
あきはじめ（秋初め） 秋 一五
あきばしょ（秋場所） 秋 一〇二
あきばれ（秋晴） 秋 三六
あきび（秋日） 秋 三五
あきひかげ（秋日影） 秋 三五
あきひがん（秋彼岸） 秋 二三
あきひざし（秋日差） 秋 三五
あきびより（秋日和） 秋 三六
あきふかし（秋深し） 秋 三一
あきふかむ（秋深む） 秋 三一
あきふくる（秋更くる） 秋 三一
あきへんろ（秋遍路） 秋 一三一
あきまき（秋蒔） 秋 九五
あきまつり（秋祭） 秋 一二七
あきまゆ（秋繭） 秋 九八
あきみょうが（秋茗荷） 秋 二四一
あきめく（秋めく） 秋 一八
あきやま（秋山） 秋 六〇
あきゆうやけ（秋夕焼） 秋 五六
あきをまつ（秋を待つ） 夏 三三
あけいそぐ（明急ぐ） 夏 二六
あけのはる（明の春） 新 九
あげはちょう（揚羽蝶） 夏 二四四
あげばね（揚羽子） 新 六九
あけはやし（明早し） 夏 二六
あけび（通草） 秋 二一九
あけびのはな（通草の花） 春 二七七
あけびのはな（木通の花） 春 二七七
あけびのみ（通草の実） 秋 二一九
あげひばり（揚雲雀） 春 一九〇
あけやす（明易） 夏 二六
あけやすし（明易し） 夏 二六
あご 夏 二三六
あさ（麻） 夏 三六五
あさがお（朝顔） 夏 三七〇
あさがお（蕣） 夏 三七〇
あさがおいち（朝顔市） 夏 一八八
あさがおのみ（朝顔の実） 夏 三七〇
あさがおまく（朝顔蒔く） 春 一〇六
あさがすみ（朝霞） 春 五七
あさがら（麻殻） 秋 一二三
あさかり（麻刈） 夏 三六五
あさぎすいせん（浅黄水仙） 春 二八二
あさきはる（浅き春） 春 一八
あさぎり（朝霧） 秋 五六
あさくさかり（朝草刈） 夏 一三九
あさくさまつり（浅草祭） 夏 一九三
あさぐもり（朝曇） 夏 五三
あさごち（朝東風） 春 四五
あさごろも（麻衣） 夏 七六
あさざくら（朝桜） 春 二三四
あさざぶとん（麻座蒲団） 夏 一一四
あささむ（朝寒） 秋 三〇
あささむし（朝寒し） 秋 三〇
あさしぐれ（朝時雨） 冬 四八
あさしも（朝霜） 冬 五三
あさしらげ 春 三〇八
あさすず（朝涼） 夏 三〇
あさすず（朝鈴） 秋 一七四
あさぜみ（朝蝉） 夏 二五七
あさたきび（朝焚火） 冬 一三八

あさつき（胡葱） 春 二九六
あさづけいち（浅漬市） 秋 一二七
あさつばめ（朝燕） 春 一九二
あさつゆ（朝露） 秋 五八
あさどりわたる（朝鳥渡る） 秋 一四八
あさなぎ（朝凪） 夏 四一
あさなぐ（朝凪ぐ） 夏 四一
あさにじ（朝虹） 夏 四九
あさね（朝寝） 春 一三一
あさのは（麻の葉） 夏 三六五
あさのはな（麻の花） 夏 三六五
あさのれん（麻暖簾） 夏 一一八
あさばかま（麻袴） 夏 八一
あさばたけ（麻畠） 夏 三六五
あさびえ（朝冷え） 秋 二六
あさひき（麻引） 夏 三六五
あさひばり（朝雲雀） 春 一九〇
あさふく（麻服） 夏 七六
あさぶとん（麻蒲団） 夏 一一四
あさまく（麻蒔く） 春 一〇八
あざみ（薊） 春 三一一
あさやけ（朝焼） 夏 五三
あさり（浅蜊） 春 二一四
あさりうり（浅蜊売） 春 二一四
あさりじる（浅蜊汁） 春 二一四
あさりぶね（浅蜊舟） 春 二一四
あし（蘆） 秋 二五九
あじ（鯵） 夏 二三五
あじうり（鯵売） 夏 二三五
あしかび（蘆牙） 春 三三二
あしかり（蘆刈） 秋 九八
あしかる（蘆刈る） 秋 九八
あじさい（紫陽花） 夏 二八四
あじさいき（紫陽花忌） 夏 二〇二
あじさし（鯵刺） 夏 二二五
あししげる（蘆茂る） 夏 三六八
あしす（蘆州） 秋 二五九
あしながばち（足長蜂） 春 二二四
あしのきり（蘆の錐） 春 三三三
あしのつの（蘆の角） 春 三三三
あしのはな（蘆の花） 秋 二五九
あしのほ（蘆の穂） 秋 二五九
あしのほわた（蘆の穂絮） 秋 二五九
あしのめ（蘆の芽） 春 三三二
あしのわかば（蘆の若葉） 春 三三二
あしはら（蘆原） 秋 二五九
あしび（蘆火） 秋 九八
あしびのはな（馬酔木の花） 春 二五二
あしぶね（蘆舟） 秋 九八
あじまめ（味豆） 秋 二四九
あじろ（網代） 冬 一四八
あじろぎ（網代木） 冬 一四八
あじろどこ（網代床） 冬 一四八
あじろもり（網代守） 冬 一四八
あずき（小豆） 秋 二四九
あずきあらい 秋 一八一
あずきがゆ（小豆粥） 新 四五
あずきがゆ（小豆粥） 新 八二
あずきまく（小豆蒔く） 夏 一四〇
あずまおどり（東踊） 夏 一九〇
あずまぎく（東菊） 春 二八〇
あずまぎく（吾妻菊） 春 二八〇
あせ（汗） 夏 一七二
あぜあおむ（畦青む） 春 二九九
あせしらず（汗しらず） 夏 一二三
あせてぬぐい（汗手拭） 夏 八八
あせぬぐい（汗拭い） 夏 八八
あぜぬり（畦塗） 春 一〇三
あせのか（汗の香） 夏 一七二
あせばむ（汗ばむ） 夏 一七二
あせび 春 二五二
あぜび（畦火） 春 一〇一

あせふき（汗ふき） 夏 八八
あせぼ 春 二五二
あせぼ 夏 一七三
あせみ 春 二五二
あせみず（汗水） 夏 一七二
あせみどろ（汗みどろ） 夏 一七二
あせも（汗疹） 夏 一七三
あぜやき（畦焼） 春 一〇一
あぜやく（畦焼く） 春 一〇一
あそびぶね（遊び船） 夏 一五三
あたたか（暖か） 春 三〇
あたためざけ（温め酒） 秋 二一六
あつかん（熱燗） 冬 一〇四
あつぎ（厚着） 冬 九一
あつきはる（暑き春） 春 三五
あつごおり（厚氷） 冬 七二
あつさ（暑さ） 夏 二八
あつさあたり（暑さあたり） 夏 一七六
あつさまけ（暑さ負け） 夏 一七六
あつし（暑し） 夏 二八
あつし（厚司） 冬 九一
あつものざき（厚物咲） 秋 二三七
あとさりむし（あとさり虫） 夏 二六九
あとずさり 夏 二六九
あなぐまかり（穴熊狩） 冬 一四六
あなご（穴子） 夏 二三八
あなご（海鰻） 夏 二三八
あなせぎょう（穴施行） 冬 八四
あなづり（穴釣） 冬 一五五
あななす 夏 三〇一
あなばち（穴蜂） 春 二二四
あなまどい（穴まどい） 秋 一四七
アネモネ 春 二八二
アノラック 冬 九七
あぶ（虻） 春 二二五
あぶらぜみ（油蟬） 夏 二五七
あぶらでり（油照） 夏 五七
あぶらでり（脂照） 夏 五七
あぶらな（油菜） 春 二八六
あぶらむし（油虫） 夏 二七〇
あま（海女） 春 一一九
あまうそ（雨鷽） 春 一九一
あまがえる（雨蛙） 夏 二〇六
あまがき（甘柿） 秋 一八六
あまごい（雨乞） 夏 一三七
あまざけ（甘酒） 夏 一〇二
あまちゃ（甘茶） 春 一六一
あまちゃでら（甘茶寺） 春 一六一
あまちゃぶつ（甘茶仏） 春 一六一
あまなつ（甘夏） 春 二五七
あまのがわ（天の川） 秋 四七
あまのふえ（海女の笛） 春 一一九
あまのり（甘海苔） 春 三三六
あまびえ（雨冷え） 秋 二六
あまぼし（烏柿） 秋 七六
あまぼし（甘干） 秋 七六
あまみはぎ 新 八四
アマリリス 夏 三四一
あみしょうじ（網障子） 夏 一一六
あみてぶくろ（網手袋） 夏 八六
あみど（網戸） 夏 一一六
あめのいのり（雨の祈） 夏 一三七
あめのつき（雨の月） 秋 四四
あめめいげつ（雨名月） 秋 四四
あめよろこび（雨喜び） 夏 四七
あめんぼ 夏 二五七
あめんぼう（水馬） 夏 二五七
あやめ（渓蓀） 夏 三二五
あやめぐさ 夏 三二六
あやめのひ（菖蒲の日） 夏 一八一
あゆ（鮎） 夏 二三〇
あゆがり（鮎狩） 夏 一四七

あゆくみ（鮎汲） 春 一一七
あゆさし（鮎刺） 夏 二三五
あゆたか（鮎鷹） 夏 二三五
あゆつり（鮎釣） 夏 一四七
あゆつりかいきん（鮎釣解禁） 夏 一四七
あゆのこ（鮎の子） 春 二二二
あゆのやど（鮎の宿） 夏 二三〇
あゆりょう（鮎漁） 夏 一四七
あらい（洗膾） 夏 一〇九
あらいがみ（洗い髪） 夏 一七一
あらいごい（洗鯉） 夏 一〇九
あらいすずき（洗鱸） 夏 一〇九
あらいだい（洗鯛） 夏 一〇九
あらいめし（洗い飯） 夏 九一
あらう（荒鵜） 夏 一四八
あらたま（新玉） 新 八
あらづゆ（荒梅雨） 夏 四三
あらばしり（新走） 秋 七一
あらぼし（荒星） 冬 四三
あらまき（新巻） 冬 一一九
あらめ（荒布） 夏 三九八
あらめかる（荒布刈る） 夏 三九八
あらめほす（荒布干す） 夏 三九八
あららぎ 秋 二〇九
あられ（霰） 冬 五一
あられうお（霰魚） 冬 二三六
あられがこ 冬 二三六
あり（蟻） 夏 二七一
ありあけづき（有明月） 秋 三九
ありあなをいづ（蟻穴を出づ） 春 二二二
ありじごく（蟻地獄） 夏 二六九
ありづか（蟻塚） 夏 二七一
ありのとう（蟻の塔） 夏 二七一
ありのとわたり（蟻の門渡り） 夏 二七一
ありのみ（有の実） 秋 一八六
ありのみち（蟻の道） 夏 二七一
ありのれつ（蟻の列） 夏 二七一
あろうき（亜浪忌） 冬 一九五
アロハシャツ 夏 八四
あわ（粟） 秋 二四七
あわいちごのはな（粟苺の花） 春 二七四
あわおどり（阿波踊） 秋 一二二
あわせ（袷） 夏 七七
あわだちそう（泡立草） 秋 二六〇
あわのほ（粟の穂） 秋 二四七
あわばたけ（粟畑） 秋 二四七
あわばな（粟花） 秋 二六八
あわび（鮑） 夏 二四〇
あわびあま（鮑海女） 夏 二四〇
あわびとり（鮑取） 夏 二四〇
あわもり（泡盛） 夏 一〇〇
あわゆき（淡雪） 春 五二
あわゆき（沫雪） 春 五二
あんか（行火） 冬 一三四
あんご（安居） 夏 一九七
あんこう（鮟鱇） 冬 二三五
あんこうなべ（鮟鱇鍋） 冬 一一五
あんず（杏） 夏 三〇〇
あんず（杏子） 夏 三〇〇
あんずのはな（杏の花） 春 二六〇
あんずのみ（杏の実） 夏 三〇〇
あんみつ（餡蜜） 夏 一〇八

い

イースター 春 一六七
いいだこ（飯蛸） 春 二一三
いえばえ（家蠅） 夏 二六二
いうう（藺植う） 冬 一四三
イオマンテ 冬 一七一
いか（烏賊） 夏 二三九
いがぐり（毬栗） 秋 一八九
いかづち 夏 五〇

いかつり（烏賊釣） 夏 一五一
いかつり（烏賊釣） 夏 二三九
いかつりび（烏賊釣火） 夏 一五一
いかつりぶね（烏賊釣舟） 夏 一五一
いかなご（鮊子） 春 二〇七
いかなごぶね（鮊子舟） 春 二〇七
いかのぼり 春 一二六
いかび（烏賊火） 夏 一五一
いかび（烏賊火） 夏 二三九
いかり（藺刈） 夏 一四一
いきしろし（息白し） 冬 一六一
いきづくり（生作り） 夏 一〇九
いきぼん（生盆） 秋 一一九
いきみたま（生身魂） 秋 一一九
いきみたま（生御魂） 秋 一一九
いぐさ（藺草） 夏 三七八
いぐさかり（藺草刈） 夏 一四一
いくし（五十串） 春 一四六
いぐるま（藺車） 夏 一四一
いけすぶね（生簀船） 夏 一五三
いけすりょうり（生洲料理） 夏 一五三
いけぶしん（池普請） 冬 一五一
いさざ（魦） 冬 二三九
いさざぶね（魦舟） 冬 二三九
いさざりょう（魦漁） 冬 二三九
いさな（勇魚） 冬 二〇七
いさなとり（勇魚取） 冬 一五〇
いざぶとん（藺座蒲団） 夏 一一四
いざよい（十六夜） 秋 四四
いざよいのつき（十六夜の月） 秋 四四
いざようつき（いざよう月） 秋 四四
いしあやめ（石菖蒲） 夏 三七一
いしたたき（石叩） 秋 一五四
いしぶし（石斑魚） 秋 一六〇
いしぶし（石伏） 秋 一六〇
いしぼたん（石牡丹） 春 二一九
いしやきいも（石焼芋） 冬 一〇八
いずみ（泉） 夏 六八
いずみどの（泉殿） 夏 一一三
いせえび（伊勢海老） 新 一〇七
いせこう（伊勢講） 春 一四四
いせさんぐう（伊勢参宮） 春 一四四
いせまいり（伊勢参） 春 一四四
いせもうで（伊勢詣） 春 一四四
いそあそび（磯遊び） 春 一二〇
いそがに（磯蟹） 夏 二四一
いそかまど（磯竈） 春 一一八
いそぎんちゃく（磯巾着） 春 二一九
いそしぎ（磯鴫） 秋 一五六
いそすずみ（磯涼み） 夏 一五二
いそたきび（磯焚火） 春 一一八
いそちどり（磯千鳥） 冬 二一七
いそど（磯人） 春 一一九
いそなつみ（磯菜摘） 春 一一九
いそびらき（磯開き） 春 一三〇
いそまつり（磯祭） 春 一三〇
いぞめ（射初） 新 二七
いだ（藺田） 夏 三七八
いたすだれ（板簾） 夏 一一七
いたち（鼬） 冬 二〇五
いたちぐさ 春 二四七
いたちわな（鼬罠） 冬 一四七
いたどり（虎杖） 春 三一〇
いたどりのはな（虎杖の花） 夏 三七九
いちいのみ（一位の実） 秋 二〇九
いちがつばしょ（一月場所） 冬 二七
いちがつ（一月） 新 七四
いちげ（一夏） 夏 一九七
いちげそう（一花草） 春 三〇九
いちご（苺） 夏 三四七
いちご（覆盆子） 夏 三四七
いちごつみ（苺摘み） 夏 三四七

いちごのはな（苺の花）春 二九一
いちごばたけ（苺畑）夏 三四七
いちじく（無花果）秋 一九〇
いちねんせい（一年生）春 八三
いちのうま（一の午）春 一三六
いちのとり（一の酉）冬 一七八
いちはじめ（市始）新 三九
いちはつ（鳶尾草）夏 三三七
いちはつ（一八）夏 三三七
いちはつ（紫羅傘）夏 三三七
いちばんぐさ（一番草）夏 一三九
いちばんしぶ（一番渋）秋 九二
いちばんちゃ（一番茶）春 一一六
いちやずし（一夜鮓）夏 九一
いちょうおちば（銀杏落葉）冬 二五二
いちょうかる（銀杏枯る）冬 二五四
いちようき（一葉忌）冬 一九六
いちょうちる（銀杏散る）秋 二〇三
いちょうのはな（銀杏の花）春 二七〇
いちょうのはな（公孫樹の花）春 二七〇
いちょうば（銀杏羽）冬 二一六
いちょうもみじ（銀杏黄葉）秋 二〇〇
いちりんそう（一輪草）春 三〇九
いつ（凍つ）冬 三三
いつ（冱つ）冬 三三
いつか（五日）新 一四
いつくしまかんげんさい（厳島管絃祭）夏 一九四
いつくしままつり（厳島祭）夏 一九四
いっこくめぐり（一国巡り）春 一六〇
いっさき（一茶忌）冬 一九三
いっぺきろうき（一碧楼忌）冬 一九九
いてかえる（凍返る）春 一八
いてぐも（凍雲）冬 四一
いてごい（凍鯉）冬 二二八
いてぞら（凍空）冬 四一
いてたき（凍滝）冬 七四
いてちょう（凍蝶）冬 二二二
いてつち（凍土）冬 七二
いてづる（凍鶴）冬 二二〇
いてとく（凍解く）春 七七
いてどけ（凍解）春 七七
いてばえ（凍蠅）冬 二三三
いてばち（凍蜂）冬 二三二
いてぼし（凍星）冬 四三
いてゆるむ（凍ゆるむ）春 七七
いとうり 秋 二三二
いどがえ（井戸替）夏 一三〇
いとくり 春 二八五
いとくりそう（糸繰草）春 二八五
いとざくら（糸桜）春 二三三
いどさらえ（井戸浚）夏 一三〇
いとし（糸子）春 五八
いとすすき（糸芒）秋 二五七
いとど（竈馬）秋 一七一
いととり（糸取）夏 一四六
いととりうた（糸取歌）夏 一四六
いととりなべ（糸取鍋）夏 一四六
いととりめ（糸取女）夏 一四六
いととんぼ（糸蜻蛉）夏 二六一
いとねぎ（糸葱）春 二九六
いとひき（糸引）夏 一四六
いとやなぎ（糸柳）春 二六八
いとゆう（糸遊）春 五八
いなか（稲架）秋 八八
いなき（稲城）秋 八八
いなぎ（稲木）秋 八八
いなぐるま（稲車）秋 八七
いなご（蝗）秋 一七七
いなご（稲子）秋 一七七
いなご（螽）秋 一七七
いなごとり（螽採）秋 一七七
いなすずめ（稲雀）秋 一五一

いなずま（稲妻） 秋 五五
いなだ（稲田） 秋 二四二
いなたば（稲束） 秋 八七
いなびかり（稲光） 秋 五五
いなぶね（稲舟） 秋 八七
いなほ（稲穂） 秋 二四二
いなほ（稲穂） 新 八一
いなりこう（稲荷講） 春 一三六
いぬがき（犬垣） 秋 八七
いぬたで（犬蓼） 秋 二七三
いぬつばめ（去ぬ燕） 秋 一五〇
いぬのふぐり 春 三一三
いぬふぐり（犬ふぐり） 春 三一三
いぬわし（犬鷲） 冬 二〇八
いぬわらび（いぬ蕨） 春 三一二
いね（稲） 秋 二四二
いねあぐる（寝挙る） 新 七六
いねうち（稲打ち） 秋 八九
いねかけ（稲掛） 秋 八八
いねかり（稲刈） 秋 八七
いねかる（稲刈る） 秋 八七
いねこき（稲扱き） 秋 八九
いねこきむしろ（稲扱筵） 秋 八九
いねつむ（寝積む） 新 七六
いねつむ（稲積む） 新 七六
いねのあき（稲の秋） 秋 二四二
いねのはな（稲の花） 秋 二四三
いねほこり（稲埃） 秋 八九
いねほす（稲干す） 秋 八八
いのこ（亥の子） 冬 一六六
いのこずち（牛膝） 秋 二六五
いのこつき（亥の子搗き） 冬 一六六
いのこもち（亥の子餅） 冬 一六六
いのしし（猪） 秋 一四六
いのしし（野猪） 秋 一四六
いのはな（藺の花） 夏 三七八
いばらのはな（茨の花） 夏 二八二
いばらのみ（茨の実） 秋 二一八
いばらのめ（茨の芽） 春 二四二
いほす（藺干す） 夏 一四一
いぼむしり 秋 一七八
いまがわやき（今川焼） 冬 一〇九
いまち（居待） 秋 四五
いまちづき（居待月） 秋 四五
いまちづき（座待月） 秋 四五
いまみやまつり（今宮祭） 春 一五三
いも（芋） 秋 二三六
いもあらし（芋嵐） 秋 五三
いもうう（芋植う） 春 一〇九
いもうど（芋独活） 春 二九五
いもがら（芋殻） 秋 二三六
いもご 秋 二三八
いもしょうちゅう（芋焼酎） 夏 一〇〇
いもじる（いも汁） 秋 七七
いもだね（芋種） 春 二九八
いものめ（芋の芽） 春 二九八
いもに（芋煮） 秋 一〇六
いもにかい（芋煮会） 秋 一〇六
いものつゆ（芋の露） 秋 五八
いもばたけ（芋畑） 秋 二三六
いもむし（芋虫） 秋 一八二
いもめいげつ（芋名月） 秋 四二
いもり（蠑螈） 夏 二〇九
いもり（井守） 夏 二〇九
いよすだれ（伊予簾） 夏 一一七
いよめ 冬 二一八
いりひがん（入彼岸） 春 二四
いるか（海豚） 冬 二〇七
いろかえぬまつ（色変えぬ松） 秋 二〇二
いろくさ（色草） 秋 二五三
いろごい（色鯉） 夏 二三八
いろたび（色足袋） 冬 一〇一

いろたまご（彩卵） 春 一六七
いろづくくさ（色づく草） 秋 二五五
いろどり（色鳥） 秋 一四九
いろながらちる（色ながら散る） 秋 一九八
いろなきかぜ（色なき風） 秋 一四九
いろは（色葉） 秋 一九五
いろはがるた（いろは歌留多） 新 六六
いろはちる（色葉散る） 秋 一九八
いろり（囲炉裏） 冬 一三三
いわいぎ（祝木） 新 四七
いわいづき（祝月） 新 九
いわいばし（祝箸） 新 五四
いわいぼう（祝棒） 新 四五
いわし（鰯） 秋 一六二
いわし（鰮） 秋 一六二
いわしあみ（鰯網） 秋 一〇〇
いわしぐも（鰯雲） 秋 三八
いわしひく（鰯引く） 秋 一〇〇
いわしぶね（鰯船） 秋 一〇〇
いわしほす（鰯干す） 秋 一〇〇
いわしみず（岩清水） 夏 六九
いわしみずまつり（石清水祭） 秋 一二九
いわつばめ（岩燕） 春 一九三
いわな（岩魚） 夏 二三一
いわな（巌魚） 夏 二三一
いわなつり（岩魚釣） 夏 二三一
いわのり（岩海苔） 春 三一六
いんくんし（隠君子） 秋 二三七
いんげんまめ（隠元豆） 秋 二四九
いんじょうえ（引上会） 冬 一八四
インバネス 冬 九七

う

う（鵜） 夏 二三三
うあんご（雨安居） 夏 一九七
ういきょうのはな（茴香の花） 夏 三四五
ういてこい（浮いて来い） 夏 一六三
ウインドヤッケ 冬 九七
うえきいち（植木市） 春 一〇七
ウエストンまつり（ウエストン祭） 夏 一八九
うえだ（植田） 夏 六六
うえめ（植女） 夏 一三七
うおじま（魚島） 春 二〇四
うかい（鵜飼） 夏 一四八
うかがり（鵜篝） 夏 一四八
うかご（鵜籠） 夏 一四八
うかれねこ（うかれ猫） 春 一八一
うきくさ（萍） 夏 三九四
うきぐさ（浮草） 夏 三九四
うきくさおいそむ（萍生い初む） 春 三三一
うきくさおう（萍生う） 春 三三一
うきくさのはな（萍の花） 夏 三九四
うきくさもみじ（萍紅葉） 秋 二七五
うきごおり（浮氷） 春 七八
うきす（浮巣） 夏 二三三
うきにんぎょう（浮人形） 夏 一六三
うきねどり（浮寝鳥） 冬 二一五
うきは（浮葉） 夏 三三六
うきぶくろ（浮袋） 夏 一五六
うきわ（浮輪） 夏 一五六
うぐい（石斑魚） 春 二一〇
うぐいす（鶯） 春 一八八
うぐいす（黄鳥） 春 一八八
うぐいすな（鶯菜） 春 二九二
うぐいすな（黄鳥菜） 春 二九二
うぐいすのおとしぶみ（鶯の落し文） 夏 二五四
うぐいすのこ（鶯の子） 冬 二一〇
うぐいすのたにわたり（鶯の谷渡り） 春 一八八
うぐいすぶえ（鶯笛） 春 一八八
うぐいすもち（鶯餅） 春 九一
うげつ（雨月） 秋 四四
うけらやく（うけら焼く） 夏 一二九

うご（海髪） 春 三一六
うこぎ（五加木） 春 二六七
うこぎ（五加） 春 二六七
うこぎがき（五加木垣） 春 二六七
うこぎめし（五加木飯） 春 二六七
うこちゃ（五加茶） 春 二六七
うこつむ（五加摘む） 春 二六七
うこんこう（鬱金香） 春 二八二
うこんのたちばな（右近の橘） 夏 二九二
うさぎ（兎） 冬 二〇六
うさぎあみ（兎網） 冬 一四六
うさぎがり（兎狩） 冬 一四六
うさぎじる（兎汁） 冬 二〇六
うさぎわな（兎罠） 冬 一四六
うさほうじょうえ（宇佐放生会） 秋 一二九
うしあらう（牛洗う） 夏 一三四
うしおまねき（潮招） 春 二一八
うしかえる（牛蛙） 夏 二〇七
うしひやす（牛冷す） 夏 一三四
うしまつり（牛祭） 秋 一三四
うしょう（鵜匠） 夏 一四八
うすい（雨水） 春 二一
うすかざる（臼飾る） 新 三三
うすがすみ（薄霞） 春 五七
うすぎぬ（薄衣） 夏 一七九
うすぎもくせい（薄黄木犀） 秋 一八三
うすこうばい（薄紅梅） 春 二三九
うすごおり（薄氷） 春 一七
うずしおみ（渦潮見） 春 二二
うすばおり（薄羽織） 夏 八一
うすばかげろう（薄翅蜉蝣） 夏 二六七
うずまさのうしまつり（太秦の牛祭） 秋 一三四
うずみ（渦見） 春 二二
うずみび（埋火） 冬 一三二
うずみぶね（渦見船） 春 二二
うすもの（羅） 夏 七九
うすもみじ（薄紅葉） 秋 一九七
うずら（鶉） 秋 一五五
うすらい（薄氷） 春 一七
うずらかご（鶉籠） 秋 一五五
うそ（鷽） 春 一九一
うそかえ（鷽替） 新 九四
うそさむ（うそ寒） 秋 二一九
うそひめ（鷽姫） 春 一九一
うたいぞめ（謡初） 新 七三
うたかいはじめ（歌会始） 新 七八
うたがるた（歌がるた） 新 六六
うたぎょかいはじめ（歌御会始） 新 七八
うちあげはなび（打揚花火） 夏 一六〇
うちみず（打水） 夏 一三一
うちむらさき 冬 二四七
うちわ（団扇） 夏 一二五
うちわかけ（団扇掛） 夏 一二五
うづえ（卯杖） 新 九六
うつかい（鵜遣） 夏 一四八
うづき（卯月） 夏 一五
うつぎのはな（空木の花） 夏 三一二
うつせみ（空蝉） 夏 二五九
うづち（卯槌） 新 九六
うつぼぐさ（靫草） 夏 三八八
うつぼぐさ（夏枯草） 夏 三八八
うつぼぐさ（空穂草） 夏 三八八
うど（独活） 春 二九五
うどのはな（独活の花） 夏 三五〇
うどほる（独活掘る） 春 二九五
うどめ 春 二六六
うどもどき 春 二六六
うどんげ（優曇華） 夏 二六七
うなぎ（鰻） 夏 二三九
うなぎかき（鰻掻） 夏 二三九
うなぎのひ（鰻の日） 夏 二三九
うなみ（卯波） 夏 六四

うなわ（鵜縄）　夏　一四八
うに（海胆）　春　二一九
うに（雲丹）　春　二一九
うに（海栗）　春　二一九
うのはな（卯の花）　夏　三二二
うのはながき（卯の花垣）　夏　三二二
うのはなくたし（卯の花腐し）　夏　四二
うのはなづき（卯の花月）　夏　一五
うのふだ（卯の札）　新　九六
うばざくら（姥桜）　春　二三四
うばざくら（老桜）　春　二三四
うばたま　夏　三八五
うばひがん（姥彼岸）　春　二三三
うぶね（鵜舟）　夏　一四八
うべ　秋　二六二
うべのはな（うべの花）　春　二七七
うまあらう（馬洗う）　夏　一三四
うまおい（馬追）　秋　一七六
うまおいむし（馬追虫）　秋　一七六
うまごやし（苜蓿）　春　三〇五
うまこゆる（馬肥ゆる）　秋　一四六
うまつなぎ　夏　三八七
うまのあしがた（馬の脚形）　春　三一五
うまのこ（馬の子）　春　一八〇
うまのりぞめ（馬騎初）　新　二七
うまひやす（馬冷す）　夏　一三四
うまひる（馬蛭）　夏　二七八
うままつり（午祭）　春　一三六
うまやだし（厩出し）　春　九六
うみあけ（海明け）　春　六七
うみう（海鵜）　夏　二三三
うみうなぎ　夏　二三八
うみぎり（海霧）　夏　四七
うみこおる（海凍る）　冬　七五
うみこおる（湖氷る）　冬　七四
うみにな（海蜷）　春　二一六
うみのいえ（海の家）　夏　一五七
うみのきねんび（海の記念日）　夏　一八五
うみのひ（海の日）　夏　一八五
うみびらき（海開き）　夏　一九〇
うみほおずき（海酸漿）　夏　二四〇
うめ（梅）　春　二一八
うめがか（梅が香）　春　二一八
うめごち（梅東風）　春　四五
うめさぐる（梅探る）　冬　一五四
うめざけ（梅酒）　夏　一〇〇
うめしゅ（梅酒）　夏　一〇〇
うめしょうちゅう（梅焼酎）　夏　一〇〇
うめず（梅酢）　夏　九八
うめだより（梅だより）　春　二一八
うめづけ（梅漬）　夏　九八
うめにがつ（梅二月）　春　二一八
うめのぬし（梅の主）　春　二一八
うめのみ（梅の実）　夏　二九六
うめのやど（梅の宿）　春　二一八
うめはやし（梅早し）　冬　二三六
うめびより（梅日和）　春　二一八
うめぼし（梅干）　夏　九八
うめほす（梅干す）　夏　九八
うめみ（梅見）　春　一二三
うめみ（梅見）　春　二一八
うめみちゃや（梅見茶屋）　春　一二三
うめむしろ（梅莚）　夏　九八
うめもどき（梅擬）　秋　二一六
うめもどき（梅嫌）　秋　二一六
うめもどき（落霜紅）　秋　二一六
うめわかき（梅若忌）　春　一七一
うめわかまいり（梅若参）　春　一七一
うめわかまつり（梅若祭）　春　一七一
うらうら　春　三一
うらがる（末枯る）　秋　二五五
うらがれ（末枯）　秋　二五五

うらじろ（裏白） 新 一〇八
うらべにいちげ（裏紅一花） 春 三〇九
うらぼん（盂蘭盆） 秋 一一八
うらぼんえ（盂蘭盆会） 秋 一一八
うらまつり（浦祭） 秋 一二七
うらら 春 三一
うららか（麗か） 春 三一
うららけし 春 三一
うららに 春 三一
うり（瓜） 夏 三五四
うりごや（瓜小屋） 夏 一四四
うりづくり（瓜作り） 夏 三五四
うりぞめ（売初） 新 四〇
うりぬすっと（瓜盗人） 夏 一四四
うりのうし（瓜の牛） 秋 一一八
うりのうま（瓜の馬） 秋 一一八
うりのはな（瓜の花） 夏 三四八
うりばたけ（瓜畑） 夏 三五四
うりばん（瓜番） 夏 一四四
うりばんごや（瓜番小屋） 夏 一四四
うりひやす（瓜冷す） 夏 九六
うりぼう（瓜坊） 秋 一四六
うりもみ（瓜揉み） 夏 九六
うりもむ（瓜揉む） 夏 九六
うりもり（瓜守） 夏 一四四
うるしかき（漆掻） 夏 一四四
うるしとる（漆取る） 夏 一四四
うるしもみじ（漆紅葉） 秋 一九九
うるちごめ（粳糯） 秋 二四二
うるめ 冬 三二八
うるめいわし（潤目鰯） 冬 三二八
うろこぐも（鱗雲） 秋 三八
うんか（浮塵子） 秋 一七八
うんかい（雲海） 夏 四八
うんかん（雲漢） 秋 四七
うんこう（芸香） 春 二四六
うんぜんつつじ（雲仙躑躅） 春 二五三
うんどうかい（運動会） 秋 六九

え

えい（鱏） 夏 三三七
えい（鱝） 夏 三三七
えいじつ（永日） 春 三三
エイプリルフール 春 一四六
えうちわ（絵団扇） 夏 一二五
えおうぎ（絵扇） 夏 一二四
えかたびら（絵帷子） 夏 七八
えござ（絵茣蓙） 夏 一一五
えごのはな（えごの花） 夏 三一九
えすごろく（絵双六） 新 六七
えすだれ（絵簾） 夏 一一七
えぞにう 夏 三九二
えぞにう（蝦夷丹生） 夏 三九二
えぞにうのはな（えぞにうの花） 夏 三九二
えだがわず（枝蛙） 夏 二〇六
えだこ（絵凧） 春 一二六
えだずみ（枝炭） 冬 一三一
えだまめ（枝豆） 秋 七四
えちごうさぎ（越後兎） 冬 二〇六
えちごじょうふ（越後上布） 夏 八〇
えちごちぢみ（越後縮） 夏 八〇
えちぜんがに（越前蟹） 冬 二三九
えどうろう（絵灯籠） 秋 八一
えどひがん（江戸彼岸） 春 二三三
えにしだ（金雀枝） 夏 二八八
えのこぐさ（狗の子草） 秋 二六四
えのころぐさ（狗尾草） 秋 二六四
えのころやなぎ 春 二七三
えひがさ（絵日傘） 夏 一二八
えびかざる（海老飾る） 新 三一
えびかづら 秋 二一八
えびこおろぎ（えび蟋蟀） 秋 一七一

えびすいち（蛭子市） 冬 一七七
えびすかご（戎籠） 新 八一
えびすぎれ（恵比寿切） 冬 一七七
えびすこう（恵比寿講） 冬 一七七
えびすこう（夷講） 冬 一七七
えびすざさ（戎笹） 新 九五
えびすまつり（戎祭） 新 九五
えびすまわし（夷廻し） 新 五一
えびづる（蝦蔓） 秋 二一八
えびづる（蘡薁） 秋 二一八
えぶすま（絵襖） 冬 一二九
えぶり 新 八八
えほう（吉方） 新 九〇
えほう（恵方） 新 九〇
えほうまいり（恵方詣） 新 九〇
えほうみち（恵方道） 新 九〇
えぼしぐさ（烏帽子草） 夏 三八六
えみぐり（笑栗） 秋 一八九
えよう（会陽） 新 九九
えりさす（魞挿す） 春 一一七
えりす（魞簀） 春 一一七
えりば（魞場） 春 一一七
えりまき（襟巻） 冬 一〇〇
えんいき（円位忌） 春 一七〇
えんえい（遠泳） 夏 一五六
えんか（炎夏） 夏 一四
えんき（炎気） 夏 五六
えんこう（円虹） 夏 四八
えんこうき（円光忌） 春 一六三
えんじゅのはな（槐の花） 夏 三一五
えんしょ（炎暑） 夏 二八
えんすずみ（縁涼み） 夏 一五二
えんそく（遠足） 春 八四
えんちゅう（炎昼） 夏 二四
えんてい（炎帝） 夏 一四
えんてん（炎天） 夏 五六
えんてんか（炎天下） 夏 五六
えんどう（豌豆） 夏 三五二
えんどうのはな（豌豆の花） 春 二九〇
えんどうまく（豌豆蒔く） 秋 九五
えんねつ（炎熱） 夏 二九
えんぶり 新 八八
えんまいり（閻魔詣） 新 一〇〇
えんめいぎく（延命菊） 春 二八〇
えんらい（遠雷） 夏 五〇
えんりゃくじみなづきえ（延暦寺六月会） 夏 一九八

お

おいばね（追羽子） 新 六九
おいまわた（負真綿） 冬 九〇
おいらんそう（花魁草） 夏 三四〇
おううぐいす（老鶯） 夏 二一八
おうぎ（扇） 夏 一二四
おうぎおく（扇置く） 秋 八〇
おうぎながし（扇流し） 夏 一九三
おうしょくき（黄蜀葵） 夏 三三一
おうとうのはな（桜桃の花） 春 二五一
おうちのはな（楝の花） 夏 三一八
おうちのはな（樗の花） 夏 三一八
おうちのみ（楝の実） 秋 二〇九
おうちのみ（樗の実） 秋 二〇九
おうとう（桜桃） 夏 二九九
おうとうき（桜桃忌） 夏 二〇一
おうとうのみ（桜桃の実） 夏 二九九
おうばい（黄梅） 春 二四三
おうりん（王林） 秋 一八七
おえしき（御会式） 冬 一八三
おおあさ（大麻） 夏 三六五
おおあした（大旦） 新 一一
おおあらせいとう（大あらせいとう） 春 二八八

おおあわだちそう（大泡立草） 秋 二六〇
おおいしき（大石忌） 春 一六九
おおか（大蚊） 夏 二六五
おおぎく（大菊） 秋 二二七
おおけたで（大毛蓼） 秋 二七二
おおしまざくら（大島桜） 春 二三四
おおしも（大霜） 冬 五三
おおすずみ（大納涼） 夏 一五二
おおたか（大鷹） 冬 二〇八
おおつごもり（大つごもり） 冬 二五
おおでまり 夏 二八八
おおとし（大年） 冬 二五
おおね（大根） 冬 二六四
おおにしび（大西日） 夏 五五
おおにら（大韮） 夏 三五九
オーバー 冬 九六
おおはくちょう（大白鳥） 冬 二二一
おおばこ（大車前） 夏 三八三
おおばこのはな（車前草の花） 夏 三八三
おおはなび（大花火） 夏 一六〇
おおはるしゃぎく 秋 二二四
おおびる（大蒜） 春 二九六
おおぶく（大服） 新 五三
おおぶく（大福） 新 五三
おおぶくちゃ（大福茶） 新 五三
おおみそか（大晦日） 冬 二五
おおみそか（大三十日） 冬 二五
おおみなみ（大南風） 夏 三六
おおみねいり（大峰入） 春 一六四
おおむぎ（大麦） 夏 三六二
おおやまざくら（大山桜） 春 二三四
おおやまれんげ（大山蓮華） 夏 三一七
おおやまれんげ（天花女） 夏 三一七
おおゆき（大雪） 冬 五五
おおるり（大瑠璃） 夏 二二六
おおわし（大鷲） 冬 二〇八
おおわた（大綿） 冬 二三四
おかがみ（御鏡） 新 三一
おかげまいり（御蔭参） 春 一四四
おかざり（お飾） 新 三〇
おかとらのお 夏 三八六
おかぼ（陸稲） 秋 二四二
おかめいち（おかめ市） 冬 一七八
おがら（苧殻） 秋 一二三
おがらたく（苧殻焚く） 秋 一一九
おがらび（苧殻火） 秋 一一九
おがるかや 秋 二五八
おがんじつ（お元日） 新 一一
おぎ（荻） 秋 二五九
おきごたつ（置炬燵） 冬 一三三
オキザリス 春 二八四
おきなき（翁忌） 冬 一九一
おきなます（沖膾） 夏 一一〇
おきなわいれいのひ（沖縄慰霊の日） 夏 一八四
おきなわき（沖縄忌） 夏 一八四
おぎのかぜ（荻の風） 秋 二五九
おぎのこえ（荻の声） 秋 二五九
おぎはら（荻原） 秋 二五九
おきまつり 春 一四六
おぎょう 春 三一六
おぎょう（御形） 新 一一
おくて（晩稲） 秋 二四四
おくにち 秋 一二五
おくみかわはなまつり（奥三河花祭） 冬 一八一
オクラ 夏 三六二
おくらびらき（御蔵開） 新 四七
おくりづゆ（送り梅雨） 夏 四三
おくりび（送火） 秋 一一九
おくれか（後れ蚊） 秋 一六五
おくんち 秋 一二五
おけらたく 夏 一三九
おけらなく（おけら鳴く） 秋 一七九

おけらなわ（白朮縄） 新 九一
おけらび（白朮火） 新 九一
おけらまいり（白朮詣） 新 九一
おけらまつり（白朮祭） 新 九一
おご 春 三三六
おこう（御講） 冬 一八五
オコジョ 冬 二〇五
おごのり 春 三三六
おさがり（御降り） 新 二一
おさめふだ（納札） 冬 一八一
おさめばり（納め針） 春 一三七
おし 冬 二一六
おじか（牡鹿） 秋 一四五
おじぎそう（含羞草） 夏 三三九
おしずし（押鮓） 夏 九一
おしぜみ（唖蝉） 夏 二五七
おしちや（御七夜） 冬 一八五
おしどり（鴛鴦） 冬 二一六
おしどり（匹鳥） 冬 二一六
おしのくつ（鴛鴦の沓） 冬 二一六
おしむあき（惜しむ秋） 秋 三三
おしもつき（御霜月） 冬 一八五
おじや 冬 一〇八
おじゅうや（お十夜） 冬 一八三
おしょうがつ（お正月） 新 九
おしろい 秋 二二五
おしろいのはな（おしろいの花） 秋 二二五
おしろいばな（白粉花） 秋 二二五
おじろわし（尾白鷲） 冬 二〇八
おせちりょうり（お節料理） 新 五五
おそあき（晩秋） 秋 二二
おそきひ（遅き日） 春 三二
おそざくら（遅桜） 春 二三九
おそづき（遅月） 秋 三九
おたいまつ（お松明） 春 一五六
おたうえ（御田植） 夏 一九三
おだき（男滝） 夏 七〇
おたびしょ（御旅所） 夏 一九〇
おだまき（苧環） 春 二八五
おだまきのはな（苧環の花） 春 二八五
おたまじゃくし（お玉杓子） 春 一八四
おちあゆ（落鮎） 秋 一五八
おちぐり（落栗） 秋 一八九
おちしい（落椎） 秋 二一〇
おちだか（落鷹） 秋 一四七
おちつばき（落椿） 春 二三〇
おちば（落葉） 冬 二五〇
おちばかき（落葉掻） 冬 二五〇
おちばかご（落葉籠） 冬 二五〇
おちばたき（落葉焚） 冬 二五〇
おちばどき（落葉時） 冬 二五〇
おちひばり（落雲雀） 春 一九〇
おちぼ（落穂） 秋 二四五
おちぼひろい（落穂拾い） 秋 二四五
おちゅうげん（お中元） 秋 一二四
おちゅうにち（お中日） 春 一五八
おつげさい（御告祭） 春 一六六
おつげさい（お告げ祭） 春 一六六
おつじき（乙字忌） 冬 二〇〇
おでん 冬 一一六
おとこえし（男郎花） 秋 二六九
おとこめし 秋 二六九
おとこやままつり（男山祭） 秋 一二九
おとしだま（お年玉） 新 三五
おどしづつ（威銃） 秋 八六
おとしづの（落し角） 春 一八一
おとしぶみ（落し文） 夏 二五四
おとしみず（落し水） 秋 六四
おとめつばき（乙女椿） 春 二三〇
おとり（囮） 秋 九九
おどり（踊） 秋 一〇一
おとりあゆ（囮鮎） 夏 一四七

おどりうた（踊唄） 秋 一〇一
おとりかご（囮籠） 秋 九九
おどりかさ（踊笠） 秋 一〇一
おどりぐさ（踊草） 夏 三八五
おどりこ（踊子） 秋 一〇一
おとりこし（御取越） 冬 一八四
おどりこそう（踊子草） 夏 三八五
おとりさま（お酉さま） 冬 一七八
おどりたいこ（踊太鼓） 秋 一〇一
おどりばな（踊花） 夏 三八五
おとりばん（囮番） 秋 九九
おとりもり（囮守） 秋 九九
おどりやぐら（踊櫓） 秋 一〇一
おにあさり（鬼浅蜊） 春 二一四
おにうちぎ（鬼打木） 新 四八
おにうちまめ（鬼打豆） 冬 一七三
おにおどり（鬼踊） 春 一六二
おにぎ（鬼木） 新 四八
おにくすべ（鬼燻） 新 九四
おにくるみ（鬼胡桃） 秋 一九一
おにすすき（鬼芒） 秋 二五七
おにすべ（鬼すべ） 新 九四
おにつらき（鬼貫忌） 秋 一三六
おにのこ（鬼の子） 秋 一八〇
おにのまめ（鬼の豆） 冬 一七三
おにはそと（鬼は外） 冬 一七三
おにび（鬼火） 冬 七五
おにやらい（鬼やらい） 冬 一七三
おにゆり（鬼百合） 夏 三三八
おにわらび（おに蕨） 春 三一二
おのはじめ（斧始） 新 六五
おのむし（斧虫） 秋 一七八
おはぐろ 夏 二六一
おはぐろとんぼ 夏 二六一
おばけやしき（お化け屋敷） 夏 一二七
おばな（尾花） 秋 二五七
おはなばたけ（お花畑） 夏 六一
おはなばたけ（お花畠） 夏 六一
おひがん（お彼岸） 春 二四
おひたき（御火焼） 冬 一七七
おびとき（帯解） 冬 一六八
おびな（男雛） 春 一三九
おへんろ（お遍路） 春 一六〇
おほたき（御火焚） 冬 一七七
おぼろ（朧） 春 四二
おぼろづき（朧月） 春 四三
おぼろづきよ（朧月夜） 春 四三
おぼろよ（朧夜） 春 四三
おみずとり（お水取） 春 一五七
おみなえし（女郎花） 秋 二六八
おみなめし 秋 二六八
おみぬぐい（御身拭） 春 一六二
おみわたり（御神渡り） 冬 七六
おめいこう（御命講） 冬 一八三
おめいこうばな（御命講花） 冬 一八三
おもいば（思羽） 冬 二一六
おもかげぐさ（面影草） 春 二五七
おもだか（沢瀉） 夏 三七七
おもとのみ（万年青の実） 秋 二三三
おやいも（親芋） 秋 二三六
おやがらす（親烏） 夏 二二〇
おやこぐさ（親子草） 新 一〇八
おやじか（親鹿） 夏 二〇五
おやすずめ（親雀） 春 一九九
おやつばめ（親燕） 夏 二一九
およぎ（泳ぎ） 夏 一五六
おらんだあやめ（和蘭あやめ） 夏 三二七
オランダゼリ 夏 三六一
オリオン 冬 四三
おりぞめ（織初） 新 六四
おろぬきな（虚抜菜） 秋 二三九
おわらまつり（おわら祭） 秋 一三三

おんこのみ（おんこの実） 秋 二〇九
おんしつ（温室） 冬 一四五
おんじゃく（温石） 冬 一三五
おんしょう（温床） 春 一〇七
おんしょう（温床） 冬 一四五
おんだ（御田） 夏 一九三
オンドル 冬 一三〇
おんなしょうがつ（女正月） 新 一六
おんなれいじゃ（女礼者） 新 三五
おんばこ 夏 三八三
おんばしらまつり（御柱祭） 夏 一九一
おんまつり（御祭） 冬 一七九

か

か（蚊） 夏 二六三
が（蛾） 夏 二四六
カーディガン 冬 九五
カーネーション 夏 三三五
カーペット 冬 一三〇
かいがん（開龕） 春 一五九
かいがんひがさ（海岸日傘） 夏 一五七
かいきんシャツ（開襟シャツ） 夏 八四
かいこ（蚕） 春 二三六
かいこう（海紅） 春 二四九
かいこうず（海紅豆） 夏 二九一
かいこだな（蚕棚） 春 一一五
かいこのあがり（蚕の上蔟） 夏 一四六
かいこのねむり（蚕の眠り） 春 一一五
かいし（海市） 春 六一
かいすいぎ（海水着） 夏 八四
かいすいぼう（海水帽） 夏 八四
かいすいよく（海水浴） 夏 一五七
かいせいとう（回青橙） 秋 一九三
がいそう（艾草） 春 三一八
かいぞめ（買初） 新 四一
かいだん（怪談） 夏 一二七
かいちょう（開帳） 春 一五九
かいちょうでら（開帳寺） 春 一五九
かいつぶり（鳰） 冬 二一八
かいどう（海棠） 春 二四九
がいとう（外套） 冬 九六
かいなんぷう（海南風） 夏 三六
かいのはな（貝の華） 春 一五九
かいひょう（解氷） 春 七八
かいぼり 夏 一四七
かいまき（掻巻） 冬 八八
かいむ（海霧） 夏 四七
かいや（飼屋） 春 一一五
かいよせ（貝寄風） 春 四六
かいよせ（貝寄） 春 四六
かいらいし（傀儡師） 新 五一
かいれい（廻礼） 新 三四
かいろ（懐炉） 冬 一三五
かいわりな（貝割菜） 秋 二三九
かいわれな（貝割れ菜） 秋 二三九
かえでのはな（楓の花） 春 二七一
かえでのめ（楓の芽） 春 二六六
かえでわかば（楓若葉） 夏 三〇九
かえりばな（帰り花） 冬 二三七
かえりばな（返り花） 冬 二三七
かえる（蛙） 春 一八五
かえるうまる（蛙生る） 春 一八四
かえるかも（帰る鴨） 春 一九五
かえるかり（帰る雁） 春 一九五
かえるご（蛙子） 春 一八四
かえるつる（帰る鶴） 春 一九四
かえるのこ（蛙の子） 春 一八四
かえるば 夏 三八三
かおみせ（顔見世） 冬 一五五
かおみせ（顔見勢） 冬 一五五
かおるかぜ（薫る風） 夏 四〇
かが（火蛾） 夏 二四六

かかし（案山子） 秋 八五
かがし 秋 八五
かがみぐさ（かがみ草） 春 二五七
かがみびらき（鏡開） 新 四七
かがみもち（鏡餅） 新 三一
かがみわり（鏡割） 新 四七
かかりだこ（懸凧） 春 一二六
かがりびばな（篝火花） 冬 二四五
ががんぼ 夏 二六五
かき（柿） 秋 一八六
かき（牡蠣） 冬 二三一
かきあおし（柿青し） 夏 二九六
かきおちば（柿落葉） 冬 二五一
がききき（我鬼忌） 夏 二〇三
かきこうざ（夏季講座） 夏 七四
かきこうしゅうかい（夏期講習会） 夏 七四
かきごおり（かき氷） 夏 一〇五
かきしぶとる（柿渋取る） 秋 九二
かきすだれ（柿簾） 秋 七六
かきぞめ（書初） 新 三六
かきだいがく（夏期大学） 夏 七四
かきぢしゃ（掻ぢしゃ） 春 二九一
かきつくろう（垣繕う） 春 九九
かきつばた（燕子花） 夏 三二五
かきつばた（杜若） 夏 三二五
かきていれ（垣手入れ） 春 九九
かきなべ（牡蠣鍋） 冬 一五五
かきのはな（柿の花） 夏 二九五
かきぶね（牡蠣船） 冬 一五五
かきほす（柿干す） 秋 七六
かきむく（牡蠣剥く） 冬 一五一
かきめし（牡蠣飯） 冬 二三一
かきもみじ（柿紅葉） 秋 一九九
がきゃく（賀客） 新 三五
かぎゅう（蝸牛） 夏 二七七
かぎょ（嘉魚） 夏 二三一
かきりょうり（牡蠣料理） 冬 一五五
かぎろい 春 五八
かきわかば（柿若葉） 夏 三〇八
かきわりめ（牡蠣割女） 冬 一五一
かきわる（牡蠣割る） 冬 一五一
がくあじさい（額紫陽花） 夏 二八五
かくいどり（蚊喰鳥） 夏 二〇六
がくのはな（額の花） 夏 二八五
かくぶつ（杜父魚） 冬 二三六
かくぶつ（杜夫魚） 冬 二三六
かくまき（角巻） 冬 九五
かぐら（神楽） 冬 一八〇
かぐらうた（神楽歌） 冬 一八〇
かぐらはじめ（神楽始） 新 九三
かぐらめん（神楽面） 冬 一八〇
かくらん（霍乱） 夏 一七八
かけあおい（懸葵） 夏 一九二
かけいね（掛稲） 秋 八八
かけこう（掛香） 夏 一二一
かけす（懸巣） 秋 一五三
かけだいこん（懸大根） 冬 一四四
かけだいこん（掛大根） 冬 一四四
かけたばこ（懸煙草） 秋 九四
かけな（懸菜） 冬 一四四
かけほうらい（掛蓬萊） 新 三〇
かげろう（陽炎） 春 五八
かげろう（蜉蝣） 秋 一七〇
かごまくら（籠枕） 夏 一一五
かざぐるま（風車） 春 一二七
かざぐるまうり（風車売） 春 一二七
かざごえ（風邪声） 冬 一五九
かさねぎ（重ね着） 冬 九一
かざはな（風花） 冬 五八
かざばな 冬 五八
かざり（飾） 新 三〇
かざりうす（飾臼） 新 三二

かざりうま（飾馬） 新 四〇
かざりうり（飾売） 冬 七八
かざりえび（飾海老） 新 三一
かざりおさめ（飾納） 新 八〇
かざりかぶと（飾兜） 夏 一八三
かざりごめ（飾米） 新 三三
かざりたく（飾焚く） 新 八五
かざりだけ（飾竹） 新 二八
かざりとる（飾取る） 新 八〇
かざりまつ（飾松） 新 二八
かざりもち（飾餅） 新 三一
かじ（火事） 冬 一三九
がし（賀詞） 新 三四
かしおちば（樫落葉） 夏 三一一
かじか（鰍） 秋 一六〇
かじか（河鹿） 夏 二〇七
かじかがえる（河鹿蛙） 夏 二〇七
かじかぶえ（河鹿笛） 夏 二〇七
かじかむ（悴む） 冬 一六四
かじけさる（かじけ猿） 冬 二〇七
かじけねこ（かじけ猫） 冬 二〇六
かししげる（樫茂る） 夏 三〇九
かしつき（加湿器） 冬 一三六
かしどり（樫鳥） 秋 一五三
かしどり（橿鳥） 秋 一五三
かじのしちよう（梶の七葉） 秋 一一五
かじのは（梶の葉） 秋 一一五
かしのはな（樫の花） 春 二七二
かしのみ（樫の実） 秋 二〇八
かしボート（貸ボート） 夏 一五三
かじまつり（鍛冶祭） 冬 一七七
かじみまい（火事見舞） 冬 一三九
かじめ（搗布） 春 三二四
かじゅうう（果樹植う） 春 一一〇
かしゆかた（貸浴衣） 夏 八二
かじゅぜめ（果樹責） 新 八三
かしょう（佳宵） 秋 四三
がじょう（賀状） 新 三六
がじょうかく（賀状書く） 冬 一三七
かじょなく（歌女鳴く） 秋 一七九
かしらしょうがつ（頭正月） 新 一七
かしわかば（樫若葉） 夏 三〇九
かしわもち（柏餅） 夏 八九
ガス 夏 四七
かすいどり（蚊吸鳥） 夏 二一八
かすがのつのきり（春日の角切） 秋 一二六
かすがのまんどう（春日の万灯） 冬 一八二
かすがまつり（春日祭） 春 一五二
かすがまんとうろう（春日万灯籠） 冬 一八二
かすがわかみやおんまつり（春日若宮御祭） 冬 一七九
かすじる（粕汁） 冬 一一三
かすとりしょうちゅう（粕取焼酎） 夏 一〇〇
かずのこ（数の子） 新 五五
かずのこせいす（数の子製す） 春 九四
かずのこほす（数の子干す） 春 九四
かすみ（霞） 春 五七
かすみあみ（霞網） 秋 九九
かすみざくら（霞桜） 春 二三四
かすみそう（霞草） 春 二八五
かすむ（霞む） 春 五七
かぜ（風邪） 冬 一五九
かぜあおし（風青し） 夏 三九
かぜいれ（風入れ） 夏 一二九
かぜかおる（風薫る） 夏 四〇
かぜがき（風垣） 冬 一二四
かぜがこい（風囲） 冬 一二四
かぜぐすり（風邪薬） 冬 一五九
かぜごこち（風邪心地） 冬 一五九
かぜのかみ（風邪の神） 冬 一五九
かぜのぼん（風の盆） 秋 一二三
かぜはな 冬 五八
かぜひかる（風光る） 春 四八

かぜまちづき（風待月） 夏 二三
かぜよけ（風除） 冬 一二四
かぞえび（数え日） 冬 二四
かたかけ（肩掛） 冬 一〇〇
かたかげ（片蔭） 夏 五七
かたかげり（片かげり） 夏 五七
かたかごのはな（かたかごの花） 春 三二〇
かたくりのはな（片栗の花） 春 三二〇
かたしぐれ（片時雨） 冬 四八
かたしろ（形代） 夏 一九四
かたしろぐさ（片白草） 夏 三九〇
かたずみ（堅炭） 冬 一三一
かたつむり（蝸牛） 夏 二七七
かたはだぬぎ（片肌脱） 夏 一七〇
かたばみ（酢漿草） 夏 三八一
かたばみのはな（酢漿の花） 夏 三八一
かたびら（帷子） 夏 七八
かたぶとん（肩蒲団） 冬 九〇
かちう（徒歩鵜） 夏 一四八
かちどり（勝鶏） 春 一四二
がちゃがちゃ 秋 一七六
かつお（鰹） 夏 二三四
かつお（松魚） 夏 二三四
かつおつり（鰹釣） 夏 二三四
かつおぶね（鰹船） 夏 二三四
かつぎ 春 一一九
かっこう（郭公） 夏 二二四
かっこどり（かっこ鳥） 夏 二二四
かっぱき（河童忌） 夏 二〇三
かつみのめ（かつみの芽） 春 三三三
かつらぐさ（雛草） 春 三一九
かつらぐさ（鬘草） 春 三一九
かつらのはな（桂の花） 秋 一八三
かてい（花亭） 春 一六一
かてん（夏天） 夏 三三
かと（蝌蚪） 春 一八四
かとうまる（蝌蚪生る） 春 一八四
かどすずみ（門涼み） 夏 一五二
かどのこ 新 五五
かとのひも（蝌蚪の紐） 春 一八四
かどび（門火） 秋 一一九
かどまつ（門松） 新 二八
かどまつたつ（門松立つ） 冬 七九
かどまつとる（門松取る） 新 八〇
かどやなぎ（門柳） 春 二六
かとりせんこう（蚊取線香） 夏 一三一
かどれい（門礼） 新 三五
かどれいじゃ（門礼者） 新 三五
かとんぼ（蚊蜻蛉） 夏 二六五
かなかな 秋 一六七
かなぶん 夏 二五二
かに（蟹） 夏 二四一
かねくよう（鐘供養） 春 一六四
かねたたき（鉦叩） 秋 一七四
かねつけとんぼ（かねつけ蜻蛉） 夏 二六一
かのうば（蚊姥） 夏 二六五
かのこ（鹿の子） 夏 二〇五
かのこゆり（鹿の子百合） 夏 三三八
かのなごり（蚊の名残） 秋 一六五
かばいし（河貝子） 春 二一六
かばしら（蚊柱） 夏 二六三
かばのはな（樺の花） 春 二七二
かび（蚊火） 夏 一三一
かび（黴） 夏 三九七
かびのか（黴の香） 夏 三九七
かびのやど（黴の宿） 夏 三九七
かびや（鹿火屋） 秋 八七
かびやもり（鹿火屋守） 秋 八七
かぶ（蕪） 冬 二六五
かぶす 秋 一九三
かぶといか（甲烏賊） 春 二一二
かぶとにんぎょう（兜人形） 夏 一八三

かぶとばな（兜花）　秋　二七二
かぶとむし（兜虫）　夏　二五〇
かぶとむし（甲虫）　夏　二五〇
かぶら（蕪）　冬　二六五
かぶら（蕪菁）　冬　二六五
かぶらじる（蕪汁）　冬　二六五
かぶらな　冬　一一三
かぶらばた（蕪畑）　冬　二六五
かふんしょう（花粉症）　春　一三〇
かふんしょう（花粉症）　春　二七〇
かぼす　秋　一九二
かぼちゃ（南瓜）　秋　二三一
かぼちゃのはな（南瓜の花）　夏　三四八
かぼちゃまく（南瓜蒔く）　春　一〇六
がま（蒲）　夏　三七八
がま（蝦蟇）　夏　二〇八
かまいたち（鎌鼬）　冬　四七
がまがえる　夏　二〇八
かまかぜ（鎌風）　冬　四七
かまきり（蟷螂）　秋　一七八
かまきり（鎌切）　秋　一七八
かまきりうまる（蟷螂生る）　夏　二六二
かまくら　新　八八
かまくらえび（鎌倉海老）　新　一〇七
かますご（叺子）　春　二〇七
かまつか　秋　二三三
かまどうま　秋　一七一
かまどねこ（竈猫）　冬　二〇六
かまどはらい（竈祓い）　新　四九
かまどむし　秋　一七一
がまのはな（蒲の花）　夏　三七八
がまのほ（蒲の穂）　夏　三七八
がまむしろ（蒲筵）　夏　一一五
かみあそび（神遊び）　冬　一八〇
かみあらう（髪洗う）　夏　一一一
かみあり（神在）　冬　一七六
かみありづき（神有月）　冬　一五
かみありまつり（神在祭）　冬　一七六
かみうえ（神植）　夏　一九三
かみおき（髪置）　冬　一六七
かみおくり（神送り）　冬　一七四
かみきり（天牛）　夏　二五一
かみきり　夏　二五一
かみきりむし（髪切虫）　夏　二五一
かみこ（紙子）　冬　九三
かみこ（紙衣）　冬　九三
かみさりづき（神去月）　冬　一五
かみすき（紙漉）　冬　一五三
かみすきば（紙漉場）　冬　一五三
かみすきめ（紙漉女）　冬　一五三
かみつどい（神集い）　冬　一七六
かみなづき　冬　一五
かみなり（雷）　夏　五〇
かみなり（神鳴）　夏　五〇
かみなりうお　冬　二三三
かみなりぐも（雷雲）　夏　三四
かみのおとび（神のお飛び）　冬　一七四
かみのたび（神の旅）　冬　一七四
かみのたびだち（神の旅立）　冬　一七四
かみのるす（神の留守）　冬　一七五
かみびな（紙雛）　春　一三九
かみふうせん（紙風船）　春　一二七
かみふすま（紙衾）　冬　八九
かみむかえ（神迎）　冬　一七六
かみもどし（神戻し）　冬　一七六
かみわたし（神渡し）　冬　一七四
カムイオマンテ　冬　一七一
かめなく（亀鳴く）　春　一八三
かめのこ（亀の子）　夏　二〇六
かも（鴨）　冬　二一五
かもうり（冬瓜）　秋　二三一
かもかえる（鴨帰る）　春　一九五

かもがわおどり（鴨川踊）　春　一五一
かもきたる（鴨来る）　秋　一五八
かもじぐさ（髢草）　春　三一
かものあおい（賀茂葵）　夏　一九二
かものくらべうま（賀茂の競馬）　夏　一九二
かものこえ（鴨の声）　冬　二一五
かものじん（鴨の陣）　冬　二一五
かもまつり（賀茂祭）　夏　一九二
かもめ（鷗）　冬　二一九
かもわたる（鴨渡る）　秋　一五八
かや（蚊帳）　夏　一二一
かや（蟵）　夏　一二一
かや（萱）　秋　二五八
かやかる（萱刈る）　秋　九七
かやつりぐさ（蚊帳吊草）　夏　三八四
かやのなごり（蚊帳の名残）　秋　八〇
かやのはて（蟵の果）　秋　八〇
かやのほ（萱の穂）　秋　二五八
かやのみ（榧の実）　秋　二一〇
かやのわかれ（蟵の別れ）　秋　八〇
かやはら（萱原）　秋　二五八
かやり（蚊遣）　夏　一二一
かやりび（蚊遣火）　夏　一二一
かゆくさ（粥草）　新　一一〇
かゆづえ（粥杖）　新　四五
かゆのき（粥の木）　新　四五
かゆはしら（粥柱）　新　四五
からあおい（蜀葵）　夏　三三〇
からいも（唐藷）　秋　二三五
からうめ（唐梅）　冬　二三六
からかぜ（空風）　冬　四六
からかみ（唐紙）　冬　二二九
からざけ（乾鮭）　冬　一一九
からさで（神羅佐手）　冬　一七六
からさでさい（からさで祭）　冬　一七六
からさでのしんじ（神等去出の神事）　冬　一七六
からしな（芥菜）　春　二九四
からしな（芥子菜）　春　二九四
からしな（辛菜）　春　二九四
からしなまく（芥菜蒔く）　秋　九五
からすうり（烏瓜）　秋　二七四
からすうりのはな（烏瓜の花）　夏　三九〇
からすがい（烏貝）　春　二一八
からすちょう（烏蝶）　春　二二二
からすのす（鴉の巣）　春　二〇二
からすのす（烏の巣）　春　二〇二
からすのこ（鴉の子）　夏　二三〇
からすのこ（烏の子）　夏　二三〇
からすへび（烏蛇）　夏　二一一
からたちのはな（枸橘の花）　春　二七四
からたちのはな（枳殻の花）　春　二七四
からっかぜ（空っ風）　冬　四六
からつゆ（空梅雨）　夏　四五
からなでしこ（唐撫子）　夏　三三四
からもも（唐桃）　夏　三〇〇
からもものはな（からももの花）　春　二六〇
かり（雁）　秋　一五六
かり（狩）　冬　一四五
かりあし（刈蘆）　秋　九八
かりいね（刈稲）　秋　八七
かりかえる（雁帰る）　春　一九五
かりがね　秋　一五六
かりぎ（刈葱）　夏　三五九
かりきたる（雁来る）　秋　一五
かりくよう（雁供養）　春　一四四
かりぐら（猟座）　冬　一四五
かりそば（刈蕎麦）　秋　九一
かりた（刈田）　秋　六三
かりたかぜ（刈田風）　秋　六三
かりたみち（刈田道）　秋　六三
かりのこえ（雁の声）　秋　一五六
かりのさお（雁の棹）　秋　一五六

かりのつら（雁の列） 秋 一五六
かりのやど（狩の宿） 冬 一四五
かりのわかれ（雁の別れ） 春 一九五
かりぼし（刈干） 夏 一四四
かりも（刈藻） 夏 一四二
かりゅうど（狩人） 冬 一四五
がりょうばい（臥竜梅） 春 二三八
かりわたし（雁渡し） 秋 五二
かりわたる（雁渡る） 秋 一五六
かりんのみ（花梨の実） 秋 一九五
かりんのみ（榠樝の実） 秋 一九五
かる（枯る） 冬 二五七
かるがも（軽鴨） 夏 二三三
かるかや（刈萱） 秋 二五八
かるた（歌留多） 新 六六
かるた（骨牌） 新 六六
かるたかい（歌留多会） 新 六六
かるのこ（軽鳧の子） 夏 二三三
かるのこ（軽鴨の子） 夏 二三三
かれあし（枯蘆） 冬 二六八
かれあし（枯葦） 冬 二六八
かれあし（枯芦） 冬 二六八
かれあしはら（枯蘆原） 冬 二六八
かれえだ（枯枝） 冬 二五五
かれおばな（枯尾花） 冬 二六九
かれかずら（枯かずら） 冬 二五六
かれかまきり（枯蟷螂） 冬 二三三
かれき（枯木） 冬 二五五
かれぎく（枯菊） 冬 二六一
かれきぼし（枯木星） 冬 二五五
かれきみち（枯木道） 冬 二五五
かれきやま（枯木山） 冬 二五五
かれくさ（枯草） 冬 二六九
かれくわ（枯桑） 冬 二五六
かれこだち（枯木立） 冬 二五五
かれしば（枯芝） 冬 二七〇
かれすすき（枯芒） 冬 二六九
かれすすき（枯薄） 冬 二六九
かれその（枯園） 冬 六七
かれづる（枯蔓） 冬 二五六
かれにわ（枯庭） 冬 六七
かれの（枯野） 冬 六六
かれのびと（枯野人） 冬 六六
かれのみち（枯野道） 冬 六六
かれのやど（枯野宿） 冬 六六
かれは（枯葉） 冬 二五〇
かれはぎ（枯萩） 冬 二六八
かればしょう（枯芭蕉） 冬 二六二
かれはす（枯蓮） 冬 二六二
かれはちす（枯蓮） 冬 二六二
かれはら（枯原） 冬 六六
かれふよう（枯芙蓉） 冬 二四六
かれむぐら（枯葎） 冬 二六七
かれやなぎ（枯柳） 冬 二五六
かれやま（枯山） 冬 六四
カレンジュラ 春 二八一
かわあき（川明） 夏 一四七
かわう（河鵜） 夏 二三三
かわおこぜ（川おこぜ） 秋 一六〇
かわがに（川蟹） 夏 二四一
かわがり（川狩） 夏 一四七
かわかる（川涸る） 冬 六七
かわぎり（川霧） 秋 五六
かわごろも（裘） 冬 九三
かわごろも（革衣） 冬 九三
かわざぶとん（革座蒲団） 夏 一一四
かわジャン（革ジャン） 冬 九三
かわジャンパー（革ジャンパー） 冬 九三
かわず（蛙） 春 一八五
かわずがっせん（蛙合戦） 春 一八五
かわずのめかりどき（蛙の目借時） 春 三四
かわせがき（川施餓鬼） 秋 一一一

かわせみ（翡翠） 夏 二二一
かわせみ（川蟬） 夏 二二一
かわちどり（川千鳥） 冬 二一七
かわてぶくろ（革手袋） 冬 一〇一
かわとぎょ（川渡御） 夏 一九六
かわとんぼ（川蜻蛉） 夏 二六一
かわな（川菜） 春 三二五
かわにな（河蜷） 春 二一六
かわはらえ（川祓） 夏 一九四
かわびらき（川開き） 夏 一八九
かわぶしん（川普請） 冬 一五一
かわぼし（川干） 夏 一四七
かわほね 夏 三七七
かわほり 夏 二〇六
かわます（川鱒） 春 二〇八
かわやしろ（川社） 夏 一九四
かわやなぎ（川柳） 春 二六八
かわらなでしこ（川原撫子） 秋 二六三
かわらのうりょう（河原の納涼） 夏 一五二
かん（寒） 冬 二八
がん（雁） 秋 一五六
かんあ（寒鴉） 冬 二一二
かんあおい（寒葵） 冬 二四四
かんあかね（寒茜） 冬 六二
かんあく（寒明く） 春 一六
かんあけ（寒明） 春 一六
かんあけき（寒明忌） 冬 二〇一
かんいちご（寒苺） 冬 二五八
かんうん（寒雲） 冬 四一
かんえい（寒泳） 冬 八六
かんえん（寒猿） 冬 二〇七
かんおう（観桜） 春 一二四
かんおう（寒鶯） 冬 二一〇
かんがすみ（寒霞） 冬 六一
かんがらす（寒鴉） 冬 二一二
かんがん（寒雁） 冬 二〇九
かんかんぼう（かんかん帽） 夏 八五
かんき（寒気） 冬 三二
がんぎ（雁木） 冬 一二五
がんぎいち（雁木市） 冬 一二五
かんぎく（寒菊） 冬 二五九
かんきゅう（寒灸） 冬 八七
かんぎょう（寒暁） 冬 二九
かんぎょう（寒行） 冬 一八八
かんきん（寒禽） 冬 二〇九
かんく（寒九） 冬 二八
かんくのみず（寒九の水） 冬 六八
かんげいこ（寒稽古） 冬 八五
かんげつ（観月） 秋 一〇二
かんげつ（寒月） 冬 四二
がんげつ（元月） 新 九
かんごい（寒鯉） 冬 二二八
かんごいつり（寒鯉釣） 冬 二二八
がんこう（雁行） 秋 一五六
かんこうばい（寒紅梅） 冬 二二六
かんごえ（寒声） 冬 八五
かんごえ（寒肥） 冬 一四五
かんこどり（閑古鳥） 夏 二一四
かんごやし（寒ごやし） 冬 一四五
かんごり（寒垢離） 冬 一八八
かんざくら（寒桜） 冬 二二八
かんざけ（燗酒） 冬 一〇四
かんざらい（寒復習） 冬 八五
かんざらし（寒晒） 冬 一二一
かんざらし（寒曝） 冬 一二一
かんじき（樏） 冬 一四〇
かんしじみ（寒蜆） 冬 二二〇
がんしち（元七） 新 一五
がんじつ（元日） 新 一一
がんじつそう（元日草） 新 一〇九
かんしょ（甘藷） 秋 二二五
かんしょかり（甘蔗刈） 冬 一四一

かんじょびな（官女雛） 春 一三九
かんしろう（寒四郎） 冬 二八
がんじんき（鑑真忌） 夏 一九八
かんすい（寒水） 冬 六八
かんすずめ（寒雀） 冬 二一二
かんすばる（寒昴） 冬 四三
かんすみれ（寒菫） 冬 二七一
かんせい（寒星） 冬 四三
かんせぎょう（寒施行） 冬 八四
かんせん（寒泉） 冬 六八
かんぞうのはな（萱草の花） 夏 三八三
かんたく（寒柝） 冬 一三九
かんたち（神立ち） 冬 一七四
かんたまご（寒卵） 冬 一〇七
かんたん（邯鄲） 秋 一七四
がんたん（元旦） 新 一一
かんちゅう（寒中） 冬 二八
かんちゅうげいこ（寒中稽古） 冬 八五
かんちゅうすいえい（寒中水泳） 冬 八六
かんちゅうみまい（寒中見舞） 冬 八七
かんちょう（寒潮） 冬 七一
かんちょう（観潮） 春 一二一
がんちょう（元朝） 新 一一
かんちょうぶね（観潮船） 春 一二一
かんづくり（寒造） 冬 一二〇
かんつばき（寒椿） 冬 二四〇
かんづり（寒釣） 冬 一五五
かんてん（旱天） 夏 五八
かんてん（寒天） 冬 四一
かんてんせいす（寒天製す） 冬 一五三
かんてんつくる（寒天造る） 冬 一五三
かんてんほす（寒天干す） 冬 一五三
かんとう（竿灯） 秋 一一六
かんとう（寒濤） 冬 七〇
かんとう（寒灯） 冬 一二七
かんどうふ（寒豆腐） 冬 一二一
かんとだき（関東煮） 冬 一一六
かんどよう（寒土用） 冬 二八
カンナ 秋 二二二
かんなぎ（寒凪） 冬 四四
かんなづき（神無月） 冬 一五
かんにいる（寒に入る） 冬 二七
かんねんぶつ（寒念仏） 冬 一八八
かんのあけ（寒の明け） 春 一六
かんのあめ（寒の雨） 冬 五〇
かんのいり（寒の入） 冬 二七
かんのうち（寒の内） 冬 二八
かんのさる（寒の猿） 冬 二〇七
かんのみず（寒の水） 冬 六八
かんのり（寒海苔） 冬 一二〇
かんぱ（寒波） 冬 三四
かんばい（寒梅） 冬 二二六
かんばい（観梅） 春 一二三
かんぱくる（寒波来る） 冬 三四
かんばつ（旱魃） 夏 五八
かんばつだ（旱魃田） 秋 九〇
かんばら（寒薔薇） 冬 二二九
かんばれ（寒晴） 冬 四〇
かんぴ（寒肥） 冬 一四五
がんぴ（岩菲） 夏 三四五
かんびき（寒弾） 冬 八五
かんひざくら（寒緋桜） 冬 二二八
かんひでり（寒旱） 冬 四〇
かんぴょうほす（干瓢干す） 夏 一四三
かんぴょうむく（干瓢剥く） 夏 一四三
かんぷう（観楓） 秋 一〇五
かんぷう（寒風） 冬 四五
かんぶつ（灌仏） 春 一六一
かんぶつえ（灌仏会） 春 一六一
かんぶな（寒鮒） 冬 二二九
かんぶなつり（寒鮒釣） 冬 二二九
かんぶり（寒鰤） 冬 二二四

がんぶろ（雁風呂） 春 一四四
かんべに（寒紅） 冬 八六
かんぼ（寒暮） 冬 三〇
かんぼう（感冒） 冬 一五九
かんぼく（寒木） 冬 二五四
かんぼけ（寒木瓜） 冬 二四四
かんぼたん（寒牡丹） 冬 二四〇
かんまいり（寒参） 冬 一八七
かんみまい（寒見舞） 冬 八七
かんもうで（寒詣） 冬 一八七
かんもち（寒餅） 冬 一〇四
かんもどる（寒戻る） 春 一八
かんもや（寒靄） 冬 六二
かんや（寒夜） 冬 三一
かんやいと（寒やいと） 冬 八七
かんゆうやけ（寒夕焼） 冬 六二
かんらい（寒雷） 冬 六〇
がんらいこう（雁来紅） 秋 二三三
かんらん（甘藍） 夏 三五七
かんりん（寒林） 冬 二五四
かんれい（寒冷） 冬 三二
かんろ（寒露） 秋 二八
かんろき（甘露忌） 夏 二〇三

き

き（葱） 冬 二六四
きいちご（木苺） 夏 二九七
きいちごのはな（木苺の花） 春 二七四
きう（喜雨） 夏 四七
きう（祈雨） 夏 一三七
きうていき（喜雨亭忌） 夏 二〇二
きえん（帰燕） 秋 一五〇
ぎおんえ（祇園会） 夏 一九五
ぎおんけずりかけのしんじ（祇園削掛の神事） 新 九一
ぎおんごりょうえ（祇園御霊会） 夏 一九五
ぎおんだいこ（祇園太鼓） 夏 一九五
ぎおんばやし（祇園囃子） 夏 一九五
ぎおんまつり（祇園祭） 夏 一九五
ぎおんやまがさ（祇園山笠） 夏 一九五
きか（季夏） 夏 二二
きかくき（其角忌） 春 一七一
きがん（帰雁） 春 一九五
きぎく（黄菊） 秋 二三七
ききざけ（利酒） 秋 七一
きぎし 春 一八九
きぎす 春 一八九
ききょう（桔梗） 秋 二六七
きく（菊） 秋 二三七
きくいただき（菊戴） 春 一八八
きくうう（菊植う） 春 一一三
きくかる（菊枯る） 冬 二六一
きくくよう（菊供養） 秋 一三五
きくざけ（菊酒） 秋 一〇八
きくさしめ（菊挿芽） 夏 一四〇
きくさす（菊挿す） 夏 一四〇
きくし（菊師） 秋 一〇四
きくちん（菊枕） 秋 八〇
きくづき（菊月） 秋 三二
きくづくり（菊作り） 秋 二三七
きくな（菊菜） 春 二九五
きくなます（菊膾） 秋 七六
きくにんぎょう（菊人形） 秋 一〇四
きくねわけ（菊根分） 春 一一三
きくのえん（菊の宴） 秋 一〇八
きくのせっく（菊の節句） 秋 一〇八
きくのなえ（菊の苗） 春 二八六
きくのはな（菊の花） 秋 二三七
きくのひ（菊の日） 秋 一〇八
きくのまくら（菊の枕） 秋 八〇
きくのめ（菊の芽） 春 二八六
きくのやど（菊の宿） 秋 二三七

きくばたけ（菊畑） 秋 二二七
きくびより（菊日和） 秋 二二七
きくまくら（菊枕） 秋 八〇
きくらげ（木耳） 夏 三九六
きくわかつ（菊分つ） 春 一一三
きくわかば（菊若葉） 春 三〇三
きげんせつ（紀元節） 春 一三四
きこく（枳殻） 春 二七四
きこりぞめ（木伐初） 新 六五
きさらぎ（如月） 春 一三
きさらぎ（衣更着） 春 一三
きじ（雉） 春 一八九
きじ（雉子） 春 一八九
ぎしうちいりのひ（義士討入の日） 冬 一八六
ぎしえ（義士会） 冬 一八六
ぎしかい（義士会） 冬 一八六
ぎしぎしのはな（羊蹄の花） 夏 三八二
ぎしさい（義士祭） 春 一四五
きしづり（岸釣） 秋 一〇一
きじのほろろ（雉のほろろ） 春 一八九
きしぶ（生渋） 秋 九二
きじぶえ（雉笛） 春 二一八
ぎしまつり（義士祭） 春 一四五
きじょうき（鬼城忌） 秋 一四〇

きす（鱚） 夏 二三五
きず（木酢） 秋 一九二
ぎす 秋 一七五
きずいこう（黄瑞香） 春 二四六
きずいせん（黄水仙） 春 二七九
きすご 夏 二三五
きすずめ（黄雀） 春 一九九
きすつり（鱚釣） 夏 二三五
きせい（帰省） 夏 七三
きせいし（帰省子） 夏 七三
きせきれい（黄鶺鴒） 秋 一五四
きぜめ（木責） 新 八三
きそいうま（きそい馬） 夏 一九二
きそはじめ（着衣始） 新 五一
きた（北風） 冬 四五
きたおろし（北下し） 冬 四六
きたおろし（北颪） 冬 四六
きたかぜ（北風） 冬 四五
きたのおんきび（北野御忌日） 春 一五一
きたのなたねごく（北野菜種御供） 春 一五一
きたのまつり（北祭） 夏 一九二
きたふく（北吹く） 冬 四五
きたふさぐ（北塞ぐ） 冬 一一三
きたまどひらく（北窓開く） 春 九七

きたまどふさぐ（北窓塞ぐ） 冬 一一三
きちきち 秋 一七七
きちきちばった 秋 一七七
きちこう 秋 二六七
きちょう（黄蝶） 春 二三三
きっしょ（吉書） 新 三六
きっしょあげ（吉書揚） 新 八五
きつつき（啄木鳥） 秋 一五五
きつね（狐） 冬 二〇四
きつねのちょうちん（狐の提灯） 夏 三八七
きつねのちょうちん（狐の提灯） 冬 七五
きつねばな（狐花） 秋 二六六
きつねび（狐火） 冬 七五
きつねわな（狐罠） 冬 一四七
きながし（木流し） 春 一二〇
きぬあわせ（絹袷） 七七
きぬかつぎ（衣被） 秋 七七
きぬぐも（絹雲） 秋 三九
きぬた（砧） 秋 九二
きぬた（碪） 秋 九二
きぬたうつ（砧打つ） 秋 九二
きのこ（茸） 秋 二七五
きのこ（菌） 秋 二七五
きのこかご（茸籠） 秋 一〇五

きのこがり（菌狩）　秋　一〇五
きのこがり（茸狩）　秋　一〇五
きのことり（茸とり）　秋　一〇五
きのこむしろ（茸筵）　秋　一〇五
きのこめし（茸飯）　秋　二七五
きのこやま（茸山）　秋　一〇五
きのめ　春　二六五
きのめあえ（木の芽和）　春　八七
きのめでんがく（木の芽田楽）　春　八八
きはちす　秋　一八三
きばな（木華）　冬　五二
きばはじめ（騎馬始）　新　二七
きび（黍）　秋　二四七
きびあらし（黍嵐）　秋　五三
きびかり（甘蔗刈）　冬　一四一
きびのほ（黍の穂）　秋　二四七
きびばたけ（黍畑）　秋　二四七
きびら（黄帷子）　夏　七八
きぶくれ（着ぶくれ）　冬　九二
きぶしさく（木五倍子咲く）　春　二四九
きぶしのはな（木五倍子の花）　春　二四九
きぶねゆか（貴船川床）　夏　一五二
きぼう（既望）　秋　四四
ぎぼうしのはな（擬宝珠の花）　夏　三七五
ぎほし　夏　三七五
きまゆ（黄繭）　夏　一四六
きみかげそう（君影草）　夏　三七二
きもだめし（肝試）　夏　一二七
きもりがき（木守柿）　秋　一八六
きやなぎ（黄柳）　秋　二〇三
キャベツ　夏　三五七
きゃらぶき（伽羅蕗）　夏　三五三
キャンピング　夏　一五五
キャンピングカー　夏　一五五
キャンプ　夏　一五五
キャンプファイヤー　夏　一五五
キャンプむら（キャンプ村）　夏　一五五
きゅうか（九夏）　夏　一四
きゅうかあけ（休暇明け）　秋　六九
きゅうかはつ（休暇果つ）　秋　六九
きゅうこんうう（球根植う）　春　一一〇
ぎゅうじつ（牛日）　新　一四
きゅうしゅう（九秋）　秋　一四
きゅうしょう（旧正）　春　一六
きゅうしょうがつ（旧正月）　春　一六
きゅうだい（及第）　春　八一
きゅうとう（九冬）　冬　一三
ぎゅうなべ（牛鍋）　冬　一一四
きゅうねん（旧年）　新　一一
ぎゅうばひやす（牛馬冷す）　夏　一三四
きゅうり（胡瓜）　夏　三五五
きゅうりのはな（胡瓜の花）　夏　三四八
きゅうりまく（胡瓜蒔く）　春　一〇六
きゅうりもみ（胡瓜もみ）　夏　九六
きょうえい（競泳）　夏　一五六
きょうかそん（杏花村）　春　二六〇
ぎょうぎょうし（行々子）　夏　三二一
きょうさく（凶作）　秋　九〇
ぎょうずい（行水）　夏　一三三
きょうそう（競漕）　春　一二五
きょうちくとう（夾竹桃）　夏　二八九
ぎょうてんし（叫天子）　春　一九〇
きょうな（京菜）　春　二九三
きょうねん（凶年）　秋　九〇
きょうのあき（今日の秋）　秋　一六
きょうのきく（今日の菊）　秋　一〇八
きょうのつき（今日の月）　秋　四二
ぎょき（御忌）　春　一六三
ぎょきこそで（御忌小袖）　春　一六三
ぎょきのかね（御忌の鐘）　春　一六三
ぎょきのてら（御忌の寺）　春　一六三
ぎょきまいり（御忌参）　春　一六三

ぎょきもうで（御忌詣） 春 一六三
きょくすい（曲水） 春 二三四
きょくすいのえん（曲水の宴） 春 二三四
ぎょけい（御慶） 新 三四
きょしき（虚子忌） 春 一七七
きょねん（去年） 新 一一
ぎょふくる（漁夫来る） 春 八〇
ぎょふつのる（漁夫募る） 春 八〇
きょらいき（去来忌） 秋 一三七
きらら 夏 二七一
きららむし（雲母虫） 夏 二七一
きり（霧） 秋 五六
きりぎりす（螽蟖） 秋 一七五
きりごたつ（切炬燵） 冬 一三二
きりこどうろう（切子灯籠） 秋 八一
きりさめ（霧雨） 秋 五六
きりざんしょう（切山椒） 新 五六
きりだこ（切凧） 春 一二六
きりのはな（桐の花） 夏 三一三
きりのはな（霧の花） 冬 五三
きりのみ（桐の実） 秋 二一四
きりひとは（桐一葉） 秋 二〇二
きりぶすま（霧襖） 秋 五六
きりぼし（切干） 冬 一二二
きをはやす（木を囃す） 新 八三
きんか（近火） 冬 一三九
ぎんが（銀河） 秋 四七
きんかおうき（槿花翁忌） 秋 一三六
きんかん（金柑） 秋 一九四
ぎんかん（銀漢） 秋 四七
きんぎょ（金魚） 夏 二三二
きんぎょうり（金魚売） 夏 一五九
きんぎょすくい（金魚すくい） 夏 一五九
きんぎょそう（金魚草） 夏 三三九
きんぎょだま（金魚玉） 夏 一五九
きんぎょばち（金魚鉢） 夏 一五九
きんぎんか（金銀花） 夏 三一七
きんじゃく（金雀） 秋 一五三
きんしゅう（金秋） 秋 一四
きんせんか（金盞花） 春 二八一
きんせんそう（金線草） 秋 二七〇
きんせんそう（金盞草） 春 二八一
ぎんなん（銀杏） 秋 二二一
ぎんなんのはな（ぎんなんの花） 春 二七〇
ぎんなんのみ（銀杏の実） 秋 二二一
きんばえ（金蠅） 夏 二六二
ぎんばえ（銀蠅） 夏 二六二
きんひばり（金雲雀） 秋 一七四
きんびょう（金屏） 冬 一二九
ぎんびょう（銀屏） 冬 一二九
きんびょうぶ（金屏風） 冬 一二九
ぎんびょうぶ（銀屏風） 冬 一二九
きんぷう（金風） 秋 四九
きんぷうき（金風忌） 秋 一四二
きんぽうげ（金鳳花） 春 三一五
きんぽうげ 春 三一五
きんもくせい（金木犀） 秋 一八三
ぎんもくせい（銀木犀） 秋 一八三
ぎんようアカシア（銀葉アカシア） 春 二四八
きんれいし（金鈴子） 秋 二〇九
きんろうかんしゃのひ（勤労感謝の日） 冬 一六六
ぎんろばい（銀縷梅） 春 二六八

く

くいつみ（喰積） 新 五五
くいな（水鶏） 夏 三三四
くいなぶえ（水鶏笛） 夏 三三四
くうかいき（空海忌） 春 一五八
くうやき（空也忌） 冬 一九二
くうやねんぶつ（空也念仏） 冬 一九二
くがつ（九月） 秋 二〇
くがつがや（九月蚊帳） 秋 八〇

くがつじん（九月尽） 秋 三四
くがつばしょ（九月場所） 秋 一〇二
くきだち 春 二九三
くきづけ（茎漬） 冬 二一八
くきのいし（茎の石） 冬 二一八
くぐい（鵠） 冬 三三一
くくだち（茎立） 春 二九三
くぐつ（傀儡） 新 五一
くこし（枸杞子） 秋 二一三
くこちゃ（枸杞茶） 春 二六七
くこつむ（枸杞摘む） 春 二六七
くこのみ（枸杞の実） 秋 二一三
くこのめ（枸杞の芽） 春 二六七
くこめ（枸杞芽） 春 二六七
くこめし（枸杞飯） 春 二六七
くさあおむ（草青む） 春 二九九
くさいきれ（草いきれ） 夏 三六六
くさいち（草市） 秋 一一七
くさいちごのはな（草苺の花） 春 二九一
くさかぐわし（草芳し） 春 二九九
くさかげろう（草蜉蝣） 夏 二六六
くさかげろう（臭蜉蝣） 夏 二六六
くさかり（草刈） 夏 一三九
くさかりかご（草刈籠） 夏 一三九
くさかりぶえ（草刈笛） 夏 一六八
くさかりめ（草刈女） 夏 一三九
くさかる（草枯る） 冬 二六九
くさぎのはな（臭木の花） 秋 二一二
くさぎのはな（常山木の花） 秋 二一二
くさぎのみ（臭木の実） 秋 二一三
くさぎのみ（常山木の実） 秋 二一三
くさきょうちくとう（草夾竹桃） 夏 三四〇
くさしげる（草茂る） 夏 三六六
くさしみず（草清水） 夏 六九
くさじらみ（草虱） 秋 二六六
くさずもう（草相撲） 秋 一〇二
くさたおき（草田男忌） 夏 二〇四
くさつむ（草摘む） 春 一三三
くさとり（草取） 夏 一四〇
くさのいきれ（草のいきれ） 夏 三六六
くさのいち（草の市） 秋 一一七
くさのにしき（草の錦） 秋 二五五
くさのはな（草の花） 秋 二五三
くさのほ（草の穂） 秋 二五四
くさのほわた（草の穂絮） 秋 二五四
くさのみ（草の実） 秋 二五
くさのめ（草の芽） 春 三〇〇
くさのわた（草の絮） 秋 二五四
くさひばり（草雲雀） 秋 一七四
くさぶえ（草笛） 夏 一六八
くさぼけのはな（草木瓜の花） 春 二六九
ぐさぼけのみ（草木瓜の実） 秋 二一三
くさほす（草干す） 夏 一四四
くさむしり（草むしり） 夏 一四〇
くさめ（嚏） 冬 一六〇
くさもえ（草萌） 春 二九九
くさもち（草餅） 春 九二
くさもみじ（草紅葉） 秋 二五五
くさや（草矢） 夏 一六七
くさやく（草焼く） 春 一〇〇
くさやまぶき（草山吹） 春 三一四
くさわかば（草若葉） 春 三〇三
くしおき（櫛置） 冬 一六七
くじつ（狗日） 新 一二
くじゃくそう（孔雀草） 夏 三三四
くしゃみ 冬 一六〇
くじら（鯨） 冬 二〇七
くじらじる（鯨汁） 冬 一一四
くじらなべ（鯨鍋） 冬 一一四
くず（葛） 秋 二六一
ぐず 秋 一六〇
くずうた（国栖歌） 新 七七

くずきり（葛切） 夏 一〇六
くずざくら（葛桜） 夏 一〇六
くすしげる（樟茂る） 夏 三〇九
くずそう（国栖奏） 新 七七
くすだま（薬玉） 夏 一八四
くずねほる（葛根掘る） 秋 九六
くずねり（葛練） 夏 一〇六
くずのおきな（国栖翁） 新 七七
くずのは（葛の葉） 秋 二六一
くずのはな（葛の花） 秋 二六二
くずひく（葛引く） 秋 九六
くずひと（国栖人） 新 七七
くずぶえ（国栖笛） 新 七七
くずほる（葛掘る） 秋 九六
くずまい（国栖舞） 新 七七
くずまんじゅう（葛饅頭） 夏 一〇六
くずみず（葛水） 夏 一〇三
くずもち（葛餅） 夏 一〇六
くずゆ（葛湯） 冬 一〇六
くすりぐい（薬喰） 冬 一〇七
くすりとる（薬採る） 秋 九五
くすりほる（薬掘る） 秋 九五
くずれやな（崩れ簗） 秋 一〇〇
くすわかば（樟若葉） 夏 三〇九
くすわかば（楠若葉） 夏 三〇九
ぐそくもち（具足餅） 新 三一
くだらの（朽野） 冬 六六
くだりあゆ（下り鮎） 秋 一五八
くだりやな（下り簗） 秋 一〇〇
くちきり（口切） 冬 一三六
くちなし（梔子） 夏 二八七
くちなし（山梔子） 秋 二〇五
くちなしのはな（梔子の花） 夏 二八七
くちなしのみ（梔子の実） 秋 二〇五
くちなわ 夏 二一一
くつわむし（轡虫） 秋 一七六
くぬぎのみ（櫟の実） 秋 二〇八
くねぶ 秋 一九三
くねんぼ（九年母） 秋 一九三
ぐびじんそう（虞美人草） 夏 三三二
くびまき（首巻） 冬 一〇〇
くま（熊） 冬 二〇三
くまあなにいる（熊穴に入る） 冬 二〇三
くまおくり（熊送り） 冬 一七一
くまぜみ（熊蝉） 夏 二五七
くまつき（熊突） 冬 一四六
くまで（熊手） 冬 一七八
くまでいち（熊手市） 冬 一七八
くまのこ（熊の子） 冬 二〇三
くまばち（熊蜂） 春 二二四
くままつり（熊祭） 冬 一七一
ぐみ（茱萸） 秋 二一七
くみじゅう（組重） 新 五五
くも（蜘蛛） 夏 二七四
くものい（蜘蛛の囲） 夏 二七四
くものいと（蜘蛛の糸） 夏 二七四
くものこ（蜘蛛の子） 夏 二七四
くものす（蜘蛛の巣） 夏 二七四
くものみね（雲の峰） 夏 三四
くらげ（海月） 夏 二四三
くらげ（水月） 夏 二四三
くらげ（水母） 夏 二四三
グラジオラス 夏 三一七
くらびらき（蔵開） 新 四七
くらべうま（競馬） 夏 一九二
くらまのたけきり（鞍馬の竹伐） 夏 一九八
くらまのはなくよう（鞍馬の花供養） 春 一六三
くらまのひまつり（鞍馬の火祭） 秋 一三〇
くらまはなえしき（鞍馬花会式） 春 一六三
くらままつり（鞍馬祭） 秋 一三〇
くり（栗） 秋 一八九
グリーンピース 春 二九〇

くりおこわ（栗おこわ） 秋 七四
くりさく（栗咲く） 夏 二九四
クリスマス 冬 一八八
クリスマス・イヴ 冬 一八八
クリスマスツリー 冬 一八八
クリスマスフラワー 冬 二四五
くりのはな（栗の花） 夏 二九四
くりめいげつ（栗名月） 秋 四六
くりめし（栗飯） 秋 七四
くるいざき（狂い咲き） 冬 二三七
くるいばな（狂い花） 冬 二三七
くるみ（胡桃） 秋 一九一
くるみのはな（胡桃の花） 夏 三一四
くるみわる（胡桃割る） 秋 一九一
くれおそし（暮遅し） 春 三二
くれかぬる（暮かぬる） 春 三二
くれのあき（暮の秋） 秋 三二
くれのはる（暮の春） 春 三六
くれのふゆ（暮の冬） 冬 三五
くれはやし（暮早し） 冬 二九
クレマチス 夏 三四四
くれやすし（暮易し） 冬 二九
くろうさぎ（黒兎） 冬 二〇六
クローバ 春 三〇五
くろがも（黒鴨） 夏 二二三
くろだい（黒鯛） 夏 二二三
クロッカス 春 二八四
くろつばめ（黒燕） 春 一九二
くろぬり（畔塗） 春 一〇三
くろはえ（黒南風） 夏 三八
くろビール（黒ビール） 夏 九九
くろふのすすき（黒生の芒） 春 三〇一
くろほ（黒穂） 夏 三六三
くろぼたん（黒牡丹） 夏 二八三
くろめ（黒菜） 夏 三九八
くわ（桑） 春 二七五
くわいちご（桑いちご） 夏 三二二
くわいほる（慈姑掘る） 春 一一四
くわいれ（鍬入れ） 新 六四
くわかご（桑籠） 春 一一五
くわかる（桑枯る） 冬 二五六
くわぐるま（桑車） 春 一一五
くわこ（桑子） 春 二三六
くわつみ（桑摘） 春 一一五
くわつみうた（桑摘唄） 春 一一五
くわつみめ（桑摘女） 春 一一五
くわとく（桑解く） 春 一一四
くわのはな（桑の花） 春 二七五
くわのみ（桑の実） 夏 三二二
くわのめ（桑の芽） 春 二七五
くわはじめ（鍬始） 新 六四
くわほどく（桑ほどく） 春 一一四
ぐんじょうき（群青忌） 夏 二〇二
くんち 秋 一二五
くんぷう（薫風） 夏 四〇

け

げ（夏） 夏 一九七
げあき（夏明） 秋 一三二
けあらし（気嵐） 冬 六二
げあんご（夏安居） 夏 一九七
けいこはじめ（稽古始） 新 七一
けいじつ（鶏日） 新 一一
げいしゅんか（迎春花） 春 二四三
げいせつえ（迎接会） 夏 一九七
けいたん（鶏旦） 新 一一
けいちつ（啓蟄） 春 二三
けいと（毛糸） 冬 一〇二
けいと（競渡） 夏 一八七
けいとあむ（毛糸編む） 冬 一〇二
けいとう（鶏頭） 秋 二二二
けいとうか（鶏頭花） 秋 二二二

けいとだま（毛糸玉）　冬　一〇二
けいら（軽羅）　夏　七九
けいらい（軽雷）　夏　五〇
げいり（夏入）　夏　一九七
けいろうのひ（敬老の日）　秋　一一〇
げがき（夏書）　夏　一九七
げがきおさめ（夏書納）　秋　一一三
けかび（毛黴）　夏　三九七
けがわ（毛皮）　冬　九四
けがわうり（毛皮売）　冬　九四
けがわてん（毛皮店）　冬　九四
げぎょう（夏行）　夏　一九七
げげ（解夏）　秋　一一三
げげばな（五形花）　春　三〇四
けご（毛蚕）　春　一一五
けご（毛蚕）　春　二二六
げごもり（夏籠）　夏　一九七
けごろも（毛衣）　冬　九三
けさのあき（今朝の秋）　秋　一六
けさのはる（今朝の春）　新　九
けさのふゆ（今朝の冬）　冬　一六
げし（夏至）　夏　一二
げじげじ（蚰蜒）　夏　二七六
けしずみ（消炭）　冬　一三一
けしのはな（罌粟の花）　夏　三三二
けしのはな（芥子の花）　夏　三三二
けしのみ（罌粟の実）　夏　三三三
けしのわかば（罌粟の若葉）　春　三〇三
けしぼうず（罌粟坊主）　夏　三三三
けしほうず（芥子坊主）　夏　三三三
けしまく（罌粟蒔く）　秋　九五
けずりひ（削氷）　夏　一〇五
げだち（夏断）　夏　一九七
けつげ（結夏）　夏　一九七
げっこう（月光）　秋　三九
ケット　冬　九五
けっぴょう（結氷）　冬　七二
げつれいし（月鈴子）　秋　一七三
げのはて（夏の果）　秋　一三
げばな（夏花）　夏　一九七
げひゃくにち（夏百日）　夏　一九七
けまりはじめ（蹴鞠始）　新　一八
けまん　春　二七九
けまんそう（華鬘草）　春　二七九
けまんぼたん（華鬘牡丹）　春　二七九
けむし（毛虫）　夏　二四七
けむしやく（毛虫焼く）　夏　二四七
けむりたけ（けむり茸）　秋　二七七
けやきかる（欅枯る）　冬　二五四
けら（螻蛄）　夏　二七三
けら　秋　一五五
けらつつき　秋　一五五
けらなく（螻蛄鳴く）　秋　一七九
ケルン　夏　一五五
ゲレンデ　冬　一五七
けんうん（巻雲）　秋　三九
けんがいぎく（懸崖菊）　秋　二二七
げんかん（厳寒）　冬　三五
けんきちき（健吉忌）　夏　二〇〇
けんぎゅう（牽牛）　秋　一一四
けんぎゅうか（牽牛花）　夏　三七〇
げんげ（紫雲英）　春　三〇四
げんげだ（げんげ田）　春　七〇
げんげつ（弦月）　秋　三九
げんげまく（紫雲英蒔く）　秋　九五
げんげん　春　三〇四
けんこくきねんび（建国記念日）　春　一三四
けんこくさい（建国祭）　春　一三四
けんこくのひ（建国の日）　春　一三四
げんごろう（源五郎）　夏　二五六
けんせきうん（巻積雲）　秋　三八
げんじぼたる（源氏蛍）　夏　二四九

げんしょうせつ（元宵節） 新 八六
げんちょ（玄猪） 冬 一六六
げんとう（厳冬） 冬 三五
げんとう（玄冬） 冬 一三
げんのしょうこ 夏 三八二
げんのしょうこ（現の証拠） 夏 三八二
げんばくき（原爆忌） 夏 一八五
げんばくのひ（原爆の日） 夏 一八五
げんぴょう（幻氷） 春 七九
げんぺいもも（源平桃） 春 二五八
けんぽうきねんび（憲法記念日） 春 一四九
げんよしき（源義忌） 秋 一四三

こ

こ（蚕） 春 二二六
こあゆ（小鮎） 春 二一二
こいねこ（恋猫） 春 一八一
こいのぼり（鯉幟） 夏 一八二
こいも（子芋） 秋 二三六
こうう（紅雨） 春 二三九
こううんき（耕耘機） 春 一〇二
こうえつき（光悦忌） 春 一六九
こうぎゅう（耕牛） 春 一〇二
こうぎょ（香魚） 夏 二三〇
こうぎょく（紅玉） 秋 一八七
こうさ（黄砂） 春 五〇
こうさ（黄沙） 春 五〇
こうさふる（黄砂降る） 春 五〇
こうじ（柑子） 秋 一九三
こうじかび（麹黴） 夏 三九七
こうしさい（孔子祭） 春 一四六
こうしばのはな（こうしばの花） 春 二七六
こうじみかん（柑子蜜柑） 秋 一九三
ごうしょ（劫暑） 夏 二九
こうしょくき（紅蜀葵） 夏 三三一
こうしょはじめ（講書始） 新 七八
こうじん（黄塵） 春 五〇
こうじん（耕人） 春 一〇二
こうすい（香水） 夏 二一一
こうすいぼく（香水木） 春 二八三
こうせつらん（香雪蘭） 春 二八二
こうぞむす（楮蒸す） 冬 一五三
こうたんえ（降誕会） 春 一六一
こうたんさい（降誕祭） 冬 一八八
こうちょう（候鳥） 秋 一四八
こうとう（香橙） 秋 一九三
ごうな 春 二一八
こうなご（小女子） 春 二〇七
こうば（耕馬） 春 一〇二
こうばい（紅梅） 春 二三九
こうふくじのたきぎのう（興福寺の薪能） 夏 一八六
こうぶんぼく（好文木） 春 二三八
こうぼうき（弘法忌） 春 一五八
こうほね（河骨） 夏 三七七
こうめ（小梅） 夏 二九六
こうもり（蝙蝠） 夏 二〇六
こうやどうふ（高野豆腐） 冬 二二一
こうよう（黄葉） 秋 一九七
こうよう（紅葉） 秋 一九五
こうらいぎく（高麗菊） 春 二九五
こうらく（黄落） 秋 一九八
こうらくき（黄落期） 秋 一九八
こえのぶっぽうそう（声の仏法僧） 夏 二一六
ゴーグル 冬 九九
コート 冬 九六
ゴーヤー 秋 二三三
こおり（氷） 冬 七二
こおりあずき（氷小豆） 夏 一〇五
こおりいちご（氷苺） 夏 一〇五
こおりがし（氷菓子） 夏 一〇五
こおりきゆ（氷消ゆ） 春 七八
こおりしらたま（氷白玉） 夏 一〇七

こおりすべり（氷滑り） 冬 一五八
こおりどうふ（氷豆腐） 冬 二二一
こおりとく（氷解く） 春 七八
こおりどけ（氷解） 春 七八
こおりながる（氷流る） 春 七八
こおりみず（氷水） 夏 一〇五
こおりみせ（氷店） 夏 一〇五
こおる（凍る） 冬 三三
こおる（氷る） 冬 三三
こおろぎ（蟋蟀） 秋 一七二
こおろぎ（蛬） 秋 一七二
こがい（蚕飼） 春 一一五
こがいどき（蚕飼時） 春 一一五
こかご（蚕籠） 春 一一五
ごがつ（五月） 夏 一五
ごがつくる（五月来る） 夏 一五
ごがつさい（五月祭） 春 一四八
ごがつちかし（五月近し） 春 三七
ごがつのせっく（五月の節句） 夏 一八一
ごがつばしょ（五月場所） 夏 一八七
こがねばな（黄金花） 夏 三八六
こがねむし（金亀子） 夏 二五二
こがねむし（黄金虫） 夏 二五二
こかまきり（子かまきり） 夏 二六二
こがも（子鴨） 冬 二一五
こがらし（凩） 冬 四四
こがらし（木枯） 冬 四四
こがらす（子烏） 夏 二三〇
コキア 夏 三六四
こきいた（胡鬼板） 新 六八
ごきかぶり（御器かぶり） 夏 二七〇
こぎく（小菊） 秋 三三七
ごきぶり 夏 二七〇
ごぎょう（五形） 新 一一
ごぎょう（御行） 新 一一
こくう（穀雨） 春 三四
ごくげつ（極月） 冬 三三
こくしょ（酷暑） 夏 二九
ごくしょ（極暑） 夏 二九
こくぞう（穀象） 夏 二五三
こくぞうむし（穀象虫） 夏 二五三
こくちさい（告知祭） 春 一六六
こくちょう（黒鳥） 冬 二三一
こくてい（黒帝） 冬 一三
こくてんし（告天子） 春 一九〇
こぐらし（木暗し） 夏 三〇七
こぐれ（木暮） 夏 三〇七
こぐれる（木暮る） 夏 三〇七
こけしみず（苔清水） 夏 六九
こけのはな（苔の花） 夏 三九三
こけりんどう（苔竜胆） 春 三二〇
ごこうすい（五香水） 春 一六一
こごえすずめ（凍雀） 冬 二二二
こごめざくら（小米桜） 春 二五四
こごめばな（小米花） 春 二五四
こごめゆき（小米雪） 冬 五五
こごりふな（凝鮒） 冬 一一七
こころぶと 夏 一〇六
こさぎ（小鷺） 夏 二三五
ござんおくりび（五山送り火） 秋 一三二
こじか（子鹿） 夏 二〇五
こしきぶ（小式部） 秋 二一一
こししょうじ（腰障子） 冬 二二八
こしたやみ（木下闇） 夏 三〇七
こしぶとん（腰蒲団） 冬 九〇
こしゅ（古酒） 秋 七二
こじゅけい（小綬鶏） 春 一八九
こしょうがつ（小正月） 新 一六
ごしょうき（御正忌） 冬 一八五
ごすい（午睡） 夏 一七
こすずめ（子雀） 春 一九九
コスモス 秋 二三四

ごぜんえんぶり（御前えんぶり）新 八八
こぞ（去年）新 一一
こぞことし（去年今年）新 一〇
こたか（小鷹）冬 二〇八
こたつ（炬燵）冬 一三三
こたつねこ（炬燵猫）冬 二〇六
こたつのなごり（炬燵の名残）春 九六
こたつふさぐ（炬燵塞ぐ）春 九六
こち（東風）春 四五
こちゃ（古茶）夏 一〇二
こちょう（胡蝶）春 二三二
こちょうか（胡蝶花）夏 三七六
こちょうらん（胡蝶蘭）夏 三三七
こっかん（酷寒）冬 三五
ごっかん（極寒）冬 三五
こっこう（国光）秋 一八七
こつばめ（子燕）夏 二一九
こでまりのはな（こでまりの花）春 二五四
こでまりのはな（小手毬の花）春 二五四
こでまりのはな（小粉団の花）春 二五四
ごとう（梧桐）夏 三一〇
ことし（今年）新 一〇
ことしざけ（今年酒）秋 七一
ことしたけ（今年竹）夏 三二四
ことしはぜ（今年鯊）秋 一六一
ことしまい（今年米）秋 七三
ことしわら（今年藁）秋 九〇
ことのばら（小殿原）新 五六
ことはじめ（事始）冬 一六九
ことはじめ（琴始）新 七三
ことひきどり（琴弾鳥）春 一九一
こどものひ（こどもの日）夏 一七九
こどものひ（子供の日）夏 一七九
ことりあみ（小鳥網）秋 九九
ことりかえる（小鳥帰る）春 一九七
ことりがり（小鳥狩）秋 九九
ことりくる（小鳥来る）秋 一四八
ことりのす（小鳥の巣）春 二〇〇
こな（小菜）秋 二三九
こなゆき（粉雪）冬 五五
ごにんばやし（五人囃）春 一三九
こぬかむし 秋 一七八
こねこ（子猫）春 一八二
このしたやみ（木の下闇）夏 三〇七
このは（木の葉）冬 二四九
このはあめ（木の葉雨）冬 二四九
このはがみ（木の葉髪）冬 一六二
このはしぐれ（木の葉時雨）冬 二四九
このはずく（木葉木菟）夏 二一六
このはちる（木の葉散る）冬 二四九
このみ（木の実）秋 二〇四
このみあめ（木の実雨）秋 二〇四
このみうう（木の実植う）春 一一〇
このみおつ（木の実落つ）秋 二〇四
このみごま（木の実独楽）秋 二〇四
このみふる（木の実降る）秋 二〇四
このめ（木の芽）春 二六二
このめあめ（木の芽雨）春 二六二
このめかぜ（木の芽風）春 二六二
このめどき（木の芽時）春 二六二
このわた（海鼠腸）冬 一三〇
ごばいし（五倍子）秋 二〇一
こはぎ（小萩）秋 二五六
こはる（小春）冬 一八
こはるび（小春日）冬 一八
こはるびより（小春日和）冬 一八
こばんそう（小判草）夏 三四四
こひがん（小彼岸）春 二三三
こぶし（辛夷）春 二四四
こぶし（木筆）春 二四四
こぶしはじかみ 春 二四四
ごぼうしめ（牛蒡注連）新 三〇

ごぼうひく（牛蒡引く） 秋 九六
ごぼうほる（牛蒡掘る） 秋 九六
こぼれはぎ（こぼれ萩） 秋 二五六
こま（独楽） 新 七〇
こま 夏 二三〇
ごま（胡麻） 秋 二五一
こまあそび（独楽遊び） 新 七〇
こまい（古米） 秋 七三
こまい（氷下魚） 冬 三二六
こまいじる（氷下魚汁） 冬 三二六
こまいつり（氷下魚釣） 冬 三二六
こまうつ（独楽打つ） 新 七〇
こまかえるくさ（駒返る草） 春 二九九
こまつな（小松菜） 春 二九二
こまつなぎ（駒繋） 夏 三八七
こまつひき（小松引） 新 七九
こまどり（駒鳥） 夏 二三〇
こまのあしがた（駒の脚形） 春 三一五
ごまのはな（胡麻の花） 夏 三五〇
こままわし（独楽廻し） 新 七〇
ごまめ 新 五六
ごみなまず（ごみ鯰） 夏 三一九
こむぎ（小麦） 夏 三六二
ゴムふうせん（ゴム風船） 春 一二七
こめかざる（米飾る） 新 三二
こめつきむし（米搗虫） 夏 二五五
こめつきむし（叩頭虫） 夏 二五五
こめつつじ（米躑躅） 春 二五三
こめのむし（米の虫） 夏 二五三
こめやなぎ 春 二五四
こもちあゆ（子持鮎） 秋 一五八
こもちすずめ（子持雀） 春 一九九
こもちだら（子持鱈） 冬 三三四
こもちづき（小望月） 秋 四二
こもちはぜ（子持鯊） 春 二〇六
こもまき（菰巻） 冬 一二五
こやまぶき（濃山吹） 春 二五七
こゆき（粉雪） 冬 五五
こゆき（小雪） 冬 五五
ごようおさめ（御用納） 冬 八二
ごようはじめ（御用始） 新 三九
こよぎ（小夜着） 冬 八八
こよみうり（暦売） 冬 一三七
こよみのおわり（暦の終り） 冬 一三八
こよみのはて（暦の果） 冬 一三八
こよみはつ（暦果つ） 冬 一三八
ごらいこう（御来光） 夏 四八
ごらいごう（御来迎） 夏 四八
ごりじる（鮴汁） 夏 九二
こりやなぎ（行李楊） 春 二六八
ころがき（枯露柿） 秋 七六
ころくがつ（小六月） 冬 一八
ころもうつ（衣打つ） 秋 九二
ころもかう（衣更う） 夏 七五
ころもがえ（更衣） 夏 七五
こんぎく（紺菊） 秋 二六三
こんちゅうさいしゅう（昆虫採集） 夏 一六五
こんにゃくほす（蒟蒻干す） 冬 一四二
こんにゃくほる（蒟蒻掘る） 冬 一四二
こんねん（今年） 新 一〇
こんぶかり（昆布刈） 夏 一四二
こんぶかる（昆布刈る） 夏 一四二
こんぶぶね（昆布船） 夏 一四二
こんぶほす（昆布干す） 夏 一四二

さ

サーファー 夏 一五四
サーフィン 夏 一五四
さいかくき（西鶴忌） 秋 一三六
さいかち（皀角子） 秋 二一七
さいかち（皀莢） 秋 二一七
さいかちのみ（さいかちの実） 秋 二一七

さいかちむし（さいかち虫）　夏　二五〇
さいぎ（幸木）　新　二九
さいぎょうき（西行忌）　春　一七〇
ざいごき（在五忌）　夏　一九九
サイダー　夏　二〇四
さいだいじまいり（西大寺参）　新　九九
さいたん（歳旦）　新　一一
さいちょうき（最澄忌）　夏　一九八
さいとうき（西東忌）　春　一七七
サイネリア　春　二八一
さいばん（歳晩）　冬　三三
さいひょう（細氷）　冬　五三
さいまつ（歳末）　冬　三三
ざいまつり（在祭）　秋　一二七
さいら　秋　一六三
ザイル　夏　一五五
さいわいかご（幸籠）　新　二九
さいわいぎ（幸木）　新　二九
さえかえる（冴返る）　春　一八
さえずり（囀）　春　一八六
さおじか（小牡鹿）　秋　一四五
さおとめ（早乙女）　夏　一三七
さおひめ（佐保姫）　春　五七
さがおたいまつ（嵯峨御松明）　春　一五七
さかきおに（榊鬼）　冬　一八一
さかずきながし（盃流し）　春　一三四
さがだいねんぶつ（嵯峨大念仏）　春　一五八
さがだいねんぶつきょうげん（嵯峨大念仏狂言）　春　一五八
さがねんぶつ（嵯峨念仏）　春　一五八
さがのはしらたいまつ（嵯峨の柱炬）　春　一五七
さがりいちごのはな（下り苺の花）　春　二七四
さぎそう（鷺草）　夏　三九一
さぎちょう（左義長）　新　八五
さぎちょうあとまつり（左義長後祭）　新　八三
さぎり（狭霧）　秋　五六
さくふう（朔風）　冬　四五
さくら（桜）　春　二三四
さくらいか（桜烏賊）　春　二一二
さくらうお（桜魚）　春　二〇九
さくらうぐい（桜鯎）　春　二一〇
さくらがい（桜貝）　春　二一五
さくらがり（桜狩）　春　一二四
さくらがり（桜狩）　春　二三四
さくらごち（桜東風）　春　四五
さくらしべふる（桜蘂降る）　春　二四一
さくらずみ（佐倉炭）　冬　一三一
さくらそう（桜草）　春　三〇八
さくらだい（桜鯛）　春　二〇三
さくらづきよ（桜月夜）　春　二三四
さくらづけ（桜漬）　春　八七
さくらなべ（桜鍋）　冬　一一四
さくらのみ（桜の実）　夏　二八一
さくらます（桜鱒）　春　二〇八
さくらもち（桜餅）　春　九二
さくらもみじ（桜紅葉）　秋　二〇〇
さくらもり（桜守）　春　一二五
さくらゆ（桜湯）　春　八七
さくらんぼ　夏　二九九
さくらんぼのはな（さくらんぼの花）　春　二五一
ざくろ（石榴）　秋　一八九
ざくろ（柘榴）　秋　一八九
ざくろのはな（石榴の花）　夏　二九五
さけ（鮭）　秋　一六三
さけうち（鮭打ち）　秋　一六三
さけごや（鮭小屋）　秋　一六三
さけのかす（酒の粕）　冬　一一三
さけりょう（鮭漁）　秋　一六三
さざえ（栄螺）　春　二一三
さざえ（拳螺）　春　二一三
ささげ（豇豆）　秋　二五〇
ささこ（笹子）　冬　二一一
ささこなく（笹子鳴く）　冬　二一一

ささちまき（笹粽）　夏　八八
ささなき（笹鳴）　冬　二一一
ささのこ（笹の子）　夏　三二四
ささめゆき（細雪）　冬　五五
ささゆり（笹百合）　夏　三三八
ささりんどう（笹竜胆）　秋　二七〇
さざんか（山茶花）　冬　二四一
さしき（挿木）　春　一一二
さしぎく（挿菊）　夏　一四〇
ざしきのぼり（座敷幟）　夏　一八二
さしどこ（挿床）　春　一一二
さしは（挿葉）　春　一一二
さしば（刺羽）　冬　二〇八
さしほ（挿穂）　春　一一二
さしめ（挿芽）　春　一一二
さしもぐさ（さしも草）　春　三一八
ざぜんそう（座禅草）　春　三一一
さつお（猟夫）　冬　一四五
さつき（皐月）　夏　一九
さつき（五月）　夏　一九
さつき　夏　二八七
さつき（皐月）　夏　二八七
さつき（杜鵑花）　夏　二八七
さつきあめ（五月雨）　夏　四五
さつきごい（五月鯉）　夏　一八二
さつきだま（五月玉）　夏　一八四
さつきつつじ（五月躑躅）　夏　二八七
さつきなみ（皐月波）　夏　六四
さつきにんぎょう（五月人形）　夏　一八三
さつきのぼり（五月幟）　夏　一八二
さつきばれ（五月晴）　夏　五二
さつきふじ（五月富士）　夏　六〇
さつきふじ（皐月富士）　夏　六〇
さつきめ（五月女）　夏　一三七
さつきやみ（五月闇）　夏　五二
さっぽろゆきまつり（札幌雪祭）　冬　一九〇
さつまいも（甘藷）　秋　二三五
さつまいも（薩摩薯）　秋　二三五
さつまじょうふ（薩摩上布）　夏　八〇
さといも（里芋）　秋　二三六
さとおり（里下り）　新　八七
さとかぐら（里神楽）　冬　一八〇
さとざくら（里桜）　春　二三四
さとまつり（里祭）　秋　一二七
さなえ（早苗）　夏　三六三
さなえた（早苗田）　夏　六六
さなえたば（早苗束）　夏　三六三
さなえづき（早苗月）　夏　一九
さなえとり（早苗取）　夏　三六三
さなえぶね（早苗舟）　夏　三六三
さなぶり（早苗饗）　夏　一三八
さねともき（実朝忌）　春　一六八
さば（鯖）　夏　二三四
さばえ（五月蠅）　夏　二六二
さばぐも（鯖雲）　秋　三八
さばつり（鯖釣）　夏　二三四
さびあゆ（錆鮎）　秋　一五八
サフラン　秋　三一一
さふらん（泊夫藍）　秋　三一一
さぼてん（覇王樹）　夏　三四一
さぼてんのはな（仙人掌の花）　夏　三四一
ざぼん（朱欒）　冬　二四七
さみだる　夏　四五
さみだれ（五月雨）　夏　四五
さむきはる（寒き春）　春　二〇
さむさ（寒さ）　冬　三三
さむし（寒し）　冬　三三
さむぞら（寒空）　冬　四一
さめ（鮫）　冬　二三三
さやえんどう（莢豌豆）　夏　三五二
さやか　秋　二七
さやけし　秋　二七

さゆ（冴ゆ） 冬 三四
さよしぐれ（小夜時雨） 冬 四八
さよちどり（小夜千鳥） 冬 二一七
さより（鱵） 春 二〇五
さより（竹魚） 春 二〇五
さらさぼけ（更紗木瓜） 春 二六一
さらさもくれん（更紗木蓮） 春 二五五
さらしい（晒井） 夏 一三〇
さらのはな（沙羅の花） 夏 三三〇
さるあき（去る秋） 秋 三三
さるかり（去る雁） 春 一九五
さるざけ（猿酒） 秋 七二
さるすべり（百日紅） 夏 二八六
さるつかい（猿使い） 新 四九
さるつる（去る鶴） 春 一九四
さるとりいばらのはな（さるとりいばらの花） 春 二七七
さるなし（猿梨） 秋 二一五
さるなめ 夏 三三〇
サルビア 夏 三三九
さるひき（猿曳） 新 四九
さるまつり（申祭） 春 一五二
さるまわし（猿廻し） 新 四九
さわがに（沢蟹） 夏 二四一
さわやか（爽やか） 秋 二一七
さわら（鰆） 春 二〇五
さわらごち（鰆東風） 春 四五
さわらび（早蕨） 春 三一二
さんうき（傘雨忌） 夏 一九九
ざんおう（残鶯） 夏 二一八
さんか（三夏） 夏 一四
さんが（参賀） 新 七七
ざんか（残花） 春 二四一
さんかき（山家忌） 春 一七〇
さんがつ（三月） 春 二三
さんがつじん（三月尽） 春 三八
さんがつせっく（三月節句） 春 一三八
さんがつだいこん（三月大根） 春 二九四
さんがつとおか（三月十日） 春 一四三
さんがつな（三月菜） 春 二九五
さんがにち（三が日） 新 一二
さんかん（三寒） 冬 三四
さんかんしおん（三寒四温） 冬 三四
さんきき（三鬼忌） 春 一七七
ざんぎく（残菊） 秋 三三九
さんぎちょう（三毬杖） 新 八五
さんきらいのはな（山帰来の花） 春 二七七
さんぐうこう（参宮講） 春 一四四
サングラス 夏 八四
さんこうちょう（三光鳥） 夏 二二六
さんごのつき（三五の月） 秋 四二
さんざしのはな（山査子の花） 春 二五三
さんし（山市） 春 六一
さんしきすみれ（三色菫） 春 三〇四
さんじゃくね（三尺寝） 夏 一七四
さんじゃまつり（三社祭） 夏 一九三
さんしゅう（三秋） 秋 一四
さんしゅゆのはな（山茱萸の花） 春 二四三
ざんしょ（残暑） 秋 一七
さんしょうあえ（山椒和） 春 八七
さんしょううお（山椒魚） 夏 二〇九
さんしょうのみ（山椒の実） 秋 二一五
さんしょうのめ（山椒の芽） 春 二六五
さんじょうもうで（山上詣） 夏 一九四
ざんしょみまい（残暑見舞） 秋 六九
さんすいしゃ（撒水車） 夏 一三一
ざんせつ（残雪） 春 七三
サンタクロース 冬 一八八
さんとう（三冬） 冬 一三
さんのうま（三の午） 春 一三六
さんのうまつり（山王祭） 春 一五三
さんのとり（三の酉） 冬 一七八
さんばんぐさ（三番草） 夏 一三九

さんぷく（三伏） 夏 二七
さんま（秋刀魚） 秋 一六三
さんろき（山盧忌） 秋 一四二

し

しいおちば（椎落葉） 夏 三一一
しいしげる（椎茂る） 夏 三〇八
しいたけ（椎茸） 秋 二七六
しいのはな（椎の花） 夏 三一九
しいのみ（椎の実） 秋 二一〇
しいわかば（椎若葉） 夏 三〇八
しえん（紙鳶） 春 一三六
しえん（紙鳶） 新 七〇
しおあび（潮浴び） 夏 一五七
しおからとんぼ（塩辛とんぼ） 夏 二六八
しおざけ（塩鮭） 冬 一一九
しおに 秋 二三九
しおばな（潮花） 冬 七五
しおひがい（潮干貝） 春 一三〇
しおひかご（潮干籠） 春 一三〇
しおひがり（潮干狩） 春 一三〇
しおひぶね（潮干船） 春 一三〇
しおまねき（望潮） 春 二一八
しおやけ（潮焼） 夏 一七三
しおん（紫苑） 秋 二三九
しおん（四温） 冬 三四
しおんのきく（紫苑の菊） 秋 二三九
しおんびより（四温日和） 冬 三四
しか（鹿） 秋 一四五
しかがり（鹿狩） 冬 一四五
しかけはなび（仕掛花火） 夏 一六〇
しがつ（四月） 春 二六
しがつじん（四月尽） 春 三八
しがつだいこん（四月大根） 春 二九四
しがつばか（四月馬鹿） 春 一四六
しかなく（鹿鳴く） 秋 一四五
しかのこ（鹿の子） 夏 二〇五
しかのこえ（鹿の声） 秋 一四五
しかのつのおつ（鹿の角落つ） 春 一八一
しかのつのきり（鹿の角伐） 秋 二二六
しかのつま（鹿の妻） 秋 一四五
しかのふくろづの（鹿の袋角） 夏 二〇五
しかのわかづの（鹿の若角） 夏 二〇五
しかふえ（鹿笛） 秋 一四五
しぎ（鴫） 秋 一五六
しきき（子規忌） 秋 一四〇
しきまつば（敷松葉） 冬 一三六
しきみうり（樒売） 春 二七六
しきみのはな（樒の花） 春 二七六
しぎやき（鴫焼） 夏 九七
じきょうげん（地狂言） 秋 一〇三
シクラメン 冬 二四五
しぐる（時雨る） 冬 四八
しぐれ（時雨） 冬 四八
しぐれき（時雨忌） 冬 一九一
しぐれづき（時雨月） 冬 一五
しげし（茂し） 夏 三〇五
しげみ（茂み） 夏 三〇五
しげり（茂り） 夏 三〇五
しげる（茂る） 夏 三〇五
しげるくさ（茂る草） 夏 三六六
しけん（試験） 春 八一
しこくめぐり（四国巡り） 春 一六〇
しごとおさめ（仕事納） 冬 八二
しごとはじめ（仕事始） 新 三八
しし 秋 一四六
ししおどし（鹿威し） 秋 八四
ししがき（鹿垣） 秋 八七
ししがき（猪垣） 秋 八七
ししがしら（獅子頭） 新 四九
ししがり（猪狩） 冬 一四五
ししなべ（猪鍋） 冬 一一五

ししにく（猪肉）　冬　一二五
じしばい（地芝居）　秋　一〇三
ししまい（獅子舞）　新　四九
しじみ（蜆）　春　二一六
しじみうり（蜆売）　春　二一六
しじみがい（蜆貝）　春　二一六
しじみかき（蜆掻）　春　二一六
しじみじる（蜆汁）　春　八八
しじみとり（蜆取）　春　二一六
しじみぶね（蜆舟）　春　二一六
ししゃも（柳葉魚）　冬　二三七
しじゅうから（四十雀）　夏　二三七
しじょうすずみ（四条涼み）　夏　一五二
じぜんなべ（慈善鍋）　冬　八〇
しそ（紫蘇）　夏　三六〇
じぞうえ（地蔵会）　秋　一三四
じぞうばた（地蔵幡）　秋　一三四
じぞうぼん（地蔵盆）　秋　一三四
じぞうまいり（地蔵詣）　秋　一三四
しそのみ（紫蘇の実）　秋　二四〇
しだ（歯朶）　新　一〇八
じだいまつり（時代祭）　秋　一三〇
しだかり（歯朶刈）　冬　一五二
しだがり（羊歯狩）　冬　一五二
じだこ（字凧）　春　一二六
したたり（滴り）　夏　六九
したびえ（下冷え）　秋　二六
したもえ（下萌）　春　二九九
したやみ（下闇）　夏　三〇七
しだりざくら（しだり桜）　春　二三三
しだれうめ（枝垂梅）　春　二一八
しだれざくら（枝垂桜）　春　二三三
しだれもも（枝垂桃）　春　二五八
しだれやなぎ（枝垂柳）　春　二六八
しちがつ（七月）　夏　一三
しちごさん（七五三）　冬　一六八
しちふくじんまいり（七福神詣）　新　九二
しちふくまいり（七福詣）　新　九二
しちへんげ（七変化）　夏　二八四
シッカロール　夏　二三
しでこぶし（幣辛夷）　春　二四四
しどみのはな（樝子の花）　春　二六九
しどみのみ（樝子の実）　秋　二一三
じなしのはな（地梨の花）　春　二六九
シネラリア　春　二八一
じねんじょ（自然薯）　秋　二三七
しばあおむ（芝青む）　春　三〇二
しばぐり（柴栗）　秋　一八九
しばしんめいまつり（芝神明祭）　秋　一二九
しばのう（芝能）　夏　一八六
しばび（芝火）　春　一〇一
しばもゆ（芝萌ゆ）　春　三〇二
しばやき（芝焼）　春　一〇一
しばやく（芝焼く）　春　一〇一
じひしんちょう（慈悲心鳥）　夏　二一六
しひつ（試筆）　新　三六
しびとばな（死人花）　秋　二六六
しぶあゆ（渋鮎）　秋　一五八
しぶうちわ（渋団扇）　夏　一二五
しぶがき（渋柿）　秋　一八六
しぶかす（渋粕）　秋　九二
しぶつく（渋搗く）　秋　九二
しぶとり（渋取）　秋　九二
しぶとる（渋取る）　秋　九二
じふぶき（地吹雪）　冬　五九
しほうはい（四方拝）　新　七七
しまいはじめ（仕舞始）　新　七二
しまか（縞蚊）　夏　二六三
しまかんぎく（島寒菊）　冬　二五九
しまき　冬　六〇
しましこく（島四国）　春　一六〇
しまちり（縞縮）　夏　八〇

しまへび（縞蛇）　夏　二二一
しまんろくせんにち（四万六千日）　夏　一八八
しみ（紙魚）　夏　二七一
しみ（衣魚）　夏　二七一
しみず（清水）　夏　六九
しみどうふ（凍豆腐）　冬　一三一
しみどうふつくる（凍豆腐造る）　冬　一三一
しむ（凍む）　冬　二三
じむしあなをいづ（地虫穴を出づ）　春　二三三
じむしいづ（地虫出づ）　春　二三三
じむはじめ（事務始）　新　三八
しめあけ（注連明）　新　一六
しめいわい（七五三祝）　冬　一六八
しめかざり（注連飾）　新　三〇
しめかざる（注連飾る）　冬　八一
しめじ（占地）　秋　二七六
しめじ（湿地）　秋　二七六
しめじたけ（しめじ茸）　秋　二七六
しめたく（注連焚く）　新　八五
しめつくり（注連作）　冬　一五二
しめとる（注連取る）　新　八〇
しめなわ（七五三縄）　新　三〇
しめなわ（注連縄）　新　三〇
しめのうち（注連の内）　新　一五
しめもらい（注連貰）　新　八五
しも（霜）　冬　五三
しもおおい（霜覆）　冬　一二四
しもがこい（霜囲）　冬　一二四
しもがれ（霜枯）　冬　二五七
しもぎく（霜菊）　冬　二五九
しもくすべ（霜くすべ）　春　一一四
しもしずく（霜雫）　冬　五三
しもつき（霜月）　冬　二〇
しもつきえ（霜月会）　冬　一八四
しもつけ（繍線菊）　夏　二八七
しもどけ（霜解）　冬　五三
しもなぎ（霜凪）　冬　五三
しものこえ（霜の声）　冬　五三
しものなごり（霜の名残）　春　五五
しものはて（霜の果）　春　五五
しものはな（霜の花）　冬　五三
しものわかれ（霜の別れ）　春　五五
しもばしら（霜柱）　冬　七一
しもばれ（霜晴）　冬　五三
しもばれ（霜腫）　冬　一六三
しもふりづき（霜降月）　冬　二〇
しもやけ（霜焼）　冬　一六三
しもよ（霜夜）　冬　三一
しもよけ（霜除）　冬　一二四
しゃ（紗）　夏　七九
しゃおうのあめ（社翁の雨）　春　二五
しゃかいなべ（社会鍋）　冬　八〇
じゃがいも（馬鈴薯）　秋　二三五
じゃがいものはな（馬鈴薯の花）　夏　三四九
じゃがたらのはな（じゃがたらの花）　夏　三四九
しゃがのはな（著莪の花）　夏　三七六
しゃかのはなくそ（釈迦の鼻糞）　春　一五五
しゃくとり（尺蠖）　夏　二四八
しゃくとりむし（尺取虫）　夏　二四八
しゃくなげ（石楠花）　夏　二八六
しゃくやく（芍薬）　夏　三一八
しゃくやくのめ（芍薬の芽）　春　三〇〇
ジャケッツ　冬　九六
ジャケット　冬　九六
しゃこ（蝦蛄）　夏　二四一
ジャスミン　夏　二九二
しゃにち（社日）　春　二五
しゃにちさま（社日様）　春　二五
しゃにちまいり（社日参）　春　二五
じゃのひげのみ（蛇の髯の実）　冬　二七二
じゃのめそう（蛇の目草）　夏　三三四
しゃばおり（紗羽織）　夏　八一

しゃぼんだま（石鹸玉）春 一二八
しゃみせんぐさ（三味線草）春 三〇五
シャンツェ 冬 一五七
しゅうい（秋意）秋 一〇六
じゅういち（十一）夏 二一六
じゅういちがつ（十一月）冬 一五
しゅうう（驟雨）夏 四六
しゅうえん（秋燕）秋 一五〇
しゅうえんき（秋燕忌）秋 一四三
しゅうおうしき（秋桜子忌）夏 二〇二
しゅうかいどう（秋海棠）秋 二二七
じゅうがつ（十月）秋 二三
しゅうきうんどうかい（秋季運動会）秋 六九
しゅうきすむ（秋気澄む）秋 二六
しゅうぎょう（秋暁）秋 二三
しゅうこう（秋高）秋 三七
しゅうこう（秋郊）秋 六一
しゅうこう（秋江）秋 六六
しゅうこう（秋耕）秋 八四
じゅうごにちがゆ（十五日粥）新 四五
じゅうごにちがゆ（十五日粥）新 八二
じゅうごにちしょうがつ（十五日正月）新 一六
じゅうごや（十五夜）秋 四二
じゅうさんまいり（十三詣）春 一四五
じゅうさんや（十三夜）秋 四六
しゅうし（秋思）秋 一〇六
じゅうしちや（十七夜）秋 四五
しゅうしょ（秋暑）秋 一七
しゅうすい（秋水）秋 六四
しゅうせい（秋声）秋 三六
しゅうせん（秋千）春 一二九
しゅうせん（鞦韆）春 一二九
しゅうせん（秋扇）秋 八〇
しゅうせん（秋蟬）秋 一六六
しゅうせんきねんび（終戦記念日）秋 一〇九
しゅうせんび（終戦日）秋 一〇九
しゅうそう（秋爽）秋 二七
しゅうそう（秋霜）秋 五九
しゅうそんき（楸邨忌）夏 二〇二
じゅうたん（絨緞）冬 一三〇
しゅうちょう（秋潮）秋 六七
じゅうづめ（重詰）新 五五
じゅうづめりょうり（重詰料理）新 五五
しゅうてん（秋天）秋 三七
しゅうとう（秋灯）秋 七九
じゅうにがつ（十二月）冬 一九
じゅうはちささげ（十八豇豆）秋 二五〇
じゅうはちやのつき（十八夜の月）秋 四五
しゅうふう（秋風）秋 四九
しゅうぶんのひ（秋分の日）秋 一一一
しゅうや（秋夜）秋 二四
じゅうや（十夜）冬 一八三
じゅうやがね（十夜鉦）冬 一八三
じゅうやがゆ（十夜粥）冬 一八三
じゅうやく（十薬）夏 三八四
じゅうやでら（十夜寺）冬 一八三
じゅうやばば（十夜婆）冬 一八三
じゅうやほうよう（十夜法要）冬 一八三
しゅうゆうさい（舟遊祭）夏 一九三
しゅうりょう（秋涼）秋 一八
しゅうりん（秋霖）秋 五四
しゅうれい（秋冷）秋 二七
しゅうれい（秋麗）秋 二七
しゅうれい（秋嶺）秋 六〇
じゅうろくささげ（十六豇豆）秋 二五〇
じゅうろくむさし（十六むさし）新 六七
しゅか（朱夏）夏 一四
しゅか（首夏）夏 一五
しゅくき（淑気）新 二三
じゅくせつ（受苦節）春 一六六
じゅけん（受験）春 八一
じゅけんき（受験期）春 八一

じゅけんせい（受験生）　春　八一
しゅさい（守歳）　冬　八三
しゅしょうえ（修正会）　新　九九
じゅずだま（数珠玉）　秋　二六一
じゅそう（樹霜）　冬　五一
しゅちゅうか（酒中花）　夏　一六四
しゅとう（手套）　冬　一〇一
じゅなんしゅう（受難週）　春　一六六
じゅなんせつ（受難節）　春　一六六
じゅなんび（受難日）　春　一六七
しゅにえ（修二会）　春　一五六
じゅひょう（樹氷）　冬　五二
じゅひょうりん（樹氷林）　冬　五二
シュプール　冬　一五七
しゅらおとし（修羅落し）　春　一二〇
しゅりょう（狩猟）　冬　一四五
しゅろ（手炉）　冬　一三四
しゅろのはな（棕櫚の花）　夏　三一五
しゅろのはな（棕梠の花）　夏　三一五
しゅろのはな（椶櫚の花）　夏　三一五
しゅんいん（春陰）　春　五九
しゅんかん（春寒）　春　二〇
しゅんぎく（春菊）　春　二九五
しゅんぎく（茼蒿）　春　二九五
しゅんきとうそう（春季闘争）　春　八〇
しゅんぎょう（春暁）　春　二七
しゅんきん（春禽）　春　一八六
しゅんげつ（春月）　春　四一
しゅんこう（春光）　春　三九
しゅんこう（春郊）　春　六四
しゅんこう（春江）　春　六七
しゅんこう（春耕）　春　一〇二
じゅんさい（蓴菜）　夏　三九五
じゅんさいおう（蓴菜生う）　春　三三一
しゅんし（春思）　春　一三三
しゅんじつ（春日）　春　三九
しゅんしゃ（春社）　春　二五
しゅんしゅう（春愁）　春　一三三
しゅんじゅん（春筍）　春　二七八
しゅんじゅん（春笋）　春　二七八
しゅんしょう（春宵）　春　二九
しゅんしょく（春色）　春　三九
しゅんしん（春信）　冬　三七
しゅんじん（春塵）　春　四九
しゅんすい（春水）　春　六五
しゅんすい（春睡）　春　一三一
しゅんせい（春星）　春　四三
しゅんせいき（春星忌）　冬　一九四
しゅんせつ（春節）　春　一六
しゅんせつ（春雪）　春　五二
しゅんそう（春霜）　春　五五
しゅんそう（春装）　春　八五
しゅんそう（春草）　春　二九九
しゅんだん（春暖）　春　三〇
しゅんちゅう（春昼）　春　二八
しゅんちょう（春潮）　春　六九
しゅんでい（春泥）　春　七二
しゅんてん（春天）　春　四〇
しゅんとう（春濤）　春　六八
しゅんとう（春闘）　春　八〇
しゅんとう（春燈）　春　九四
じゅんのみね（順の峰）　春　一六四
じゅんのみねいり（順の峰入）　春　一六四
しゅんぷう（春風）　春　四五
しゅんぷく（春服）　春　八五
しゅんぶん（春分）　春　二四
しゅんぶんのひ（春分の日）　春　一三五
しゅんぼう（春望）　春　三九
しゅんみん（春眠）　春　一三一
しゅんや（春夜）　春　三〇
しゅんらい（春雷）　春　五六
しゅんらん（春蘭）　春　三一五

しゅんりん（春霖） 春 五一
しゅんれい（春嶺） 春 六三
しよ（暑） 夏 二八
じょうおうばち（女王蜂） 春 二三四
しょうが（生姜） 秋 二四一
しょうがいち（生姜市） 秋 一三九
しょうがつ（正月） 新 九
しょうがつこそで（正月小袖） 新 五一
しょうがつことはじめ（正月事始） 冬 一六九
しょうがつさま（正月様） 新 九〇
しょうがつのたこ（正月の凧） 新 七〇
しょうがつばしょ（正月場所） 新 七四
しょうかん（小寒） 冬 二七
じょうげん（上元） 新 八六
じょうげんえ（上元会） 新 八六
じょうげんのひ（上元の日） 新 八六
じょうげんまつり（上元祭） 新 八六
しょうこんさい（招魂祭） 春 一五四
しょうじ（障子） 冬 一二八
しょうじあらう（障子洗う） 秋 八二
じょうしのせっく（上巳の節供） 春 一三八
しょうじのはりかえ（障子の貼替） 秋 八二
しょうじはる（障子貼る） 秋 八二
しょうじほす（障子干す） 秋 八二
じょうしゅんか（常春花） 春 二八一
しょうしょ（小暑） 夏 二二
しょうじょうぼく（猩々木） 冬 二四五
じょうすみび（尉炭火） 冬 一二一
じょうぞく（上蔟） 夏 一四六
しょうちゅう（焼酎） 夏 一〇〇
じょうどうえ（成道会） 冬 一八五
じょうびたき（尉鶲） 秋 一五三
しょうびん 夏 三一一
しょうぶ（白菖） 夏 三一六
しょうぶ（菖蒲） 夏 三一六
じょうふ（上布） 夏 八〇
しょうぶえん（菖蒲園） 夏 三一六
しょうぶさす（菖蒲挿す） 夏 一八三
しょうぶた（菖蒲田） 夏 三一六
しょうぶねわけ（菖蒲根分） 春 一二二
しょうぶのめ（菖蒲の芽） 春 三〇〇
しょうぶふく（菖蒲葺く） 夏 一八三
しょうぶぶろ（菖蒲風呂） 夏 一八三
しょうぶゆ（菖蒲湯） 夏 一八三
しょうぼうでぞめしき（消防出初式） 新 七九
しょうまん（小満） 夏 一九
じょうらくえ（常楽会） 春 一五六
しょうりょうえ（聖霊会） 春 一五九
しょうりょうおくりび（精霊送火） 秋 一二二
しょうりょうさい（精霊祭） 秋 一一八
しょうりょうながし（精霊流し） 秋 一二一
しょうりょうばった（精霊ばった） 秋 一七七
しょうりょうばな（精霊花） 秋 二六八
しょうりょうぶね（精霊舟） 秋 一二一
しょうりょうむかえ（精霊迎） 秋 一二二
しょうりんき（少林忌） 冬 一九一
しょうろ（松露） 春 三三三
しょうわのひ（昭和の日） 春 一四八
ショートパンツ 夏 八三
ショール 冬 一〇〇
しょか（初夏） 夏 一五
しょかつさい（諸葛菜） 春 二八八
しょき（暑気） 夏 二八
しょきあたり（暑気中り） 夏 一七六
しょきくだし（暑気下し） 夏 一二二
しょきばらい（暑気払い） 夏 一二二
しょくが（燭蛾） 夏 二四六
しょくじゅさい（植樹祭） 夏 一八八
しょくじょ（織女） 秋 一一四
しょくようがえる（食用蛙） 夏 二〇七
しょくりん（植林） 春 一一一
じょじつ（除日） 冬 二五

しょしゅう（初秋） 秋 一五
しょしゅん（初春） 春 一八
しょしょ（処暑） 秋 一九
じょせき（除夕） 冬 二六
じょせつ（除雪） 冬 一三六
じょせつしゃ（除雪車） 冬 一三六
じょそう（除草） 夏 一四〇
しょそき（初祖忌） 冬 一九一
しょちゅうきゅうか（暑中休暇） 夏 一七二
しょちゅうみまい（暑中見舞） 夏 一七三
しょちゅうやすみ（暑中休み） 夏 一七二
しょとう（初冬） 冬 一四
しょふく（初伏） 夏 二七
じょや（除夜） 冬 二六
じょやのかね（除夜の鐘） 冬 一八七
じょやもうで（除夜詣） 冬 一八二
しょりょう（初涼） 秋 一八
じょろうぐも（女郎蜘蛛） 夏 二七四
しらいき（白息） 冬 一六一
しらうお（白魚） 春 二〇七
しらお 春 二〇七
しらおあみ（白魚網） 春 二〇七
しらおくむ（白魚汲む） 春 二〇七
しらおび（白魚火） 春 二〇七
しらおぶね（白魚舟） 春 二〇七
しらおりょう（白魚漁） 春 二〇七
しらかばのはな（白樺の花） 春 二七二
しらぎく（白菊） 秋 二二七
しらさぎ（白鷺） 夏 二二五
しらす（白子） 春 九〇
しらすぼし（白子干） 春 九〇
しらたま（白玉） 夏 一〇七
しらつゆ（白露） 秋 五八
しらぬい（不知火） 秋 六八
しらはぎ（白萩） 秋 二五六
しらふじ（白藤） 春 二五六
しらぼけ（白木瓜） 春 二六一
しらもも（白桃） 春 二五八
しらゆり（白百合） 夏 三三八
しらん（紫蘭） 夏 三七一
じり（海霧） 夏 四七
シリウス 冬 四三
しるしのすぎ（験の杉） 春 一三六
しろいちじく（白無花果） 秋 一九〇
しろうさぎ（白兎） 冬 二〇六
しろうし（代牛） 夏 一三五
しろうちわ（白団扇） 夏 一二五
しろうま（代馬） 夏 一三五
しろかき（代掻き） 夏 一三五
しろかく（代掻く） 夏 一三五
しろがすり（白絣） 夏 八三
しろかたびら（白帷子） 夏 七八
しろぐつ（白靴） 夏 八七
しろごい（白鯉） 夏 二三八
しろこばば（白粉婆） 冬 二三四
しろざ 夏 三七九
しろざけ（白酒） 春 九四
しろさるすべり（白さるすべり） 夏 二八六
しろじ（白地） 夏 八三
しろしきぶ（白式部） 秋 二一一
しろシャツ（白シャツ） 夏 八四
しろしょうぶ（白菖蒲） 夏 三三六
しろじょうふ（白上布） 夏 八〇
しろせきれい（白鶺鴒） 秋 一五四
しろた（代田） 夏 六六
しろた（代田） 夏 一三五
しろたび（白足袋） 冬 一〇一
しろちぢみ（白縮） 夏 八〇
しろちょう（白蝶） 春 二二二
しろつばき（白椿） 春 二三〇
しろつめくさ（白詰草） 春 三〇五
しろなんてん（白南天） 秋 二〇五

しろはえ（白南風）夏 三八
しろふく（白服）夏 七六
しろふすま（白襖）冬 一三九
しろふよう（白芙蓉）秋 一八四
しろまゆ（白繭）夏 一四六
しろむくげ（白木槿）秋 一八三
しろむら 春 二四八
しろめだか（白目高）夏 二三三
しろもくれん（白木蓮）春 二五五
しろやまぶき（白山吹）春 二五七
しわす（師走）冬 二二
しわぶく（咳く）冬 一六〇
しんあずき（新小豆）秋 二四九
しんいも（新藷）夏 三五八
しんおうき（晋翁忌）春 一七一
しんがく（進学）春 八三
しんかずのこ（新数の子）春 九四
しんかんぴょう（新干瓢）夏 一四三
しんぎ（神木）新 九九
しんきろう（蜃気楼）春 六一
しんげつ（新月）秋 三九
しんごよみ（新暦）新 五八
しんさいき（震災忌）秋 一一〇
しんさいきねんび（震災記念日）秋 一一〇
しんしき（晋子忌）春 一七一
じんじつ（人日）新 一五
しんしぶ（新渋）秋 九二
しんじゃが（新じゃが）夏 三五八
しんしゅ（新酒）秋 七一
しんじゅ（新樹）夏 三〇三
しんしゅう（新秋）秋 一五
しんしゅう（深秋）秋 三一
しんしゅん（新春）新 九
しんしょうが（新生姜）秋 二四一
じんしょうせつ（人勝節）新 一五
しんせつ（新雪）冬 五五
しんそば（新蕎麦）秋 七八
しんだいず（新大豆）秋 二四八
しんたばこ（新煙草）秋 九四
しんちぢり（新松子）秋 二〇二
しんちゃ（新茶）夏 一〇二
じんちょう（沈丁）春 二四六
じんちょうげ（沈丁花）春 二四六
しんどうふ（新豆腐）秋 七八
しんにっき（新日記）新 六二
しんにゅうせい（新入生）春 八三
しんねん（新年）新 八
しんねんえんかい（新年宴会）新 四一
しんねんかい（新年会）新 四一
しんねんくかい（新年句会）新 四一
しんのうさい（神農祭）冬 一七八
しんのうのとら（神農の虎）冬 一七八
しんのり（新海苔）冬 一二〇
しんばれいしょ（新馬鈴薯）夏 三五八
じんべ 夏 八一
じんべい（甚平）夏 八一
じんべえ（甚平衛）夏 八一
しんまい（新米）秋 七二
しんまゆ（新繭）夏 一四六
しんらんき（親鸞忌）冬 一八五
しんりょう（新涼）秋 一八
しんりょく（新緑）夏 三〇五
しんりんよく（森林浴）夏 一六五
しんわら（新藁）秋 九〇

す

すあし（素足）夏 一七〇
すあわせ（素袷）夏 七七
スイートピー 春 二九〇
すいいん（翠蔭）夏 三〇七
すいえい（水泳）夏 一五六
すいか（西瓜）夏 三五五

すいかずら（吸葛） 夏 三一七
すいかずらのはな（忍冬の花） 夏 三一七
すいかばたけ（西瓜畑） 夏 三五五
すいかばん（西瓜番） 夏 三五五
すいかまく（西瓜蒔く） 春 一〇六
ずいき（芋茎） 秋 二三六
ずいこう（瑞香） 春 二四六
すいしかいどう（垂糸海棠） 春 二四九
すいじょうスキー（水上スキー） 夏 一五四
すいすい 春 三一〇
すいせん（水仙） 冬 二五九
すいせんか（水仙花） 冬 二五九
すいちゅうか（水中花） 夏 一六四
すいちゅうめがね（水中眼鏡） 夏 一五〇
すいっちょ 秋 一七六
すいと 秋 一七六
すいば（酸葉） 春 三一〇
すいば（酸模） 春 三一〇
すいはき（水巴忌） 秋 一三八
すいはん（水飯） 夏 九一
すいふよう（酔芙蓉） 秋 一八四
すいみつとう（水蜜桃） 秋 一八五
すいれん（水練） 夏 一五六
すいれん（睡蓮） 夏 三三五
すいろん（水論） 夏 一三七
すえつむはな（末摘花） 夏 三四五
すおうばな 春 二四四
すがき（酢牡蠣） 冬 二三一
すがくれ（巣隠） 春 二〇〇
すかしゆり（透し百合） 夏 三三八
すがたのぶっぽうそう（姿の仏法僧） 夏 二一六
すがぬき（菅貫） 夏 一九四
すがもり（すが漏り） 冬 二四一
すがれむし（すがれ虫） 秋 一七〇
すかんぽ 春 三一〇
スキー 冬 一五七
スキーじょう（スキー場） 冬 一五七
スキーぼう（スキー帽） 冬 一五七
スキーヤー 冬 一五七
スキーやど（スキー宿） 冬 一五七
スキーれっしゃ（スキー列車） 冬 一五七
すぎおちば（杉落葉） 夏 三一一
すきぞめ（梳初） 新 六二
すぎな（杉菜） 春 三〇八
すぎのかふん（杉の花粉） 春 二七〇
すぎのはな（杉の花） 春 二七〇
すぎのみ（杉の実） 秋 二〇六
すきはじめ（鋤始） 新 六四
すきまかぜ（隙間風） 冬 四六
すきまはる（隙間貼る） 冬 二二四
すきやき（鋤焼） 冬 一一四
ずきん（頭巾） 冬 九八
ずく（木菟） 冬 二二四
すぐき（酢茎） 冬 一一八
すぐみ（巣組み） 春 二〇〇
すぐろ（末黒） 春 六五
すぐろの（末黒野） 春 六五
すぐろのすすき（末黒の芒） 春 三〇一
スケート 冬 一五八
スケートじょう（スケート場） 冬 一五八
すけそうだら（助宗鱈） 冬 二三四
すごもり（巣籠） 春 二〇〇
すごろく（双六） 新 六七
すさまじ（冷まじ） 秋 三一
すし（鮓） 夏 九一
すし（鮨） 夏 九一
すじゅうき（素十忌） 秋 一四二
すずかけのはな（すずかけの花） 春 二五四
すずかけのはな（鈴懸の花） 春 二七六
すすき（芒） 秋 二五七
すすき（薄） 秋 二五七
すずき（鱸） 秋 一六一

すずきあみ（鱸網） 秋 一六一
すすきしげる（芒茂る） 夏 三六八
すすきまつり（芒祭） 秋 一二八
ずずこ 秋 二六一
すすごもり（煤籠） 冬 一七九
すずし（涼し） 夏 三〇
すずしろ 冬 二六四
すずしろ（蘿蔔） 新 一一二
すすだけ（煤竹） 冬 一七九
すずな 冬 二六五
すずな（菘） 新 一一二
すすにげ（煤逃） 冬 一七九
すずのこ（篠の子） 夏 三一四
すすはき（煤掃） 冬 一七九
すすはらい（煤払） 冬 一七九
すずみ（納涼） 夏 一五二
すずみだい（涼み台） 夏 一五二
すずみぶね（涼み舟） 夏 一五二
すずみゆか（納涼川床） 夏 一五二
すずむ（涼む） 夏 一五二
すずむし（鈴虫） 秋 一七三
すずめのこ（雀の子） 春 一九九
すずめのす（雀の巣） 春 二〇二
すすゆ（煤湯） 冬 一七九
すずらん（鈴蘭） 夏 三七二
すずりあらい（硯洗） 秋 一一三
すだち（巣立） 春 二〇三
すだち（酸橘） 秋 一九二
すだちどり（巣立鳥） 春 二〇三
すだれ（簾） 春 四五二
すだれおさむ（簾納む） 秋 八二
すだれなごり（簾名残） 秋 八二
すだれのわかれ（簾の別れ） 秋 八二
すだれはずす（簾外す） 秋 八二
スチーム 冬 一三〇
すつばめ（巣燕） 春 二〇一
すてうちわ（捨団扇） 秋 八〇
すておうぎ（捨扇） 秋 八〇
すてかがし（捨案山子） 秋 八五
すてご（捨蚕） 春 一一五
すてご（捨蚕） 春 二二六
すてごばな（捨子花） 秋 二六六
すてなえ（捨苗） 夏 三六三
すてびな（捨雛） 春 一四一
すど（簀戸） 夏 一一八
ストーブ 冬 一三〇
ストーブのぞく（ストーブ除く） 春 九六
ストール 冬 一〇〇
すどり（巣鳥） 春 二〇〇
すなひがさ（砂日傘） 夏 一五七
すなまこ（酢海鼠） 冬 二三〇
スノーボード 冬 一五七
すばこ（巣箱） 春 二〇一
すはだか（素裸） 夏 一六九
すはまそう（洲浜草） 春 三〇九
すぽーつのひ（スポーツの日） 秋 一一二
すみ（炭） 冬 一三一
すみうり（炭売） 冬 一三一
すみかご（炭籠） 冬 一三一
すみがま（炭竈） 冬 一五一
すみだわら（炭俵） 冬 一三一
すみとり（炭斗） 冬 一三一
すみび（炭火） 冬 一三一
すみひく（炭挽く） 冬 一三一
すみやき（炭焼） 冬 一五一
すみやきがま（炭焼竈） 冬 一五一
すみやきごや（炭焼小屋） 冬 一五一
すみれ（菫） 春 三〇四
すみれぐさ（菫草） 春 三〇四
すむあき（澄む秋） 秋 二六
すむぎ 夏 九〇
すもう（相撲） 秋 一〇二

すもう（角力） 秋 一〇二
すもうとりぐさ（相撲取草） 春 三〇四
すもうばな（相撲花） 春 三〇四
すもも（李） 夏 三〇〇
すもものはな（李の花） 春 二五九
すりぞめ（刷初） 新 五九
すりばちむし（擂鉢虫） 夏 二六九
ずわいがに（ずわい蟹） 冬 二三九
すわのおんばしらまつり（諏訪の御柱祭） 夏 一九一
すわまつり（諏訪祭） 夏 一九一
スワン 冬 二三一
すんとりむし（寸取虫） 夏 二四八

せ

せいおうぼ（西王母） 春 二五八
せいか（聖歌） 冬 一八八
せいか（盛夏） 夏 二七
せいが（星河） 秋 四七
せいかすい（井華水） 新 二六
せいきんよう（聖金曜） 春 一六七
せいきんようび（聖金曜日） 春 一六七
せいごがつ（聖五月） 夏 一五
せいしき（誓子忌） 春 一七六
せいじゅ（聖樹） 冬 一八八
せいしゅうかん（聖週間） 春 一六七
せいしゅん（逝春） 春 三六
せいじょ（青女） 冬 五三
せいじんしき（成人式） 新 七九
せいじんのひ（成人の日） 新 七九
せいそんき（青邨忌） 冬 一九八
せいたかあわだちそう（背高泡立草） 秋 二六〇
せいたんさい（聖誕祭） 冬 一八八
せいちゃ（製茶） 春 一一六
せいびょうき（聖廟忌） 春 一四六
せいぼ（歳暮） 冬 二三
せいほき（青畝忌） 冬 一九八
せいめい（清明） 春 二七
せいや（聖夜） 冬 一八八
せいやげき（聖夜劇） 冬 一八
せいようみざくら（西洋実桜） 春 二五一
せいようメロン（西洋メロン） 夏 三五六
セーター 冬 九五
せがき（施餓鬼） 秋 一三一
せがきえ（施餓鬼会） 秋 一三一
せがきでら（施餓鬼寺） 秋 一三一
せがきばた（施餓鬼幡） 秋 一三一
せき（咳） 冬 一六〇
せきさい（釈菜） 春 一四六
せきさらえ（堰浚え） 夏 一三五
せきしゅん（惜春） 春 三七
せきしょう（石菖） 夏 三七一
せきたん（石炭） 冬 一三三
せきちく（石竹） 夏 三三四
せきてん（釈奠） 春 一四六
せきはずす（堰外す） 秋 六四
せきらんうん（積乱雲） 夏 三四
せきれい（鶺鴒） 秋 一五四
せく（咳く） 冬 一六〇
せぐろせきれい（背黒鶺鴒） 秋 一五四
せたがやぼろいち（世田谷襤褸市） 冬 七八
せちおとこ（節男） 新 三四
せちぎ（節木） 新 四七
せちきこり（節木樵） 冬 八〇
せちこち（節東風） 新 二〇
せっけい（雪渓） 夏 六〇
せつげん（雪原） 冬 六五
せつぞう（雪像） 冬 一九〇
せっちゅうか（雪中花） 冬 二五九
せつぶん（節分） 冬 三八
せつぶんもうで（節分詣） 冬 一八二
せつもう（雪盲） 冬 一六四
せつれい（雪嶺） 冬 六四

せなぶとん（背蒲団）　冬　九〇
ぜにあおい（銭葵）　夏　三三〇
ぜにがめ（銭亀）　夏　二〇六
せび（施火）　秋　一三三
せぼし（瀬干し）　夏　一四七
せみ（蝉）　夏　二五七
せみしぐれ（蝉時雨）　夏　二五七
せみのから（蝉の殻）　夏　二五九
せみのぬけがら（蝉の脱殻）　夏　二五九
せみまるき（蝉丸忌）　夏　一九九
せみまるまつり（蟬丸祭）　夏　一九九
せり（芹）　春　三一三
せりつむ（芹摘む）　春　一二三
セル　夏　七七
せんげんこう（浅間講）　夏　一九四
せんこうはなび（線香花火）　夏　一六〇
ぜんこくしょくじゅさい（全国植樹祭）　春　一八八
せんごくまめ（千石豆）　秋　二四九
ぜんこやど（善根宿）　春　一六〇
せんしゃう（洗車雨）　秋　一一四
せんしゅん（浅春）　春　一八
せんす（扇子）　夏　一二四
せんだんのはな（梅檀の花）　夏　三一八
せんだんのみ（梅檀の実）　秋　二〇九
せんてい（剪定）　春　一一一
せんていえ（先帝会）　春　一五四
せんていさい（先帝祭）　春　一五四
せんにちこう（千日紅）　夏　三四三
せんにちそう（千日草）　夏　三四三
せんにちまいり（千日詣）　夏　一八八
せんぷうき（扇風機）　夏　一二五
せんぶき　春　二九六
せんぶりひく（千振引く）　秋　九五
せんぼんわけぎ（千本分葱）　春　二九六
ぜんまい（薇）　春　三一二
ぜんまい（狗背）　春　三一二
ぜんまい（紫蕨）　春　三一二
せんもうき（剪毛期）　春　一一五
せんりょう（千両）　冬　二六〇
せんりょう（仙蓼）　冬　二六〇

そ

そいねかご（添寝籠）　夏　一一六
そうあん（送行）　秋　一三三
そうえきき（宗易忌）　春　一七〇
そうき（爽気）　秋　二七
そうぎき（宗祇忌）　秋　一三五
ぞうきもみじ（雑木紅葉）　秋　一九九
そうぎょき（艸魚忌）　春　一七四
そうじゅつをたく（蒼朮を焚く）　夏　一二九
そうしゅん（早春）　春　一八
そうじょうき（草城忌）　冬　二〇一
そうず（添水）　秋　八四
そうず（僧都）　秋　八四
ぞうすい（雑炊）　冬　一〇八
そうせきき（漱石忌）　冬　一九七
そうたい（掃苔）　秋　一二〇
ぞうに（雑煮）　新　五四
ぞうにいわう（雑煮祝う）　新　五四
ぞうにばし（雑煮箸）　新　五四
ぞうにもち（雑煮餅）　新　五四
ぞうにわん（雑煮椀）　新　五四
そうばい（早梅）　冬　二三六
そうび（薔薇）　夏　二八一
そうまとう（走馬灯）　夏　一二七
そうめんながし（素麺流し）　夏　九三
そうめんひやす（索麺冷す）　夏　九三
そうらい（爽籟）　秋　四九
そうりょう（爽涼）　秋　二七
そうりんしき（巣林子忌）　冬　一九四
ソーダすい（ソーダ水）　夏　一〇三
そけい（素馨）　夏　二九二

そこびえ（底冷え）　冬　三三
そこべに（底紅）　秋　一八三
そこべにき（底紅忌）　秋　一三九
そしゅう（素秋）　秋　一四
そぞろさむ（そぞろ寒）　秋　二九
そつぎょう（卒業）　春　八一
そつぎょうか（卒業歌）　春　八一
そつぎょうき（卒業期）　春　八一
そつぎょうしき（卒業式）　春　八一
そつぎょうしけん（卒業試験）　春　八一
そつぎょうしょうしょ（卒業証書）　春　八一
そつぎょうせい（卒業生）　春　八一
そでなし（袖無）　冬　九〇
そばがき（蕎麦掻）　冬　一〇六
そばかり（蕎麦刈）　秋　九一
そばとろ（蕎麦とろ）　秋　七七
そばのはな（蕎麦の花）　秋　二四八
そばほす（蕎麦干す）　秋　九一
そひょう（粗氷）　冬　五一
ソフトクリーム　夏　一〇五
そめいよしの（染井吉野）　春　二三四
そめかたびら（染帷子）　夏　七八
そめたまご（染卵）　春　一六七
そめはじめ（染始）　新　六三
そらすむ（空澄む）　秋　二六
そらたかし（空高し）　秋　三七
そらまめ（蚕豆）　夏　三五二
そらまめ（空豆）　夏　三五二
そらまめのはな（蚕豆の花）　春　二八九
そらまめまく（蚕豆蒔く）　秋　九五
そり（橇）　冬　一四〇
そり（雪車）　冬　一四〇
そり（雪舟）　冬　一四〇

た

たあそび（田遊び）　新　八九
たいあみ（鯛網）　春　二〇三
たいいくのひ（体育の日）　秋　一一三
たいか（大火）　冬　一三九
だいかぐら（太神楽）　新　四九
たいかん（大旱）　夏　五八
だいかん（大寒）　冬　二八
だいぎ（砧木）　春　一一一
だいこ（大根）　冬　二六四
だいこうま（大根馬）　冬　一四二
だいこたき（大根焚）　冬　一八六
だいこひき（大根引）　冬　一四二
だいこひく（大根引く）　冬　一四二
だいこん（大根）　冬　二六四
だいこんあらう（大根洗う）　冬　一四三
だいこんつく（大根漬く）　冬　一二一
だいこんのはな（大根の花）　春　二八八
だいこんばたけ（大根畑）　冬　二六四
だいこんひき（大根引）　冬　一四二
だいこんほす（大根干す）　冬　一四四
だいこんまく（大根蒔く）　秋　九五
だいさぎ（大鷺）　夏　三三五
たいさんぼくのはな（泰山木の花）　夏　二八九
だいしがゆ（大師粥）　冬　一八四
だいしき（大師忌）　春　一五八
だいしけん（大試験）　春　八一
だいしこう（大師講）　冬　一八四
たいしゅん（待春）　冬　三六
たいしょ（大暑）　夏　二九
だいず（大豆）　秋　二四八
だいずまく（大豆蒔く）　夏　一四〇
たいせつ（大雪）　冬　二一
だいだい（橙）　秋　一九三
だいだいかざる（橙飾る）　新　三三
だいだいのはな（橙の花）　夏　二九四
だいちいつ（大地凍つ）　冬　七二
たいつりそう（鯛釣草）　春　二七九

ダイビング　夏　一五六
たいふう（台風）　秋　五二
たいふう（颱風）　秋　五二
たいふうか（台風禍）　秋　五二
たいふうけん（台風圏）　秋　五二
たいふうのめ（台風の眼）　秋　五二
たいふうり（台風裡）　秋　五二
たいまのねりくよう（当麻練供養）　夏　一九七
たいまのほうじ（当麻法事）　夏　一九七
だいもんじ（大文字）　秋　一二二
だいもんじのひ（大文字の火）　秋　一二二
たいやき（鯛焼）　冬　一〇九
ダイヤモンドダスト　冬　五三
だいりびな（内裏雛）　春　一三九
たうえ（田植）　夏　一三六
たうえうた（田植歌）　夏　一三六
たうえがさ（田植笠）　夏　一三六
たうえどき（田植時）　夏　一三六
たうち（田打）　春　一〇二
たか（鷹）　冬　二〇八
たかうな　夏　三五三
たかがり（鷹狩）　冬　一四八
たかきうし（田掻牛）　夏　一三五
たかきうま（田掻馬）　夏　一三五
たかきにのぼる（高きに登る）　秋　一二六
たかく（田掻く）　夏　一三五
たかこき（多佳子忌）　夏　二〇一
たかしき（たかし忌）　夏　二〇〇
たかじょう（鷹匠）　冬　一四八
たがそで（誰袖）　夏　一二一
たかどうろう（高灯籠）　秋　八一
たかの（鷹野）　冬　一四八
たかのつめ（鷹の爪）　秋　二四〇
たかはご（高擌）　秋　九九
たかばしら（鷹柱）　秋　一四七
たかむしろ（簟）　夏　一一五
たがやし（耕）　春　一〇二
たがやす（耕す）　春　一〇二
たかやまはるまつり（高山春祭）　春　一五三
たかやままつり（高山祭）　春　一五三
たからぶね（宝船）　新　七六
たからぶねしく（宝船敷く）　新　七六
たかり（田刈）　秋　八七
たかわたる（鷹渡る）　秋　一四七
たかんな　夏　三五三
たき（滝）　夏　七〇
たき（瀑）　夏　七〇
たきあび（滝浴び）　夏　一五八
だきかご（抱籠）　夏　一一六
たきかぜ（滝風）　夏　七〇
たきかる（滝涸る）　冬　六七
たきぎさるがく（薪猿楽）　夏　一八六
たきぎのう（薪能）　夏　一八六
たきぎょう（滝行）　夏　一五八
たきぎょうじゃ（滝行者）　夏　一五八
たきこおる（滝氷る）　冬　七四
たきごり（滝垢離）　夏　一五八
たきじき（多喜二忌）　春　一七四
たきしぶき（滝しぶき）　夏　七〇
たきぞめ（焚初）　新　六三
たきつぼ（滝壺）　夏　七〇
たきどの（滝殿）　夏　一一三
たきび（焚火）　冬　一三八
たきみ（滝見）　夏　七〇
たきみち（滝道）　夏　七〇
たきみぢゃや（滝見茶屋）　夏　七〇
たくあん（沢庵）　冬　一二一
たくあんづけ（沢庵漬）　冬　一二一
たくあんづけせいす（沢庵漬製す）　冬　一二一
たぐさとり（田草取）　夏　一三九
たぐさひく（田草引く）　夏　一三九
だくしゅ（濁酒）　秋　七一

たくぼくき（啄木忌） 春 一七八
たけ（茸） 秋 二七五
たけうま（竹馬） 冬 一五六
たけおちば（竹落葉） 夏 三三三
たけかざり（竹飾） 新 二八
たけがり（茸狩） 秋 一〇五
たけがわをぬぐ（竹皮を脱ぐ） 夏 三三三
たけきり（竹伐） 夏 一九八
たけきりえ（竹伐会） 夏 一九八
たけきる（竹伐る） 秋 九三
たけすだれ（竹簾） 夏 一一七
たけにぐさ（竹煮草） 夏 三七一
たけのあき（竹の秋） 春 二七八
たけのかわ（竹の皮） 夏 三三三
たけのかわちる（竹の皮散る） 夏 三三三
たけのかわぬぐ（竹の皮脱ぐ） 夏 三三三
たけのこ（筍） 夏 三五三
たけのこ（竹の子） 夏 三五三
たけのこ（笋） 夏 三五三
たけのこながし（筍ながし） 夏 三七
たけのこめし（筍飯） 夏 九〇
たけのはる（竹の春） 秋 二三〇
たけのわかば（竹の若葉） 夏 三三四
たけまき（竹巻） 冬 一二五
たけむしろ（竹筵） 夏 一一五
たこ（凧） 春 一二六
たこ（蛸） 夏 三三八
たこ（章魚） 夏 三三八
たこあげ（凧揚） 新 七〇
だこつき（蛇笏忌） 秋 一四二
だざいき（太宰忌） 夏 二〇一
だし（山車） 夏 一九〇
たしぎ（田鴫） 秋 一五六
たずのはな（接骨の花） 春 二七五
たずわたる（田鶴渡る） 秋 一五八
たぜり（田芹） 春 三一三
たたみがえ（畳替） 冬 一二八
たたらまつり（踏鞴祭） 冬 一七七
たちあおい（立葵） 夏 三三〇
たちばな（橘） 秋 二一〇
たちばなのはな（橘の花） 夏 二九二
たちびな（立雛） 春 一三九
たちまち（立待） 秋 四五
たちまちづき（立待月） 秋 四五
たつおどり（竜踊） 秋 一二五
たづくり（田作） 新 五六
たつこき（立子忌） 春 一七六
だっこく（脱穀） 秋 八九
たっこくき（達谷忌） 夏 二〇二
だっこくき（脱穀機） 秋 八九
だっさいき（獺祭忌） 秋 一四〇
たつたひめ（龍田姫） 秋 五九
たっぺ（竹瓮） 冬 一四九
たで（蓼） 夏 三六〇
たでのはな（蓼の花） 秋 二七二
たでのほ（蓼の穂） 秋 二七二
たどん（炭団） 冬 一三一
たどんほす（炭団干す） 冬 一三一
たながすみ（棚霞） 春 五七
たなぎょう（棚経） 秋 一一八
たなばた（七夕） 秋 一一四
たなばたうま（七夕馬） 秋 一一五
たなばただけ（七夕竹） 秋 一一四
たなばたづき（七夕月） 秋 一六
たなばたながし（七夕流し） 秋 一一四
たなばたまつり（七夕祭） 秋 一一四
たにし（田螺） 春 三一七
たにしとり（田螺取） 春 三一七
たにしなく（田螺鳴く） 春 三一七
たにもみじ（谷紅葉） 秋 一九五
たぬき（狸） 冬 二〇四
たぬきがり（狸狩） 冬 一四七

たぬきじる（狸汁） 冬 一一一
たぬきわな（狸罠） 冬 一四七
たねあさがお（種朝顔） 夏 三七〇
たねい（種井） 春 一〇五
たねいけ（種池） 春 一〇五
たねいも（種芋） 春 二九八
たねいも（種藷） 春 二九八
たねうり（種売） 春 一〇四
たねえらび（種選） 春 一〇四
たねえらみ（種選） 春 一〇四
たねおろし（種下し） 春 一〇五
たねかかし（種案山子） 春 一〇五
たねかし（種かし） 春 一〇五
たねがみ（種紙） 春 一一五
たねだいこん（種大根） 春 二八八
たねたわら（種俵） 春 一〇五
たねつける（種浸ける） 春 一〇五
たねどこ（種床） 春 一〇七
たねとり（種採） 秋 九四
たねなす（種茄子） 秋 二三四
たねなすび（種茄子） 秋 二三四
たねひたし（種浸し） 春 一〇五
たねふくべ（種瓢） 秋 二三三
たねぶくろ（種袋） 春 一〇四
たねふせる（種ふせる） 春 一〇五
たねふて（種ふて） 春 一〇五
たねまき（種蒔） 春 一〇五
たねもの（種物） 春 一〇四
たねものや（種物屋） 春 一〇四
たねより（種選） 春 一〇四
たのいろ（田の色） 秋 六二
たのき 冬 二〇四
たばこかる（煙草刈る） 秋 九四
たばこのはな（煙草の花） 秋 二五二
たばこほす（煙草干す） 秋 九四
たび（足袋） 冬 一〇一
たびはじめ（旅始） 新 三八
たびらこ（田平子） 新 一一一
たまあられ（玉霰） 冬 五一
たまおくり（魂送） 秋 一一九
たまござけ（玉子酒） 冬 一〇五
たまござけ（卵酒） 冬 一〇五
たませせり（玉せせり） 新 九四
たませり（玉せり） 新 九四
たませりまつり（玉競祭） 新 九四
たまだな（魂棚） 秋 一一八
たまだな（霊棚） 秋 一一八
たまつばき（玉椿） 春 二三〇
たまつり（田祭） 春 一四六
たまとくばしょう（玉解く芭蕉） 夏 三四六
たまとりまつり（玉取祭） 新 九四
たまな（玉菜） 夏 三五七
たまなえ（玉苗） 夏 三六三
たまねぎ（玉葱） 夏 三五九
たまのあせ（玉の汗） 夏 一七二
たまのお 秋 二七一
たままくばしょう（玉巻く芭蕉） 夏 三四六
たままつり（魂祭） 秋 一一八
たままゆ（玉繭） 夏 一四六
たまむかえ（魂迎え） 秋 一一八
たまむし（玉虫） 夏 二五一
たみずおとす（田水落す） 秋 六四
たみずはる（田水張る） 夏 一三五
たみずわく（田水沸く） 夏 六七
たむけのいち（手向の市） 秋 一一七
たもぎ（田母木） 秋 八八
たら（鱈） 冬 二三四
たら（雪魚） 冬 二三四
だらだらまつり（だらだら祭） 秋 一二九
たらつむ（楤摘む） 春 二六六
たらのめ（楤の芽） 春 二六六
たらのめ（多羅の芽） 春 二六六

たらぶね（鱈船） 冬 二三四
たらめ 春 二六六
ダリア 夏 三三八
ダリアうう（ダリア植う） 春 二一〇
たるひ（垂氷） 冬 七三
だるまいち（達磨市） 新 四六
だるまき（達磨忌） 冬 一九一
だるまそう（達磨草） 春 三一一
たわらむぎ（俵麦） 夏 三四四
たをうつ（田を打つ） 春 一〇二
たをかえす（田を返す） 春 一〇二
たをすく（田を鋤く） 春 一〇二
たんご（端午） 夏 一八一
だんごしょうがつ（団子正月） 新 一七
たんごのせっく（端午の節句） 夏 一八一
だんごばな（団子花） 春 二五四
だんごばな（団子花） 新 八一
たんじつ（短日） 冬 二九
たんじょうえ（誕生会） 春 一六一
たんぜん（丹前） 冬 九二
だんちょうか（断腸花） 秋 二三七
たんちょうづる（丹頂鶴） 冬 二三〇
だんつう（緞通） 冬 一三〇
たんていきょうそう（短艇競漕） 春 一二五
たんばい（探梅） 冬 一五四
たんばいこう（探梅行） 冬 一五四
たんパン（短パン） 夏 八三
たんぽ（湯婆） 冬 一三五
だんぼう（暖房） 冬 一三〇
だんぼう（暖房） 冬 一三〇
だんぼうしゃ（暖房車） 冬 一三〇
たんぽぽ（蒲公英） 春 三〇六
たんぽぽのわた（蒲公英の絮） 春 三〇六
だんろ（暖炉） 冬 一三〇
だんろおさむ（暖炉納む） 春 九六
だんろはずす（暖炉外す） 春 九六

ち

ちえもうで（知恵詣） 春 一四五
ちえもらい（知恵貰ひ） 春 一四五
チェリー 春 二五一
ちかまつき（近松忌） 冬 一九四
ちがやのはな（白茅の花） 春 三一九
ちぐさ（千草） 秋 二五三
ちぐさのはな（千草の花） 秋 二五三
ちくしゅう（竹秋） 春 二七八
ちくふじん（竹夫人） 夏 一一六
ちくふじん（竹婦人） 夏 一一六
ちさ（苣） 春 二九一
ちじつ（遅日） 春 三三
ちしゃ（萵苣） 春 二九一
ちしゅん（遅春） 春 二二
ちちこぐさ（父子草） 春 三一七
ちちのひ（父の日） 夏 一八一
ちちぶよまつり（秩父夜祭） 冬 一七九
ちぢみ（縮） 夏 八〇
ちぢみふ（縮布） 夏 八〇
ちちろ 秋 一七二
ちちろむし（ちちろ虫） 秋 一七二
ちとせあめ（千歳飴） 冬 一六八
ちどめぐさ（血止草） 秋 二三九
ちどり（千鳥） 冬 二一七
ちどり（鵆） 冬 二一七
ちぬ 夏 二三三
ちぬつり（ちぬ釣） 夏 二三三
ちのわ（茅の輪） 夏 一九四
ちまき（粽） 夏 八八
ちまき（茅巻） 夏 八八
ちまきゆう（粽結う） 夏 八八
ちゃうた（茶唄） 春 一一六
ちゃえん（茶園） 春 一一六
ちゃせんまつ（茶筅松） 新 一一三

ちゃたてむし（茶立虫） 秋 一八一
ちゃっきらこ 新 八三
ちゃづくり（茶づくり） 春 一一六
ちゃつみ（茶摘） 春 一一六
ちゃつみうた（茶摘唄） 春 一一六
ちゃつみかご（茶摘籠） 春 一一六
ちゃつみがさ（茶摘笠） 春 一一六
ちゃつみどき（茶摘時） 春 一一六
ちゃつみめ（茶摘女） 春 一一六
ちゃづめ（茶詰） 夏 一〇二
ちゃのはな（茶の花） 冬 二四三
ちゃもみ（茶揉み） 春 一一六
ちゃやま（茶山） 春 一一六
ちゃんちゃんこ 冬 九〇
ちゅうげん（中元） 秋 一二四
ちゅうげんぞうとう（中元贈答） 秋 一二四
ちゅうさぎ（中鷺） 夏 二二五
ちゅうしゅう（仲秋） 秋 二〇
ちゅうしゅう（中秋） 秋 二〇
ちゅうしゅん（仲春） 春 二一
ちゅうそうえ（中宗会） 春 一七二
ちゅうにち（中日） 春 二四
ちゅうふく（中伏） 夏 二七
チューリップ 春 二八二
ちょう（蝶） 春 二二二
ちょういわい（帳祝） 新 四六
ちょううまる（蝶生る） 春 二二二
ちょうが（朝賀） 新 七七
ちょうがき（帳書） 新 四六
ちょうきゅう（重九） 秋 一〇八
ちょうこうえ（長講会） 夏 一九八
ちょうじ（丁字） 春 二四六
ちょうじざくら（丁子桜） 春 二三四
ちょうしゅんか（長春花） 春 二八一
ちょうちょう（蝶々） 春 二二二
ちょうちんばな（提灯花） 夏 三八九
ちょうとじ（帳綴） 新 四六
ちょうなはじめ（手斧始） 新 六五
ちょうはい（朝拝） 新 七七
ちょうはじめ（帳始） 新 四六
ちょうふう（鳥風） 秋 一四八
ちょうめいぎく（長命菊） 春 二八〇
ちょうめいる（長命縷） 夏 一八
ちょうや（長夜） 秋 二五
ちょうよう（重陽） 秋 一〇八
ちょうようのえん（重陽の宴） 秋 一〇八
ちょうろぎ 新 五五
ちょうろく 新 五五
ちょじつ（猪日） 新 三
ちよのはる（千代の春） 新 九
ちよみぐさ（千代見草） 秋 二二七
ちょろぎ（草石蚕） 新 五五
ちりなべ（ちり鍋） 冬 一一〇
ちりまつば（散松葉） 夏 三一二
ちりめん 春 九〇
ちりめんじゃこ 春 九〇
ちりもみじ（散紅葉） 冬 二四九
ちるさくら（散る桜） 春 二三九
ちんかさい（鎮花祭） 春 一五二
ちんじゅき（椿寿忌） 春 一七七
ちんちろ 秋 一七三
ちんちろりん 秋 一七三
ちんもち（賃餅） 冬 八一

つ

ついな（追儺） 冬 一七二
ついり（梅雨入） 夏 二〇
つかれう（疲れ鵜） 夏 一四八
つき（月） 秋 三九
つきあかり（月明り） 秋 三九
つきおぼろ（月朧） 春 四三
つきかげ（月影） 秋 三九

つぎき（接木） 春 一一一
つぎきなえ（接木苗） 春 一一一
つきくさ（月草） 秋 二七三
つきこおる（月氷る） 冬 四二
つきこよい（月今宵） 秋 四二
つきさゆ（月冴ゆ） 冬 四二
つきしろ（月白） 秋 三九
つきすずし（月涼し） 夏 三五
つきのあめ（月の雨） 秋 四四
つきのうめ（月の梅） 春 二二八
つきのえん（月の宴） 秋 一〇三
つきので（月の出） 秋 三九
つきのわぐま（月輪熊） 冬 二〇三
つぎほ（接穂） 春 一一一
つぎまつ（接ぎ松） 春 三〇八
つきまつる（月祭る） 秋 一〇三
つきみ（月見） 秋 一〇三
つきみぐさ（月見草） 夏 三七四
つきみざけ（月見酒） 秋 一〇三
つきみそう（月見草） 夏 三七四
つきみだんご（月見団子） 秋 一〇三
つきみづき（月見月） 秋 二〇
つきみまめ（月見豆） 秋 七四
つきよ（月夜） 秋 三九
つきよたけ（月夜茸） 秋 二七七
つきをまつ（月を待つ） 秋 一〇三
つくえあらい（机洗） 秋 一一三
つくし（土筆） 春 三〇七
つくしつむ（土筆摘む） 春 三〇七
つくしの（土筆野） 春 三〇七
つくしんぼ 春 三〇七
つくつくし 秋 一六八
つくづくし 春 三〇七
つくつくほうし（つくつく法師） 秋 一六八
つくまなべ（筑摩鍋） 夏 一九二
つくままつり（筑摩祭） 夏 一九二
つぐみ（鶫） 秋 一五二
つげのはな（黄楊の花） 春 二七四
つごもりそば（つごもり蕎麦） 冬 八四
つじがはな（辻が花） 夏 七八
つじまつり（辻祭） 秋 一三四
つた（蔦） 秋 二三〇
つたかづら（蔦かづら） 秋 二三〇
つたかる（蔦枯る） 冬 二五四
つたしげる（蔦茂る） 夏 三六七
つたのめ（蔦の芽） 春 三〇一
つたもみじ（蔦紅葉） 秋 二三〇
つたわかば（蔦若葉） 春 三〇三
つちがえる（土蛙） 春 一八五
つちばち（土蜂） 春 二二四
つちびな（土雛） 春 一三九
つちふる（霾る） 春 五〇
つちわさび（土山葵） 春 二九七
つつじ（躑躅） 春 二五三
つつどり（筒鳥） 夏 二一五
つづみぐさ（鼓草） 春 三〇六
つづみはじめ（鼓始） 新 七三
つづれさせ 秋 一七二
つなひき（綱引） 新 四六
つなひき（綱曳） 新 四六
つのきり（角切） 秋 一二六
つのぐむあし（角組む蘆） 春 三三二
つのまた（角叉） 春 三二四
つのよせ（鹿寄せ） 秋 一二六
つばき（椿） 春 二三〇
つばきのみ（椿の実） 秋 二〇五
つばきもち（椿餅） 春 九三
つばくら 春 一九二
つばくらめ 春 一九二
つばくろ 春 一九二
つばな（茅花） 春 三一九
つばなながし（茅花ながし） 夏 三七

つばめ（燕） 春 一九二
つばめ（乙鳥） 春 一九二
つばめ（玄鳥） 春 一九二
つばめうお（つばめ魚） 夏 三三六
つばめかえる（燕帰る） 秋 一五〇
つばめくる（燕来る） 春 一九二
つばめのこ（燕の子） 夏 二一九
つばめのす（燕の巣） 春 二〇一
つぶ 春 二二三
つぼすみれ（壺菫） 春 三〇四
つぼやき（壺焼） 春 九一
つまくれなゐ 秋 二二六
つまご（爪籠） 冬 一四〇
つまこうしか（妻恋う鹿） 秋 一四五
つまべに 秋 二二六
つまみな（摘まみ菜） 秋 二三九
つみくさ（摘草） 春 一二三
つめきりそう（爪切草） 夏 三四〇
つめたし（冷たし） 冬 三三
つゆ（梅雨） 夏 四三
つゆ（露） 秋 五八
つゆあがる（梅雨あがる） 夏 二四
つゆあけ（梅雨明） 夏 二四
つゆいり（梅雨入り） 夏 二〇
つゆきのこ（梅雨菌） 夏 三九七
つゆくさ（露草） 秋 二七二
つゆぐもり（梅雨曇） 夏 四三
つゆけし（露けし） 秋 五八
つゆさむ（梅雨寒） 夏 二一
つゆさむ（露寒） 秋 五九
つゆさむし（梅雨寒し） 夏 二一
つゆさむし（露寒し） 秋 五九
つゆしぐれ（露時雨） 秋 五八
つゆじめり（梅雨湿り） 夏 四三
つゆじも（露霜） 秋 五九
つゆだけ（梅雨茸） 夏 三九七
つゆでみず（梅雨出水） 夏 六三
つゆなまず（梅雨鯰） 夏 三三九
つゆにいる（梅雨に入る） 夏 二〇
つゆのあけ（梅雨の明） 夏 二四
つゆのたま（露の玉） 秋 五八
つゆのちょう（梅雨の蝶） 夏 二四四
つゆのつき（梅雨の月） 夏 三五
つゆのほし（梅雨の星） 夏 三五
つゆばれ（梅雨晴） 夏 五三
つゆはれま（梅雨晴間） 夏 五三
つゆびえ（梅雨冷） 夏 二一
つゆむぐら（露葎） 秋 五八
つゆやみ（梅雨闇） 夏 五二
つゆゆうやけ（梅雨夕焼） 夏 四三
つよごち（強東風） 春 四五
つよしも（強霜） 冬 五三
つらつらつばき（つらつら椿） 春 二三〇
つらら（氷柱） 冬 七三
つりがねそう（釣鐘草） 夏 三八九
つりしのぶ（釣忍） 夏 一二六
つりしのぶ（吊忍） 夏 一二六
つりどこ（吊床） 夏 一一九
つりどの（釣殿） 夏 一一三
つりな（吊菜） 冬 一四四
つりぼり（釣堀） 夏 一五八
つる（鶴） 冬 三二〇
つるうめもどき（蔓梅擬） 秋 二一六
つるかえる（鶴帰る） 春 一九四
つるきたる（鶴来る） 秋 一五八
つるぎば（剣羽） 冬 二一六
つるしがき（吊し柿） 秋 七六
つるべおとし（釣瓶落し） 秋 三五
つるめそ（弦召） 夏 一九五
つるもどき 秋 二一六
つるりんどう（蔓竜胆） 秋 二七〇
つるれいし（蔓茘枝） 秋 二二三

つるわたる（鶴渡る） 秋 一五八
つわ（石蕗） 冬 二七一
つわのはな（石蕗の花） 冬 二七一
つわのはな（槖吾の花） 冬 二七一
つわぶきのはな（石蕗の花） 冬 二七一

て

てあぶり（手焙） 冬 一三四
でいごのはな（梯梧の花） 夏 二九一
ていじょき（汀女忌） 秋 一四一
ていとくき（貞徳忌） 冬 一九三
デージー 春 二八〇
でかいちょう（出開帳） 春 一五九
できあき（出来秋） 秋 八九
でくまわし（木偶廻し） 新 五一
でぞめ（出初） 新 七九
でぞめしき（出初式） 新 七九
てそり（手橇） 冬 一四〇
てっせんか（鉄線花） 夏 三四四
てっせんかずら 夏 三四四
てっちり 冬 一一〇
てっぽうむし（鉄砲虫） 夏 二五一
てっぽうゆり（鉄砲百合） 夏 三三八
ででむし 夏 二七七
てはなび（手花火） 夏 一六〇
てぶくろ（手袋） 冬 一〇一
てまり（手毬） 新 六九
てまり（手鞠） 新 六九
てまりうた（手毬唄） 新 六九
てまりご（手毬子） 新 六九
てまりつく（手毬つく） 新 六九
てまりばな（手毬花） 夏 二八八
てまりばな（繡毬花） 夏 二八八
でみず（出水） 夏 六三
でめきん（出目金） 夏 二三二
てりうそ（照鷽） 春 一九一
てりは（照葉） 秋 一九七
てりもみじ（照紅葉） 秋 一九七
てんがいばな（天蓋花） 夏 三三九
てんがいばな（天蓋花） 秋 二六六
でんがく（田楽） 春 八八
でんがくざし（田楽刺） 春 八八
でんがくどうふ（田楽豆腐） 春 八八
でんがくまつり（田楽祭） 新 九六
でんがくやき（田楽焼） 春 八八
てんかふん（天瓜粉） 夏 一一三
てんかふん（天花粉） 夏 一一三
てんかん（天漢） 秋 四七
でんきもうふ（電気毛布） 冬 九五
でんぎょうえ（伝教会） 夏 一九八
でんぎょうだいしき（伝教大師忌） 夏 一九八
てんぐさとり（天草採） 夏 一四二
てんぐさとる（石花菜採る） 夏 一四二
てんぐさとる（天草取る） 夏 一四二
てんぐさほす（天草干す） 夏 一四二
てんぐたけ（天狗茸） 秋 二七七
てんさん（天蚕） 夏 二四六
てんしうお（天使魚） 夏 二三二
てんじくあおい（天竺葵） 夏 三三九
てんじくぼたん（天竺牡丹） 夏 三三八
てんじんおんき（天神御忌） 春 一五一
てんじんばた（天神旗） 新 九七
てんじんばな（天神花） 新 九七
てんじんまつり（天神祭） 夏 一九六
てんだいだいしき（天台大師忌） 冬 一八四
てんたかし（天高し） 秋 三七
でんでんむし 夏 二七七
テント 夏 一五五
てんとうむし（天道虫） 夏 二五三
てんとうむし（瓢虫） 夏 二五三
てんとむし 夏 二五三
てんのうさい（天王祭） 夏 一九五

てんのうたんじょうび（天皇誕生日）春 一三五
てんぼ（展墓）秋 二一〇
てんまさい（天満祭）夏 一九六
てんまのおはらい（天満の御祓）夏 一九六
てんろう（天狼）冬 四三

と

とあみ（投網）夏 一四七
とういす（籐椅子）夏 一一九
とうう（凍雨）冬 五〇
とうが（冬瓜）秋 二三一
とうかしたし（灯火親し）秋 七九
とうかしたし（灯下親し）秋 七九
とうかしたしむ（灯火親しむ）秋 七九
とうがじる（冬瓜汁）秋 二三一
とうがらし（唐辛子）秋 二四〇
とうがらし（蕃椒）秋 二四〇
とうがん（冬瓜）秋 二三一
とうぎょ（闘魚）夏 二三三
とうきょうだいくうしゅうき（東京大空襲忌）春 一四三
とうけい（闘鶏）春 一四二
とうこう（登高）秋 二二六
とうこう（凍港）冬 七五
とうこう（冬耕）冬 一四一
とうじ（冬至）冬 二二
とうじかぼちゃ（冬至南瓜）冬 二二
とうじがゆ（冬至粥）冬 二二
とうじばい（冬至梅）冬 二三六
とうじぶろ（冬至風呂）冬 一七一
とうじゆ（冬至湯）冬 一七一
とうしょう（凍傷）冬 一六三
とうじょう（凍上）冬 七二
とうしょうぶ（唐菖蒲）夏 三三七
とうしんぐさ（灯心草）夏 三七八
とうしんぐさのはな（灯心草の花）夏 三七八
とうしんとんぼ（灯心蜻蛉）夏 二六一
とうすみ 夏 二六一
とうすみとんぼ（とうすみ蜻蛉）夏 二六一
とうせい（踏青）春 一三二
とうせいき（桃青忌）冬 一九一
とうせん（投扇）新 六七
とうせんきょう（投扇興）新 六七
とうだん（冬暖）冬 一九
どうだんつつじ（満天星躑躅）春 二五二
どうだんのはな（満天星の花）春 二五二
とうちん（陶枕）夏 一一五
とうつばき（唐椿）冬 二四一
とうてい（冬帝）冬 一三
とうてん（冬天）冬 四一
とうなす 秋 二三一
とうねいす（籐寝椅子）夏 一一九
とうねん（当年）新 一〇
とうまくら（籐枕）夏 一一五
とうみん（冬眠）冬 二〇三
とうむしろ（籐筵）夏 一一五
とうもろこし（玉蜀黍）秋 二四六
とうもろこしのはな（玉蜀黍の花）夏 三六四
とうやまつり（遠山祭）冬 一八〇
とうようこう（桃葉紅）夏 二八九
とうれい（冬麗）冬 四〇
とうろう（灯籠）秋 八一
とうろう（蟷螂）秋 一七八
とうろううまる（蟷螂生る）夏 二六二
とうろうながし（灯籠流し）秋 二三一
とおかえびす（十日戎）新 九
とおかじ（遠火事）冬 一三九
とおがすみ（遠霞）春 五七
とおかのきく（十日の菊）秋 二三九
とおかわず（遠蛙）春 一八五
とおしがも（通し鴨）夏 二三二
とおちどり（遠千鳥）冬 二一七
とおはなび（遠花火）夏 一六〇

とおやなぎ（遠柳）　春　二六八
とがえりのはな（十返りの花）　春　二六九
とかげ（蜥蜴）　夏　二一〇
とかげいづ（蜥蜴出づ）　春　一八四
ときしらず　春　二八〇
ときのきねんび（時の記念日）　夏　一八〇
ときのひ（時の日）　夏　一八〇
とぎょ（渡御）　夏　一九〇
ときわあけび（常盤あけび）　春　二七七
ときわぎおちば（常磐木落葉）　夏　三一一
とくさかる（木賊刈る）　秋　九七
とくさかる（砥草刈る）　秋　九七
どくしょはじめ（読書始）　新　三七
どくたけ（毒茸）　秋　二七七
どくだみ（蕺菜）　夏　三八四
どくだみのはな（どくだみの花）　夏　三八四
どくながし（毒流し）　夏　一四七
どくびん（毒瓶）　夏　一六五
とけいそう（時計草）　夏　二九一
とこなつづき（常夏月）　夏　一三
ところかざる（野老飾る）　新　一三
ところてん（心太）　夏　一〇六
ところてん（心天）　夏　一〇六
とさみずき（土佐水木）　春　二四八
とざん（登山）　夏　一五五
とざんぐち（登山口）　夏　一五五
とざんぐつ（登山靴）　夏　一五五
とざんごや（登山小屋）　夏　一五五
とざんちず（登山地図）　夏　一五五
とざんづえ（登山杖）　夏　一五五
とざんでんしゃ（登山電車）　夏　一五五
とざんどう（登山道）　夏　一五五
とざんぼう（登山帽）　夏　一五五
とざんやど（登山宿）　夏　一五五
としあく（年明く）　新　八
としあゆむ（年歩む）　冬　一三
としあらた（年新た）　新　八
としあらたまる（年改まる）　新　八
としおき（年尾忌）　秋　一四三
としおくる（年送る）　冬　二四
としおしむ（年惜しむ）　冬　二五
としおとこ（年男）　冬　一七二
としおとこ（年男）　新　一三
としがみ（年神）　新　九〇
としぎ（年木）　新　四七
としきうり（年木売）　冬　八〇
としきこり（年木樵）　冬　八〇
としきたる（年来る）　新　八
としきつむ（年木積む）　冬　八〇
としくる（年暮る）　冬　一三
としこし（年越）　冬　二六
としこしそば（年越蕎麦）　冬　八四
としこしまいり（年越参）　冬　一八二
としこしもうで（年越詣）　冬　一八二
としごもり（年籠）　冬　一八二
としざけ（年酒）　新　五二
としたつ（年立つ）　新　八
としだま（年玉）　新　三五
としつまる（年詰まる）　冬　一三
としとくじん（歳徳神）　新　九〇
としながる（年流る）　冬　二四
としなわ（年縄）　新　三〇
としのいち（年の市）　冬　七七
としのうち（年の内）　冬　二四
としのくれ（年の暮）　冬　一三
としのせ（年の瀬）　冬　一三
としのはて（年の果）　冬　一三
としのまめ（年の豆）　冬　一七二
としのよ（年の夜）　冬　二六
としまもる（年守る）　冬　八三
としむかう（年迎ふ）　新　八
としもる（年守る）　冬　八三

としゆく（年逝く）　冬　二四
としようい（年用意）　冬　七七
どじょうじる（泥鰌汁）　夏　一〇九
どじょうなべ（泥鰌鍋）　夏　一〇九
どじょうほる（泥鰌掘る）　冬　一五〇
としよりのひ（としよりの日）　秋　一一〇
としわすれ（年忘）　冬　八二
としをこす（年を越す）　冬　二六
とそ（屠蘇）　新　五三
とそいわう（屠蘇祝う）　新　五三
とそしゅ（屠蘇酒）　新　五三
とそぶくろ（屠蘇袋）　新　五三
とちさく（栃咲く）　夏　三一五
とちのはな（橡の花）　夏　三一五
とちのはな（栃の花）　夏　三一五
とちのみ（橡の実）　秋　二〇七
とちのみ（栃の実）　秋　二〇七
どてあおむ（土手青む）　春　二九九
どてすずみ（土手涼み）　夏　一五三
どてら（褞袍）　冬　九二
とのさまがえる（殿様蛙）　春　一八五
とのさまばった（殿様ばった）　秋　一七七
とびうお（飛魚）　夏　二三六
とびうめ（飛梅）　春　二二八
とびお　夏　二三六
とふぎょ（杜父魚）　冬　二三六
とぶさまつ（鳥総松）　新　八一
どぶさらい　夏　一三五
どぶろく　秋　七一
とべらのはな（海桐の花）　夏　三二一
トマト　夏　三五七
とまと（蕃茄）　夏　三五七
とみしょうがつ（富正月）　新　二一
ともじき（友二忌）　春　一七二
ともちどり（友千鳥）　冬　二一七
とやし（鳥屋師）　秋　九九
どよう（土用）　夏　二七
どようあい（土用あい）　夏　三七
どようあけ（土用明）　夏　二七
どよういり（土用入）　夏　二七
どようしのひのうなぎ（土用丑の日の鰻）　夏　一〇九
どよううなぎ（土用鰻）　夏　一〇九
どようごち（土用東風）　夏　三七
どようさぶろう（土用三郎）　夏　二七
どようしじみ（土用蜆）　夏　二四二
どようしばい（土用芝居）　夏　一六一
どようじろう（土用次郎）　夏　二七
どようたろう（土用太郎）　夏　二七
どようなみ（土用波）　夏　六五
どようなみ（土用浪）　夏　六五
どようぼし（土用干）　夏　一二九
どようみまい（土用見舞）　夏　七三
どようめ（土用芽）　夏　三二一
とよのあき（豊の秋）　秋　八九
とらがあめ（虎が雨）　夏　四六
とらがなみだあめ（虎が涙雨）　夏　四六
とらのお（虎尾草）　夏　三八六
とらひこき（寅彦忌）　冬　一九九
とりあわせ（鶏合）　春　一四二
とりいがたのひ（鳥居形の火）　秋　一三三
とりおい（鳥追）　新　五〇
とりおどし（鳥威し）　秋　八六
とりかえる（鳥帰る）　春　一九七
とりかぜ（鳥風）　春　六〇
とりかぶと（鳥兜）　秋　二七二
とりかぶと（鳥頭）　秋　二七二
とりぐも（鳥雲）　春　六〇
とりぐも（鳥雲）　秋　一四八
とりくもに（鳥雲に）　春　一九七
とりくもにいる（鳥雲に入る）　春　一九七
とりぐもり（鳥曇）　春　六〇
とりさかる（鳥交る）　春　一九八

とりつるむ（鳥つるむ）　春　一九八
とりのいち（酉の市）　冬　一七八
とりのけあい（鶏の蹴合）　春　一四二
とりのこい（鳥の恋）　春　一九八
とりのす（鳥の巣）　春　二〇〇
とりのまちもうで（酉の町詣）　冬　一七八
とりのわたり（鳥の渡り）　秋　一四八
とりひく（鳥引く）　春　一九七
とりわたる（鳥渡る）　秋　一四八
とろろ　秋　一七七
とろろあおい　夏　三三一
とろろじる（とろろ汁）　秋　一七七
とろろじる（薯蕷汁）　秋　一七七
とろろめし（とろろ飯）　秋　一七七
どんぐり（団栗）　秋　二〇八
どんたく　春　一五〇
どんたくばやし（どんたく囃子）　春　一五〇
とんど　新　八五
どんど　新　八五
どんどこぶね（どんどこ舟）　夏　一九六
どんどたく（どんど焚く）　新　八五
トンビ　冬　九七
とんぼ（蜻蛉）　夏　二六八
とんぼう　夏　二六八
とんぼうまる（蜻蛉生る）　夏　二六〇

な

ナイター　夏　一六二
ナイトゲーム　夏　一六二
なえかご（苗籠）　夏　三六三
なえぎいち（苗木市）　春　一〇七
なえぎうう（苗木植う）　春　一一一
なえしょうじ（苗障子）　春　一〇七
なえた（苗田）　春　七一
なえどこ（苗床）　春　一〇七
なえはこび（苗運び）　夏　三六三
なえふだ（苗札）　春　一〇七
ながいも（薯蕷）　秋　二三七
ながいも（長芋）　秋　二三七
ながいも（長薯）　秋　二三七
ながうり　秋　二三二
ながえんぶり　新　八八
ながきひ（永き日）　春　三二
ながきよ（長き夜）　秋　二五
ながさきき（長崎忌）　夏　一八五
ながさきりんご（長崎林檎）　春　二四九
ながし　夏　三七
ながしびな（流し雛）　春　一四一
ながつき（長月）　秋　二三
なかて（中稲）　秋　二四四
ながなす（長茄子）　夏　三五七
なかのあき（仲の秋）　秋　二〇
ながむし　夏　二一一
ながらし（菜芥）　春　二九四
ながらたき（菜殻焚）　夏　一四一
ながらび（菜殻火）　夏　一四一
ながれほし（流れ星）　秋　四九
なぎ（菜葱）　夏　三七七
なきうずら（鳴き鶉）　秋　一五五
なきぞめ（泣初）　新　六一
なぐさかる（名草枯る）　冬　二六七
なぐさのめ（名草の芽）　春　三〇〇
なげたいまつ（投松明）　秋　一三一
なごし（夏越）　夏　一九四
なごしのはらえ（名越の祓）　夏　一九四
なごりなす（名残茄子）　秋　二三四
なごりのちゃ（名残の茶）　秋　八三
なごりのつき（名残の月）　秋　四六
なごりのはな（名残の花）　春　二四一
なごりのゆき（名残の雪）　春　五四
なし（梨）　秋　一八六
なしのはな（梨の花）　春　二六〇

なす（茄子）夏 三五七
なすづけ（茄子漬）夏 九七
なすでんがく（茄子田楽）夏 九七
なずな（薺）新 一一〇
なずなうつ（薺打つ）新 四三
なすなえ（茄子苗）夏 三四七
なずながゆ（薺粥）新 四四
なずなつみ（薺摘）新 一一〇
なずなづめ（薺爪）新 四四
なずなのはな（薺の花）春 三〇五
なすのうし（茄子の牛）秋 一一八
なすのうま（茄子の馬）秋 一一八
なすのしぎやき（茄子の鴫焼）夏 九七
なすのはな（茄子の花）夏 三四九
なすび 夏 三五七
なすびづけ（なすび漬）夏 九七
なすまく（茄子蒔く）春 一〇六
なたねうつ（菜種打つ）夏 一四一
なたねがら（菜種殻）夏 一四一
なたねかり（菜種刈）夏 一四一
なたねごく（菜種御供）春 一五一
なたねづゆ（菜種梅雨）春 五三
なたねな（菜種菜）春 二八六
なたねのしんじ（菜種の神事）春 一五一
なたねのはな（菜種の花）春 二八六
なたねほす（菜種干す）夏 一四一
なたねまく（菜種蒔く）秋 九五
なたまめ（刀豆）秋 二五〇
なたまめ（鉈豆）秋 二五〇
なだれ（雪崩）春 七四
なつ（夏）夏 一四
なつあけ（夏暁）夏 二四
なつあざみ（夏薊）夏 三八〇
なつあらし（夏嵐）夏 三九
なついく（夏行く）夏 三一
なつうぐいす（夏鶯）夏 二一八
なつおしむ（夏惜しむ）夏 三一
なつおちば（夏落葉）夏 三一一
なつおび（夏帯）夏 八五
なつおわる（夏終る）夏 三一
なつがえる（夏蛙）夏 二〇六
なつかげ（夏蔭）夏 五七
なつがけ（夏掛）夏 一一四
なつかぜ（夏風邪）夏 一七五
なつがも（夏鴨）夏 二三三
なつかわ（夏川）夏 六二
なつがわら（夏河原）夏 六二
なつかん（夏柑）春 二五七
なつき（夏木）夏 三〇二
なつぎ（夏着）夏 七六
なつぎく（夏菊）夏 三三三
なつきざす（夏きざす）夏 一七
なつきたる（夏来る）夏 一六
なつぎぬ（夏衣）夏 七六
なつきょうげん（夏狂言）夏 一六一
なつくさ（夏草）夏 三六六
なつぐも（夏雲）夏 三三
なつぐわ（夏桑）夏 三三三
なづけ（菜漬）冬 一一八
なつご（夏蚕）夏 二四五
なつごおり（夏氷）夏 一〇五
なつこだち（夏木立）夏 三〇二
なつごろも（夏衣）夏 七六
なつさかん（夏旺ん）夏 二七
なつざしき（夏座敷）夏 一一三
なつざぶとん（夏座蒲団）夏 一一四
なつさめ（夏雨）夏 四二
なつしお（夏潮）夏 六五
なつしば（夏芝）夏 三六七
なつしばい（夏芝居）夏 一六一
なつシャツ（夏シャツ）夏 八四
なつしゅとう（夏手套）夏 八六

なつぞら（夏空） 夏 三三
なつだいこ 夏 三五八
なつだいこん（夏大根） 夏 三五八
なつたつ（夏立つ） 夏 一六
なつたび（夏足袋） 夏 八七
なつちかし（夏近し） 春 三七
なつちょう（夏蝶） 夏 二四四
なつつく（夏尽く） 夏 三一
なつつばき（夏椿） 夏 三三〇
なつつばめ（夏燕） 夏 二三六
なつてぶくろ（夏手袋） 夏 八六
なつでみず（夏出水） 夏 六三
なっとじる（納豆汁） 冬 一一一
なつどなり（夏隣） 春 三七
なつとなる（夏隣る） 春 三七
なつともし（夏ともし） 夏 一一一
なつなみ（夏濤） 夏 六三
なつにいる（夏に入る） 夏 一六
なつね（夏嶺） 夏 五九
なつねぎ（夏葱） 夏 三五九
なつの（夏野） 夏 六二
なつのあかつき（夏の暁） 夏 二四
なつのあさ（夏の朝） 夏 二四
なつのあめ（夏の雨） 夏 四二
なつのうみ（夏の海） 夏 六三
なつのかぜ（夏の風邪） 夏 一七五
なつのかわ（夏の川） 夏 六二
なつのくさ（夏の草） 夏 三六六
なつのくも（夏の雲） 夏 三三
なつのくれ（夏の暮） 夏 二五
なつのしお（夏の潮） 夏 六五
なつのそら（夏の空） 夏 三三
なつのちょう（夏の蝶） 夏 二四四
なつのつき（夏の月） 夏 三五
なつのてん（夏の天） 夏 三三
なつのなみ（夏の波） 夏 六三
なつのはて（夏の果） 夏 三一
なつのはま（夏の浜） 夏 六三
なつのはら（夏野原） 夏 六二
なつのひ（夏の日） 夏 三三
なつのひ（夏の灯） 夏 一一一
なつのひる（夏の昼） 夏 二四
なつのほし（夏の星） 夏 三五
なつのむし（夏の虫） 夏 二四五
なつのやど（夏の宿） 夏 一一〇
なつのやま（夏の山） 夏 五九
なつのゆう（夏の夕） 夏 二五
なつのよ（夏の夜） 夏 二五
なつのよあけ（夏の夜明） 夏 二四
なつのよい（夏の宵） 夏 二五
なつのれん（夏暖簾） 夏 一一八
なつのろ（夏の炉） 夏 一一一
なつばおり（夏羽織） 夏 八一
なつばかま（夏袴） 夏 八一
なつはぎ（夏萩） 夏 三六九
なつはじめ（夏初め） 夏 一五
なつばしょ（夏場所） 夏 一八七
なつはつ（夏果つ） 夏 三一
なつばて（夏ばて） 夏 一七七
なつはらえ（夏祓） 夏 一九四
なつび（夏日） 夏 三三
なつひかげ（夏日影） 夏 三三
なつふかし（夏深し） 夏 二二
なつふく（夏服） 夏 七六
なつふじ（夏富士） 夏 六〇
なつぶすま（夏衾） 夏 一一四
なつぶとん（夏蒲団） 夏 一一四
なつぼう（夏帽） 夏 八五
なつぼうし（夏帽子） 夏 八五
なつぼし（夏星） 夏 三五
なつまけ（夏負け） 夏 一七七
なつまつり（夏祭） 夏 一九〇

なつみかん（夏蜜柑）　春　二五七
なつみかんのはな（夏蜜柑の花）　春　二五七
なつみまい（夏見舞）　夏　七三
なつめ（棗）　秋　一九〇
なつめく（夏めく）　夏　一七
なつめのみ（棗の実）　秋　一九〇
なつもの（夏物）　夏　七六
なつやかた（夏館）　夏　一一〇
なつやしき（夏邸）　夏　一一〇
なつやすみ（夏休み）　夏　七二
なつやせ（夏痩）　夏　一七七
なつやつれ（夏やつれ）　夏　一七七
なつやなぎ（夏柳）　夏　三一〇
なつやま（夏山）　夏　五九
なつやみ（夏闇）　夏　五二
なつゆうべ（夏夕）　夏　二五
なつよもぎ（夏蓬）　夏　三六九
なつりょうり（夏料理）　夏　八九
なつろ（夏炉）　夏　一一一
なつわらび（夏蕨）　夏　三九一
なでしこ（撫子）　秋　二六三
ななかまど（七竈）　秋　二〇六
ななくさ（七種）　新　四二
ななくさ（七草）　新　四二
ななくさうつ（七種打つ）　新　四三
ななくさがゆ（七種粥）　新　四四
ななくさづめ（七草爪）　新　四四
ななくさな（七草菜）　新　一一〇
ななくさはやす（七種はやす）　新　四三
なぬか（七日）　新　一四
なぬかがゆ（七日粥）　新　四四
なぬかしょうがつ（七日正月）　新　一五
なぬかづめ（七日爪）　新　四四
なのか（七日）　新　一四
なのきかる（名の木枯る）　冬　二五四
なのくさかる（名の草枯る）　冬　二六七
なのはな（菜の花）　春　二八六
なべかんむりまつり（鍋冠祭）　夏　一九二
なべづる（鍋鶴）　冬　二三〇
なべまつり（鍋祭）　夏　一九二
なべやき（鍋焼）　冬　一一〇
なべやきうどん（鍋焼饂飩）　冬　一一〇
なまくるみ（生胡桃）　夏　二九七
なまこ（海鼠）　冬　二三〇
なまこひき（海鼠曳）　新　八四
なまず（鯰）　夏　二三九
なまはげ　新　八四
なまビール（生ビール）　夏　九九
なみのはな（波の花）　冬　七五
なみのはな（浪の華）　冬　七五
なみのり（波乗）　夏　一五四
なめくじ（蛞蝓）　夏　二七六
なめくじら　夏　二七六
なめくじり　夏　二七六
なめし（菜飯）　春　九三
なもみはぎ（なもみ剥ぎ）　新　八四
なやらい　冬　一七二
なら（楢）　秋　二〇一
なりきぜめ（成木責）　新　八三
なりひらき（業平忌）　夏　一九九
なるこ（鳴子）　秋　八六
なるこづな（鳴子綱）　秋　八六
なるこなわ（鳴子縄）　秋　八六
なるさお（鳴竿）　秋　八六
なるたきのだいこたき（鳴滝の大根焚）　冬　一八六
なれずし（馴鮓）　夏　九一
なわしろ（苗代）　春　七一
なわしろいちごのはな（苗代苺の花）　春　二九一
なわしろざむ（苗代寒）　春　七一
なわしろた（苗代田）　春　七一
なわしろだいこん（苗代大根）　春　二九四
なわしろどき（苗代時）　春　七一

なわしろまつり（苗代祭）　春　一四六
なわなう（縄綯う）　冬　一四九
なんきん　秋　二三一
なんきんまめ（南京豆）　秋　二五一
なんさい（南祭）　秋　一二九
なんてんのはな（南天の花）　夏　二九〇
なんてんのみ（南天の実）　秋　二〇五
なんばんきび（南蛮黍）　秋　二四六
なんばんのはな（なんばんの花）　夏　三六四
なんぷう（南風）　夏　三六
なんぶのひまつり（南部の火祭）　秋　一三一

に

にいがすみ（新霞）　新　一三
にいくさ（新草）　春　三〇一
にいにいぜみ（にいにい蝉）　夏　二五七
にいののゆきまつり（新野の雪祭）　新　九六
にいぼん（新盆）　秋　一一八
にえのくま（贄の熊）　冬　一七一
にお　冬　二一八
においすみれ（香菫）　春　三〇四
においどり（匂鳥）　春　一八八
においばんまつり（匂蛮茉莉）　夏　二九二
においぶくろ（匂袋）　夏　一二一
におどり　冬　二一八
におのうきす（鳰の浮巣）　夏　二二三
におのす（鳰の巣）　夏　二二三
にがうり（苦瓜）　秋　二三三
にがつ（二月）　春　一五
にがっき（二学期）　秋　六九
にがつじん（二月尽）　春　一五
にがつどうのぎょう（二月堂の行）　春　一五六
にがつれいじゃ（二月礼者）　春　一三六
にぎりずし（握鮓）　夏　九一
にげみず（逃げ水）　春　六一
にげみず（逃水）　春　六一
にこごり（煮凝）　冬　一一七
にこごり（煮凍）　冬　一一七
にごりざけ（濁り酒）　秋　七一
にごりぶな（濁り鮒）　夏　三三九
にじ（虹）　夏　四九
にしきぎ（錦木）　秋　二一五
にしきぎもみじ（錦木紅葉）　秋　二一五
にしきごい（錦鯉）　夏　三一八
にしきづた（錦蔦）　秋　二三〇
にしきれいし（錦茘枝）　秋　二三三
にしび（西日）　夏　五五
にしまつり（西祭）　夏　一九三
にじゅうまわし（二重廻し）　冬　九七
にしん（鰊）　春　二〇四
にしん（鯡）　春　二〇四
にしんくき（鰊群来）　春　二〇四
にしんぐもり（鰊曇）　春　二〇四
にしんぶね（鰊舟）　春　二〇四
にしんりょう（鰊漁）　春　二〇四
ニセアカシアのはな（ニセアカシアの花）　夏　三一六
にせい（二星）　秋　一一四
にちにちか（日日花）　夏　三四二
にちにちそう（日日草）　夏　三四二
にちりんそう（日輪草）　夏　三三九
にちれんき（日蓮忌）　冬　一八三
にっきかう（日記買う）　冬　一三七
にっきはじめ（日記始）　新　六二
にっしゃびょう（日射病）　夏　一七七
にな（蜷）　春　二一六
になのみち（蜷の道）　春　二一六
にねんごだいこん（二年子大根）　春　二九四
にのうま（二の午）　春　一三六
にのかわり（二の替）　新　七三
にのとり（二の酉）　冬　一七八
にばんぐさ（二番草）　夏　一三九
にばんご（二番蚕）　夏　二四五

にばんしぶ（二番渋） 秋 九二
にひゃくとおか（二百十日） 秋 一一九
にひゃくはつか（二百二十日） 秋 一一九
にゅうえん（入園） 春 八三
にゅうがく（入学） 春 八三
にゅうがくじ（入学児） 春 八三
にゅうがくしき（入学式） 春 八三
にゅうがくしけん（入学試験） 春 八一
にゅうどうぐも（入道雲） 夏 三四
にゅうばい（入梅） 夏 二〇
にゅうぶ（入峰） 春 一六四
にょうどうさい（繞道祭） 新 九三
にら（韮） 春 二九六
にらのはな（韮の花） 夏 三五一
にわすずみ（庭涼み） 夏 一五二
にわたたき（庭叩） 秋 一五四
にわとこのはな（接骨木の花） 春 二七五
にわはなび（庭花火） 夏 一六〇
にわび（庭燎） 冬 一八〇
にんじん（人参） 冬 二六五
にんじん（胡蘿蔔） 冬 二六五
にんどう（忍冬） 夏 三一七
にんどうのはな（忍冬の花） 夏 三一七
にんにく（蒜） 春 二九六
にんにく（葫） 春 二九六

ぬ

ぬいぞめ（縫初） 新 六三
ぬいはじめ（縫始） 新 六三
ぬかが（糠蚊） 夏 二六四
ぬかご 秋 二三八
ぬかごめし（ぬかご飯） 秋 七四
ぬかばえ（糠蠅） 秋 一七八
ぬきな（抜菜） 秋 二三九
ぬくし 春 三〇
ぬくめざけ（温め酒） 秋 一二六
ぬけまいり（抜参） 春 一四四
ぬなわ（蓴） 夏 三九五
ぬなわおう（蓴生う） 春 三三一
ぬなわとる（蓴採る） 夏 三九五
ぬなわのはな（蓴の花） 夏 三九五
ぬなわぶね（蓴舟） 夏 三九五
ぬのこ（布子） 冬 八八
ぬまかる（沼涸る） 冬 六七
ぬりあぜ（塗畦） 春 一〇三
ぬるでもみじ（白膠木紅葉） 秋 二〇一
ぬるむみず（温む水） 春 六六

ね

ねあみ（寝網） 夏 一一九
ねがいのいと（願いの糸） 秋 一一四
ねぎ（葱） 冬 二六四
ねぎじる（葱汁） 冬 一一三
ねぎのぎぼ（葱の擬宝） 春 二九〇
ねぎのはな（葱の花） 春 二九〇
ねぎばたけ（葱畑） 冬 二六四
ねぎぼうず（葱坊主） 春 二九〇
ネクタリン 秋 一八五
ねこさかる（猫交る） 春 一八一
ねこじゃらし（猫じゃらし） 秋 二六四
ねこのおや（猫の親） 春 一八二
ねこのこ（猫の子） 春 一八二
ねこのこい（猫の恋） 春 一八一
ねこのさん（猫の産） 春 一八二
ねこのつま（猫の妻） 春 一八一
ねこのつま（猫の夫） 春 一八一
ねこやなぎ（猫柳） 春 二七三
ねざけ（寝酒） 冬 一〇四
ねじあやめ（捩菖蒲） 春 二七九
ねじばな（捩花） 夏 三八七
ねじばれん 春 二七九

ねしゃか（寝釈迦） 春 一五五
ねしょうがつ（寝正月） 新 七六
ねじればな 夏 三八七
ねじろぐさ（根白草） 春 三一三
ねじろぐさ（根白草） 新 一一〇
ねずみはなび（ねずみ花火） 夏 一六〇
ねぜり（根芹） 春 三一三
ねつぎ（根接） 春 一一
ねっさ（熱砂） 夏 二九
ねっしゃびょう（熱射病） 夏 一七七
ねったいぎょ（熱帯魚） 夏 三三二
ねったいや（熱帯夜） 夏 二五
ねっちゅうしょう（熱中症） 夏 一七七
ねっぷう（熱風） 夏 二九
ねづり（根釣） 秋 一〇一
ねなしぐさ（根無草） 夏 三九四
ねのひぐさ（子日草） 新 一一二
ねのひのあそび（子の日の遊び） 新 七九
ねのひのまつ（子の日の松） 新 一一二
ねはん（涅槃） 春 一五五
ねはんえ（涅槃会） 春 一五五
ねはんえ（涅槃絵） 春 一五五
ねはんず（涅槃図） 春 一五五
ねはんぞう（涅槃像） 春 一五五
ねはんでら（涅槃寺） 春 一五五
ねはんにし（涅槃西風） 春 四六
ねはんのひ（涅槃の日） 春 一五五
ねはんぶき（涅槃吹） 春 四六
ねびえ（寝冷） 夏 一七五
ねびえご（寝冷子） 夏 一七五
ねぶか（根深） 冬 二六四
ねぶかじる（根深汁） 冬 一一二
ねぶた（佞武多） 秋 一一五
ねぷた 秋 一一五
ねぶたまつり（ねぶた祭） 秋 一一五
ねぶのはな（ねぶの花） 夏 三一九
ねまち（寝待） 秋 四五
ねまちづき（寝待月） 秋 四五
ねむのはな（合歓の花） 夏 三一九
ねむりぐさ（眠草） 夏 三三九
ねむりながし（眠り流し） 秋 一一五
ねむりばな（睡花） 春 二四九
ねむるやま（眠る山） 冬 六四
ねむれるはな（眠れる花） 春 二四九
ねゆき（根雪） 冬 五五
ねりくよう（練供養） 夏 一九七
ねわけ（根分） 春 一一二
ねんが（年賀） 新 三四
ねんがきゃく（年賀客） 新 三五
ねんがじょう（年賀状） 新 三六
ねんぎょ（年魚） 夏 二三〇
ねんし（年始） 新 八
ねんし（年始） 新 三四
ねんしざけ（年始酒） 新 五二
ねんしじょう（年始状） 新 三六
ねんしまわり（年始廻り） 新 三四
ねんしゅ（年酒） 新 五二
ねんない（年内） 冬 二四
ねんないりっしゅん（年内立春） 冬 二四
ねんねこ 冬 九一
ねんねこばんてん（ねんねこ半纏） 冬 九一
ねんまつ（年末） 冬 二三
ねんまつしょうよ（年末賞与） 冬 七七
ねんまつてあて（年末手当） 冬 七七
ねんれい（年礼） 新 三四

の

のあそび（野遊び） 春 一三三
のあやめ（野あやめ） 夏 三三五
のいばらのはな（野茨の花） 夏 二八二
のいばらのみ（野茨の実） 秋 二一八
のいばらのめ（野いばらの芽） 春 二四二

のうさぎ（野兎） 冬 二〇六
のうぜん（凌霄） 夏 二九〇
のうぜんかずら 夏 二九〇
のうぜんのはな（凌霄の花） 夏 二九〇
のうはじめ（能始） 新 七三
のうむ（濃霧） 秋 五六
のうりょう（納涼） 夏 一五二
のがけ（野がけ） 春 一三三
のぎく（野菊） 秋 二六三
のきしょうぶ（軒菖蒲） 夏 一八三
のこりぎく（残り菊） 秋 二三九
のこりてんじん（残り天神） 新 九七
のこりふく（残り福） 新 九五
のこるあつさ（残る暑さ） 秋 一七
のこるか（残る蚊） 秋 一六五
のこるかも（残る鴨） 春 一九六
のこるかり（残る雁） 春 一九四
のこるこおり（残る氷） 春 七七
のこるさくら（残る桜） 春 二四一
のこるさむさ（残る寒さ） 春 一九
のこるせみ（残る蝉） 秋 一六六
のこるつる（残る鶴） 春 一九四
のこるはえ（残る蠅） 秋 一六五
のこるはち（残る蜂） 秋 一六五
のこるはな（残る花） 春 二四一
のこるほたる（残る螢） 秋 一六四
のこるむし（残る虫） 秋 一七〇
のこるゆき（残る雪） 春 七三
のせぎょう（野施行） 冬 八四
のそ（犬橇） 冬 一四〇
のだいおう（野大黄） 夏 三八二
のちのあわせ（後の袷） 秋 七〇
のちのこよい（後の今宵） 秋 四六
のちのつき（後の月） 秋 四六
のちのひがん（後の彼岸） 秋 二三
のちのむらさめ（後の村雨） 秋 五四
のちのめいげつ（後の名月） 秋 四六
のっこみ（乗っ込み） 春 二一一
のっこみだい（乗込鯛） 春 二〇三
のっこみぶな（乗込鮒） 春 二一一
のっぺ 冬 一一三
のっぺいじる（のっぺい汁） 冬 一一三
のどか（長閑） 春 三一
のどかさ（長閑さ） 春 三一
のどけさ 春 三一
のどけし 春 三一
のはぎ（野萩） 秋 二五六
のばらのみ（野ばらの実） 秋 二一八
のび（野火） 春 一〇〇
のびる（野蒜） 春 三一三
のふじ（野藤） 春 二五六
のぶどう（野葡萄） 秋 二一八
のぼり（幟） 夏 一八二
のぼりあゆ（上り鮎） 春 二一二
のぼりやな（上り簗） 春 一一八
のまおい（野馬追） 夏 一九六
のみ（蚤） 夏 二七〇
のみのあと（蚤の跡） 夏 二七〇
のやき（野焼） 春 一〇〇
のやく（野焼く） 春 一〇〇
のり（海苔） 春 三一六
のりかく（海苔掻く） 春 三一六
のりそだ（海苔粗朶） 春 三一六
のりぞめ（乗初） 新 三九
のりとり（海苔採） 春 三一六
のりひび（海苔篊） 春 三一六
のりぶね（海苔舟） 春 三一六
のりほす（海苔干す） 春 三一六
のわき（野分） 秋 五一
のわきあと（野分後） 秋 五一
のわきぐも（野分雲） 秋 五一
のわきたつ（野分立つ） 秋 五一

のわきなか（野分中） 秋 五一
のわきばれ（野分晴） 秋 五一
のわけ（野分） 秋 五一

は

バードウイーク 夏 一八〇
バードデー 夏 一八〇
はあり（羽蟻） 夏 二七三
はあり（飛蟻） 夏 二七三
ハーリー 夏 一八七
ばい（霾） 春 五〇
ばいう（梅雨） 夏 四三
ばいう（黴雨） 夏 四三
ばいうぜんせん（梅雨前線） 夏 四三
ばいうち（海贏打ち） 秋 一〇四
ばいえん（梅園） 春 二三八
はいが（拝賀） 新 七七
ばいかごく（梅花御供） 春 一五一
ばいかさい（梅花祭） 春 一五一
ばいごま（ばい独楽） 秋 一〇四
はいせんき（敗戦忌） 秋 一〇九
はいせんび（敗戦日） 秋 一〇九
ばいてん（霾天） 春 五〇
パイナップル 夏 三〇一
はいねこ（灰猫） 冬 二〇六
ハイビスカス 夏 二九一
ばいまわし（海贏廻し） 秋 一〇四
ばいりん（梅林） 春 二三八
ハイレグ 夏 八四
はえ（鮠） 春 二一一
はえ 夏 三六
はえ（蠅） 夏 二六二
はえいらず（蠅入らず） 夏 一二〇
はえうち（蠅打） 夏 一二〇
はえうまる（蠅生る） 春 二三六
はえおおい（蠅覆） 夏 一二〇
はえたたき（蠅叩） 夏 一二〇
はえちょう（蠅帳） 夏 一二〇
はえとり（蠅取） 夏 一二〇
はえとりがみ（蠅捕紙） 夏 一二〇
はえとりき（蠅捕器） 夏 一二〇
はえとりぐも（蠅虎） 夏 二七五
はえとりぐも（蠅取蜘蛛） 夏 二七五
はえとりびん（蠅捕瓶） 夏 一二〇
はえとりリボン（蠅取リボン） 夏 一二〇
はえのこ（蠅の子） 春 二三六
はえよけ（蠅除） 夏 一二〇
はかあらう（墓洗う） 秋 一二〇
はかがこい（墓囲） 冬 一二五
はかたぎおんやまがさ（博多祇園山笠） 夏 一九六
はかたまつり（博多祭） 夏 一九六
はがため（歯固） 新 二六
はかまいり（墓参） 秋 一二〇
はかまぎ（袴着） 冬 一六七
はかもうで（墓詣） 秋 一二〇
はぎ（萩） 秋 二五六
はぎうう（萩植う） 春 一一三
はきおさめ（掃納） 冬 八三
はぎかる（萩刈る） 秋 九七
はぎかる（萩枯る） 冬 二六八
はきぞめ（掃初） 新 五八
はきたて（掃立） 春 一一五
はぎづき（萩月） 秋 二〇
はぎな（萩菜） 春 三一八
はぎねわけ（萩根分） 春 一一三
はぎのはな（萩の花） 秋 二五六
はぎむら（萩叢） 秋 二五六
はきょうき（波郷忌） 冬 一九五
はぎわかば（萩若葉） 春 三〇三
はぎわら（萩原） 秋 二五六
はくう（白雨） 夏 四六
はくえ 夏 七七

はくおうき（白桜忌）　夏　二〇〇
はくさい（白菜）　冬　二六三
はくじつき（白日忌）　秋　二三八
はくしゅう（白秋）　秋　一四
ばくしゅう（麦秋）　夏　一八
はくしょ（薄暑）　夏　一七
ばくしょ（曝書）　夏　二一九
はくしょこう（薄暑光）　夏　一七
はくせん（白扇）　夏　二一四
はくちょう（白鳥）　冬　二三一
はくちょうかえる（白鳥帰る）　春　一九六
はくてい（白帝）　秋　一四
はくとう（白桃）　秋　一八五
はくとうおう（白頭翁）　秋　一五四
はくばい（白梅）　春　二三八
ばくふ（瀑布）　夏　七〇
はくぼたん（白牡丹）　夏　二八三
ばくまくら（獏枕）　新　七五
はくれん（白れん）　春　二五五
はくろ（白露）　秋　二一
はげいとう（葉鶏頭）　秋　二三三
はご　新　六八
はごいた（羽子板）　新　六八
はごいたいち（羽子板市）　冬　一七〇
ばこう（馬耕）　春　一〇二
はこづり（箱釣）　夏　一五八
はこにわ（箱庭）　夏　一六四
はこべ（繁蔞）　春　三〇八
はこべら　春　三〇八
はこめがね（箱眼鏡）　夏　一四九
はこやなぎ（白楊）　春　二六八
はさ　秋　八八
はざ（稲架）　秋　八八
はざくら（葉桜）　夏　二八〇
はしい（端居）　夏　一七一
はしがみ（箸紙）　新　五四
はじかみ（薑）　秋　二四一
はじきまめ（はじき豆）　夏　三五二
はしすずみ（橋涼み）　夏　一五二
ばじつ（馬日）　新　一四
はじのみ（はじの実）　秋　二〇七
はしゅ（播種）　春　一〇五
ばしょう（芭蕉）　秋　二三〇
はしょうが（葉生姜）　秋　二四一
ばしょうかる（芭蕉枯る）　冬　二六二
ばしょうき（芭蕉忌）　冬　一九一
ばしょうのはな（芭蕉の花）　夏　三四六
ばしょうのまきば（芭蕉の巻葉）　夏　三四六
ばしょうのわかば（芭蕉の若葉）　春　三〇三
ばしょうは（芭蕉葉）　秋　二三〇
はしらたいまつ（柱松明）　春　一五七
はしりいも（走り藷）　夏　三五八
はしりそば（走り蕎麦）　秋　七八
はしりちゃ（走り茶）　夏　一〇二
はしりづゆ（走り梅雨）　夏　四三
はしりぼし（走り星）　秋　四九
はすうう（蓮植う）　春　一〇八
はすかる（蓮枯る）　冬　二六二
はすねほる（蓮根掘る）　冬　一四二
はすのうきは（蓮の浮葉）　夏　三三六
はすのは（蓮の葉）　夏　三三六
はすのはな（蓮の花）　夏　三三七
はすのほね（蓮の骨）　冬　二六二
はすのみ（蓮の実）　秋　二三〇
はすのみとぶ（蓮の実飛ぶ）　秋　二三〇
はすほり（蓮掘）　冬　一四二
はすほる（蓮掘る）　冬　一四二
はすみ（蓮見）　夏　一六七
はすみぶね（蓮見舟）　夏　一六七
はぜ（沙魚）　秋　一六一
はぜ（鯊）　秋　一六一
はぜかい（櫨買）　秋　九四

はぜちぎり（櫨ちぎり） 秋 九四
はぜつり（鯊釣） 秋 一〇一
はぜとり（櫨採） 秋 九四
はぜのあき（鯊の秋） 秋 一六一
はぜのしお（鯊の潮） 秋 一六一
はぜのみ（櫨の実） 秋 二〇七
はぜびより（鯊日和） 秋 一六一
はぜぶね（鯊舟） 秋 一〇一
はぜもみじ（櫨紅葉） 秋 二〇〇
パセリ 夏 三六一
ばそり（馬橇） 冬 一四〇
はた 春 一二六
はたうち（畑打） 春 一〇三
はたおり（機織） 秋 一七五
はだか（裸） 夏 一六九
はだかおし（裸押し） 新 九九
はだかぎ（裸木） 冬 二五五
はだかご（裸子） 夏 一六九
はだかまいり（裸参） 冬 一八七
はたけうつ（畑打つ） 春 一〇三
はたけかえす（畑返す） 春 一〇三
はたけすく（畑鋤く） 春 一〇三
はださむ（肌寒） 秋 二九
はださむし（肌寒し） 秋 二九
はだし（跣足） 夏 一七〇
はだし（跣） 夏 一七〇
はたたがみ（はたた神） 夏 五〇
はだぬぎ（肌脱） 夏 一七〇
はたはじめ（機始） 新 六四
はたはた（蟿螽） 秋 一七七
はたはた（鰰） 冬 二三三
はたはた（雷魚） 冬 二三三
はたやき（畑焼） 春 一〇一
はたやく（畑焼く） 春 一〇一
はだら 春 五三
はたらきばち（働蜂） 春 二二四
はだらゆき（はだら雪） 春 五三
はだれ（斑雪） 春 五三
はだれの（はだれ野） 春 五三
はだれゆき（斑雪） 春 五三
はたんきょう（巴旦杏） 夏 三〇〇
はち（蜂） 春 二二四
はちがつ（八月） 秋 一六
はちがつじゅうごにち（八月十五日） 秋 一〇九
はちじゅうはちや（八十八夜） 春 三五
はちす 夏 三三七
はちたたき（鉢叩） 冬 一八四
はちのす（蜂の巣） 春 二二四
はつあかね（初茜） 新 一九
はつあかり（初明り） 新 一九
はつあき（初秋） 秋 一五
はつあきない（初商） 新 四〇
はつあけぼの（初曙） 新 一九
はつあさひ（初旭） 新 一八
はつあさま（初浅間） 新 二四
はつあみ（初網） 新 六五
はつあらし（初嵐） 秋 五一
はつあられ（初霰） 冬 五一
はつあわせ（初袷） 夏 七七
はついかだ（初筏） 春 一二〇
はついせ（初伊勢） 新 九三
はついち（初市） 新 三九
はついちば（初市場） 新 三九
はつう（初卯） 新 九六
はつうぐいす（初鶯） 新 一〇五
はつうたい（初謡） 新 七三
はつうつし（初写し） 新 六〇
はつうま（初午） 春 一三六
はつうもうで（初卯詣） 新 九六
はつうり（初瓜） 夏 三五四
はつえびす（初恵比須） 新 九五
はつえびす（初戎） 新 九五

はつえんま（初閻魔） 新 一〇〇
はつか（初蚊） 春 二三五
はつかい（初買） 新 四一
はつがえる（初蛙） 春 一八五
はつかがみ（初鏡） 新 六二
はつかき（二十日忌） 春 一七三
はつかぐら（初神楽） 新 九三
はつかしょうがつ（二十日正月） 新 一七
はつがすみ（初霞） 新 二一
はつかぜ（初風） 新 二〇
はつかだんご（二十日団子） 新 一七
はつがつお（初鰹） 夏 二三四
はつがつお（初松魚） 夏 二三四
はつかづき（二十日月） 秋 四五
はつかね（初鐘） 新 九七
はつがま（初釜） 新 六四
はつかまど（初竈） 新 六三
はつがみ（初髪） 新 六二
はつがも（初鴨） 秋 一五八
はつがらす（初鴉） 新 一〇六
はつかり（初雁） 秋 一五六
はつかんのん（初観音） 新 一〇〇
はづき（葉月） 秋 二〇
はつぎく（初菊） 秋 二二七
はづきしお（葉月潮） 秋 六七
はつくかい（初句会） 新 四一
はつくさ（初草） 春 三〇一
はつぐるま（初車） 新 三九
はつげいこ（初稽古） 新 七一
はつげしき（初景色） 新 二一
はつげしょう（初化粧） 新 六二
はつこうぼう（初弘法） 新 一〇一
はつこえ（初声） 新 一〇四
はつごおり（初氷） 冬 七二
はつごち（初東風） 新 二〇
はつことひら（初金刀比羅） 新 九六
はつごよみ（初暦） 新 五八
はつごんぎょう（初勤行） 新 九七
はつこんぴら（初金毘羅） 新 九六
はっさく（八朔） 秋 二一
はっさくのいわい（八朔の祝） 秋 一二五
はつざくら（初桜） 春 二三
はつざけ（初鮭） 秋 一六三
はつさんが（初山河） 新 二二
はつさんぐう（初参宮） 新 九三
はつさんま（初さんま） 秋 一六三
はつしお（初潮） 秋 六七
はつしぐれ（初時雨） 冬 四八
はつしごと（初仕事） 新 三八
はつしののめ（初東雲） 新 一九
はつしばい（初芝居） 新 七三
はつしも（初霜） 冬 五三
はつしもづき（初霜月） 冬 一五
はつしゃしん（初写真） 新 六〇
はつしょうらい（初松籟） 新 二〇
はつしんぶん（初新聞） 新 五九
はつすずめ（初雀） 新 一〇五
はつすずり（初硯） 新 三七
はつずり（初刷） 新 五九
はつぜっく（初節句） 夏 一八一
はつぜみ（初蝉） 夏 二五七
はつせり（初糶） 新 三九
はつそうじ（初掃除） 新 五八
はつそうば（初相場） 新 三九
はつそが（初曽我） 新 七三
はつそば（初蕎麦） 秋 七八
はつぞめ（初染） 新 六三
はつぞら（初空） 新 一八
ばった（蝗蝣） 秋 一七七
はったい（麨） 夏 一〇八
はつだいし（初大師） 新 一〇一
はつたうち（初田打） 新 六四

はつたけ（初茸）　秋　二七七
はつたちあい（初立会）　新　三九
はつたび（初旅）　新　三八
はつだより（初便り）　新　六〇
ばったんこ　秋　八四
はつちゃのゆ（初茶湯）　新　六四
はつちょう（初蝶）　春　二三三
はつちょうず（初手水）　新　五七
はつつき（初月）　秋　三九
はつつくば（初筑波）　新　二四
はつつづみ（初鼓）　新　七三
はつつばめ（初燕）　春　一九二
はつてまえ（初点前）　新　六四
はつでんしゃ（初電車）　新　三九
はつてんじん（初天神）　新　九七
はつでんわ（初電話）　新　六〇
はつとうみょう（初灯明）　新　九七
はつとおか（初十日）　新　九六
はつどきょう（初読経）　新　九七
はつともし（初灯）　新　九七
はつとら（初寅）　新　九八
はつどり（初鶏）　新　一〇四
はつなき（初泣）　新　六一
はつなぎ（初凪）　新　二一
はつなすび（初茄子）　夏　三五七
はつなつ（初夏）　夏　一五
はつに（初荷）　新　四〇
はつにうま（初荷馬）　新　四〇
はつにじ（初虹）　春　五六
はつにぶね（初荷舟）　新　六二
はつにっき（初日記）　新　四〇
はつね（初音）　春　一八八
はつねうり（初音売）　新　七四
はつねざめ（初寝覚）　新　七五
はつねのひ（初子の日）　新　七九
はつねぶえ（初音笛）　新　七四
はつのう（初能）　新　七二
はつのぼり（初幟）　夏　一八二
はつのり（初騎）　新　二七
はつのり（初乗）　新　三九
はつばしょ（初場所）　新　七四
はつはた（初機）　新　六四
はつはと（初鳩）　新　一〇六
はつはな（初花）　春　二三二
はつばり（初針）　新　六三
はつはる（初春）　新　九
はつはるきょうげん（初春狂言）　新　七三
はつばれ（初晴）　新　二〇
はつひ（初日）　新　一八
はつひ（初陽）　新　一八
はつひえい（初比叡）　新　二四
はつひかげ（初日影）　新　一八
はつびき（初弾）　新　七二
はつひこう（初飛行）　新　三九
はつひので（初日の出）　新　一八
はつひばり（初雲雀）　春　一九〇
はつふじ（初富士）　新　二三
はつふどう（初不動）　新　一〇一
はつぶな（初鮒）　春　二二一
はつふゆ（初冬）　冬　一四
はつぶろ（初風呂）　新　五九
はつべんてん（初弁天）　新　九八
はつほ（初穂）　秋　二四二
はつぼうき（初箒）　新　五八
はつぼたる（初蛍）　夏　二四九
はつまいり（初参）　新　八九
はつみ（初巳）　新　九八
はつミサ（初ミサ）　新　一〇二
はつみさ（初弥撒）　新　一〇二
はつみず（初水）　新　二六
はつみそら（初御空）　新　一八
はつみどり（初緑）　春　二六四

はつむかし（初昔） 新 一一
はつめーる（初メール） 新 六〇
はつもうで（初詣） 新 八九
はつもみじ（初紅葉） 秋 一九六
はつもろこ（初諸子） 春 二〇九
はつやくし（初薬師） 新 九九
はつやしろ（初社） 新 八九
はつやま（初山） 新 六五
はつやまいり（初山入り） 新 六五
はつゆ（初湯） 新 五九
はつゆい（初結） 新 六三
はつゆうびん（初郵便） 新 六〇
はつゆかた（初浴衣） 夏 八二
はつゆき（初雪） 冬 五五
はつゆみ（初弓） 新 二七
はつゆめ（初夢） 新 七五
はつよあけ（初夜明） 新 一九
はつらい（初雷） 春 五六
はつりょう（初漁） 新 六五
はつわらい（初笑） 新 六一
はつわらび（初蕨） 春 三一二
はとうがらし（葉唐辛子） 夏 三六二
はとぶえ（鳩笛） 秋 九九
はとふき（鳩吹） 秋 九九
はとふく（鳩吹く） 秋 九九
はな（花） 春 二三六
はなあおい（花葵） 夏 三三〇
はなあおき（花青木） 春 二五一
はなあかり（花明り） 春 二三六
はなあけび（花通草） 春 二七七
はなあざみ（花薊） 春 三一一
はなあしび（花馬酔木） 春 二五二
はなあやめ（花あやめ） 夏 三三五
はなあんず（花杏） 春 二六〇
はないか（花烏賊） 春 二一二
はないかだ（花筏） 春 二三九
はないちご（花苺） 春 二九一
はないちょう（花銀杏） 春 二七〇
はないばら（花茨） 夏 二八二
はなうぐい（花うぐい） 春 二一〇
はなうつぎ（花うつぎ） 夏 三一二
はなうばら（花うばら） 夏 二八二
はなえしき（花会式） 春 一六二
はなえんじゅ（花槐） 夏 三一五
はなおうち（花樗） 夏 三一八
はなおしろい（花白粉） 秋 二三五
はなおどり（花踊） 春 一五三
はながい（花貝） 春 二一五
はなかいどう（花海棠） 春 二四九
はなかえ（花換） 春 一五三
はなかえで（花楓） 春 二七一
はなかえまつり（花換祭） 春 一五三
はなかがり（花篝） 春 一二四
はなかぐら（花神楽） 冬 一八一
はながし（花樫） 春 二七二
はなかぜ（鼻風邪） 冬 一五九
はなかたばみ 春 二八四
はながるた（花がるた） 新 六六
はなかんぞう（花萱草） 夏 三八三
はなかんな（花カンナ） 秋 二二二
はなかんば（花かんば） 春 二七二
はなぎぼし（花擬宝珠） 夏 三七五
はなぎり（花桐） 夏 三一三
はなくず（花屑） 春 二三九
はなぐせんぽう（花供懺法） 春 一六三
はなぐもり（花曇） 春 五九
はなぐり（花栗） 夏 二九四
はなくるみ（花胡桃） 夏 三一四
はなくわい（花慈姑） 夏 三七七
はなげし（花罌粟） 夏 三三二
はなごおり（花氷） 夏 一二四
はなごけ（花苔） 夏 三九三

はなござ（花茣蓙） 夏 一一五
はなごろも（花衣） 春 八四
はなざかり（花盛り） 春 二三六
はなざくろ（花石榴） 夏 二九五
はなささげ（花豇豆） 秋 二四九
はなさんざし（花山査子） 春 二五三
はなしい（花椎） 夏 三一九
はなしきみ（花樒） 春 二七六
はなしずめ（花鎮め） 春 一五二
はなしずめまつり（鎮花祭） 春 一五二
はなじそ（花紫蘇） 夏 三六〇
はなしょうがつ（花正月） 新 一六
はなしょうぶ（花菖蒲） 夏 三一六
はなずおう（紫荊） 春 二四四
はなずおう（花蘇枋） 春 二四四
はなすすき（花芒） 秋 二五七
はなすみれ（花菫） 春 三〇四
はなすもも（花李） 春 二五九
はなそば（花蕎麦） 秋 二四八
はなだ（花田） 春 七〇
はなだいこん（花大根） 春 二八八
はなたちばな（花橘） 夏 二九二
はなだね（花種） 春 一〇四
はなだねまく（花種蒔く） 春 一〇六
はなたばこ（花煙草） 秋 二五二
はなだより（花便り） 春 二三六
はなちる（花散る） 春 二三九
はなづかれ（花疲れ） 春 一二五
はなづけ（花漬） 春 八七
はなつばき（花椿） 春 二三〇
はなてまり（花てまり） 夏 二八八
はなどうろう（花灯籠） 秋 八一
はなとべら（花とべら） 夏 三三一
はなな（花菜） 春 二八六
バナナ 夏 三〇二
はななあめ（花菜雨） 春 二八六
はななかぜ（花菜風） 春 二八六
はななし（花梨） 春 二六〇
はななずな（花薺） 春 三〇五
はななづけ（花菜漬） 春 八六
はななんてん（花南天） 夏 二九〇
はなねむ（花合歓） 夏 三一九
はなねんぶつ（花念仏） 春 一五八
はなの（花野） 秋 六一
はなのあめ（花の雨） 春 二三六
はなのえ（花の兄） 春 二二八
はなのえん（花の宴） 春 一二四
はなのかげ（花の陰） 春 二三六
はなのくも（花の雲） 春 二三六
はなのちり（花の塵） 春 二三九
はなのとう（花の塔） 春 一六一
はなのぬし（花の主） 春 一二五
はなのはら（花野原） 秋 六一
はなのみち（花野道） 秋 六一
はなのやど（花の宿） 春 二三六
はなのやま（花の山） 春 二三六
はなばしょう（花芭蕉） 夏 三四六
はなび（花火） 夏 一六〇
はなひいらぎ（花柊） 冬 二四三
はなびえ（花冷え） 春 三三
はなびと（花人） 春 一二四
はなひる 冬 一六〇
はなびわ（花枇杷） 冬 二四八
はなふぶき（花吹雪） 春 二三九
はなふよう（花芙蓉） 秋 一八四
はなぼけ（花木瓜） 春 二六一
はなほこり（花埃） 春 二三六
はなぼんぼり（花雪洞） 春 一二四
はなまつり（花祭） 春 一六一
はなまつり（花祭） 冬 一八一
パナマぼう（パナマ帽） 夏 八五
はなまめ（花豆） 春 二八八

はなみ（花見） 春 一二四
はなみかん（花蜜柑） 夏 二九三
はなみきゃく（花見客） 春 一二四
はなみごろも（花見衣） 春 八四
はなみざけ（花見酒） 春 一二四
はなみず（鼻水） 冬 一六一
はなみだい（花見鯛） 春 二〇三
はなみどう（花御堂） 春 一六一
はなみびと（花見人） 春 一二四
はなむくげ（花木槿） 秋 一八三
はなむしろ（花筵） 春 一二四
はなも（花藻） 夏 三九四
はなもり（花守） 春 一二五
はなやつで（花八手） 冬 二四二
はなゆず（花柚子） 夏 二九三
はなゆすら（花ゆすら） 春 二五〇
はなりんご（花林檎） 春 二六一
ばにくなべ（馬肉鍋） 冬 一一四
はぬけどり（羽抜鳥） 夏 二一三
はぬけどり（羽抜鶏） 夏 二一三
はね（羽子） 新 六九
はねぎ（葉葱） 冬 二六四
はねつき（羽子つき） 新 六九
はねと（跳人） 秋 一一五
ははこ 春 三一六
ははこぐさ（母子草） 春 三一六
ははそ（柞） 秋 二〇一
ははそもみじ（柞紅葉） 秋 二〇一
ははのひ（母の日） 夏 一七九
ばばはじめ（馬場始） 新 二七
はぼたん（葉牡丹） 冬 二六〇
はまえんどう（浜豌豆） 夏 三九〇
はまおもと（浜万年青） 夏 三八〇
はまぐり（蛤） 春 二一四
はまぐりなべ（蛤鍋） 春 二一四
はまごう 夏 三三三
はまちどり（浜千鳥） 冬 二一七
はまなし（浜梨） 夏 三三一
はまなす（玫瑰） 夏 三三一
はまひがさ（浜日傘） 夏 一五七
はまひるがお（浜昼顔） 夏 三七三
はまぼう 夏 三三三
はまや（破魔矢） 新 九二
はまゆうのはな（浜木綿の花） 夏 三八〇
はまゆみ（破魔弓） 新 九二
はも（鱧） 夏 二三七
はものかわ（鱧の皮） 夏 二三七
はや 春 二一一
はやずし（早鮓） 夏 九一
はやとうり（隼人瓜） 秋 二三八
はやなぎ（葉柳） 夏 三一〇
はやぶさ（隼） 冬 二〇八
はやまぶき（葉山吹） 春 二五七
はやりかぜ（流行風邪） 冬 一五九
ばら（薔薇） 夏 二八一
はらえがわ（祓川） 夏 一九四
ばらえん（薔薇園） 夏 二八一
パラソル 夏 一二八
ばらのめ（薔薇の芽） 春 二四二
はらみうま（孕馬） 春 一八〇
はらみじか（孕鹿） 春 一八〇
はらみすずめ（孕雀） 春 一九九
はらみどり（孕鳥） 春 一九八
はらみねこ（孕猫） 春 一八一
パリーまつり（パリー祭） 夏 一八七
はりえんじゅのはな（針槐の花） 夏 三一六
はりお（針魚） 春 二〇五
はりおこし（針起し） 新 六三
はりおさめ（針納め） 春 一三七
はりおさめ（針納） 冬 一六九
はりくよう（針供養） 春 一三七
はりくよう（針供養） 冬 一六九

パリさい（パリ祭） 夏 一八七
ぱりさい（巴里祭） 夏 一八七
はりまつる（針祭る） 春 一三七
はりまつる（針祭る） 冬 一六九
はりやすみ（針休み） 冬 一六九
はりゅうせん（爬竜船） 夏 一八七
ばりん（馬藺） 春 二七九
はる（春） 春 一四
はるあさし（春浅し） 春 一八
はるあそび（春遊び） 春 一二二
はるあつし（春暑し） 春 三五
はるあらし（春嵐） 春 四八
はるあられ（春霰） 春 五四
はるあれ（春荒れ） 春 四八
はるあわせ（春袷） 春 八五
はるいちばん（春一番） 春 四七
はるいろり（春囲炉裏） 春 九五
はるうごく（春動く） 春 二一
はるうれい（春愁） 春 一三三
はるうれう（春愁う） 春 一三三
はるおしむ（春惜しむ） 春 三七
はるおそし（春遅し） 春 二一
はるおわる（春終る） 春 三六
はるか（春蚊） 春 二三五
はるがさね（春襲） 新 五一
はるがすみ（春霞） 春 五七
はるかぜ（春風） 春 四五
はるかぜ（春風邪） 春 一三〇
はるかなし（春かなし） 春 一三三
はるかわ（春川） 春 六七
はるぎ（春着） 新 五一
はるきざす（春きざす） 春 二一
はるきた（春北風） 春 四九
はるきたる（春来る） 春 一七
はるぐも（春雲） 春 四〇
はるくる（春暮る） 春 三六
はるご（春蚕） 春 二三六
はるこがねばな（春黄金花） 春 二四三
はるごたつ（春炬燵） 春 九五
バルコニー 夏 一一三
はるこま（春駒） 春 一八〇
はるこまい（春駒舞） 新 五〇
はるこままんざい（春駒万歳） 新 五〇
バルコン 夏 一一三
はるざむ（春寒） 春 二〇
はるさむし（春寒し） 春 二〇
はるさめ（春雨） 春 五一
はるさんばん（春三番） 春 四七
はるじか（春鹿） 春 一八〇
はるしぐれ（春時雨） 春 五一
はるじたく（春支度） 冬 七七
はるしばい（春芝居） 新 七三
はるしゃぎく（波斯菊） 夏 三三四
はるショール（春ショール） 春 八六
はるぜみ（春蟬） 春 二三七
はるぞら（春空） 春 四〇
はるた（春田） 春 七〇
はるだいこん（春大根） 春 二九四
はるたうち（春田打） 春 一〇二
はるたく（春闌く） 春 三四
はるたつ（春立つ） 春 一七
はるちかし（春近し） 冬 三七
はるちち（春遅々） 春 二一
はるつきよ（春月夜） 春 四一
はるつく（春尽く） 春 三六
はるつげうお（春告魚） 春 二〇四
はるつげぐさ（春告草） 春 二三八
はるつげどり（春告鳥） 春 一八八
はるどとう（春怒濤） 春 六八
はるとなり（春隣） 冬 三七
はるともし（春ともし） 春 九四

はるなかば（春なかば）　春　二三
はるならい（春北風）　春　四九
はるにばん（春二番）　春　四七
はるぬ　春　六四
はるねむし（春眠し）　春　一三一
はるの（春野）　春　六四
はるのあかつき（春の暁）　春　二七
はるのあけぼの（春の曙）　春　二七
はるのあさ（春の朝）　春　二七
はるのあつさ（春の暑さ）　春　三五
はるのあめ（春の雨）　春　五一
はるのあられ（春の霰）　春　五四
はるのいそ（春の磯）　春　六八
はるのいろ（春の色）　春　三九
はるのうま（春の馬）　春　一八〇
はるのうみ（春の海）　春　六八
はるのか（春の蚊）　春　二三五
はるのかぜ（春の風）　春　四五
はるのかぜ（春の風邪）　春　一三〇
はるのかも（春の鴨）　春　一九六
はるのかり（春の雁）　春　一九四
はるのかわ（春の川）　春　六七
はるのかわなみ（春の川波）　春　六八
はるのきゅう（春の灸）　春　一三七
はるのくさ（春の草）　春　二九九
はるのくも（春の雲）　春　四〇
はるのくれ（春の暮）　春　二九
はるのこおり（春の氷）　春　七七
はるのこたつ（春の炬燵）　春　九五
はるのこま（春の駒）　春　一八〇
はるのしお（春の潮）　春　六九
はるのしか（春の鹿）　春　一八〇
はるのしば（春の芝）　春　三〇二
はるのしも（春の霜）　春　五五
はるのしゅうう（春の驟雨）　春　五一
はるのしょく（春の燭）　春　九四
はるのせみ（春の蟬）　春　二三七
はるのそら（春の空）　春　四〇
はるのた（春の田）　春　七〇
はるのたけのこ（春の筍）　春　二七八
はるのちり（春の塵）　春　四九
はるのつき（春の月）　春　四一
はるのつち（春の土）　春　七一
はるのとり（春の鳥）　春　一八六
はるのどろ（春の泥）　春　七二
はるのなぎさ（春の渚）　春　六八
はるのなみ（春の波）　春　六八
はるのなみ（春の浪）　春　六八
はるのにじ（春の虹）　春　五六
はるのねこ（春の猫）　春　一八一
はるのねむり（春の眠り）　春　一三一
はるのの（春の野）　春　六四
はるのはえ（春の蠅）　春　二三五
はるのはじめ（春の初め）　春　一八
はるのはて（春の果）　春　三六
はるのはま（春の浜）　春　六八
はるのひ（春の日）　春　三九
はるのひ（春の灯）　春　九四
はるのひかり（春の光）　春　三九
はるのひる（春の昼）　春　二八
はるのふき（春の蕗）　春　三一七
はるのふく（春の服）　春　八五
はるのふな（春の鮒）　春　二一一
はるのほし（春の星）　春　四三
はるのみず（春の水）　春　六五
はるのみぞれ（春の霙）　春　五四
はるのやま（春の山）　春　六三
はるのやみ（春の闇）　春　四四
はるのゆう（春の夕）　春　二九
はるのゆうやけ（春の夕焼）　春　六二
はるのゆき（春の雪）　春　五二
はるのゆめ（春の夢）　春　一三二

はるのよ（春の夜） 春 三〇
はるのよい（春の宵） 春 二九
はるのらい（春の雷） 春 五六
はるのろ（春の炉） 春 九五
はるはやて（春疾風） 春 四八
はるび（春日） 春 三九
はるひおけ（春火桶） 春 九六
はるひかげ（春日影） 春 三九
はるひがさ（春日傘） 春 八六
はるひばち（春火鉢） 春 九六
はるふかし（春深し） 春 三四
はるふかむ（春深む） 春 三四
はるふく（春更く） 春 三四
はるぶなづり（春鮒釣） 春 二一一
はるふぶき（春吹雪） 春 五三
はるぼこり（春埃） 春 四九
はるまちづき（春待月） 冬 三三
はるまつ（春待つ） 冬 三六
はるまつり（春祭） 春 一五一
はるまんげつ（春満月） 春 四一
はるみぞれ（春霙） 春 五四
はるめく（春めく） 春 二二
はるやすみ（春休） 春 八二
はるやま（春山） 春 六三
はるやまべ（春山辺） 春 六三
はるゆうべ（春夕べ） 春 二九
はるゆうやけ（春夕焼） 春 六二
はるゆく（春行く） 春 三六
はるりんどう（春竜胆） 春 三〇
はるろ（春炉） 春 九五
はるをまつ（春を待つ） 冬 三六
ばれいしょ 秋 二三五
ばれいしょうう（馬鈴薯植う） 春 一〇九
ばれん 春 二七九
バレンタインデー 春 一六五
バレンタインのひ（バレンタインの日） 春 一六五
ばん（鷭） 夏 二三三
ばんか（晩夏） 夏 二三
ばんかこう（晩夏光） 夏 二三
ばんがすみ（晩霞） 春 五七
ハンカチ 夏 八八
ハンカチーフ 夏 八八
バンガロー 夏 一五五
ばんぐせつ（万愚節） 春 一四六
はんげ（半夏） 夏 二二
はんげあめ（半夏雨） 夏 二二
はんげしょう（半夏生） 夏 二二
はんげしょうぐさ（半夏生草） 夏 三九〇
ハンケチ 夏 八八
はんざき 夏 二〇九
パンジー 春 三〇四
ばんしゅう（晩秋） 秋 二三
ばんしゅん（晩春） 春 二六
はんしょう（半焼） 冬 一三九
はんしんあわじだいしんさいき（阪神淡路大震災忌） 冬 一九〇
はんしんき（阪神忌） 冬 一九〇
ばんすごろく（盤双六） 新 六七
はんズボン（半ズボン） 夏 八三
はんせんぎ（半仙戯） 春 一二九
ばんそう（晩霜） 春 五五
はんのはな（榛の花） 春 二七一
はんのはな（赤楊の花） 春 二七一
はんみょう（斑猫） 夏 二五四
ハンモック 夏 一一九
ばんりょう（晩涼） 夏 三〇
ばんりょく（万緑） 夏 三〇六

ひ

ひあしのぶ（日脚伸ぶ） 冬 三六
ヒーター 冬 一三〇
ビーチパラソル 夏 一五七
ピーナッツ 秋 二五一

ひいらぎさす（柊挿す） 冬 一七三
ひいらぎのはな（柊の花） 冬 二四三
ビール 夏 九九
ビール（麦酒） 夏 九九
ひうらうら（日うらうら） 春 三一
ひえ（稗） 秋 二四六
ひえん（飛燕） 春 一九二
ひおうぎ（射干） 夏 三八五
ひおうぎ（桧扇） 夏 三八五
ひおおい（日覆） 夏 一一七
ひおけ（火桶） 冬 一三四
ひか（飛花） 春 二三九
ひが（灯蛾） 夏 二四六
ひかげ（日陰） 夏 五七
ひかげゆき（日陰雪） 春 七三
ひがさ（日傘） 夏 一二八
ひかぶら（緋蕪） 冬 二六五
ひがみなり（日雷） 夏 五〇
ひがら（日雀） 夏 三一八
ひかるかぜ（光る風） 夏 一二八
ひからかさ 春 四八
ひかん（避寒） 冬 一五四
ひがん（彼岸） 春 二四
ひがんえ（彼岸会） 春 一五八
ひかんざくら（緋寒桜） 冬 二三八
ひがんざくら（彼岸桜） 春 二三三
ひがんすぎ（彼岸過ぎ） 春 二四
ひがんだんご（彼岸団子） 春 一五八
ひがんでら（彼岸寺） 春 一五八
ひがんにし（彼岸西風） 春 四六
ひがんばな（彼岸花） 秋 二六六
ひがんまいり（彼岸参） 春 一五八
ひがんもうで（彼岸詣） 春 一五八
ひがんもち（彼岸餅） 春 一五八
ひかんやど（避寒宿） 冬 一五四
ひき（蟾） 夏 二〇八
ひきいた 秋 八六
ひきがえる（蟇） 夏 二〇八
ひきがえる（蟾蜍） 夏 二〇八
ひきがも（引鴨） 春 一九五
ひきづる（引鶴） 春 一九四
ひきどり（引鳥） 春 一九七
ビキニ 夏 八四
ビキニき（ビキニ忌） 春 一三八
ビキニデー 春 一三八
ひきはじめ（弾初） 新 七二
ピクニック 春 一三一
ひぐま（羆） 冬 二〇三
ひぐらし（蜩） 秋 一六七
ひぐらし（茅蜩） 秋 一六七
ひぐらし（日暮） 秋 一六七
ひぐるま（日車） 夏 三一九
ひけしつぼ（火消壺） 冬 一三一
ひごい（緋鯉） 夏 三一八
ひこばえ（蘖） 春 二六三
ひこばゆ 春 二六三
ひごろもそう（緋衣草） 夏 三一九
ひざかり（日盛） 夏 五四
ひさご 秋 二三三
ひさじょき（久女忌） 冬 二〇〇
ひさめ（氷雨） 夏 五〇
ひじき（鹿尾菜） 春 三一四
ひじき（鹿角菜） 春 三一四
ひじきがり（ひじき刈） 春 三一四
ひしくい（菱喰） 秋 一五六
ひしとる（菱採る） 秋 二七五
ひしのはな（菱の花） 夏 三七八
ひしのみ（菱の実） 秋 二七五
ひしもち（菱餅） 春 九三
ひしもみじ（菱紅葉） 秋 二七五
ひしょ（避暑） 夏 一五一
ひしょち（避暑地） 夏 一五一

ひしょのやど（避暑の宿） 夏 一五一
ひじりごがつ（聖五月） 夏 一五
ひすい（翡翠） 夏 三一一
ひすずし（灯涼し） 夏 二一一
ひせつ（飛雪） 冬 五五
ひた（引板） 秋 八六
ひたき（鶲） 秋 一五三
ひたきどり（火焚鳥） 秋 一五三
ひだら（干鱈） 春 九〇
ひつじ（穭） 秋 二四五
ひつじぐさ 夏 三三五
ひつじせんもう（羊剪毛） 春 一一五
ひつじだ（穭田） 秋 六三
ひつじた（稲孫田） 秋 六三
ひつじのけかる（羊の毛刈る） 春 一一五
ひつじほ（穭穂） 秋 二四五
ひでり（旱） 夏 五八
ひでりぐさ（旱草） 夏 五八
ひでりぐも（旱雲） 夏 五八
ひでりそう（日照草） 夏 三四〇
ひでりぞら（旱空） 夏 五八
ひでりた（旱田） 夏 五八
ひでりづゆ（旱梅雨） 夏 四五
ひでりばた（旱畑） 夏 五八
ひでりぼし（旱星） 夏 三五
ひとえ（単衣） 夏 七八
ひとえおび（単帯） 夏 八五
ひとえたび（単足袋） 夏 八七
ひとえばおり（単羽織） 夏 八一
ひとえばかま（単袴） 夏 八一
ひとえもの（単物） 夏 七八
ひとくわ（一鍬） 新 六四
ひとつば（一つ葉） 夏 三八九
ひとで（海星） 春 二三〇
ひとで（海盤車） 春 二三〇
ひとのひ（人の日） 新 一五
ひとは（一葉） 秋 二〇二
ひとはおつ（一葉落つ） 秋 二〇二
ひとはぐさ（一葉草） 春 三〇四
ひとまるき（人丸忌） 春 一七一
ひとまるまつり（人丸祭） 春 一七一
ひとまろき（人麿忌） 春 一七一
ひとまろき（人麻呂忌） 春 一七一
ひともじ（一文字） 冬 二六四
ひとよぐさ（一夜草） 春 三〇四
ひとよざけ（一夜酒） 夏 一〇二
ひとりしずか（一人静） 春 三一六
ひとりむし（火取虫） 夏 二四六
ひとりむし（灯取虫） 夏 二四六
ひな（雛） 春 一三九
ひなあそび（雛遊び） 春 一三九
ひなあられ（雛あられ） 春 一三九
ひないち（雛市） 春 一三九
ひなおくり（雛送り） 春 一四一
ひなおさめ（雛納め） 春 一四二
ひなが（日永） 春 三二
ひなかざり（雛飾） 春 一三九
ひながし（雛菓子） 春 一三九
ひながし（日永し） 春 三二
ひなぎく（雛菊） 春 二八〇
ひなぐさ（雛草） 春 三一九
ひなげし（雛罌粟） 夏 三三二
ひなたぼこ（日向ぼこ） 冬 一六五
ひなたぼこり（日向ぼこり） 冬 一六五
ひなたぼっこ（日向ぼっこ） 冬 一六五
ひなだん（雛壇） 春 一三九
ひなながし（雛流し） 春 一四一
ひなにんぎょう（雛人形） 春 一三九
ひなのえん（雛の宴） 春 一三九
ひなのきゃく（雛の客） 春 一三九
ひなのせっく（雛の節句） 春 一三八
ひなのちょうど（雛の調度） 春 一三九

ひなのひ（雛の灯） 春 一三九
ひなのやど（雛の宿） 春 一三九
ひなまつり（雛祭） 春 一三九
ひなみせ（雛店） 春 一三九
ひなわうり（火縄売） 新 九一
ビニールハウス 冬 二四五
ひのさかり（日の盛り） 夏 五四
ひのはじめ（日の始め） 新 一一
ひのばん（火の番） 冬 二三九
ひば（干葉） 冬 二四四
ひばく（飛瀑） 夏 七〇
ひばち（火鉢） 冬 二三四
ひばり（雲雀） 春 一九〇
ひばりかご（雲雀籠） 春 一九〇
ひばりごち（雲雀東風） 春 四五
ひばりの（雲雀野） 春 一九〇
ひばりぶえ（雲雀笛） 春 一九〇
ひび（胼） 冬 二六二
ひびぐすり（胼薬） 冬 二六二
ひひな 春 一三九
ひひなき（ひひ鳴き） 春 一九一
ひぶせまつり（火伏祭） 秋 二二八
ひぶり（火振） 夏 一四八
ひぼけ（緋木瓜） 春 二六一
ひぼたん（緋牡丹） 夏 二八三
ひまつり（火祭） 秋 一三〇
ひまわり（向日葵） 夏 三三九
ひみじか（日短） 冬 二九
ひみじかし（日短し） 冬 二九
ひむし（灯虫） 夏 二四六
ひめ（姫始） 新 四二
ひめあさり（姫浅蜊） 春 二一四
ひめうつぎ（姫うつぎ） 夏 三一二
ひめくるみ（姫胡桃） 秋 一九一
ひめこまつ（姫小松） 新 一一三
ひめしゃら（姫沙羅） 夏 三二〇
ひめだか（緋目高） 夏 二三三
ひめつばき（姫椿） 冬 二四一
ひめはじめ（ひめ始） 新 四二
ひめはじめ（密事始） 新 四二
ひめます（姫鱒） 春 二〇八
ひめゆり（姫百合） 夏 三三八
ひもかがみ（氷面鏡） 冬 七三
ひもとき（紐解） 冬 一六八
ひもも（緋桃） 春 二五八
ビヤガーデン 夏 九九
ひゃくじつこう（百日紅） 夏 二八六
ひゃくにちそう（百日草） 夏 三四二
ひゃくはちたい（百八たい） 秋 一三一
ひゃくはちとう（百八灯） 秋 一三一
ひゃくものがたり（百物語） 夏 一二七
びゃくれん（白蓮） 夏 三三七
ひやけ（日焼） 夏 一七三
ひやけどめ（日焼止め） 夏 一七三
ひやざけ（冷酒） 夏 一〇一
ひやしうり（冷し瓜） 夏 九六
ひやしこうちゃ（冷し紅茶） 夏 一〇五
ひやしコーヒー（冷しコーヒー） 夏 一〇五
ひやしサイダー（冷しサイダー） 夏 一〇四
ひやしざけ（冷し酒） 夏 一〇一
ひやしすいか（冷し西瓜） 夏 九六
ひやしちゅうか（冷し中華） 夏 九四
ひやしラムネ（冷しラムネ） 夏 一〇四
ヒヤシンス 春 二八四
ひやそうめん（冷索麺） 夏 九三
ひやそうめん（冷素麺） 夏 九三
ひやどうふ（冷豆腐） 夏 九五
ビヤホール 夏 九九
ひやむぎ（冷麦） 夏 九三
ひややか（冷やか） 秋 二六
ひややっこ（冷奴） 夏 九五
ひゆ（冷ゆ） 秋 二六

ひよ	秋	一五二
ひょう（雹）	夏	五〇
ひょうか（氷菓）	夏	一〇五
ひょうかい（氷海）	冬	七五
ひょうげん（氷原）	冬	七五
ひょうこ（氷湖）	冬	七四
びょうご（病蚕）	春	二三六
ひょうこう（氷江）	冬	七五
ひょうぞう（氷像）	冬	一九〇
ひょうたん（瓢箪）	秋	二三三
ひょうちゅう（氷柱）	夏	一二四
ひょうちょう（漂鳥）	秋	一四八
ひょうてんか（氷点下）	冬	七三
ひょうばく（氷瀑）	冬	七四
びょうぶ（屏風）	冬	一二九
ひよけ（日除）	夏	一一七
ひよどり（鵯）	秋	一五二
ひょん	秋	二一四
ひょんのふえ（瓢の笛）	秋	二一四
ひょんのみ（瓢の実）	秋	二一四
ひらたけ（ひら茸）	秋	二七五
ひる	春	二九六
ひる	春	三一三
ひる（蛭）	夏	二七八
ひるがお（昼顔）	夏	三七三
ひるがお（鼓子草）	夏	三七三
ひるかじ（昼火事）	冬	一三九
ひるかわず（昼蛙）	春	一八五
ひるてん	秋	九九
ひるな	夏	三八三
ひるね（昼寝）	夏	一七四
ひるねおき（昼寝起）	夏	一七四
ひるねざめ（昼寝覚）	夏	一七四
ひるねびと（昼寝人）	夏	一七四
ひるのつき（昼の月）	秋	三九
ひるのむし（昼の虫）	秋	一七〇
ひるむしろ（蛭蓆）	夏	三九五
ひれざけ（鰭酒）	冬	一〇五
ひろしまき（広島忌）	夏	一八五
びわ（枇杷）	夏	三〇一
ひわ（鶸）	秋	一五三
びわのはな（枇杷の花）	冬	二四八
びわのみ（枇杷の実）	夏	三〇一
びんちょうたん（備長炭）	冬	一三一
びんぼうかずら（貧乏かずら）	秋	二六三

ふ

ふいごまつり（鞴祭）	冬	一七七
ふうきぎく（富貴菊）	春	二八一
ふうきそう（富貴草）	夏	二八三
ふうしんし（風信子）	春	二八四
ふうせいき（風生忌）	春	一七四
ふうせん（風船）	春	一二七
ふうせんうり（風船売）	春	一二七
ふうせんだま（風船玉）	春	一二七
ふうらん（風蘭）	夏	三七二
ふうりん（風鈴）	夏	一二六
ふうりんうり（風鈴売）	夏	一二六
ふうりんそう（風鈴草）	夏	三八九
プール	夏	一五六
ふか（鱶）	冬	二二三
ふかしも（深霜）	冬	五三
ふき（蕗）	夏	三五三
ふきあげ（噴上げ）	夏	一一三
ふきい（噴井）	夏	六八
ふきかえ（葺替）	春	九八
ふきぎく（蕗菊）	春	二八一
ふきざくら（蕗桜）	春	二八一
ふきぞめ（吹初）	新	七一
ふきぞめ（籟初）	新	七一
ふきながし（吹流し）	夏	一八二
ふきのとう（蕗の薹）	春	三一七

ふきのは（蕗の葉）　夏　三五三
ふきのはな（蕗の花）　春　三一七
ふきのめ（蕗の芽）　春　三一七
ふきはじめ（吹始）　新　七一
ふきばたけ（蕗畑）　夏　三五三
ふきみそ（蕗味噌）　春　八七
ふく　冬　三一七
ふぐ（河豚）　冬　三一七
ぶぐかざる（武具飾る）　夏　一八三
ふくざさ（福笹）　新　九五
ふくさわら（ふくさ藁）　新　三三
ふくじゅそう（福寿草）　新　一〇九
ふぐじる（河豚汁）　冬　一一〇
ふくじんまいり（福神詣）　新　九二
ふくじんめぐり（福神巡り）　新　九二
ふくだるま（福達磨）　新　四六
ふくちゃ（福茶）　新　五三
ふぐと　冬　三一七
ふぐとじる（ふぐと汁）　冬　一一〇
ふぐなべ（ふぐ鍋）　冬　一一〇
ふくなべ（福鍋）　新　五三
ふくはうち（福は内）　冬　一七二
ふくびき（福引）　新　七一
ふくべ（瓢）　秋　二三三
ふくまいり（福参）　春　一三六
ふくまいり（福詣）　新　九二
ふくみず（福水）　新　二六
ふくらすずめ（ふくら雀）　冬　二一二
ふぐりおとし（ふぐり落し）　冬　一七四
ふくろ　冬　二一三
ふくろう（梟）　冬　二一三
ふくろかけ（袋掛）　夏　一四三
ふくろぐも（袋蜘蛛）　夏　二七四
ふくろづの（袋角）　夏　二〇五
ふくわかし（福沸）　新　五三
ふくわら（福藁）　新　三三
ふくわらい（福笑い）　新　六八
ふくわらしく（福藁敷く）　新　三三
ふけい（噴井）　夏　六八
ふけまち（更待）　秋　四五
ふけまちづき（更待月）　秋　四五
ふさく（不作）　秋　九〇
ふし（五倍子）　秋　二〇一
ふじ（藤）　春　二五六
ふじ　秋　一八七
ふじおき（不死男忌）　夏　二〇三
ふじぎょうじゃ（富士行者）　夏　一九四
ふじこう（富士講）　夏　一九四
ふじざくら（富士桜）　春　二三四
ふじぜんじょう（富士禅定）　夏　一九四
ふじだな（藤棚）　春　二五六
ふしづけ（柴漬）　冬　一四九
ふじどうじゃ（富士道者）　夏　一九四
ふじな（藤菜）　春　三〇六
ふじなみ（藤浪）　春　二五六
ふじのはつゆき（富士の初雪）　秋　五四
ふじのはな（藤の花）　春　二五六
ふじのふさ（藤の房）　春　二五六
ふじのみ（藤の実）　秋　二〇六
ふじばかま（藤袴）　秋　二六五
ふしほす（ふし干す）　秋　二〇一
ふじぼたん（藤牡丹）　春　二七九
ふしまち（臥待）　秋　四五
ふしまちづき（臥待月）　秋　四五
ふじもうで（富士詣）　夏　一九四
ふすま（衾）　冬　八九
ふすま（襖）　冬　一二九
ぶそんき（蕪村忌）　冬　一九四
ふたえにじ（二重虹）　夏　四九
ふだおさめ（札納）　冬　一八一
ふたもじ　春　二九六
ふたりしずか（二人静）　春　三一六

ふつか（二日） 新 一三
ふつかきゅう（二日灸） 春 一三七
ふつかづき（二日月） 秋 三九
ふっかつさい（復活祭） 春 一六七
ふつかやいと（二日灸） 春 一三七
ぶつかんきび（仏歓喜日） 秋 一三三
ふづき（文月） 秋 一六
ぶっき（仏忌） 春 一五五
ふっこし（吹越） 冬 五八
ぶっしょうえ（仏生会） 春 一六一
ぶっそうげ（仏桑花） 夏 二九一
ぶっぽうそう（仏法僧） 夏 二一六
ふではじめ（筆始） 新 三六
ふでのはな（筆の花） 春 三〇七
ふでりんどう（筆竜胆） 春 三三〇
ぶと（蟆子） 夏 二六五
ふとい（太藺） 夏 三六五
ぶどう（葡萄） 秋 一八八
ぶどうえん（葡萄園） 秋 一八八
ぶどうかる（葡萄枯る） 冬 二五四
ぶどうだな（葡萄棚） 秋 一八八
ふところで（懐手） 冬 一六四
ふとばし（太箸） 新 五四
ふとん（蒲団） 冬 八九
ふなあそび（船遊び） 夏 一五三
ふないけす（船生洲） 夏 一五三
ふながたのひ（船形の火） 秋 一三三
ふなせがき（船施餓鬼） 秋 一二一
ふなのりぞめ（船乗初） 新 三九
ふなむし（船虫） 夏 二四二
ふなむし（舟虫） 夏 二四二
ふなゆさん（船遊山） 夏 一五三
ふなりょうり（船料理） 夏 一五三
ふのり（海蘿） 夏 三九八
ふのり（布海苔） 夏 三九八
ふのりほす（海蘿干す） 夏 三九八
ふぶき（吹雪） 冬 五九
ふぶく（吹雪く） 冬 五九
ふみだわら（踏俵） 冬 一二七
ふみづき（文月） 秋 一六
ふゆ（冬） 冬 一三
ぶゆ 夏 二六五
ふゆあおくさ（冬青草） 冬 二六七
ふゆあおぞら（冬青空） 冬 四一
ふゆあかつき（冬暁） 冬 二九
ふゆあかね（冬茜） 冬 六二
ふゆあけぼの（冬曙） 冬 二九
ふゆあさし（冬浅し） 冬 一四
ふゆあたたか（冬暖か） 冬 一九
ふゆあんご（冬安居） 冬 一八六
ふゆいちご（冬苺） 冬 二五八
ふゆうがき（富有柿） 秋 一八六
ふゆうみ（冬海） 冬 六九
ふゆうめ（冬梅） 冬 二三六
ふゆうらら（冬うらら） 冬 四〇
ふゆおわる（冬終る） 冬 三八
ふゆがこい（冬囲） 冬 一三三
ふゆがすみ（冬霞） 冬 六一
ふゆがまえ（冬構） 冬 一三三
ふゆがまえとく（冬構解く） 春 九八
ふゆかもめ（冬鷗） 冬 二一九
ふゆがらす（冬鴉） 冬 二一二
ふゆがれ（冬枯） 冬 二五七
ふゆかわ（冬川） 冬 六九
ふゆかわら（冬川原） 冬 六九
ふゆき（冬木） 冬 二五三
ふゆぎ（冬着） 冬 八七
ふゆきかげ（冬木影） 冬 二五三
ふゆぎく（冬菊） 冬 二五九
ふゆきたる（冬来る） 冬 一六
ふゆきのめ（冬木の芽） 冬 二七三
ふゆきみち（冬木道） 冬 二五三

ふゆぎり（冬霧）　冬　六一
ふゆぎんが（冬銀河）　冬　四三
ふゆくさ（冬草）　冬　二六七
ふゆぐも（冬雲）　冬　四一
ふゆこだち（冬木立）　冬　二五三
ふゆごもり（冬籠）　冬　一三三
ふゆざくら（冬桜）　冬　二三八
ふゆざしき（冬座敷）　冬　一二八
ふゆさる（冬去る）　冬　三八
ふゆざるる（冬ざるる）　冬　一六
ふゆざれ（冬ざれ）　冬　一六
ふゆじお（冬潮）　冬　七一
ふゆじたく（冬支度）　秋　八三
ふゆしゃつ（冬シャツ）　冬　八七
ふゆしょうぐん（冬将軍）　冬　一三
ふゆしょうじ（冬障子）　冬　一二八
ふゆすすき（冬芒）　冬　二六九
ふゆすずめ（冬雀）　冬　二二二
ふゆすみれ（冬菫）　冬　二七一
ふゆそうび（冬薔薇）　冬　二三九
ふゆぞら（冬空）　冬　四一
ふゆた（冬田）　冬　六七
ふゆだき（冬滝）　冬　七四
ふゆたつ（冬立つ）　冬　一六
ふゆたみち（冬田道）　冬　六七
ふゆちょう（冬蝶）　冬　二三二
ふゆつく（冬尽く）　冬　三八
ふゆつばき（冬椿）　冬　二四〇
ふゆどとう（冬怒涛）　冬　七〇
ふゆどなり（冬隣）　秋　三四
ふゆともし（冬ともし）　冬　一二七
ふゆな（冬菜）　冬　二六三
ふゆなうり（冬菜売）　冬　二六三
ふゆなぎ（冬凪）　冬　四四
ふゆなばた（冬菜畑）　冬　二六三
ふゆなみ（冬浪）　冬　七〇
ふゆなみ（冬濤）　冬　七〇
ふゆにいる（冬に入る）　冬　一六
ふゆぬくし（冬ぬくし）　冬　一九
ふゆね（冬嶺）　冬　六四
ふゆの（冬野）　冬　六五
ふゆのあさ（冬の朝）　冬　二九
ふゆのあめ（冬の雨）　冬　五〇
ふゆのいえ（冬の家）　冬　一二三
ふゆのいずみ（冬の泉）　冬　六八
ふゆのうぐいす（冬の鶯）　冬　二一〇
ふゆのうみ（冬の海）　冬　六九
ふゆのうみ（冬の湖）　冬　七四
ふゆのうめ（冬の梅）　冬　二三六
ふゆのかすみ（冬の霞）　冬　六一
ふゆのかぜ（冬の風）　冬　四五
ふゆのかり（冬の雁）　冬　二〇九
ふゆのかわ（冬の川）　冬　六九
ふゆのきり（冬の霧）　冬　六一
ふゆのくさ（冬の草）　冬　二六七
ふゆのくも（冬の雲）　冬　四一
ふゆのくれ（冬の暮）　冬　三〇
ふゆのさる（冬の猿）　冬　二〇七
ふゆのしお（冬の潮）　冬　七一
ふゆのその（冬の園）　冬　六七
ふゆのそら（冬の空）　冬　四一
ふゆのた（冬の田）　冬　六七
ふゆのちょう（冬の蝶）　冬　二三二
ふゆのつき（冬の月）　冬　四二
ふゆのつる（冬の鶴）　冬　二二〇
ふゆのとり（冬の鳥）　冬　二〇九
ふゆのなごり（冬の名残）　冬　三八
ふゆのなみ（冬の波）　冬　七〇
ふゆのにじ（冬の虹）　冬　六三
ふゆのにわ（冬の庭）　冬　六七
ふゆのぬま（冬の沼）　冬　七四
ふゆのの（冬の野）　冬　六五

ふゆのはえ（冬の蠅） 冬 二三三
ふゆのはち（冬の蜂） 冬 二三二
ふゆのはま（冬の浜） 冬 六九
ふゆのはら（冬の原） 冬 六五
ふゆのひ（冬の日） 冬 三九
ふゆのひ（冬の灯） 冬 二一七
ふゆのほし（冬の星） 冬 四三
ふゆのみず（冬の水） 冬 六八
ふゆのむし（冬の虫） 冬 二三五
ふゆのもず（冬の鵙） 冬 二一〇
ふゆのもや（冬の靄） 冬 六二
ふゆのやど（冬の宿） 冬 一二三
ふゆのやま（冬の山） 冬 六四
ふゆのゆう（冬の夕） 冬 三〇
ふゆのゆうやけ（冬の夕焼） 冬 六二
ふゆのよ（冬の夜） 冬 三一
ふゆのらい（冬の雷） 冬 六〇
ふゆばえ（冬蠅） 冬 二三三
ふゆはじめ（冬初め） 冬 一四
ふゆばち（冬蜂） 冬 二三二
ふゆばら（冬薔薇） 冬 二三九
ふゆばれ（冬晴） 冬 四〇
ふゆび（冬灯） 冬 二一七
ふゆび（冬日） 冬 三九
ふゆひかげ（冬日影） 冬 三九
ふゆひこき（冬彦忌） 冬 一九九
ふゆひでり（冬旱） 冬 四〇
ふゆひなた（冬日向） 冬 三九
ふゆひばり（冬雲雀） 冬 二一一
ふゆびより（冬日和） 冬 四〇
ふゆふかし（冬深し） 冬 三五
ふゆふかむ（冬深む） 冬 三五
ふゆふく（冬服） 冬 八七
ふゆぼう（冬帽） 冬 九八
ふゆぼうし（冬帽子） 冬 九八
ふゆぼたん（冬牡丹） 冬 二四〇
ふゆみかづき（冬三日月） 冬 四二
ふゆめ（冬芽） 冬 二七三
ふゆめく（冬めく） 冬 一九
ふゆもえ（冬萌） 冬 二七三
ふゆもみじ（冬紅葉） 冬 二四八
ふゆもや（冬靄） 冬 六二
ふゆやかた（冬館） 冬 一二三
ふゆやすみ（冬休み） 冬 八四
ふゆやなぎ（冬柳） 冬 二五六
ふゆやま（冬山） 冬 六四
ふゆやまが（冬山家） 冬 六四
ふゆやまじ（冬山路） 冬 六四
ふゆゆうやけ（冬夕焼） 冬 六二
ふゆようい（冬用意） 秋 八三
ふゆをまつ（冬を待つ） 秋 三四
ぶよ（蚋） 夏 二六五
ぶよ 夏 二六五
ふよう（芙蓉） 秋 一八四
ふようのみ（芙蓉の実） 冬 二四六
ふらき（普羅忌） 秋 一三八
ふらここ 春 一三九
プラタナスのはな（プラタナスの花） 春 二七六
ぶらんこ 春 一三九
ふらんど 春 一三九
ぶり（鰤） 冬 二三四
ぶりあみ（鰤網） 冬 一五〇
フリージア 春 二八二
ぶりおこし（鰤起し） 冬 六一
ぶりば（鰤場） 冬 一五〇
プリムラ 春 三〇八
ふるあわせ（古袷） 夏 七七
ふるうちわ（古団扇） 夏 一三五
ふるおうぎ（古扇） 夏 一三四
ふるくさ（古草） 春 三〇二
ふるごよみ（古暦） 冬 一三八
ふるざけ（古酒） 秋 七二

ふるす（古巣） 春 二〇〇
ふるすだれ（古簾） 夏 一一七
ふるせ 秋 一六一
ふるとし（古年） 新 一一
ふるにっき（古日記） 冬 一三七
ふるゆかた（古浴衣） 夏 八二
フレーム 冬 一四五
ふろちゃ（風炉茶） 夏 一二九
ふろてまえ（風炉点前） 夏 一二九
ふろなごり（風炉名残） 秋 八三
ふろのなごり（風炉の名残） 秋 八三
ふろふき（風呂吹） 冬 一一八
ふろふきだいこん（風呂吹大根） 冬 一一八
ぶんかのひ（文化の日） 秋 一一二
ぶんごうめ（豊後梅） 春 二三八
ふんすい（噴水） 夏 一一三
ぶんたん（文旦） 冬 二四七
ぶんぶん 夏 二五二
ぶんぶんむし（ぶんぶん虫） 夏 二五二

へ

へいあんまつり（平安祭） 秋 一三〇
へいけぼたる（平家蛍） 夏 二四九
べいごま 秋 一〇四
ペーロン 夏 一八七
ペーロンせん（ペーロン船） 夏 一八七
へきごとうき（碧梧桐忌） 冬 二〇一
へくそかずら（屁糞葛） 夏 三八一
へこきむし 秋 一八一
ペチカ 冬 一三〇
へちま（糸瓜） 秋 一三二
へちまき（糸瓜忌） 秋 一四〇
へちまだな（糸瓜棚） 秋 一三二
へちまのはな（糸瓜の花） 夏 三四九
へちままく（糸瓜蒔く） 春 一〇六
べったらいち（べったら市） 秋 一二七
べったらづけ（べったら漬） 秋 一二七
へっついねこ（へっつい猫） 冬 二〇六
へっぴりむし 秋 一八一
べにいたどり（紅虎杖） 夏 三七九
べにがい（紅貝） 春 二一五
べにしだれ（紅枝垂） 春 二三三
べにたけ（紅茸） 秋 二七七
べにつばき（紅椿） 春 二三〇
べにのはな（紅の花） 夏 三四五
べにはす（紅蓮） 夏 三三七
べにばな（紅花） 夏 三四五
べにばな（紅粉花） 夏 三四五
べにばな（紅藍花） 夏 三四五
べにひわ（紅鶸） 秋 一五三
べにふよう（紅芙蓉） 秋 一八四
べにます（紅鱒） 春 二〇八
べにむくげ（紅木槿） 秋 一八三
へび（蛇） 夏 二一一
へびあなにいる（蛇穴に入る） 秋 一四七
へびあなをいづ（蛇穴を出づ） 春 一八四
へびいちご（蛇苺） 夏 三九一
へびいちごのはな（蛇苺の花） 春 二九一
へびいづ（蛇出づ） 春 一八四
へびかわをぬぐ（蛇皮を脱ぐ） 夏 二一二
へびきぬをぬぐ（蛇衣を脱ぐ） 夏 二一二
へびのから（蛇の殻） 夏 二一二
へびのきぬ（蛇の衣） 夏 二一二
へびのもぬけ（蛇の蛻） 夏 二一二
へひりむし（放屁虫） 秋 一八一
べら 夏 三三六
べらつり（べら釣） 夏 三三六
ベランダ 夏 一一二
ヘリオトロープ 春 二八三
べんけいそう（弁慶草） 秋 二二九
べんとうはじめ（弁当始） 春 一六三
ペンペングさ（ペンペン草） 春 三〇五

へんろ（遍路） 春 一六〇
へんろがさ（遍路笠） 春 一六〇
へんろづえ（遍路杖） 春 一六〇
へんろでら（遍路寺） 春 一六〇
へんろみち（遍路道） 春 一六〇
へんろやど（遍路宿） 春 一六〇

ほ

ほいろ（焙炉） 春 一一六
ほいろし（焙炉師） 春 一一六
ほいろば（焙炉場） 春 一一六
ポインセチア 冬 二四五
ほうおうんこう（報恩講） 冬 一八五
ほうきぎ（帚木） 夏 三六四
ほうきぐさ 夏 三六四
ほうこぐさ（鼠麴草） 春 三一六
ぼうさいのひ（防災の日） 秋 一一〇
ほうさく（豊作） 秋 八九
ほうしぜみ（法師蟬） 秋 一六八
ぼうしゃき（茅舎忌） 夏 二〇二
ぼうしゅ（芒種） 夏 二〇
ほうしゅん（芳春） 春 一四
ほうじょうえ（放生会） 秋 一三九
ほうせんか（鳳仙花） 秋 二三六
ほうそう（芳草） 春 二九九
ぼうだら（棒鱈） 春 九〇
ぼうたん 夏 二八三
ほうちゃくそうのはな（宝鐸草の花） 夏 三八七
ほうちょうはじめ（包丁始） 新 五七
ほうねん（豊年） 秋 八九
ぼうねんかい（忘年会） 冬 八二
ほうねんき（法然忌） 春 一六三
ほうびき（宝引） 新 七一
ぼうふうつむ（防風摘む） 春 一三三
ぼうふうほる（防風掘る） 春 一三三
ぼうふら（孑孒） 夏 二六四
ぼうぶら 秋 二三一
ぼうふり 夏 二六四
ぼうふりむし（棒振虫） 夏 二六四
ほうぼう（魴鮄） 冬 二三三
ほうよう（放鷹） 冬 一四八
ほうらい（蓬萊） 新 三〇
ほうらいかざり（蓬萊飾） 新 三〇
ほうり（鳳梨） 夏 三〇一
ほうれんそう（菠薐草） 春 二九二
ほえかご（宝恵駕） 新 八一
ほえかご（宝恵籠） 新 八一
ほおおちば（朴落葉） 冬 二五二
ほおかむり（頰被） 冬 九九
ほおかぶり 冬 九九
ほおさんげ（朴散華） 夏 三一四
ほおじろ（頰白） 春 一九二
ほおずき（鬼灯） 秋 二三六
ほおずき（酸漿） 秋 二三六
ほおずきいち（鬼灯市） 夏 一八八
ほおずきいち（酸漿市） 夏 一八八
ほおずきのはな（鬼灯の花） 夏 三四三
ほおずきのはな（酸漿の花） 夏 三四三
ほおちる（朴散る） 冬 二五二
ボート 夏 一五三
ボードセーリング 夏 一五四
ボートレース 春 一二五
ボーナス 冬 七七
ほおのはな（朴の花） 夏 三一四
ほおのはな（厚朴の花） 夏 三一四
ほぐさ（穂草） 秋 二五四
ほくふう（北風） 冬 四五
ほくろ 春 三一五
ほげい（捕鯨） 冬 一五〇
ほげいせん（捕鯨船） 冬 一五〇
ぼけのはな（木瓜の花） 春 二六一
ほこだて（鉾立） 夏 一九五

ほこながしのしんじ（鉾流の神事）夏　一九六
ほこまつり（鉾祭）夏　一九五
ぽこんぽこん　新　四八
ぼさつばな　夏　二九一
ぼさん（墓参）秋　一二〇
ほしあい（星合）秋　一一四
ほしあかり（星明り）秋　四七
ほしいい（干飯）夏　九一
ほしいい（乾飯）夏　九一
ほしうめ（干梅）夏　九八
ほしがき（干柿）秋　七六
ほしがれい（干鰈）春　八九
ほしぐさ（干草）夏　一四四
ほしこよい（星今宵）秋　一一四
ほしざけ（干鮭）冬　一一九
ほしさゆ（星冴ゆ）冬　四三
ほしすずし（星涼し）夏　三五
ほしだいこん（干大根）冬　一四四
ほしだら（乾鱈）春　九〇
ほしづきよ（星月夜）秋　四七
ほしづくよ（星月夜）秋　四七
ほしとぶ（星飛ぶ）秋　四九
ほしな（干菜）冬　一四四
ほしながる（星流る）秋　四九
ほしなじる（干菜汁）冬　一一三
ほしなつる（干菜吊る）冬　一四四
ほしなば（干菜場）冬　一四四
ほしなぶろ（干菜風呂）冬　一四四
ほしぶとん（干蒲団）冬　八九
ほしまつり（星祭）秋　一一四
ほしむかえ（星迎）秋　一一四
ぼしゅう（暮秋）秋　二二
ぼしゅん（暮春）春　三六
ほしわらび（干蕨）春　三一二
ぼせつ（暮雪）冬　五五
ほだ（榾）冬　一三三
ほだ　冬　一三三
ほだあかり（榾明り）冬　一三三
ぼだいし（菩提子）秋　二一一
ぼだいじゅのみ（菩提樹の実）秋　二一一
ぼだいのみ（菩提の実）秋　二一一
ほたで（穂蓼）秋　二七二
ほだび（榾火）冬　一三三
ほたる（蛍）夏　二四九
ほたるいか（蛍烏賊）春　二一二
ほたるうり（蛍売）夏　一六六
ほたるかご（蛍籠）夏　一六六
ほたるがっせん（蛍合戦）夏　二四九
ほたるがり（蛍狩）夏　一六六
ほたるぐさ（螢草）秋　二七二
ほたるび（蛍火）夏　二四九
ほたるぶくろ（蛍袋）夏　三八九
ほたるぶね（蛍舟）夏　一六六
ほたるみ（蛍見）夏　一六六
ほだわらかざる（穂俵飾る）新　三三
ぼたん（牡丹）夏　二八三
ぼたんうう（牡丹植う）秋　九五
ぼたんえん（牡丹園）夏　二八三
ぼたんき（牡丹忌）夏　二〇〇
ぼたんくよう（牡丹供養）冬　一六九
ぼたんざくら（牡丹桜）春　二三四
ぼたんざくら（牡丹桜）春　二三八
ぼたんたきび（牡丹焚火）冬　一六九
ぼたんたく（牡丹焚く）冬　一六九
ぼたんつぎき（牡丹接木）秋　九五
ぼたんな（牡丹菜）夏　三五七
ぼたんなべ（牡丹鍋）冬　一一五
ぼたんねわけ（牡丹根分）秋　九五
ぼたんのきのはな（釦の木の花）春　二七六
ぼたんのめ（牡丹の芽）春　二四二
ぼたんゆき（牡丹雪）春　五二
ぼたんゆり（牡丹百合）春　二八二

ほちゅうあみ（捕虫網） 夏 一六五
ほちゅうき（捕虫器） 夏 一六五
ぼっち（稲棒） 秋 八八
ぽっぺん 新 四八
ほていあおい（布袋葵） 夏 三九三
ほていそう（布袋草） 夏 三九三
ほとけのうぶゆ（仏の産湯） 春 一六一
ほとけのざ（仏の座） 新 一一一
ほととぎす（時鳥） 夏 二二三
ほととぎす（子規） 夏 二二三
ほととぎす（杜宇） 夏 二二三
ほととぎす（杜鵑） 夏 二二三
ほととぎす（蜀魂） 夏 二二三
ほととぎす（杜鵑草） 秋 二七一
ほととぎすそう（ほととぎす草） 秋 二七一
ほととぎすのおとしぶみ（時鳥の落し文） 夏 二五四
ほどまつり（ほど祭） 冬 一七七
ほねしょうがつ（骨正月） 新 一一七
ポピー 夏 三三二
ぽぺん 新 四八
ほほざし（頬刺） 春 九〇
ほむぎ（穂麦） 夏 三六二
ぼや（小火） 冬 一三九
ぼら（鯔） 秋 一六〇
ほりごたつ（掘炬燵） 冬 一三三
ぼろいち（ぼろ市） 冬 七八
ほろがや（母衣蚊帳） 夏 一三一
ぼん（盆） 秋 一一八
ぼんいち（盆市） 秋 一一七
ぼんおどり（盆踊） 秋 一〇一
ぼんがわり（盆替り） 秋 一〇三
ぼんきょうげん（盆狂言） 秋 一〇三
ぼんく（盆供） 秋 一一八
ぼんじたく（盆支度） 秋 一一七
ぼんしばい（盆芝居） 秋 一〇三
ぼんだな（盆棚） 秋 一一八
ほんだわらかざる（ほんだわら飾る） 新 三三
ぼんたん 冬 二四七
ぼんでん 新 八七
ぼんてん（梵天） 新 八七
ぼんどうろう（盆灯籠） 秋 八一
ぼんのいち（盆の市） 秋 一一七
ぼんのつき（盆の月） 秋 四一
ぼんばい（盆梅） 春 三一八
ほんます（本鱒） 春 二〇八
ぼんみまい（盆見舞） 秋 一二四
ぼんようい（盆用意） 秋 一一七
ぼんれい（盆礼） 秋 一二四

ま

まあじ（真鯵） 夏 二三五
まいか（真烏賊） 春 二一二
まいぞめ（舞初） 新 七二
まいたけ（舞茸） 秋 二七五
まいまい（鼓虫） 夏 二五六
まいまい 夏 二五六
まいわし（真鰯） 秋 一六二
まがき（真牡蠣） 冬 二三一
まがも（真鴨） 冬 二一五
まがん（真雁） 秋 一五六
まきずし（巻鮓） 夏 九一
まきどこ（播床） 春 一〇七
まくず（真葛） 秋 二六一
まくずはら（真葛原） 秋 二六一
まくなぎ（蠛蠓） 夏 二六四
まくらがや（枕蚊帳） 夏 一三一
まくらびょうぶ（枕屏風） 冬 一三九
まぐろ（鮪） 冬 二三三
まぐろつり（鮪釣） 冬 二三三
まぐろぶね（鮪船） 冬 二三三
まくわ（真桑） 夏 三五四
まくわうり（甜瓜） 夏 三五四

まけどり（負鶏）　春　一四二
まこも（真菰）　夏　三七六
まこもがり（真菰刈）　夏　三七六
まこものうま（真菰の馬）　秋　一一五
まこものはな（真菰の花）　秋　二六〇
まこものめ（真菰の芽）　春　三三三
まじ　夏　三六
ましじみ（真蜆）　春　二一六
ましみず（真清水）　夏　六九
ましらざけ（ましら酒）　秋　七二
ます（鱒）　春　二〇八
マスク　冬　一〇二
マスクメロン　夏　三五六
ますほのすすき（十寸穂の芒）　秋　二五七
まぜ　夏　三六
まだこ（真蛸）　夏　二三八
またたびのみ（木天蓼の実）　秋　二一五
まだら（真鱈）　冬　二二四
まつあけ（松明）　新　一六
まついか　春　二一二
まつおさめ（松納）　新　八〇
まつおちば（松落葉）　夏　三一二
まつかざり（松飾）　新　二八
まつかざる（松飾る）　冬　七九
まつかふん（松花粉）　春　二六九
まつくぐり　春　一八八
まつすぎ（松過）　新　一六
まつたけ（松茸）　秋　二七六
まつたけめし（松茸飯）　秋　七五
まつていれ（松手入）　秋　八三
まつとる（松取る）　新　八〇
まつなぬか（松七日）　新　一五
まつのしん（松の芯）　春　二六四
まつのうち（松の内）　新　一五
まつのはな（松の花）　春　二六九
まつのみどり（松の緑）　春　二六四
まつばがに（松葉蟹）　冬　二三九
まつばぼたん（松葉牡丹）　夏　三四〇
まつばやし（松囃子）　春　一五〇
まっぷく（末伏）　夏　二七
まつむし（松虫）　秋　一七三
まつむしそう（松虫草）　秋　二七一
まつむしり（松毟鳥）　春　一八八
まつよい（待宵）　秋　四二
まつよいぐさ（待宵草）　夏　三七四
まつり（祭）　夏　一九〇
まつりか（茉莉花）　夏　二九二
まつりがみ（祭髪）　夏　一九〇
まつりごろも（祭衣）　夏　一九〇
まつりじし（祭獅子）　夏　一九〇
まつりだいこ（祭太鼓）　夏　一九〇
まつりちょうちん（祭提灯）　夏　一九〇
まつりばやし（祭囃子）　夏　一九〇
まつりぶえ（祭笛）　夏　一九〇
まつりぶね（祭舟）　夏　一九〇
まて（馬刀）　春　二一五
まてがい（馬蛤貝）　春　二一五
まてがい（馬刀貝）　春　二一五
まとはじめ（的始）　新　二七
まないたはじめ（俎始）　新　五七
まなつ（真夏）　夏　二七
まなつび（真夏日）　夏　二七
まなづる（真鶴）　冬　三二〇
まびきな（間引菜）　秋　二三九
まひわ（真鶸）　秋　一五三
マフ　冬　一〇一
まふゆ（真冬）　冬　三五
マフラー　冬　一〇〇
まむし（蝮）　夏　二二二
まむし（蝮蛇）　夏　二二二
まむしざけ（蝮酒）　夏　二二二
まむしとり（蝮捕）　夏　二二二

まめうう（豆植う） 夏 一四〇
まめうち（豆打） 冬 一七二
まめきぶし（豆五倍子） 春 二四九
まめざくら（豆桜） 春 二三四
まめたん（豆炭） 冬 一三一
まめのはな（豆の花） 春 二八八
まめまき（豆撒） 冬 一七二
まめまく（豆蒔く） 夏 一四〇
まめめいげつ（豆名月） 秋 四六
まめめし（豆飯） 夏 九〇
まやだし 春 九六
まゆ（繭） 夏 一四六
まゆだま（繭玉） 新 八一
まゆにる（繭煮る） 夏 一四六
まゆはきそう（まゆはき草） 春 三一六
まゆほす（繭干す） 夏 一四六
まゆみのみ（檀の実） 秋 二〇九
まゆみのみ（真弓の実） 秋 二〇九
まりはじめ（鞠始） 新 二八
まるはだか（丸裸） 夏 一六九
まわりどうろう（回り灯籠） 夏 一二七
まんげつ（満月） 秋 四二
まんざい（万歳） 新 四八
まんさく（金縷梅） 春 二六八
まんさく（満作） 春 二六八
まんさくのはな（まんさくの花） 春 二六八
まんじゅしゃげ（曼珠沙華） 秋 二六六
まんだらえ（曼荼羅会） 夏 一九七
まんたろうき（万太郎忌） 夏 一九九
マント 冬 九七
まんどう（万灯） 冬 一八三
まんりょう（万両） 冬 二六一
まんりょうき（万両忌） 冬 一九八

み

みうめ（実梅） 夏 二九六
みいでらごみむし（三井寺ごみむし） 秋 一八一
みえいく（御影供） 春 一五八
みえいこう（御影講） 春 一五八
みかいこう（未開紅） 春 二三九
みかぐら（御神楽） 冬 一八〇
みかづき（三日月） 秋 三九
みかわまんざい（三河万歳） 新 四八
みかん（蜜柑） 冬 二四七
みかんがり（蜜柑狩） 冬 二四七
みかんのはな（蜜柑の花） 夏 二九三
みかんやま（蜜柑山） 冬 二四七
みくさおう（水草生う） 春 三三一
みこし（神輿） 夏 一九〇
みこしぐさ（神輿草） 夏 三八二
みこしぶね（神輿舟） 夏 一九六
みざくら（実桜） 夏 二八一
みざくろ（実石榴） 秋 一八九
みざけ（身酒） 冬 一〇五
みさご（鶚） 冬 二〇八
みざんしょう（実山椒） 秋 二一五
みじかよ（短夜） 夏 二六
みずあおい（水葵） 夏 三七七
みずあそび（水遊び） 夏 一六二
みずあたり（水中り） 夏 一七六
みずあび（水浴） 夏 一五六
みずあらそい（水争） 夏 一三七
みずいくさ（水戦） 夏 一六二
みずおとす（水落す） 秋 六四
みずがい（水貝） 夏 一一〇
みずかけあい（水掛合） 夏 一六二
みずがっせん（水合戦） 夏 一六二
みずからくり（水機関） 夏 一六三
みずかる（水涸る） 冬 六七
みずぎ（水着） 夏 八四
みずきさく（水木咲く） 夏 三一六
みずきのはな（水木の花） 夏 三一六

みずきょうげん（水狂言） 夏 一六一
みすぐさ（御簾草） 夏 三七八
みずくさおう（水草生う） 春 三三一
みずくさのはな（水草の花） 夏 三九四
みずくさもみじ（水草紅葉） 秋 二七五
みずくも（水蜘蛛） 夏 二五七
みずげんか（水喧嘩） 夏 一三七
みずしも（水霜） 秋 五九
みずすまし（水澄） 夏 二五六
みずすまし 夏 二五七
みずすむ（水澄む） 秋 六五
みずづけ（水漬） 夏 九一
みずてい（水亭） 夏 一三三
みずでっぽう（水鉄砲） 夏 一六二
みずどの（水殿） 夏 一一三
みずとり（水鳥） 冬 二一五
みずとり（水取） 春 一五七
みずな（水菜） 春 二九三
みずぬるむ（水温む） 春 六六
みずぬすびと（水盗人） 夏 一三八
みずぬすむ（水盗む） 夏 一三八
みずのあき（水の秋） 秋 六四
みずのはる（水の春） 春 六五
みずばしょう（水芭蕉） 夏 三七五
みずばな（水洟） 冬 一六一
みずはも（水鱧） 夏 二三七
みずばん（水番） 夏 一三八
みずばんごや（水番小屋） 夏 一三八
みずひきそう（水引草） 秋 二七〇
みずひきのはな（水引の花） 秋 二七〇
みずまき（水撒き） 夏 一三一
みずまもる（水守る） 夏 一三八
みずむし（水虫） 夏 一七八
みずめがね（水眼鏡） 夏 一五〇
みずめし（水飯） 夏 九一
みずもち（水餅） 冬 一〇三
みずようかん（水羊羹） 夏 一〇七
みずをうつ（水を打つ） 夏 一三一
みせばや 秋 二七一
みせんりょう（実千両） 冬 二六〇
みそかそば（晦日蕎麦） 冬 八四
みそぎ（御祓） 夏 一九四
みそさざい（鷦鷯） 冬 二二四
みそさざい（三十三才） 冬 二二四
みぞさらえ（溝浚え） 夏 一三五
みぞそば（溝蕎麦） 秋 二七三
みそたき（味噌焚） 冬 一五二
みそつき（味噌搗） 冬 一五二
みそつくる（味噌作る） 冬 一五二
みそはぎ（千屈菜） 秋 二六八
みそはぎ（鼠尾草） 秋 二六八
みそはぎ（溝萩） 秋 二六八
みそまめ（みそ豆） 秋 二四八
みぞる（霙る） 冬 五一
みぞれ（霙） 冬 五一
みたまつり（御田祭） 夏 一九三
みだれはぎ（乱れ萩） 秋 二五六
みちおしえ（道おしえ） 夏 二五四
みちざねき（道真忌） 春 一五一
みちとせぐさ（三千歳草） 春 二五八
みちよぐさ（三千世草） 春 二五八
みっか（三日） 新 一三
みつば 春 二九四
みつばせり（三葉芹） 春 二九四
みつばち（蜜蜂） 春 二三四
みつまたのはな（三椏の花） 春 二四六
みつまめ（蜜豆） 夏 一〇八
みどり（緑） 夏 三〇五
みどりさす（緑さす） 夏 三〇五
みどりたつ（緑立つ） 春 二六四
みどりのしゅうかん（緑の週間） 春 一四七
みどりのはね（緑の羽根） 春 一四七

みどりのひ（みどりの日） 春 一四九
みな 春 二一六
みなくちのぬさ（水口の幣） 春 一四六
みなくちまつり（水口祭） 春 一四六
みなしぐり（虚栗） 秋 一八九
みなづき（水無月） 夏 二三
みなみ（南風） 夏 三六
みなみかぜ（南風） 夏 三六
みなみふく（南吹く） 夏 三六
みなんてん（実南天） 秋 二〇五
みにしむ（身に入む） 秋 二八
みにしむ（身に沁む） 秋 二八
みねいり（峰入） 春 一六四
みねぐも（峰雲） 夏 三四
みねざくら（嶺桜） 春 二三四
みのむし（蓑虫） 秋 一八〇
みのむしなく（蓑虫鳴く） 秋 一八〇
みぶおどり（壬生踊） 春 一六三
みぶきょうげん（壬生狂言） 春 一六三
みぶさい（壬生祭） 春 一六三
みぶな（壬生菜） 春 二九三
みふねまつり（三船祭） 夏 一九三
みぶねんぶつ（壬生念仏） 春 一六三
みぶのかね（壬生の鉦） 春 一六三
みぶのめん（壬生の面） 春 一六三
みまんりょう（実万両） 冬 二六一
みみかけ（耳掛） 冬 一〇〇
みみず（蚯蚓） 夏 二七八
みみずいづ（蚯蚓出づ） 夏 二七八
みみずく（木菟） 冬 二一四
みみずなく（蚯蚓鳴く） 秋 一七九
みみぶくろ（耳袋） 冬 一〇〇
みむらさき（実紫） 秋 二一一
ミモザ 春 二四八
みもざ（ミモザ） 夏 三三九
みやかぐら（宮神楽） 冬 一八〇
みやこおどり（都踊） 春 一五〇
みやこぐさ（都草） 夏 三八六
みやこどり（都鳥） 冬 二一八
みやこわすれ（都忘れ） 春 二八六
みやずもう（宮相撲） 秋 一〇二
みやつこぎ 春 二七五
みやまきりしま（深山霧島） 春 二五三
みやまざくら（深山桜） 春 二三四
みやまりんどう（深山竜胆） 秋 二七〇
みやまれんげ（深山蓮花） 夏 三一七
みゆき（深雪） 冬 五五
みゆきばれ（深雪晴） 冬 五七
みょうがじる（茗荷汁） 夏 三六〇
みょうがたけ（茗荷竹） 春 二九八
みょうがのこ（茗荷の子） 夏 三六〇
みょうがのはな（茗荷の花） 秋 二四一
みょうほうのひ（妙法の火） 秋 一三三
ミヨソティス 春 二八一
みわたり（御渡り） 冬 七六
みんみん 夏 二五七

む

むいか（六日） 新 一四
むかえうま（迎馬） 秋 一一五
むかえがね（迎鐘） 秋 一三三
むかえづゆ（迎え梅雨） 夏 四三
むかえび（迎火） 秋 一一九
むかご（零余子） 秋 二三八
むかごめし（零余子飯） 秋 七四
むかで（百足） 夏 二七五
むかで（蜈蚣） 夏 二七五
むぎ（麦） 夏 三六二
むぎあおむ（麦青む） 春 二九八
むぎあき（麦秋） 夏 一八
むぎいりこ（麦炒粉） 夏 一〇八
むぎうち（麦打） 夏 一一三

むぎうずら（麦鶉）　春　一九一
むぎかり（麦刈）　夏　一三三
むぎぐるま（麦車）　夏　一三三
むぎこうせん（麦香煎）　夏　一〇八
むぎこがし（麦こがし）　夏　一〇八
むぎこき（麦扱）　夏　一三三
むぎこきき（麦扱機）　夏　一三三
むぎしょうちゅう（麦焼酎）　夏　一〇〇
むぎたたき（麦叩）　夏　一三三
むぎちゃ（麦茶）　夏　一〇二
むぎつき（麦つき）　夏　一三三
むぎとろ（麦とろ）　秋　七七
むぎのあき（麦の秋）　夏　一八
むぎのくろほ（麦の黒穂）　夏　三六三
むぎのほ（麦の穂）　夏　三六二
むぎのめ（麦の芽）　冬　二六六
むぎばたけ（麦畑）　夏　三六二
むぎぶえ（麦笛）　夏　一六九
むぎふみ（麦踏）　春　九九
むぎほこり（麦埃）　夏　一三三
むぎまき（麦蒔）　冬　一四三
むぎめし（麦飯）　夏　九〇
むぎやき（麦焼き）　夏　一三三
むぎゆ（麦湯）　夏　一〇二
むぎわら（麦稈）　夏　一三四
むぎわら（麦藁）　夏　一三四
むぎわらだこ（麦藁蛸）　夏　二三八
むぎわらとんぼ（麦藁とんぼ）　夏　二六八
むぎわらぶえ（麦藁笛）　夏　一六九
むぎわらぶえ（麦稈笛）　夏　一六九
むぎわらぼうし（麦稈帽子）　夏　八五
むぎをふむ（麦を踏む）　春　九九
むく　秋　一五四
むくげ（木槿）　秋　一八三
むくげがき（木槿垣）　秋　一八三
むぐっちょ　冬　二一八
むくどり（椋鳥）　秋　一五四
むくのみ（椋の実）　秋　二〇七
むぐら（葎）　夏　三六九
むぐらしげる（葎茂る）　夏　三六九
むぐらわかば（葎若葉）　春　三〇三
むぐり　冬　二一八
むぐりどり（潜り鳥）　冬　二一八
むくろじ（無患子）　秋　二一二
むくろじのみ（無患子の実）　秋　二一二
むげつ（無月）　秋　四三
むこぎ　春　二六七
むささび　冬　二〇五
むささび（鼯鼠）　冬　二〇五
むし（虫）　秋　一七〇
むしうり（虫売）　秋　一〇五
むしおくり（虫送り）　夏　一四五
むしがれい（蒸鰈）　春　八九
むししぐれ（虫時雨）　秋　一七〇
むしだし（虫出し）　春　五六
むしだしのらい（虫出しの雷）　春　五六
むじな（狢）　冬　二〇四
むしのあき（虫の秋）　秋　一七〇
むしのこえ（虫の声）　秋　一七〇
むしのね（虫の音）　秋　一七〇
むしはまぐり（蒸蛤）　春　二一四
むしばらい（虫払）　夏　一一九
むしぼし（虫干）　夏　一一九
むしや（虫屋）　秋　一〇五
むしゃにんぎょう（武者人形）　夏　一八三
むしろおる（筵織る）　冬　一四九
むすびきのはな（結香の花）　春　二四六
むつ　春　二〇六
むつかけ（鯥掛）　春　二〇六
むつき（睦月）　新　九
むつごろう（鯥五郎）　春　二〇六
むつのはな（六花）　冬　五五

むつひきあみ（鯥曳網） 春 二〇六
むつびつき（むつび月） 新 九
むつほる（鯥掘る） 春 二〇六
むつみつき（むつみ月） 新 九
むてき（霧笛） 秋 五六
むひょう（霧氷） 冬 五一
むひょうりん（霧氷林） 冬 五一
むべ（郁子） 秋 二六二
むべのはな（郁子の花） 春 二七七
むべのはな（野木瓜の花） 春 二七七
むべのみ（郁子の実） 秋 二六二
むらさきしきぶ（紫式部） 秋 二一一
むらさきしきぶのみ（紫式部の実） 秋 二一一
むらさきしじみ（紫蜆） 春 二一六
むらさきはしどい（紫丁香花） 春 二五〇
むらさきもくれん（紫木蓮） 春 二五五
むらしぐれ（村時雨） 冬 四八
むらしばい（村芝居） 秋 一〇三
むらまつり（村祭） 秋 一二七
むらもみじ（村紅葉） 秋 一九五
むれちどり（群千鳥） 冬 二一七
むろあじ（室鰺） 夏 二三五
むろざき（室咲） 冬 二三八
むろのはな（室の花） 冬 二三八

め

めいげつ（名月） 秋 四二
めいげつ（明月） 秋 四二
めいしうけ（名刺受） 新 三六
めいじせつ（明治節） 秋 一一三
めいせつき（鳴雪忌） 春 一七三
メイフラワー 春 二五三
メーデー 春 一四八
メーデーか（メーデー歌） 春 一四八
めかりおけ（和布刈桶） 冬 一八一
めかりどき（目借時） 春 三四
めかりねぎ（和布刈禰宜） 冬 一八一
めかりのしんじ（和布刈神事） 冬 一八一
めかりぶね（若布刈舟） 春 三三三
めがるかや 秋 二五八
めぐむ（芽組む） 春 二六二
めぐわ（芽桑） 春 二七五
めざさ（芽笹） 夏 三二四
めざし（目刺） 春 九〇
めざんしょう（芽山椒） 春 二六五
めじか（牝鹿） 秋 一四五
めしすえる（飯饐る） 夏 九二
めしのあせ（飯の汗） 夏 九二
めしょうがつ（女正月） 新 一六
めじろ（眼白） 夏 二二七
めだか（目高） 夏 二三三
めだき（女滝） 夏 七〇
めだち（芽立ち） 春 二六二
めつぎ（芽接） 春 二一一
めはじき 秋 二六四
めばり（目貼） 冬 二一四
めばりはぐ（目貼剥ぐ） 春 九七
めばりやなぎ（芽張り柳） 春 二六四
めはるかつみ（芽張るかつみ） 春 三三三
めびな（女雛） 春 一三九
めぶく（芽吹く） 春 二六二
めまとい 夏 二六四
めむぎ（芽麦） 冬 二六六
めやなぎ（芽柳） 春 二六四
メロン 夏 三五六

も

もうか（孟夏） 夏 一五
もうしゅう（孟秋） 秋 一五
もうしょ（猛暑） 夏 二九
もうとう（孟冬） 冬 一四
もうふ（毛布） 冬 九五

もかり（藻刈）　夏　一四二
もがりぶえ（虎落笛）　冬　四六
もかりぶね（藻刈舟）　夏　一四二
もきちき（茂吉忌）　春　一七五
もぐさおう（藻草生う）　春　三三一
もくせい（木犀）　秋　一八三
もくたん（木炭）　冬　一三一
もぐらうち（土竜打）　新　八四
もぐらおい（土竜追）　新　八四
もぐり　春　一一九
もぐり（潜り）　夏　一五六
もくれん（木蓮）　春　二五五
もくれん（木蘭）　春　二五五
もくれんげ（木蘭華）　春　二五五
もじずり　夏　三八七
もじずりそう（文字摺草）　夏　三八七
もじばな　夏　三八七
もず（鵙）　秋　一五一
もず（百舌鳥）　秋　一五一
もずく（海雲）　春　三三五
もずく（水雲）　春　三三五
もずたける（鵙猛る）　秋　一五一
もずのこえ（鵙の声）　秋　一五一
もずのにえ（鵙の贄）　秋　一五一
もずびより（鵙日和）　秋　一五一
もち（餅）　冬　一〇三
もちぐさ（餅草）　春　三一八
もちくばり（餅配）　冬　八一
もちくばり（餅配）　春　一六二
もちごめあらう（餅米洗う）　冬　八一
もちしょうがつ（望正月）　新　一六
もちつき（餅搗）　冬　八一
もちづき（望月）　秋　四二
もちつきうた（餅搗唄）　冬　八一
もちつつじ（羊躑躅）　春　二五三
もちのかゆ（望の粥）　新　四五
もちのかゆ（望の粥）　新　八二
もちのしお（望の潮）　秋　六七
もちのはな（黐の花）　夏　三一八
もちばな（餅花）　新　八一
もちばないり（餅花煎）　春　一五五
もちむしろ（餅筵）　冬　八一
もどりづゆ（戻り梅雨）　夏　四三
ものだね（物種）　春　一〇四
ものだねまく（物種蒔く）　春　一〇六
もののめ（ものの芽）　春　三〇〇
ものはな（藻の花）　夏　三九四
ものめ（物芽）　春　三〇〇
もみ（籾）　秋　八九
もみうす（籾臼）　秋　八九
もみうり（揉瓜）　夏　九六
もみじ（紅葉）　秋　一九五
もみじ（黄葉）　秋　一九七
もみじあおい　夏　三三一
もみじいちごのはな（もみじ苺の花）　春　二七四
もみじかつちる（紅葉かつ散る）　秋　一九八
もみじがり（紅葉狩）　秋　一〇五
もみじがわ（紅葉川）　秋　一九五
もみじざけ（紅葉酒）　秋　一〇五
もみじちる（紅葉散る）　冬　二四九
もみじぢゃや（紅葉茶屋）　秋　一〇五
もみじなべ（紅葉鍋）　冬　一〇七
もみじぶな（紅葉鮒）　秋　一五九
もみじみ（紅葉見）　秋　一〇五
もみじやま（紅葉山）　秋　一九五
もみすり（籾摺）　秋　八九
もみすりうた（籾摺歌）　秋　八九
もみつける（籾浸ける）　春　一〇五
もみづる　秋　一九五
もみほし（籾干）　秋　八九
もみまく（籾蒔く）　春　一〇五
もみむしろ（籾筵）　秋　八九

もも（桃） 秋 一八五
ももちどり（百千鳥） 春 一八六
もものせっく（桃の節句） 春 一三八
もものはな（桃の花） 春 二五八
もものひ（桃の日） 春 一三八
もものみ（桃の実） 秋 一八五
ももふく（桃吹く） 秋 二五二
ももんが 冬 二〇五
もやしうど（もやし独活） 春 二九五
もゆ（炎ゆ） 夏 二八
もりたけき（守武忌） 秋 一三六
もろがえり（青鷹） 冬 二〇八
もろこ（諸子） 春 二〇九
もろこ（諸子魚） 春 二〇九
もろこし 秋 二四六
もろこはえ（諸子鮠） 春 二〇九
もろはだぬぎ（諸肌脱） 夏 一七〇
もんしゅ（聞酒） 秋 七一
もんしろちょう（紋白蝶） 春 二三

や

やいとばな（灸花） 夏 三八一
やえざくら（八重桜） 春 二三八
やえつばき（八重椿） 春 二三〇
やえむぐら（八重葎） 夏 三六九
やえやまぶき（八重山吹） 春 二五七
やがく（夜学） 秋 七〇
やがくし（夜学子） 秋 七〇
やがくせい（夜学生） 秋 七〇
やがっこう（夜学校） 秋 七〇
やきいも（焼藷） 冬 一〇八
やきいも（焼芋） 冬 一〇八
やきかがし（焼嗅し） 冬 一七三
やきぐり（焼栗） 秋 一八九
やきさざえ（焼栄螺） 春 九一
やきはまぐり（焼蛤） 春 二一四
やぎょう（夜業） 秋 九二
やく（灼く） 夏 二九
やくおとし（厄落とし） 冬 一七四
やくそうほる（薬草掘る） 秋 九五
やくのたきぎ（厄の薪） 冬 一七四
やくはらい（厄払） 冬 一七四
やくび（厄日） 秋 一九
やくもそう（益母草） 秋 二六四
やぐるま（矢車） 夏 一八二
やぐるまぎく（矢車菊） 夏 三三三
やぐるまそう（矢車草） 夏 三三三
やけい（夜警） 冬 一三九
やけの（焼野） 春 六五
やけののすすき（焼野の芒） 春 三〇一
やけのはら（焼野原） 春 六五
やけはら（焼原） 春 六五
やけやま（焼山） 春 一〇一
やこうちゅう（夜光虫） 夏 二七九
やしょく（夜食） 秋 七三
ヤス 新 二九
やすくにまつり（靖国祭） 春 一五四
やすらい（安良居） 春 一五三
やすらい（夜須礼） 春 一五三
やすらいばな（安良居花） 春 一五三
やすらいまつり（安良居祭） 春 一五三
やせうま（痩せ馬） 春 一五五
やちぐさ（八千草） 秋 二五三
やつおのまわりぼん（八尾の廻り盆） 秋 一一三
やつがしら（八頭） 秋 二三六
ヤッケ 冬 九七
やっこだこ（奴凧） 春 一一六
やつでのはな（八手の花） 冬 二四二
やとう 夏 二四八
やどかり（寄居虫） 春 二一八
やどさがり（宿下り） 新 八七
やどゆかた（宿浴衣） 夏 八二

やな（簗）　夏　一五〇
やな（魚簗）　夏　一五〇
やなうつ（簗打つ）　夏　一五〇
やなかく（簗かく）　夏　一五〇
やながわなべ（柳川鍋）　夏　一〇九
やなぎ（柳）　春　二六八
やなぎかげ（柳蔭）　春　二六八
やなぎかる（柳枯る）　冬　二五六
やなぎしげる（柳茂る）　夏　三一〇
やなぎちる（柳散る）　秋　二〇三
やなぎのいと（柳の糸）　春　二六八
やなぎのはな（柳の花）　春　二七三
やなぎのめ（柳の芽）　春　二六四
やなぎのわた（柳の絮）　春　二七三
やなぎはえ（柳鮠）　春　二一一
やなぎばし（柳箸）　新　五四
やなぎむし（柳むし）　春　八九
やなぎむしがれい（柳むしがれい）　春　八九
やなぎもろこ（柳諸子）　春　二〇九
やなさす（簗さす）　夏　一五〇
やなせ（簗瀬）　夏　一五〇
やねかえ（屋根替）　春　九八
やねふく（屋根葺く）　春　九八
やば（野馬）　春　五八
やばい（野梅）　春　二二八
やはんき（夜半忌）　秋　一三九
やはんていき（夜半亭忌）　冬　一九四
やぶいり（藪入）　新　八七
やぶうぐいす（藪鶯）　冬　二二〇
やぶか（藪蚊）　夏　二六三
やぶからし（藪枯らし）　秋　二六三
やぶきり（藪きり）　秋　一七五
やぶこうじ（藪柑子）　冬　二七〇
やぶじらみ（藪虱）　秋　二六六
やぶつばき（藪椿）　春　二三〇
やぶまき（藪巻）　冬　一二五
やぶれがさ（破れ傘）　夏　三八八
やまあそび（山遊び）　春　一一三
やまあららぎ　春　二四四
やまあり（山蟻）　夏　二七一
やまいも（山芋）　秋　二三七
やまいり（山入り）　新　六五
やまうつぎ（山うつぎ）　夏　三一二
やまうど（山独活）　春　二九五
やまうめ　夏　二九八
やまがいこ（山蚕）　夏　二四六
やまかがし（山棟蛇）　夏　二一一
やまがさ（山笠）　夏　一九六
やまがに（山蟹）　夏　二四一
やまがら（山雀）　夏　二二八
やまぎり（山霧）　秋　五六
やまくさ（山草）　新　一〇八
やまくじら（山鯨）　秋　一四六
やまくじら（山鯨）　冬　一一五
やまくちなし（山梔子）　夏　二八七
やまぐり（山栗）　秋　一八九
やまぐわ（山桑）　夏　三一六
やまざくら（山桜）　春　二三七
やましぎ（山鴫）　秋　一五六
やましみず（山清水）　夏　六九
やますむ（山澄む）　秋　六〇
やませ（山背）　夏　三九
やませ　夏　三九
やませかぜ（山瀬風）　夏　三九
やまぢさのはな（山苣の花）　夏　三一九
やまつつじ（山躑躅）　春　二五三
やまつばき（山椿）　春　二三〇
やまとなでしこ（大和撫子）　秋　二六三
やまとまんざい（大和万歳）　新　四八
やまねむる（山眠る）　冬　六四
やまのあき（山の秋）　秋　六〇
やまのいも（山の芋）　秋　二三七

やまのひ（山の日） 秋 一〇八
やまのぼり（山登り） 夏 一五五
やまはじめ（山始め） 新 六五
やまび（山火） 春 一〇一
やまびらき（山開き） 夏 一八九
やまひる（山蛭） 夏 二七八
やまぶき（山吹） 春 二五七
やまぶきそう（山吹草） 春 三一四
やまふじ（山藤） 春 二五六
やまぶどう（山葡萄） 秋 二一八
やまぼうし（山帽子） 夏 三一六
やまぼうしのはな（山法師の花） 夏 三一六
やまほこ（山鉾） 夏 一九五
やままゆ（天蚕） 夏 二四六
やままゆ（山繭） 夏 二四六
やまめ（山女） 夏 二三一
やまめつり（山女釣） 夏 二三一
やまもくれん（山木蘭） 春 二四四
やまもも（楊梅） 夏 二九八
やまもも（山桃） 夏 二九八
やまやき（山焼） 春 一〇一
やまやく（山焼く） 春 一〇一
やまゆり（山百合） 夏 三三八
やまよそおう（山粧う） 秋 六〇
やまわらう（山笑う） 春 六三
やみじる（闇汁） 冬 一一四
やみほたる（病螢） 秋 一六四
やもり（守宮） 夏 二一〇
やもり（家守） 夏 二一〇
やもり（壁虎） 夏 二一〇
ややさむ（やや寒） 秋 二九
ややさむし（やや寒し） 秋 二九
やよい（弥生） 春 二六
やよいじん（弥生尽） 春 三八
やよいのせっく（弥生の節句） 春 一三八
やよいやま（弥生山） 春 六三
やりばね（遣羽子） 新 六九
やりょう（夜涼） 夏 三〇
やればしょう（破れ芭蕉） 秋 二三一
やれはす（敗荷） 秋 二三〇
やれはちす（破れ蓮） 秋 二三〇
やわたほうじょうえ（八幡放生会） 秋 一三九
ヤンしゅうくる（ヤン衆来る） 春 八〇
やんま 夏 二六八

ゆ

ゆいぞめ（結初） 新 六二
ゆうあじ（夕鯵） 夏 二三五
ゆうあられ（夕霰） 冬 五一
ゆうえい（遊泳） 夏 一五六
ゆうがお（夕顔） 夏 三五六
ゆうがおのはな（夕顔の花） 夏 三五六
ゆうがおのみ（夕顔の実） 秋 二三二
ゆうがすみ（夕霞） 春 五七
ゆうがとう（誘蛾灯） 夏 一四五
ゆうかわず（夕蛙） 春 一八五
ゆうぎり（夕霧） 秋 五六
ゆうげしょう（夕化粧） 秋 二二五
ゆうざくら（夕桜） 春 二三四
ゆうし（遊糸） 春 五八
ゆうしぐれ（夕時雨） 冬 四八
ゆうじんちん（幽人枕） 秋 八〇
ゆうずうねんぶつ（融通念仏） 春 一五八
ゆうすず（夕涼） 夏 三〇
ゆうすずみ（夕涼み） 夏 一五二
ゆうぜみ（夕蝉） 夏 二五七
ゆうせん（遊船） 夏 一五三
ゆうたきび（夕焚火） 冬 一三八
ゆうだち（夕立） 夏 四六
ゆうだちかぜ（夕立風） 夏 四六
ゆうだちぐも（夕立雲） 夏 四六
ゆうちどり（夕千鳥） 冬 二一七

ゆうづき（夕月） 秋 三九
ゆうづきよ（夕月夜） 秋 三九
ゆうつばめ（夕燕） 春 一九二
ゆうながし（夕永し） 春 三二
ゆうなぎ（夕凪） 夏 四一
ゆうなぐ（夕凪ぐ） 夏 四一
ゆうにじ（夕虹） 夏 四九
ゆうのわき（夕野分） 秋 五一
ゆうはしい（夕端居） 夏 一七一
ゆうびえ（夕冷え） 秋 二六
ゆうひばり（夕雲雀） 春 一九〇
ゆうほたる（夕蛍） 夏 二四九
ゆうやけ（夕焼） 夏 五四
ゆうやけぐも（夕焼雲） 夏 五四
ゆうやけぞら（夕焼空） 夏 五四
ゆうれい（幽霊） 夏 一二七
ゆうれいばな（幽霊花） 秋 二六六
ゆか（川床） 夏 一五二
ゆか（床） 夏 一五二
ゆかすずみ（川床涼み） 夏 一五二
ゆかた（浴衣） 夏 八二
ゆかたびら（湯帷子） 夏 八二
ゆがま（柚釜） 秋 七五
ゆき（雪） 冬 五五
ゆきあかり（雪明り） 冬 五五
ゆきあそび（雪遊び） 冬 一五六
ゆきあんご（雪安居） 冬 一八六
ゆきうさぎ（雪兎） 冬 一五七
ゆきうさぎ（雪兎） 冬 二〇六
ゆきおこし（雪起し） 冬 六〇
ゆきおれ（雪折） 冬 二五八
ゆきおろし（雪下し） 冬 一二七
ゆきおろし（雪卸） 冬 一二七
ゆきおんな（雪女） 冬 五七
ゆきかき（雪掻） 冬 一二六
ゆきがき（雪垣） 冬 一二五
ゆきがきとく（雪垣解く） 春 九八
ゆきがこい（雪囲） 冬 一二五
ゆきがこいとる（雪囲とる） 春 九八
ゆきがた（雪形） 春 七三
ゆきがっせん（雪合戦） 冬 一五六
ゆきがっぱ（雪合羽） 冬 九七
ゆきがまえ（雪構） 冬 一二五
ゆきがみなり（雪雷） 冬 六〇
ゆききり（雪切） 春 九八
ゆきぐつ（雪沓） 冬 一四〇
ゆきぐに（雪国） 冬 五五
ゆきげ（雪解） 春 七五
ゆきげかぜ（雪解風） 春 七五
ゆきげがわ（雪解川） 春 七五
ゆきげこう（雪解光） 春 七五
ゆきげしずく（雪解雫） 春 七五
ゆきげの（雪解野） 春 七五
ゆきげふじ（雪解富士） 夏 六〇
ゆきげみず（雪解水） 春 七五
ゆきけむり（雪煙） 冬 五九
ゆきごもり（雪籠） 冬 一二三
ゆきじたく（雪支度） 秋 八三
ゆきしまき（雪しまき） 冬 六〇
ゆきじょろう（雪女郎） 冬 五七
ゆきじる（雪汁） 春 七六
ゆきしろ（雪しろ） 春 七六
ゆきしろみず（雪しろ水） 春 七六
ゆきだいみょうじんまつり（靭大明神祭） 秋 一三〇
ゆきだるま（雪達磨） 冬 一五七
ゆきつばき（雪椿） 春 二三〇
ゆきつぶて（雪礫） 冬 一五六
ゆきつり（雪吊） 冬 一二六
ゆきつり（雪釣） 冬 一五七
ゆきつりとく（雪吊解く） 春 九八
ゆきどけ（雪解） 春 七五
ゆきなげ（雪投げ） 冬 一五六

ゆきなだれ（雪なだれ）　春　七四
ゆきなみ（雪浪）　冬　五九
ゆきにごり（雪濁り）　春　一六
ゆきの（雪野）　冬　六五
ゆきのこえ（雪の声）　冬　五五
ゆきのこる（雪残る）　春　七三
ゆきのした（鴨足草）　夏　三九二
ゆきのした（虎耳草）　夏　三九二
ゆきのした（雪の下）　夏　三九二
ゆきのたえま（雪の絶間）　春　七四
ゆきのはて（雪の果）　春　五四
ゆきのひま（雪のひま）　春　七四
ゆきのやど（雪の宿）　冬　五五
ゆきのらい（雪の雷）　冬　六〇
ゆきのわかれ（雪の別れ）　春　五四
ゆきばれ（雪晴）　冬　五七
ゆきばんば（雪婆）　冬　二三四
ゆきふみ（雪踏）　冬　一二七
ゆきぼうず（雪坊主）　冬　五七
ゆきぼたる（雪蛍）　冬　二三四
ゆきぼとけ（雪仏）　冬　一五七
ゆきま（雪間）　春　七四
ゆきまぐさ（雪間草）　春　七四
ゆきまつり（雪祭）　冬　一九〇
ゆきまつり（雪祭）　新　九六
ゆきまろげ（雪丸げ）　冬　一五六
ゆきみ（雪見）　冬　一五四
ゆきみざけ（雪見酒）　冬　一五四
ゆきみしょうじ（雪見障子）　冬　一二八
ゆきみの（雪蓑）　冬　九七
ゆきみぶね（雪見舟）　冬　一五四
ゆきむし（雪虫）　春　二三一
ゆきむし（雪虫）　冬　二三四
ゆきめ（雪眼）　冬　一六四
ゆきめがね（雪眼鏡）　冬　九九
ゆきもよい（雪催）　冬　五四
ゆきやけ（雪焼）　冬　一六三
ゆきやま（雪山）　冬　六四
ゆきやなぎ（雪柳）　春　二五四
ゆきよけ（雪除）　冬　一二五
ゆきよけとる（雪除とる）　春　九八
ゆきわり（雪割）　春　九八
ゆきわりそう（雪割草）　春　三〇九
ゆくあき（行く秋）　秋　三三
ゆくかも（行く鴨）　春　一九五
ゆくかり（行く雁）　春　一九五
ゆくとし（行く年）　冬　二四
ゆくはる（行く春）　春　三六
ゆげたて（湯気立て）　冬　一三六
ゆざめ（湯ざめ）　冬　一六〇
ゆず（柚子）　秋　一九二
ゆずがま（柚子釜）　秋　七五
ゆずのはな（柚子の花）　夏　二九三
ゆずのみ（柚子の実）　秋　一九二
ゆずぶろ（柚子風呂）　冬　一七一
ゆずみそ（柚子味噌）　秋　七五
ゆずゆ（柚子湯）　冬　一七一
ゆすら（英桃）　春　二五〇
ゆすら　春　二五〇
ゆすら　夏　二九九
ゆすらうめ（英桃）　夏　二九九
ゆすらうめ（山桜桃）　夏　二九九
ゆすらのはな（山桜桃の花）　春　二五〇
ゆすらのみ（山桜桃の実）　夏　二九九
ゆずりは（楪）　新　一〇八
ゆだち　夏　四六
ゆだてかぐら（湯立神楽）　冬　一八〇
ゆたんぽ（湯たんぽ）　冬　一三五
ゆでびし（茹菱）　秋　二七五
ゆづるは（弓弦葉）　新　一〇八
ゆどうふ（湯豆腐）　冬　一〇六
ゆどのはじめ（湯殿始）　新　五九

ゆのはな（柚の花） 夏 二九三
ゆみそ（柚味噌） 秋 七五
ゆみはじめ（弓始） 新 二七
ゆみやはじめ（弓矢始） 新 二七
ゆめみぐさ（夢見草） 春 二三四
ゆやけ 夏 五四
ゆり（百合） 夏 三三八
ゆりうう（百合植う） 春 一一〇
ゆりかもめ（百合鷗） 冬 二二八

よ

よいえびす（宵戎） 新 九五
よいさむ（宵寒） 秋 三〇
よいすずみ（宵涼み） 夏 一五二
よいづき（宵月） 秋 三九
よいてんじん（宵天神） 新 九七
よいのとし（宵の年） 新 一一
よいのはる（宵の春） 春 二九
よいみや（宵宮） 夏 一九〇
よいやみ（宵闇） 秋 四六
ようかてん（養花天） 春 五九
ようさん（養蚕） 春 一一五
ようじつ（羊日） 新 一三
ようしゅん（陽春） 春 一四
ようなし（洋梨） 秋 一八六
ようもうきる（羊毛剪る） 春 一一五
ようらくぼたん（瓔珞牡丹） 春 二七九
ようりゅう（楊柳） 春 二六八
よか（余花） 夏 二八〇
よかぐら（夜神楽） 冬 一八〇
よかん（余寒） 春 一九
よぎ（夜着） 冬 八八
よぎり（夜霧） 秋 五六
よくぶつ（浴仏） 春 一六一
よくぶつえ（浴仏会） 春 一六一
よざくら（夜桜） 春 二三四
よさむ（夜寒） 秋 三〇
よし（葭） 秋 二五九
よしきり（葭切） 夏 二三一
よしごと（夜仕事） 秋 九二
よしざきもうで（吉崎詣） 春 一七二
よししょうじ（葭障子） 夏 一一八
よしず（葭簀） 夏 一一八
よしずがけ（葭簀掛） 夏 一一八
よしずごや（葭簀小屋） 夏 一一八
よしすずめ（葦雀） 夏 二三一
よしすだれ（葭簾） 夏 一一七
よしずぢゃや（葭簀茶屋） 夏 一一八
よしだせんげんまつり（吉田浅間祭） 秋 一二八
よしだひまつり（吉田火祭） 秋 一二八
よしど（葭戸） 夏 一一八
よしなかき（義仲忌） 春 一六八
よしのざくら（吉野桜） 春 二三七
よしのしずか（吉野静） 春 三一六
よしのえしき（吉野の会式） 春 一六二
よしののはなえしき（吉野の花会式） 春 一六二
よしびょうぶ（葭屏風） 夏 一一八
よしも（夜霜） 冬 五三
よすすぎ（夜濯） 夏 一三二
よすずみ（夜涼み） 夏 一五二
よせなべ（寄鍋） 冬 一一六
よぜみ（夜蝉） 夏 二五七
よたか（夜鷹） 夏 二一八
よたか（怪鴟） 夏 二一八
よたかそば（夜鷹蕎麦） 冬 一〇九
よたき（夜焚） 夏 一四九
よたきづり（夜焚釣） 夏 一四九
よたきび（夜焚火） 冬 一三八
よたきぶね（夜焚舟） 夏 一四九
よだち 夏 四六
よっか（四日） 新 一三
ヨット 夏 一五四

ヨットハーバー　夏　一五四
ヨットレース　夏　一五四
よつゆ（夜露）　秋　五八
よづり（夜釣）　夏　一四九
よづりびと（夜釣人）　夏　一四九
よづりぶね（夜釣舟）　夏　一四九
よとう　夏　二四八
よとうむし（夜盗虫）　夏　二四八
よなが（夜長）　秋　一二五
よなきうどん（夜鳴饂飩）　冬　一〇九
よなきそば（夜鳴蕎麦）　冬　一〇九
よなきラーメン（夜鳴ラーメン）　冬　一〇九
よなぐもり（霾ぐもり）　春　五〇
よねこぼす（米こぼす）　新　六一
よなべ（夜なべ）　秋　九二
よばいぼし（夜這星）　秋　四九
よばん（夜番）　冬　一三九
よひら（四葩）　夏　二八四
よぶり（夜振）　夏　一四八
よぶりび（夜振火）　夏　一四八
よぼしのうめ（夜干の梅）　夏　九八
よまわり（夜廻）　冬　一三九
よみせ（夜店）　夏　一五八
よみぞめ（読初）　新　三七
よみや（夜宮）　夏　一九〇
よめがきみ（嫁が君）　新　一〇三
よめがはぎ　春　三八
よめな（嫁菜）　春　三八
よもぎ（蓬）　春　三八
よもぎう（蓬生）　春　三八
よもぎつむ（蓬摘む）　春　三八
よもぎもち（蓬餅）　春　九二
よろいもち（鎧餅）　新　三一
よるさむし（夜寒し）　秋　三〇
よるのあき（夜の秋）　夏　三三
よるのゆき（夜の雪）　冬　五五
よるながし（夜長し）　秋　一二五
よわのあき（夜半の秋）　秋　一二四
よわのなつ（夜半の夏）　夏　一二五
よわのはる（夜半の春）　春　三〇
よわのふゆ（夜半の冬）　冬　三一

ら

ラ・フランス　秋　一八六
らい（雷）　夏　五〇
らいう（雷雨）　夏　五〇
らいごうえ（来迎会）　夏　一九七
らいちょう（雷鳥）　夏　二一九
らいめい（雷鳴）　夏　五〇
ライラック　春　二五〇
らくがん（落雁）　秋　一五六
らくだい（落第）　春　八一
ラグビー　冬　一五八
らくよう（落葉）　冬　二五〇
らくようき（落葉期）　冬　二五〇
らくらい（落雷）　夏　五〇
らしん（裸身）　夏　一六九
らっか（落花）　春　二三九
らっかせい（落花生）　秋　二五一
らっきょ（薤）　夏　三五九
らっきょ　夏　三五九
らっきょう（辣韮）　夏　三五九
ラッセルしゃ（ラッセル車）　冬　一二六
ラベンダー　夏　三二九
ラムネ　夏　一〇四
らん（蘭）　夏　三三七
らんおう（乱鶯）　夏　二一八
らんせつき（嵐雪忌）　冬　一九二
らんそう（蘭草）　秋　二六五
らんちゅう（蘭鋳）　夏　二三二
らんのはな（蘭の花）　夏　三三七

り

りきゅうき（利休忌）　春　一七〇
りきゅうき（利久忌）　春　一七〇

りちのかぜ（律の風） 秋 四九
りっか（立夏） 夏 一六
りっしゅう（立秋） 秋 一六
りっしゅうき（立秋忌） 秋 二三八
りっしゅん（立春） 春 一七
りっしゅんだいきち（立春大吉） 春 一七
りっとう（立冬） 冬 一六
りゅうかん（流感） 冬 一五九
りゅうきゅういも（琉球藷） 秋 二三五
りゅうきゅうむくげ（琉球むくげ） 夏 二九一
りゅうきん（琉金） 夏 二三三
りゅうじょ（柳絮） 春 二七三
りゅうしょう（流觴） 春 一三四
りゅうじょとぶ（柳絮飛ぶ） 春 二七三
りゅうせい（流星） 秋 四九
りゅうとう（竜灯） 秋 六八
りゅうとう（流灯） 秋 二一
りゅうとうえ（流灯会） 秋 二一
りゅうのすけき（龍之介忌） 夏 二〇三
りゅうのたま（竜の玉） 冬 二七二
りゅうのひげのみ（竜の髯の実） 冬 二七二
りゅうひょう（流氷） 春 七八
りゅうひょうき（流氷期） 春 七八
りょう（猟） 冬 一四五
りょうあらた（涼新た） 秋 一八
りょうかいきん（猟解禁） 冬 一四五
りょうかんき（良寛忌） 春 一六八
りょうけん（猟犬） 冬 一四五
りょうごくのかわびらき（両国の川開） 夏 一八九
りょうじゅう（猟銃） 冬 一四五
りょうしょう（料峭） 春 二〇
りょうしょう（良宵） 秋 四三
りょうはじめ（漁始） 新 六五
りょうふう（涼風） 夏 三〇
りょうや（良夜） 秋 四三
りょくいん（緑蔭） 夏 三〇七
りょくう（緑雨） 夏 四二
りょくかしゅうかん（緑化週間） 春 一四七
りょこうはじめ（旅行始） 新 三八
リラのあめ（リラの雨） 春 六〇
リラのはな（リラの花） 春 二五〇
リラびえ（リラ冷え） 春 六〇
りんかいがくえん（臨海学園） 夏 七四
りんかんがくえん（林間学園） 夏 七四
りんかんがっこう（林間学校） 夏 七四
りんかき（林火忌） 秋 一三九
りんご（林檎） 秋 一八七
りんごえん（林檎園） 秋 一八七
りんごのはな（林檎の花） 春 二六一
りんどう（竜胆） 秋 二七〇
りんぽうぎく（輪鋒菊） 秋 二七一

る

るいしょう（類焼） 冬 一三九
ルームクーラー 夏 一二三
るこう 夏 三四〇
るこうそう（縷紅草） 夏 三四〇
るこうそう（留紅草） 夏 三四〇
るすのみや（留守の宮） 冬 一七五
るすもうで（留守詣） 冬 一七五
るり（瑠璃） 夏 二二六

れ

れいうけ（礼受） 新 三六
れいし（茘枝） 秋 二三三
れいじつ（麗日） 春 三一
れいじゃ（礼者） 新 三五
れいじゃうけ（礼者受） 新 三六
れいしゅ（冷酒） 夏 一〇一
れいしん（霊辰） 新 一五
れいぼう（冷房） 夏 一二三
レースてぶくろ（レース手袋） 夏 八六
レガッタ 春 一二五
レタス 春 二九一
れもん（檸檬） 秋 一九四

レモン　秋　一九四
れんぎょう（連翹）　春　二四七
れんげ（蓮華）　夏　三三七
れんげえ（蓮華会）　夏　一九八
れんげそう（蓮華草）　春　三〇四
れんげつつじ（蓮華躑躅）　春　二五三
れんこんほる（蓮根掘る）　冬　一四二
れんたん（煉炭）　冬　一三二
れんにょき（蓮如忌）　春　一七二
れんにょごし（蓮如輿）　春　一七二

ろ

ろ（絽）　夏　七九
ろあかり（炉明り）　冬　一三三
ろうおう（老鶯）　夏　二二八
ろうじんのひ（老人の日）　秋　一〇
ろうげつ（臘月）　冬　二三
ろうどうか（労働歌）　春　一四八
ろうどうさい（労働祭）　春　一四八
ろうばい（老梅）　春　二三八
ろうばい（臘梅）　冬　二三六
ろうばいき（老梅忌）　春　一七三
ろうはちえ（臘八会）　冬　一八五
ろうはつ（臘八）　冬　一八五
ろうはつせっしん（臘八接心）　冬　一八五
ろうべんか（臘弁花）　春　二四八
ろくがつ（六月）　夏　一九
ろくがつじん（六月尽）　夏　一九
ろくさい（六斎）　秋　一三三
ろくさいえ（六斎会）　秋　一三三
ろくさいおどり（六斎踊）　秋　一三三
ろくさいかんじん（六斎勧進）　秋　一三三
ろくさいこう（六斎講）　秋　一三三
ろくさいだいこ（六斎太鼓）　秋　一三三
ろくさいねんぶつ（六斎念仏）　秋　一三三
ろくさん（六讃）　秋　一三三
ろくじぞうまいり（六地蔵詣）　秋　一三四
ろくどうまいり（六道参）　秋　一三三
ろだい（露台）　夏　一一二
ろのなごり（炉の名残）　春　九五
ろばおり（絽羽織）　夏　八一
ろばかま（絽袴）　夏　八一
ろばなし（炉話）　冬　一三三
ろび（炉火）　冬　一三三
ろびらき（炉開）　冬　一三五
ろふさぎ（炉塞）　春　九五

わ

わかあし（若蘆）　春　三三二
わかあゆ（若鮎）　春　二一二
わかい（若井）　新　二六
わかおとこ（若男）　新　三四
わかかえで（若楓）　夏　三〇九
わかがえるくさ（若返る草）　春　二九九
わかぎ（若木）　新　四七
わかきとし（若き年）　新　一〇
わかくさ（若草）　春　三〇一
わかくさ（嫩草）　春　三〇一
わかこも（若菰）　春　三三三
わかさぎ（公魚）　春　二〇九
わかさぎぶね（公魚舟）　春　二〇九
わかさぎりょう（公魚漁）　春　二〇九
わかざくら（若桜）　春　二三四
わかさのい（若狭の井）　春　一五七
わかざり（輪飾）　新　三〇
わかしお（若潮）　新　二六
わかしおむかえ（若潮迎え）　新　二六
わかしば（若芝）　春　三〇二
わかたけ（若竹）　夏　三三四
わかたばこ（若煙草）　秋　九四
わかとしさま（若年様）　新　九〇
わかな（若菜）　新　一一〇
わかなえ（若苗）　夏　三六三
わかなかご（若菜籠）　新　四三
わかながり（若菜狩）　新　四三

わかなつみ（若菜摘） 新 四三
わかなつみ（若菜摘） 新 二一〇
わかなつむ（若菜摘む） 新 四三
わかなの（若菜野） 新 二五
わかの（若野） 春 三〇一
わかば（若葉） 夏 三〇四
わかばあめ（若葉雨） 夏 三〇四
わかばかぜ（若葉風） 夏 三〇四
わかばさむ（若葉寒） 夏 三〇四
わかまつ（若松） 春 二六四
わかみず（若水） 新 二六
わかみどり（若緑） 春 二六四
わかみやのう（若宮能） 夏 一八六
わかめ（若布） 春 三三
わかめ（和布） 春 三三
わかめかり（若布刈） 春 三三
わかやなぎ（若柳） 春 二六八
わかやまふみ（若山踏み） 新 六五
わかれか（別れ蚊） 秋 一六五
わかれじも（別れ霜） 春 五五
わかれゆき（別れ雪） 春 五四
わきん（和金） 夏 二三三
わくらば（病葉） 夏 三一一
わさび（山葵） 春 二九七
わさびざわ（山葵沢） 春 二九七
わさびだ（山葵田） 春 二九七
わさびのはな（山葵の花） 夏 三五一
わし（鷲） 冬 二〇八
わすれぐさ（忘草） 夏 三八三
わすれじも（忘れ霜） 春 五五
わすれづの（忘れ角） 春 一八一
わすれなぐさ（勿忘草） 春 二八一
わすればな（忘れ花） 冬 二三七
わすれゆき（忘れ雪） 春 五四
わせ（早稲） 秋 二四四
わせかる（早稲刈る） 秋 二四四
わせざけ（早稲酒） 秋 七一
わせだ（早稲田） 秋 二四四
わせのか（早稲の香） 秋 二四四
わせのめし（早稲の飯） 秋 七一
わた（棉） 秋 二五二
わたいれ（綿入） 冬 八八
わたぐり（綿繰） 秋 九三
わたこ（綿子） 冬 八八
わたつみ（綿摘） 秋 九三
わたとり（綿取） 秋 九三
わたとる（綿取る） 秋 九三
わたぬき（綿抜） 夏 七七
わたのはな（棉の花） 夏 三六四
わたのみ（棉の実） 秋 二五二
わたふく（棉吹く） 秋 二五二
わたほす（綿干す） 秋 九三
わたみのる（棉実る） 秋 二五二
わたむし（綿虫） 冬 二三四
わたゆき（綿雪） 冬 五五
わたゆみ（綿弓） 秋 九三
わたりぎょふ（渡り漁夫） 春 八〇
わたりどり（渡り鳥） 秋 一四八
わびすけ（侘助） 冬 二四一
わびすけ（侘助） 冬 二四一
わらいぞめ（笑初） 新 六一
わらいたけ（笑い茸） 秋 二七七
わらうやま（笑う山） 春 六三
わらぐつ（藁沓） 冬 一四〇
わらぐろ（藁ぐろ） 秋 九一
わらごうし（藁盒子） 新 二九
わらこづみ（藁こづみ） 秋 九一
わらしごと（藁仕事） 冬 一四九
わらづか（藁塚） 秋 九一
わらにお（藁にお） 秋 九一
わらび（蕨） 春 三一二
わらびがり（蕨狩） 春 三一二
わらびもち（蕨餅） 春 九一
われもこう（吾亦紅） 秋 二六九
われもこう（吾木香） 秋 二六九

監修・編纂・執筆者一覧（敬称略）

●監　修（五十音順）

桂信子・金子兜太・草間時彦・廣瀬直人・古沢太穂

●編纂委員（五十音順）

綾部仁喜（泉）
伊藤通明（白桃）
茨木和生（運河）
宇多喜代子（草苑）
老川敏彦（秋）
大牧　広（港）
加藤瑠璃子（寒雷）
熊谷愛子（逢）
倉橋羊村（波）
斎藤夏風（屋根）
田口一穂（秋）
寺井谷子（自鳴鐘）
豊田都峰（京鹿子）
中戸川朝人（方円）
成田千空（萬緑）
能村研三（沖）
原　裕（鹿火屋）
深谷雄大（雪華）
福田甲子雄（白露）
星野紗一（水明）
星野麥丘人（鶴）
松澤　昭（四季）
宮坂静生（岳）
森田緑郎（海程）
諸角せつ子（道標）
山田みづえ（木語）

編纂進行

松田ひろむ（鷗座）

●季語解説執筆（追加季語など、一部この一覧に合致しない場合もあります。）

春

時候　綾部仁喜
天文　伊藤通明
地理　茨木和生
生活　宇多喜代子
　　　成田千空
行事　大牧　広
動物　加藤瑠璃子
植物　熊谷愛子
　　　星野紗一
　　　行方克巳

夏

時候　寺井谷子
天文　小澤克己
地理　茨木和生
生活　老川敏彦
　　　田口一穂
　　　大矢章朔
　　　水谷郁夫
　　　上田日差子
　　　藤田　宏
　　　嶋田麻紀
行事　豊田都峰
　　　直江裕子
動物　能村研三
　　　橋本榮治
植物　岩淵喜代子
　　　窪田久美
　　　辻恵美子
　　　三村純也

秋

時候　福田甲子雄
天文　星野麥丘人
地理　茨木和生
生活　松澤　昭
　　　松澤雅世
行事　岩淵喜代子
動物　宮坂静生
植物　諸角せつ子
　　　松田ひろむ
　　　森田緑郎

冬

時候　深谷雄大
天文　山田みづえ
地理　いのうえかつこ
生活　斉藤夏風
　　　伊藤伊那男
　　　中戸川朝人
　　　小島　健
行事　遠山陽子
動物　成井恵子
植物　小島花枝

新年

時候　橋爪鶴磨
天文　橋爪鶴磨
地理　橋爪鶴磨
生活　小林貴子
　　　加古宗也
行事　西村和子
動物　いのうえかつこ
植物　いのうえかつこ

校閲　倉橋羊村

忌日一覧　綾部仁喜
　　　　　細井啓司

新版・俳句歳時記【第六版】新年

二〇〇一年九月五日　第一版第一刷発行
二〇〇三年四月十日　第二版第一刷発行
二〇〇九年二月十日　第三版第一刷発行
二〇一二年六月三十日　第四版第一刷発行
二〇一六年六月二十五日　第五版第一刷発行
二〇二四年十一月二十五日　第六版新年第一刷発行

監　修　桂　信子
金子兜太
草間時彦
廣瀬直人
古沢太穂

編　集　「新版・俳句歳時記」編纂委員会
発行者　宮田哲男
発行所　株式会社雄山閣
東京都千代田区富士見二－六－九
電話　〇三－三二六二－三二三一

印刷／製本　株式会社ティーケー出版印刷

ISBN978-4-639-02935-9 C0092